»Erwartungsvoll, hell und wirklich liegen die Wege vor uns. Das Leben ruft. Von jetzt an, denkst du, werden alle Tage so sein.« So machen sich der Erzähler und seine kleine Tochter auf den Weg durch Frankfurt am Main, März 1984. Und werden am Ende dieses Buches noch einmal gerettet: »Immer im März wird die Welt uns zurückgeschenkt.«
»Ein Kirschkern im März« ist nach »Übers Eis« und »Als Gast« der dritte Band von Peter Kurzecks großer autobiographisch-poetischer Chronik »Das alte Jahrhundert«, einem in der deutschsprachigen Gegenwartsliteratur einzigartigen Projekt: »Als Kind hast du dir gewünscht, das Leben soll sein wie in Büchern. Und jetzt gehst du hier als Romanfigur.«

Peter Kurzeck, geboren 1943 in Böhmen, wuchs als Flüchtlingskind in Staufenberg bei Gießen auf. Heute lebt er in Frankfurt am Main und in Uzès (Südfrankreich). Er ist Autor der Romane »Der Nußbaum gegenüber vom Laden in dem du dein Brot kaufst«, »Das Schwarze Buch«, »Kein Frühling« und »Keiner stirbt«. Von seiner vielbändigen Chronik »Das alte Jahrhundert« sind bereits erschienen die Romane »Übers Eis«, »Als Gast«, »Ein Kirschkern im März«, »Oktober und wer wir selbst sind« und »Vorabend«. Für sein literarisches Werk wurde Kurzeck mit zahlreichen Preisen ausgezeichnet, zuletzt mit dem Georg-Christoph-Lichtenberg-Preis, der Goethe-Plakette der Stadt Frankfurt am Main, dem Robert-Gernhardt-Preis, dem Grimmelshausen-Preis und dem Werner-Bergengruen-Preis.

Weitere Informationen finden Sie bei www.fischerverlage.de und www.stroemfeld.de

PETER KURZECK

EIN KIRSCHKERN IM MÄRZ

Roman

FISCHER Taschenbuch

MIX
Papier aus verantwortungsvollen Quellen
FSC® C019821

Erschienen bei FISCHER Taschenbuch,
Frankfurt am Main, August 2013

Lizenzausgabe mit freundlicher Genehmigung
des Stroemfeld Verlags, Frankfurt am Main und Basel

Druck und Bindung: Druckerei C. H. Beck, Nördlingen
Printed in Germany
ISBN 978-3-596-19249-6

Von weither und fremd, überall fremd.
Aus Böhmen und ohne Haus.

Für Carina

1

Als Gast. Alle Abende mit meinem Leben unter dem Oberlichtfenster oder im leeren schweigenden Nebenzimmer. Am Anfang des Abends. Immer der gleiche Moment. Noch eben hell. März, eine Amsel singt. Du bist müde und spürst, wie die Zeit an dir zieht. Wer bin ich? Und warum hier? Bevor du dich jedesmal wieder auf den Weg machst, deinem Kind gute Nacht sagen. Carina ist viereinhalb. Ende November die Trennung. Vorher fristgerecht meine Arbeit verloren, eine unersetzliche Halbtagsstelle in einem Antiquariat. Kein Geld, keine Wohnung, kein Einkommen. Schriftsteller. Letzten Sommer mit meinem dritten Buch angefangen. Ende November die Trennung und von da an dann ganz zuletzt jede Nacht aus den überzähligen Matratzen ein Bett, ein Ersatzbett mir in unserem großen Zimmer. Mit Selbstgesprächen. Und immer noch fassungslos. In der Stille nach Mitternacht. Die Zeit, die mir bleibt. Dann spät im Januar für sechs Wochen in eine Abstellkammer in einer fremden Wohnung zwei Straßen weiter und als Spuk, als Gespenst, als Schatten vorerst in dieser Abstellkammer. Eine Trennung und noch keine Wörter dafür. Und hätte nicht gedacht, daß das zu mir und zu meinem Leben gehört. Das Jahr 1984. Frankfurt am Main. Und als mir auch in der Abstellkammer nur noch drei letzte Tage blieben, sagte im Kinderladen ein anderer Vater zu mir: Du kannst bei uns wohnen. Auch länger. In der Eppsteiner Straße. Du warst ja schon bei uns. Aber haben im gleichen Haus unterm Dach noch zwei Zimmer als Arbeitszimmer, sagt er, für Birgit und mich. Heizung. Bad dabei. Alles was du brauchst, sagt er. Platz genug. Er heißt Peter wie ich. Ende Februar. Ein heller Morgen. Wir stehen vor dem Kinderladen am Tor. Das besetzte Haus in der Siesmayerstraße. Dann am ersten März bei ihnen eingezogen. Und seither als Gast.

Im Westend ein vornehmes Mietshaus. Die Wohnung im zweiten Stock und im Dachgeschoß nochmal zwei Zimmer. Birgit und Peter heißen meine Gastgeber. Und Domi ihr Sohn. Mit Carina im Kinderladen. Birgit ist Lehrerin. Sie will malen. Als Lehrerin eine halbe Stelle. Schon ihr Leben lang will sie malen. Und Peter (der andere Peter, sagen Domi und Carina, mein Peter und dein Peter) am Institut für Friedens- und Konfliktforschung. Bart und Doktortitel. Ein freundliches Gesicht. Birgits Arbeitszimmer mit hellen Möbeln, die nach Bienenwachs riechen. Ihr Schreibtisch schon für mich leergeräumt. Über dem Schreibtisch ein Oberlichtfenster. Viel Himmel und den ganzen Tag hell das Licht auf den Schreibtisch. Ein großer Strauß frische Tulpen und ein voller Obstkorb für mich. Wie für ein Bild der Obstkorb und Kunstbücher in den Regalen. Teppich und Holzfußboden. Und ein Sofa, aus dem man mit drei Handgriffen ein Bett machen kann. Hier also. Und daneben das zweite, sein Arbeitszimmer. Groß. In der Mitte ein Schreibtisch und noch zwei Tische daneben. Überall Papier, Akten, Mappen und Ordner. Regale, ein Schrank. Auf dem Fußboden Domis Spielzeug. Playmobil. Eine Ritterburg, Elefanten, Bauernhoftiere, ein Indianerlager und Schiffe. Ein Meer von Schiffen. Drei Fenster nach Westen und unter den Fenstern eine stille Nachmittagsseitenstraße. Du kannst mein Arbeitszimmer auch mitbenutzen, sagt er zu mir. Tagsüber sowieso, tagsüber ist er in seinem Büro. Mitbenutzen nicht, sagte ich mir, aber manchmal zur Tür herein und durch das Licht und die Stille von Fenster zu Fenster. Hier also! Und dann noch das Bad. Ein kleines perfektes Bad. Für heißes Wasser ein Boiler mit bunten Lämpchen. Und im Vorraum zum Bad Waschmaschine, Kühlschrank und Kochplatte. Also gerettet? In Sicherheit? Vorerst gerettet, aber wie lang? Und zusammen mit Freunden noch ein Haus auf dem Land, sagen meine Gastgeber am ersten Tag mittags beim Essen zu mir. In der Schwalm. Klein und alt und für die Wochenenden beinah schon ein bißchen zu weit. Ein Fachwerkhaus mit spitzem

Giebel und kleinen Fenstern. Und ein Gärtchen dabei und im Gärtchen die Jahreszeiten. Vielleicht bald einmal zusammen hinfahren, sagen sie. Mit den Kindern. Wenn es jetzt wärmer wird. Görzhain heißt das Dorf. In der Schwalm sind die Winter länger. Schön, daß Carina und Domi sich so gut verstehen. Als Gast, wie lang bleibt man als Gast? Mittag, der erste Tag. Mit meinen Gastgebern essen und nach dem Essen noch jeder einen Kaffee.

Mit vierzig. Im einundvierzigsten Lebensjahr. Als Gast, legal als Gast. Immer noch einen Tag. Schon der neunzehnte! Erst schon der neunzehnte, dann schon der zwanzigste! Die ganze Zeit März. Am ersten März eingezogen und jetzt auf einmal beeilt sich die Zeit, fängt zu rennen an. Und ich auch. Einen Regenschirm mit und schnell-schnell alle Tage! Nutzt auch nix – weg die Zeit und vergangen. Wie hat das geschehen können? Du hast sie aufgebraucht und das reut dich jetzt. Das hätte nicht sein müssen. Vergangen die Zeit. Und bleibt vergangen. Schnell mit dem Schirm, große Schritte. Früher nie einen Regenschirm mit und jetzt nie mehr ohne. Durch die Trennung ein anderer Mensch: ein Mensch mit Regenschirm, mit Bedenken und Vorbehalten (die in seinem Kopf nach Dringlichkeitsstufen sortiert sind). Wie ging das denn zu? Im November einmal ein Regenabend und zum Ersticken mein Leben. Gleich nach der Trennung. Die Wohnung wie unter der Erde. Und da hast du den alten Schirm, Karos, Streifen, Pünktchen, unregelmäßig verblichen ein Muster aus drei Sorten Grau, hast einen der beiden alten Regenschirme im Flur mitgenommen und schnell aus dem Haus. Und seither mit diesem Schirm durch die Welt. Der Stoff eingerissen. Die Speichen verbogen. Der Griff wackelt. Am meisten im Regen wackelt der Griff. Am Griff eine Schraube, die vorsteht. Nur schnell! Immer schneller! Im Geniesel, im Regen, besser noch schnell vor dem Regen her. Geduckt, ein Gespenst, ein eiliger Schatten. Und so durch den Spätherbst und Winter. Erst ein Regen- und dann ein Schneewinter. Mit Schirm.

Ein Mensch, der sich selbst nicht mehr traut. Immer den Schirm mit und mich daran festhalten. Auf jedem Weg. Als könnte ich andernfalls nicht auf der Welt bleiben. Früher nie einen Schirm. Früher mit Zuversicht und verträumt, laß dir Zeit, und die Welt mir entgegen. Vielleicht noch aus Staufenberg, vielleicht sogar noch von meiner Mutter der Schirm. Vielleicht hat Sibylle ihn vor Jahren einmal gefunden. So ein Schirm, den jeder gern überall liegenläßt und vergißt. Nur du wirst ihn jetzt nicht mehr los. Oft auf dem Heimweg allein vor dem Schaufenster der Autorenbuchhandlung. Sie ist gleich im Nachbarhaus. Ein Laden mit Vorplatz. Meistens am Abend. Die Stille, Lampenlicht, Nachtbäume. Stehen und mich ausruhen. Gerade das letzte Stück Weg wird einem oft am schwersten.

Geniesel, Märzregen, Regentage. Und am Abend die Amsel. Alle Abende. Im Regen, in einer Pause des Regens. Alles tropft. Hat eben aufgehört und wird dann gleich weiterregnen. Grün die Dämmerung und die Amsel singt. Wie in meiner Kindheit. Wie in der Kaiserzeit bei uns in Franzensbad, sagt meine Mutter jeden Abend in meinem Gedächtnis. Und dabei ihr Blick aus unserem Staufenberger Flüchtlingsfamiliendachgeschoßnachkriegswohnküchenfenster, als ob sie in der Ferne Franzensbad sieht (sieht oder sucht?). Die Amsel singt. Vor ein paar Tagen noch war es um diese Zeit schon längst dunkel. Kugelschreiber, Notizzettel, Regenschirm, Zigaretten und wer ich selbst bin! Du suchst dir ein paar Wörter im Kopf zusammen, den Anfang von einem Satz, und machst dich auf den Weg. Aus dem Haus. Die Straße noch naß. Alles tropft. Aus dem Haus in den Abend hinein. Durchs Westend nach Bockenheim. Zu Carina. In der Küche, im Bad, im Schlafzimmer, sagt Sibylle am Abend zu mir. Unter jedem Fenster. Warum fragst du? Vom Hof her die Amsel. Immer im März. Sogar sie als Kind schon, sagt sie. Hier in Frankfurt. In Sachsenhausen in der Siemensstraße. Da war ich als Kind oft allein und vor dem Fenster der Henninger Turm mit seinen Lichtern wie ein freundlicher Riese, der mich beschützt. Vielleicht nicht beschützt, aber tröstet. Und sieht mir bei meinem Alleinsein zu. Wenn man allein ist und froh oder traurig, sagt sie, hört man die Amsel am besten. Abend. Die Wohnung. Sibylle dünn und blaß. Wir wollen gleich noch mehr Bücherkartons in den Keller tragen. Sie hat mit dem Umräumen angefangen und dann nicht mehr weitergemacht. Die Regale abgebaut. Leere Wände. Jürgen sucht dich, sagt sie. Er ruft jeden Tag dreimal an. Hast du nichts von Pascale gehört? Hast du schon gegessen? Sibylle hat ein neues Parfüm. Und wenn dann wieder Sommer ist, sagt Carina, dann rufen uns wieder die Tauben. Dann scheint jeden Tag schon die Sonne, obwohlst es dann noch in der Nacht ist, so früh. Und diesmal wolln mier uns aba merken, was die Tauben zu uns immer rufen! Müssen jetzt morgens und abends immer zusehen, Carina und ich, wie es schon jeden Tag länger hell. Siehst du es auch? Man sieht es am Himmel, man sieht es sogar auf der Uhr, sagte ich. Sechs Uhr abends, halb sieben. Wie gestern und vorgestern um diese Zeit müd an der Warte vorbei. Überall Autos. Viele Lichter im Abend. Straßenbahnen. Der Wind kommt daher. Die Straßen noch naß und trocknen in großen Flecken. Müssen oft stehenbleiben, Carina und ich. Auf jedem Weg. Für euch ist alles ein Spiel, sagt Sibylle, und von mir will sie sich dann nicht ins Bett bringen lassen. Erzähl, Peta! sagt Carina. Erzähl, wie du dir von den Häschen das schönste aussuchen durftest! Erzähl mir das Dorf, erzähl alle Tiere im Dorf! Wie ich ein Kind war, in Franzensbad im Frühling der Wald, sagt meine tote Mutter, Franzensbad steht ja mitten im Wald. Und dann im Mai, wenn der Kuckuck ruft, sagt sie und wird wieder durchsichtig. Will die Uhr lernen, sagt Carina. Und wie geht das mit dem Katzensprung? Daß jetzt von hier bis zum Frühling nur noch ein Katzensprung? Das hat meine Mutter, sagte ich, die du nicht gekannt hast, immer im März zu uns Kindern gesagt. Sag du es jetzt auch zu mir, sagt Carina. Lange stille Märzabenddämmerungen. Erst grau, dann grün, dann wie blaues Glas. Dämmerungen wie Kirchenfenster. Immer im März wird die Welt uns zurückgeschenkt. Und wir auch der Welt.

Einmal abends zu früh dran. Noch hell. In allen Vorgärten Vögel. Den ganzen Weg an meinen Freund Jürgen denken und vielleicht kommt er mir dann gleich entgegen oder sitzt schon im Cafe Bastos? Sitzt im Albatros, im Pub, im Tannenbaum oder im Pelikan? Sollst du jetzt von Tür zu Tür? Und dabei ein Fragezeichen vor dir hertragen? Ich hätte gern mit ihm ausgemacht, daß er wartet, bis ich Carina ins Bett gebracht habe, damit in der Jordanstraße der Aufbruch mir dann nicht so schwer. Bei ihm an der Haustür klingeln? In allen Kneipen ihn suchen? Jetzt hier im Bastos einen Espresso und warten, bis er von allein kommt? Hinten in der Ecke ein kleiner Tisch mit Zeitungen und Zeitschriften und um mich mit vielen Stimmen der Abend oder im Stehen gleich beim Eingang und selbst als Fremder im Spiegel? Oder nur nachsehen, ob er drin und wenn nicht, gleich die Kneipe samt Spiegel im Kopf mit, viele Stimmen im Kopf und weiter? Keinen Espresso! Schnell weiter, damit du nicht wieder tagelang rechnen und rechnen mußt, um die unvorhergesehene (nicht genehmigte) Sonderausgabe nachträglich außerplanmäßig einzusparen. Zwei Mark als Tagesetat, Zigaretten nicht gerechnet. In der Gräfstraße auf dem Gehsteig. Unter Bäumen, ein breiter Gehsteig. Wie Tau ein paar wenige einzelne Regentropfen und danach dann sind Straße und Gehsteig gesprenkelt. Eilig der Wind. Nimmt die Wolken mit. Vor dem Bastos eine hohe Vortreppe. Die Tür offen. Innen Licht. März, noch hell. Wie ein Bild das Cafe mit der offenen Tür und du stehst auf dem Gehsteig zu Füßen des Abends. Als hätten gerade eben alle Glocken geläutet, so ist die Dämmerung. Carina zwei Straßen weiter daheim in der Jordanstraße und weiß, daß du dann gleich kommst. Vorher hier den Gehsteig entlang. Und dann auf die eigene Haustür zu. Wie früher. Oft so gegangen. Langsam jetzt, laß dir Zeit. Als sei nichts geschehen, so gehst du jetzt hier!

In der Jordanstraße die Wohnung. Carina schläft. Müdigkeit. Aller Tage Abend. Sibylle mit Pferdeschwanz. Eine dunkelblaue Wollstrumpfhose und ein dicker bunter Pullover. Hat sich Arbeit mit heimgebracht, sitzt am Lichttisch mit einem Umbruch für den Verlag. Die Heizung summt. Zittert das Haus? Sinkt die Wohnung mit uns in die Erde hinein? Endlich gehen! Du willst schon längst gehen! Du hast schon um halb neun gehen wollen! Um halb neun, um neun, um halb zehn! Siehst dich im Lampenlicht sitzen, ganz undeutlich schon. Wie im Halbschlaf. Als ginge es noch einmal in den Winter zurück, als ob der Winter gerade erst anfängt. Und brauchst eine Ewigkeit, um deine Schuhe anzuziehen. Sie wollen nicht, beide. Sibylle wie eine Tänzerin zwischen Lichttisch und Stehlampe hin und her. Schmal. Lange Beine. Schreibt im Stehen etwas auf. Unterstreicht. Muß es mehrmal dick unterstreichen. Steht und nickt zu sich selbst und zu dem Zettel und zu dem Bild in ihrem Gedächtnis. Endlich gehen, sagte ich mir und den Schuhen (schon mein Leben lang starren die Uhren mich an!). Die Heizung summt und mein Herz zuckt, müdes Herz. Die alten Sessel aus grauem Samt und wir sitzen hier mit der Vergangenheit. Aus dem Nebenzimmer Carinas Atemzüge. Du spürst sie wie in dir drin. Nacht ums Haus. Einmal von der Straße herauf Stimmen. Leute aus den Kneipen heim. Aus dem Tannenbaum, aus dem Pub, aus dem Pelikan. Stimmen, eine Autotür, Nacht. Und du sitzt und wirst immer schwerer. Dabei doch schon extra die Wildlederjacke an und nicht mehr den Emigrantenmantel. Jeden Tag schon die Wildlederjacke, weil mir damit in der Jordanstraße am Abend der Aufbruch leichter. Mit der Jacke mehr Übung im Aufstehen und Weggehen. Überall. Du nimmst deine Jacke und gehst. Noch besser, du hast sie gleich anbehalten. Selbst leicht und die Jacke auch leicht. Und auch, damit endlich der Frühling bald kommt, jetzt nicht mehr den Mantel. Aber nicht dich erkälten! Nur nicht krankwerden! Noch fünf Minuten, sagst du dir alle fünf Minuten, noch eine Zigarette. Nochmal noch einmal Carina im Schlaf ansehen und dann unverzüglich! Umso schneller jetzt! Warum denn bleiben? Es tut bloß weh! Und in Staufenberg, sagt Sibylle (vielleicht jetzt schon der nächste, immer noch einer, immer wieder ein anderer Abend), in Staufenberg auch. Unter dem Küchenfenster die Amsel und in allen Gärten. Das mußt du doch wissen, daß ich das noch weiß! Denn ich hatte davon nichts sagen wollen, um sie nicht unzulässigerweise an gute Zeiten gemeinsamer Vergangenheit – eine Art Schriftsatz, ein juristischer Schriftsatz in meinem Kopf und schreibt sich von allein weiter. Und gleich steh ich wieder in Staufenberg als Kind im Hof bei den Gemeindeamtsfliederbäumen und Flüchtlingsholzschuppen. Ich bin sieben. Es wird wieder Mai sein. Wie das Holz riecht. Wird warm und fängt schon zu trocknen an und riecht immer stärker. Bienen summen. Hell die frischgeschlagenen Holzscheite in der Sonne. Jedes Ding fängt zu lächeln an. Überall Vögel. Ein Schmetterling, ein Kohlweißling. Erst einer, dann zwei, dann drei und dann immer noch einer, viele. Der ungardeutsche Schuldiener mit Weste und Hut. Vor der Gemeindeamtshaustür, als ob er gleich fotografiert werden soll. Und im Hof, am Zaun, beim Hoftor und auf der Kreuzung und die ganze Vorstadt hinauf bis zum Turm, im ganzen Dorf blühen schon die Kastanien. Weiße und rote Kastanien, die bis an den Himmel reichen. Bald das Holz kunstvoll aufschichten! Wo willst du so spät noch hin? fragt Sibylle bei der Tür. Wohin? Und du bist auch nicht warm genug angezogen. Kommt drauf an, sagte ich, was man denkt und wie schnell man geht. Oder hatte es schon an einem anderen Abend zu ihr oder jemand anders gesagt. Den Regenschirm mit. Zigaretten. Die Jacke zu. Holzknöpfe. Meine alte Wildlederjacke. Neun Jahre lang mit Sibylle die Jacke geteilt. In einer langen Reihe die Abende und die Haustür fällt immerfort hinter mir zu. Leer die Straße. Schon spät. Alles naß und ein hauchfeiner Silbernebel um jedes Licht. Schnell gehen, den Schirm mit und noch einen Umweg als Heimweg.

Die Zeit. Als Gast meine Zeit in der Eppsteiner Straße. Trotz Erfahrung, trotz aller Sorgfalt und Mühe und Umsicht doch wieder vergangen die Zeit. Wie früher. Es ist nicht das erste Mal. Du hast es gewußt und trotzdem ist es dir wieder passiert. Die Ankunft, die ersten Tage – so deutlich noch. Gegenwart. Jeder Tag, jeder einzelne Augenblick. Ein Obstkorb. Äpfel, Orangen, Bananen, Birnen, zwei Avocados, Kiwis, Mangos, eine Ananas und ein Obstmesser. Zähl die Tulpen! Und jetzt in Gedanken immer wieder zu diesen ersten Tagen zurück, als alles noch neu – und geräumig, hell, leer, unbesudelt die Zeit. Noch nicht angebrochen. Erst nicht und dann kaum. Noch offen. Der helle Mittag. Die Fahrt durch die Stadt, meine Ankunft. Erst packen. Ich seh uns noch einladen. Und wie wir zwei Tage vorher im Kinderladen beim Tor stehen und er sagt zu mir: Du kannst bei uns einziehen! Noch die Stimmen der Kinder im Ohr und lose in meiner Tasche das Geld für Milch, Zigaretten und Brot. Und wie froh ich dann mit mir selbst durch den Morgen ging. Und jetzt auf jedem Weg daran denken, zurückdenken. Die Zeit ein verlorenes Land. Das sind wir doch selbst, die Zeit! Weitergehen und im Gehen zu Carina, die jetzt nicht da ist, nicht bei mir: Die Schneeglöckchen! Hätten im Februar, hätten im Januar schon, du und ich! Hätten mehr darauf achten müssen! Man darf sie nicht übersehen! Man muß immer wieder mit ihnen sprechen! Man muß sie sich alle merken! Schnell weiter, sagte ich zu mir selbst, schnell und passend dazu die Gedanken. Und mußt manchmal stehenbleiben, weil du nicht mehr weißt, wie das geht, daß man ruhig atmet. Mit dem alten Schirm durch meine eiligen Frankfurter Tage. Die meiste Zeit Abend. Ein kleines Geniesel. Erst Regen, dann Schnee. Nasser Schnee, der nicht bleibt. Du hast den Schirm mit, aber machst ihn nicht auf. Bockenheim, Gallus, das Bahnhofsviertel. In die Nacht hinein. Noch Licht in der Stadt? Lang nach Mitternacht. Die Zeil eine funkelnde Einöde. Wo einmal Frankfurt war und jetzt wie hingezaubert nur noch diese sprachlosen Häuserblocks und die glatten Fassaden. Carina schläft, doch ich seh uns schon morgen früh auf dem Weg in den Kinderladen und auf den Sommer zu. Und immer wieder komm sagen, komm! Komm du auch! Hätten mehr darauf achten, sagte ich in Gedanken zu ihr (sie schläft in der Ferne!), hätten uns alle Schneeglöckchen merken sollen! Und jeden Tag nachsehen, ob sie noch da? In den Vorgärten, im Schnee, im Wintergras und auch im Gedächtnis. Sind doch wichtig. Die ersten Blumen. Und so weiß und so klein und stehen so andächtig in der Stille. Weiß und mit grünen Blättern. Bevor sie kommen, muß man immer schon auf sie warten, sonst kommen sie nicht. Gerade in so einem schweren Winter. Hätten jeden Tag wieder alle Leute fragen sollen: Habt ihr nicht schon Schneeglöckchen gesehen dieses Jahr? Schon im Dezember zu warten anfangen und jeden Tag fragen. Weg ist weg! Gehen, die Zeit ruckt! Auf jedem Weg mir mein Leben erklären. Emser Brücke, Güterbahnhof, Gallus- und Gutleutviertel. Lang nach Mitternacht. Müd immer weiter. Weit und breit der einzige Fußgänger. Der einzige Mensch. Das einzig sichtbare Lebewesen. Nacht und kein Stern zu sehen. Braun und dunstig ein schwerer Frankfurter Nachthimmel, ein Rhein-Main-Himmel. Und kannst noch lang nicht heim. Zu Carina (sie schläft, sie geht neben mir her): Die Schneeglöckchen! Denk du auch dran! Wollen auch im nächsten Winter dran denken! Jedes Jahr wieder! Erst die Schneeglöckchen und dann jeden Abend die Amsel! Wenn man sie hört, muß man still stehen und darauf horchen! Erst auf die Amsel und dann auf die Erinnerung. Am Abend. Im letzten Licht. Schon jeden Tag länger hell. Erst noch das letzte Licht, dann die Farben der Dämmerung. Die merk dir auch jeden Tag! (Bei Tag schon Vorfrühling, März, aber jede Nacht kommt der Winter noch einmal zurück!) Als Gast. Alle Tage als Gast zu Gast und daß es nur ja nicht zu lang wird. Für die Gastgeber nicht und auch nicht im eigenen Kopf. Aber sie wollen mir ja noch ihr Haus in der Schwalm zeigen. Görzhain. Also nächstens mit den Kindern ein Wochenende auf dem Land und bis dahin folglich wird es auf jeden Fall nicht zu lang. Erst in der Dämmerung immer schneller gegangen und jetzt stehst du und ruhst dich aus. Den Schirm mit und nicht vergessen den Schirm! Halt dich daran fest!

2

Mittags müd heim, vom Einkaufen heim. Joghurt, Milch, Brot. Eine Kiwi, zwei Äpfel, zwei Bananen. Städtische Milch mit Haltbarkeitsdatum. Keine Zeitung. Und ein kleines Stück Brie, der aus Meaux kommt. Also die Vergänglichkeit, lauter Vergänglichkeit, nix als Vergänglichkeit eingekauft. Mit den Taschen, Tüten und Pfennigrechnereien als Gast die Treppe hinauf. Von Stockwerk zu Stockwerk. Und wie still es ist bei mir unterm Dach. Noch beim Auspacken. Fremd eine Zeitung im Zimmer! Liegt auf dem Bett, das bei Tag als Sofa sich ausgibt. Was will die Zeitung von mir? Aufgeschlagen. Die ZEIT vom 16. März. *Abschied von Uwe Johnson.* Zeitungsfoto mit Lesebrille und Blick. *Am 12. März wurde der deutsche Schriftsteller tot in seinem Haus in England aufgefunden.* Noch mit meinen Einkäufen und einem zugehörigen Bündel lose daran geknüpfter Erwägungen. Kühlschranktür offen. Im Kühlschrank ein ewiges Lämpchen. Wie kann er tot sein? Meine Einkäufe. Kassenzettel. Das Wechselgeld auf den Tisch und die leeren Plastiktüten zusammenfalten. Sind praktisch. Eben noch mit der Brotverkäuferin über Brotsorten und Brotpreise und mit der Supermarktkassiererin über Ziegenkase und Ziegen und daß alles immer teurer wird, da kann sie auch nichts dafür. Eine Frankfurter Griechin aus Thessalien, die seit elf Jahren in Preungesheim wohnt. Wie es dort war, wo sie her ist. Eine Kleinstadt bei Thessaloniki, fast schon ein Vorort. Ein kleiner Ort und dir ist, du müßtest ihn kennen. Wie dort die Tage sind, die Sonne, die Sonne, und daß sie jetzt hier ist und kann jeden Tag bequem mit der U-Bahn. Teilzeit, zwei Kinder, dreißig Stunden die Woche. Lagerhaltung und Kasse. Die Kasse klingelt nicht, sondern fiept elektronisch. Und mit beiden, mit der Kassiererin und der Brotverkäuferin über den Frühling, also die Gegenwart, heute, jetzt! Daß jetzt jetzt ist, weil Carina das immer sagt – und muß ihnen gleich von Carina erzählen, damit sie nicht denken, weil ich hier ohne Kind vor ihnen stehe, ich hätte kein Kind! Sind die heutigen Schulkinder alle schon heim? Dann mit vielen Vorsätzen, Taschen und Tüten und einem Laib Brot, der nach Brot riecht, ahnungslos in den hellen Mittag hinein. Das Brot ist noch warm. Wie kann er tot sein? Und jetzt ist die Stille eine andere Stille. Keine Todesursache? Und wenn du es einfach nicht glaubst? Du kommst nochmal zur Tür rein und weg die Zeitung, da war nichts, er lebt! Schon die Skizze eines Verunglückten, kam dir vor, wie mit letzter Kraft. Dann die Jahrestage 4, also hat er es doch nochmal wieder, hast du gedacht. Im Herbst ein Nachmittag, der vergangene Herbst und du gehst mit dem Buch aus der Bibliothek heim. Hat also doch noch zuende das Buch, man schafft es ja immer. Auch wenn auf dem Bild seine Haut so dünn und unter der Haut der Totenschädel schon sichtbar. Das Foto auf dem Buch. Die Zweigstelle der Stadtbibliothek in der Seestraße. Lampenlicht. Nachmittagsseitenstraßen. Der Kurfürstenplatz. Oft so gegangen. Noch vor der Trennung. Du bist mit dem Buch heim und hast es Sibylle gezeigt und hast dir gewünscht, daß wie früher die Zeit stehenbleibt, damit du Tage und Tage ungestört lesen kannst. Tag und Nacht. Erst diesen vierten Band und dann nochmal der Reihe nach alle vier. Wie kann er jetzt tot sein?

Vor ein paar Tagen erst mit Birgit und den Kindern aus dem Kinderladen heim. Meine Gastgeberin. Es hat aufgehört zu regnen. Grau, aber hell der Tag. Und auf dem Heimweg fängst du an, ihr die Jahrestage zu erzählen. Vorgärten, hohe Bäume. In den Vorgärten überall Knospen und wir mit jedem Schritt langsamer, damit vielleicht doch noch die Sonne durchkommt. Carina und Domi trödeln mit hellen Stimmen hinter uns her. Erst unser Heimweg und dann noch bei ihr in der Wohnung zum Tee. Darjeeling und Marmeladeplätzchen. Die Kinder vor unsren Füßen mit Plätzchen und Playmobilelefanten. Macht nicht soviel Krümel, ihr Kinder! sagen wir aus den Sesseln herab zu den Kindern. Und die Kinder sagen zu den Playmobilelefanten: Macht nicht soviel Krümel, ihr Elefanten! Keine Sonne. Wie helles flüssiges Gold in den Gläsern der Tee. Ein langer friedlicher Nachmittag. Immer gut, man hat schon morgens gearbeitet und vom Rest des Tages ein paar Stunden noch gut. Tee, Zigaretten, Marmeladeplätzchen. Immer noch ein Glas Tee. Noch keine Woche seither. Und jetzt die ZEIT mit dem Nachruf. Birgit muß sie mir hingelegt. Mit der Zeitung die Treppe hinunter. Sobald wir nur erst von ihm sprechen, wird sein Tod vielleicht doch sich als Irrtum, sagst du dir. Ungültig. Muß geändert, muß wie jeder Tod und alle Kränkungen rückwirkend annulliert werden! Sobald wir nur erst zu sprechen anfangen, sagst du dir auf der Treppe. Aber dann ist Birgit nicht da! Niemand da! Sie war da und ist nochmal weg und die Tür ist zu und du hast die Schlüssel und stehst im ersten Stock vor der Tür. Zu die Tür. Kannst nicht bleiben, nicht gehen, nicht bleiben! Eine Kassiererin aus Thessalien und eine Brotverkäuferin aus dem Fuldaer Land. Die meisten Frankfurter sind nicht aus Frankfurt. Du weißt gleich, daß du jetzt nicht schlafen kannst. Vielleicht nie mehr? Essen auch nicht! Nicht lesen, nicht baden und auch keinen Espresso trinken. (Schläft er jetzt?) Du willst endlich zu sprechen anfangen und stehst mit Zeitung und Schlüsselbund vor der verschlossenen Tür. Sie heißt Birgit. Wo kann sie hinsein? Ihr entgegenwarten? Immer dringender ihr entgegenwarten? Sie suchen? Zum Horizont hinhorchen? Stehen und die Hände ringen und schon anfangen mit meinem Monolog? Erst hier auf dem Treppenabsatz und dann vor der Haustür und dabei auf und ab? Vor der Reihe erschrockener kleiner Fliederbäume. Vor einer weißen Mauer vier kleine Fliederbäume, die für nix was dafür können – und wie sie vor mir zurückzucken, immer wieder zurückzucken müssen! Hin und her zwischen Haustür und Hoftor? Immer schneller hin und her? Dann doch ihr entgegen, auch wenn du die Richtung nicht weißt? In alle Richtungen gleichzeitig ihr entgegen und dann mit ihr heim und im Gehen schon auf sie einreden. Sobald ich von etwas anfange, kann ich gleich nicht mehr aufhören! Mich hinreißen lassen! Verrückt? Warum nicht ein bißchen verrückt? Erst die Trennung und dann mit der Trennung die neue Zeitrechnung. Und seither mußt du auf dich und auf alle Menschen und Dinge und Situationen unentwegt einreden, Notwehr! Vielleicht auch schon vorher, schon immer? Vielleicht schon dein ganzes Leben, aber gerade jetzt weißt du es, jetzt fällt es dir auf. Nach der Trennung: du hast nur die Wahl gehabt, fortan zu keinem je wieder ein Wort, stumm, ein Gespenst, ein Schatten, ein Stein – oder mußt jedem der kommt immer weiter dein Leben erzählen! Erst seit der Trennung oder schon seit du zu trinken aufgehört hast? Und vielleicht auch schon vorher im Suff? (Nicht so drauf geachtet im Suff!) Und davor als Kind nicht auch sowieso schon? Also eh und je? Vor der Haustür mit Zeitung und Schlüsselbund. Erst Arno Schmidt – schon sein Tod: das hätte nicht sein dürfen! Von Rechts wegen! Und jetzt auch noch Uwe Johnson! Wie sollst du dir jetzt auch noch den ersetzen? Das Foto auf dem Buch. An das Foto denken. Vor dem Hoftor jetzt, damit mir mehr Platz bleibt und ich die Straße entlangsehen kann. Auf dem Foto deutlich die Knochen unter der Haut und die Haut dünn. Fast schon durchsichtig. Spannt! Kann sein, daß ich mit mir selbst sprach und muß immer heftiger gestikulieren (das macht nix!). Letzte Woche zu Birgit auch schon von dem Foto gesprochen. Sein ernster Blick. Du siehst das Buch deutlich vor dir. Es steht in der Bibliothek und du kannst es fast in der Hand spüren. Jetzt gleich in die Bibliothek? Auf die Zeil? In die Zweigstelle der Stadtbibliothek in der Seestraße? Alles von Uwe Johnson und sehen, was es über ihn gibt. Die Zeitungen auch. Erst noch beim Hoftor und dann die Treppe hinauf. Jetzt kommt dir vor, du hast schon immer gewußt, daß du einmal mittags müd heimkommen wirst und Uwe Johnson ist tot – aber immer erst mitten im Traum merkt man, daß man träumt! Kommt sie immer noch nicht? Will keiner uns wecken? Und liest denn nicht jeder in jedem Buch sowieso nur immer sich selbst?

In Staufenberg. Sibylle und ich. Unser zweiter Winter. Erst sie und dann ich erkältet. Dann beide ein paar Tage frei. Im Winter soll man viel im Bett liegen. Dort wird es im Winter kaum je richtig hell. Einmal gegen Mittag fährt Sibylle in die Stadt. Ich sah ihr beim Anziehen zu. Mit dem Bahnbus nach Gießen. Geld leihen, einkaufen und in die Bibliothek. Nicht viel Geld, nur nicht zuviel leihen! Dreißig oder vierzig Mark. Ein oder zwei Leute kennen wir noch, die uns vielleicht manchmal ein bißchen Geld leihen. Kleine Summen. Umsichtig einen Einkaufszettel, damit das Geld, wenn man es erst hat, dann auch bis zum nächsten Ersten reicht. Und eine lange Bücherliste. Vergiß nicht die Bibliothekskärtchen! Sie nimmt zwei große Taschen mit. Oder soll ich trampen? fragt sie. Nimm den Bus, sagte ich. Lieber zur Not uns noch fünf Mark mehr leihen. Vergiß nichts, komm gleich zurück und erzähl mir, wie alles war. Wenn du nirgends Geld kriegst, sagte ich, ruf Wolfram an und sag ihm einen Gruß von mir. Sag nur bis zum nächsten Ersten! Aber wollen ihn uns nach Möglichkeit für Notfalle aufheben, für die wirklichen Notfälle! Komm zurück, so schnell du nur kannst! Wenn ich zurück bin, koch ich, sagt sie. Ein Schneehimmel vor dem Fenster. Sie wickelt sich einen langen dicken selbstgestrickten Schal um den Hals (braungelb gestreift, drei Meter lang) und zieht meinen alten eckigen Webpelzmantel an. Ein Mantel mit breiten Schultern. Ich sah ihr vom Bett aus zu. Man hört einen müden Traktor. Im Winter krähen die Hähne nicht, bleiben im Stall. Vergiß nicht die Bücherliste! Bring alle, die ich aufgeschrieben habe! sagte ich. Und dazu immer noch eins, das du für mich aussuchst. Ab jetzt jedesmal eins. Als Überraschung! So dann die Jahrestage 1,2 und 3. Lesen muß man im Bett! Und ein anderer Wintertag. Sibylle liest Tolstoi. Der Leinwandmesser. Sie sitzt mit dem Buch auf dem Bett und fängt an zu weinen. Über das

Pferd, das arme Pferd, das jetzt alt ist und weiß, daß es sterben wird. Und über die anderen Pferde in dieser Pferdegeschichte. Und über die Staufenberger Pferde, bei denen wir oft stehenbleiben, um mit ihnen zu sprechen (sie warten schon immer darauf). Sibylle sitzt auf dem Bett und muß immer weiter weinen. Über die Pferde, über alle Lebewesen, über sich und uns und den toten Tolstoi. Und über all die vielen Tiere und Menschen, die lebenden und die toten. Und weil so ein stiller dunkler Wintertag ist, weil hierzulande die Wintertage meistens so still sind und dunkel. Und daß wir uns nicht schon als Kinder gekannt haben, sie und ich (sie ist aber zwölf Jahre jünger als ich) und daß wir alle jetzt längst keine Kinder mehr sind und auch nicht so bald wieder Kinder sein werden. Sind in Staufenberg oft auch im Winter jeden Tag in den Wald, sie und ich.

Einmal muß ich erst mittags zur Arbeit und wir bleiben lang im Bett. Und dann muß ich mich endlich anziehen und sie sagt: Jetzt gehst du ja doch! Immer gehst du! Seit ich vierzehn war, sagte ich. Immer zur Arbeit. Alle Tage. Jeden Tag wieder. Immer pünktlich oder doch beinah pünktlich. Wenigstens immer Arbeit gehabt. Man muß froh sein, solang man sie hat. Sibylle auf dem Bett. In unsrer Küche. Ein Arbeits- und Lesebett, ein Tagbett. Sie hat es sich ausgedacht und selbst gebaut. Neben dem Tisch, an dem ich schreibe. Der alte Küchentisch meiner Mutter. Zu Füßen des Tischs unter der schrägen Wand ein riesiges Bett. Der Tisch steht am Fenster (ein Dachgaubenfenster). Alle paar Monate, wenigstens jeden Herbst und immer im Frühling muß Sibylle die Wohnung umräumen. Nur mein Tisch beim Fenster bleibt auf seinem Platz. Und daneben das Bett in der Küche. Wenn ich nicht schreibe und auch zwischendurch in den Pausen groß genug für uns beide, das Bett. Lämpchen, Bücher, der alte Plattenspieler zum Anschubsen (defekt, aber geht noch). Sogar kochen kann man vom Bett aus. Essen auch im Bett. Und wenn man müd ist oder ist dieses Bett müd, dann hat man im Schlafzimmer noch das andere Bett. Nie Zeit! sagt sie. Wenn du da bist, schreibst du! Beim Schreiben trinkst du und sprichst die meiste Zeit nur mit dir selbst! Und dann bist du müde und ich muß wieder zur Arbeit (sie arbeitet manchmal als Kellnerin). Bald, sagte ich und muß mich jetzt schon beeilen. Bald, wenn das Buch fertig ist. Jetzt diese vorletzte Fassung. Wenn die fertig ist! Wir kaufen billig ein großes altes Auto und fahren nach Griechenland, du und ich! Auf lauter Nebenstraßen und Feldwegen, sagte ich. Von hier, von unserem Hof aus bis an das äußerste südliche Ende des Peloponnes. Und auf die Inseln. Und durch jedes Land auf dem Balkan. Ein Auto, in dem man auch schlafen kann. Man braucht nicht viel Geld, sagte ich. Die Landkarten haben wir schon. Ein Wintertag, noch Winter oder schon Nachwinter. Ich trank türkischen Mokka und ging mit der Tasse im Zimmer herum. Nichts verschütten! Aber wann? fragt sie. Im Frühling, sagte ich, bald! Man muß an den Frühling glauben! Und wenn nicht, dann im Sommer! Spätestens im Spätsommer, sagte ich, im September. Dann wird hier schon Herbst und dort ist noch jeden Tag Sommer. Fahren bald! Noch in diesem Jahr jedenfalls, sagte ich, man muß daran glauben! Und muß jetzt schon dauernd auf die Uhr sehen. Immer noch eine letzte Zigarette und mein türkischer Mokka so gut, jeder Schluck (vielleicht hat der Bus Verspätung!). Im Frühling das Auto, sagte ich. Große alte Autos sind billig. Im Sommer die Reise. Und nach der Reise die Reinschrift. Und dann fangen wir an, uns um einen Verlag zu kümmern. Das erste und das letzte Kapitel schreib ich erst ganz zuletzt. Und wirklich in diesem Sommer fahren wir? fragt sie. Und unterwegs schreibst du nicht? Klar, sagte ich, oder höchstens nur ab und zu mit der Hand ein paar wenige einzelne Wörter! Aber jetzt muß ich zur Arbeit! (Immer ein paar Manuskriptseiten einstecken, um sie im Bus und im Gehen zu korrigieren, die Seiten von gestern und vorgestern und die von der letzten Nacht; Manuskriptseiten und Notizzettel!). Gleich heute Abend, sagte ich, sehen wir die

Landkarten an und denken uns schon alles aus! Am Ende kennen wir jedes Dorf auf dem ganzen Balkan. Und wissen, wie es da ist, wie es überall zugeht und wie sie dort alle leben! Komm nach der Arbeit gleich heim, sagt sie. Soll ich dich abholen? Darf ich? (Sie fragt immer: darf ich?) und nimmt den Pullover, den ich vorher anhatte. Er ist so alt und mit vielen Löchern, man kann ihn zur Arbeit in der Buchhandlung schon nicht mehr anziehen. Und gib mir, wenn du gehst, dann das Mokkakännchen und die türkische Tasse. Laß den letzten Schluck für mich drin. Wo ist dein Kissen? Welches Buch liest du? Wo ist dein altes Hemd? Und die Wörter, die du eben gesagt hast? Was sind das für Wörter gewesen? Die will ich auch! Weil, sagt sie und sitzt mit dicken Socken und nackten Beinen auf dem Tagbett, daß sie sich selbst neben meinen Arbeitstisch gebaut hat (beinah um den Tisch herum). Wie auf einem Floß mit vielen Kissen und Decken sitzt sie und sieht mich an. Weil, wenn du nicht da bist und bis du zurückkommst, brauch ich alles von dir! Seither acht Jahre. Erst noch auf dem Gehsteig vorm Haus, dann mit der Zeitung wieder die Treppe hinauf. Ohnmächtig wie ein Zeitungsleser. Bei jedem Schritt knarrt mein Herz. Und am Abend wieder durchs Westend nach Bockenheim zu Carina. So viele Jahre jeden Tag auf den letzten Band der Jahrestage gewartet und dann ihn eben noch vor der Trennung mit Sibylle gemeinsam. Und jetzt sind im letzten Kapitel für den letzten Tag die letzten Sätze als Bild dir, sind stehengeblieben. Das Meer. Ein weiter verlassener Abendstrand und die drei, die da gehen, schon weit. Noch eben in Rufweite? Dann klein und fern auf die Ferne zu. Der Tag auch. Und das Licht fängt zu flimmern an. 20. August 1968. Wie kann er tot sein, mit solchen Büchern?

Lang vor Tag ein Automotor. Würgt, hustet, will nicht mehr. Will nicht anspringen. Und du liegst schlaflos. Herz müde. Vor Tag aufgewacht, im ersten grauen Vortageslicht. Hat der Motor dich geweckt oder bist du schon lang wach? Nur jetzt der Motor oder bei jedem Aufwachen wieder? Im Morgengrauen, wenn wir erschöpft sind und ruhelos und uns vorkommen will, daß wir keinen Ausweg wissen. Nicht genug Luft! Zum Ersticken! Wie alter Schnee ist die Stille vor Tag, wie kalte Asche. Als ob dich dein Leben erdrückt. Und nirgends ein Ausweg, du kannst keinen Ausweg finden – nicht nur für dich nicht, für keinen – weil es keine Auswege gibt! Immer zum Ende des Winters hin am meisten erschöpft. Jeden Morgen ein Auto und will nicht mehr. Ein Motor, der nicht anspringt. Lang vor Tag und du spürst es am Herz. Wie aufgebahrt liegst du und spürst, wie dein Herz klopft. Behörden, Papiere, kein Geld! Nur nicht krankwerden! Und jeden Tag wieder auf allen Wegen im Schreck einen Bogen um jedes amtliche Schild! Und wie lang noch als Gast zu Gast, wie lang noch die Wohnung hier? Pissen, rauchen, Wasser trinken – wird es nicht endlich hell? Vier Uhr früh. Erst drei, dann vier, dann halb fünf. Ob jetzt mein Vater wach ist? Als ob ich ihn reden höre und muß mir gleich vollzählig seine und meine Sorgen! Auch die von früher. Sind fristgerecht verlängert worden, die Sorgen von früher. Sind nach wie vor gültig. Bist müd, bist erschöpft und kannst nicht mehr einschlafen. Im Halbschlaf, als ob du an einer Abzweigung stehst und nicht weiter weißt, lang. Direkt unterm Fenster in aller Frühe ein Vogel. Mit Tönen, als ob er eilig eine Uhr aufzieht. Und dann schnell, muß gleich weiter. Auf dem Dienstweg. Bevor es noch richtig hell. Ist das auch die Amsel? Welcher Vogel denn, welcher ist es, der lang vor Sonnenaufgang als erster das Licht ahnt, der die veränderte Stille als erster hört und den Tag herbeiruft, wir leben! Zigaretten, Wasser, der Automotor. Bei uns hier ist es das Rotschwänzchen, sagt mein Vater in meinen Halbschlaf hinein. Nimmt seine Nahrung in so winzigen Mengen nur zu sich, daß es nie allzu lang schlafen kann. Muß immer gleich weiter, sagt mein Vater, muß sich immer beeilen. Mein Vater kennt alle Vögel. Sie kommen, wenn er sie ruft. Sie sprechen mit ihm. Du siehst ihn noch vor dir, ihn und die Vögel. Sie kennen ihn. Sie kommen in Scharen herbei. Und dann der Schlaf und trägt dich weiter stromabwärts. Oft noch im Schlaf in meinen Schlaf in der Abstellkammer zurück. Wie ausgesetzt, wie auf einem Floß. Erst auf einem Floß und dann in einer Kiste. Und seekrank. Du siehst nichts! Kein Licht und nicht genug Luft! Hustenanfälle. Husten, schwitzen, Panik – eine Panik, als ob du erstickst! Im Fieber. Kein Notausgang? Treibt sie noch auf dem Meer, die Kiste, und morgenmüde das Meer – oder schaufeln sie dir schon eifrig deinen Anteil an Erde auf den festvernagelten Deckel drauf? Oft ist mir, als ob Carina mich ruft, durch die Nacht nach mir ruft! Im Januar hat sie geträumt, eine Frau hat mich in die Erde eingegraben und sie muß mich wieder ausgraben. Ein Kind. Viereinhalb. Kleine Hände. Seither jede Nacht wacht sie schreiend auf und ich bin nicht da. Rauchen, husten, Wasser trinken. Erschöpft. Umzingelt. Kettenraucher. Wie lang noch die Wohnung und was wird dann? Kann nur noch im Kreis denken, in Katastrophen. Wo gehts hier zum Richtplatz? In aller Frühe im Halbschlaf immer ein Automotor, der jedesmal wieder nicht anspringt. Die ganze Nacht kein Auge zu und dann beim Aufwachen weißt du nicht mehr, ob dein Vater Rotschwänzchen oder Rotkehlchen gesagt hat? Aber siehst ihn noch vor dir, ernst und geistesabwesend, tief in Gedanken. Und dazu die Erinnerung an einen Teich. Schnee, Frost, Stille und von allen Seiten dunkel und reglos der Wald. Wie aus Eisen ein Himmel. Und ihr steht und müßt zusehen, wie vor euch der Teich langsam zufriert. Einsamkeit, Stille. Ein Bussard ruft. Still und dunkelgrün liegt der Teich. Wird beim Zufrieren glasig und glatt. Psijuh! ruft der Bussard und du spürst, wie die Einsamkeit dich in der Kehle würgt. Dann auf dem Bettrand sitzend sich wiederfinden. Besiegt? Verloren? Bin das immer noch ich? Du bist eben aufgewacht und weißt deinen Namen nicht gleich, aber um dich ist es schon hell. Von allen Seiten die Morgenvögel und schon kommt der Tag in Gang. Das Espressokännchen. Espresso aufsetzen. Kugelschreiber, Notizzettel, das Manuskript.

Schnell dir beim Zähneputzen schon die Seiten von gestern zum Lesen und Korrigieren zurechtlegen. Und weit auf das Oberlichtfenster. Morgenluft. Immer lauter die Vögel und vom Reuterweg her der Autoverkehr und dabei jedesmal an Paris denken. Seit Samstagabend schon. Der vergangene Samstag. Seither in Gedanken gehst du durch Paris. Du gehst, wieder März. Oft so gegangen. Paris bleibt sich immer gleich. Beim Fenster stehen. Barfuß. Das Oberlichtfenster. Gleich nach dem Aufwachen stark und betäubend die ersten bitteren Morgenzigaretten – das sind die besten vom ganzen Tag! Jetzt fängt der Espresso zu kochen an. Wie eine eilige kleine Lokomotive rasselt und dampft das Kännchen. Wie ein Zug. Wie noch bis weit in die Sechziger Jahre hinein die Eisenbahnzüge mit den Dampflokomotiven, wenn du nachts im Liegewagen im Halbschlaf, am besten ganz oben ein Bett – nach Paris? Nach Triest, nach Marseille? Wohin geht deine Reise? Schon riecht das ganze Dachgeschoß wie eine Cafebar im Süden und kühl die Morgenluft durch das offene Oberlichtfenster herein. Gegenwart. Noch nie am Morgen verzagt gewesen! Ein Märzmorgen, kühl und grau.

3

Das Buch. Mein drittes Buch. Über das Dorf meiner Kindheit. Staufenberg im Kreis Gießen. Mit Carina morgens in den Kinderladen. Sie hinbringen und gleich weiter. Schon weg und dann doch nochmal umkehren und Liesel auch nach der Amsel fragen. Die Betreuerin (Bezugsperson). Aufgewachsen in Seligenstadt am Main. Ihre Eltern sind aus dem Banat. Sie wohnt jetzt im Nordend. Welche Amsel? Immer im März in Deutschland singt abends im letzten Licht unter jedem Küchenfenster eine Amsel. Stimmt, sagt sie. Auch früher schon. Wenn man sie hört, dann weiß man es wieder. Kaum erst halb zehn. Die Kinder beim Hoftor unter den Bäumen. Bunte Jacken und Gummistiefel. Stehen um die Pfützen voll Regenwolken herum. Stehen in den Pfützen. Selbst wie fremde Vögel so bunt und mit vielen Stimmen die Kinder. Mich beeilen! Immer einen Augenblick, fünf Minuten, eine halbe Stunde und zehn-fünfzehn Jahre zu spät dran und (wieder wie in meiner Schulzeit und Lehrlings- und Lastträgerzeit) von allen Seiten die Blicke der Uhren. Aber früher wenigstens immer Arbeit gehabt, Lohnarbeit, eine feste Stelle. Schlecht bezahlt, immer am falschen Platz, aber Hauptsache Arbeit! Joh, sagen in meinem Kopf die Bauern aus Staufenberg, die mir immer ins Buch hineinreden müssen und in mein Leben und in meinen Schlaf hinein und in jedes Erwachen. Joh, also! Und müssen sich lang und breit räuspern. Jojoh, was sein muß, muß sein! Und warum ich nicht wenigstens bei der Bahn bin? Als wüßten sie nicht, daß man da Protektion braucht und dazu einen passenden Lebenslauf. Ein Bewerbungsgesicht als Gesicht. Einen Bahnbeamten als Vater. Einen Onkel, der bei der Bahn ist. Bei der Bahn oder bei der Post, sagen sie. Bei der Post, wenn man da einen Fürsprecher hat und ist zielstrebig, flink und zielstrebig, flink, zielstrebig und tüchtig, die nehmen auch die Söhne von Kriegerwitwen. Oooder in Lollar bei Buderus, sagen sie. Auf Schicht. Heizer oder Hilfsheizer. Wie in der

Zeit nach der Währungsreform reden die Bauern. Dabei gibt es bei Buderus schon lang keine Heizer mehr. Keine Eisengießerei. Der Himmel leer. Die Hochöfen abgebaut. Und brauchen auch keine Handlanger. Seit Jahren schon nicht. Gerade dann, sagen die Bauern schlau, womöglich gar in die Schreibstube. Unter solchen Umständen, sagen sie umständlich. Wenn einer auf dem Papier sich zu helfen weiß. Wie beim Kommiß, wie beim Barras. Am Ende gar Lagerverwalter oder in die Lohnbuchhaltung. Wer schreibt, der bleibt. Und *wenn* einer schon einmal bei Buderus in der Schreibstube sitzt und kennt da die Oberen und kennt sich da überall aus, der schafft es auch noch bis auf die Gemeindeverwaltung, wenn nicht sogar nach Gießen aufs Landratsamt. Und nicken, als sei alles womöglich schon eingefädelt. Schon länger. Unter der Hand. Dazu Geschichten vom Krieg. Wie sie es im Krieg bei der Wehrmacht immer schlau angestellt haben und was für ein gutes Leben. Sogar noch in der Gefangenschaft. Einen eigenen Vorrat an Kartuffeln und Weizenmehl. Erstklassiges am-rikanisches Weizenmehl. Zum Tauschen und für sich selbst. Sogar Tabak, sobald es dann wieder Tabak gab. Und wie dann seinerzeit wieder angeheizt worden ist, gleich als Heizer zu Buderus auf Schicht. Heizer oder Hilfsheizer. Ein Bauer schimpft den andern Bauern Buderusknecht. Auf Schicht und daheim die Feldarbeit jeden Tag. Von der Hütt aufs Feld und vom Feld auf die Hütt. Ins Eisenwerk. Erst als Heizer. Noch jung und kräftig. Als Heizer ist ihnen die Frühschicht am liebsten. Und zum Schluß ein paar Jährchen noch in der Materialausgabe. Normalschicht, Mittelschicht, leichte Arbeit. Ein grauer Kittel mit Brille und eifrig. Bleistift hinterm Ohr. Mit Hut und Brille und immer schön deutlich grüßen. Von weitem schon grüßen! Mit Staublunge, amtlich. Noch ein paar Jährchen Werksbote, damit für die Rente noch etwas zusammenkommt. Werksbote mit Aktentasche, dann Frühinvalide. Als Frühinvalide beim Hoftor stehen, husten und rauchen. Bei schlechtem Wetter und mit einer sicheren kleinen Rente sitzt es sich gut auf der eigenen Ofenbank. Muß man fast schon sich selbst beneiden. Es sind die Bauern von 1948 und von 1950, die nicht aufhören, auf mich einzureden. Und ob ich das, was ich schreibe, nicht ab und an portionsweise in die Zeitung setzen lassen kann? In Gießen, in den Gießener Anzeiger. Tut das etwas kosten oder kriegt man da einen Luhn dafür? In die Sonntagsbeilage vom Gießener Anzeiger. Damit sie es sich dann in Ruhe ansehen können. Früher hat es auch noch so Bauernkalender gegeben. Mit Sprüchen und Bilderchen. Hauptsächlich für im Winter die Sonntage. Für uns Erdenvolk die Sonntage sind so kurz, sagen sie. Muß mich beeilen, sage ich, hier in der Stadt und schon das Jahr 1984. Da winken sie ab. Das ist der Fabrikschritt. Den kennen wir längst. Ist damals bei uns im Dorf aufgekommen. In der ganzen Gegend. Von der Hütt aufs Feld und vom Feld auf die Hütt. Schichtarbeit. Ins Eisenwerk jeden Tag. Mit den Füßen noch unterwegs und im Kopf in Gedanken immer schon da, wo man in Wirklichkeit erst noch hinwill. So haben wir den Fabrikschritt uns seinerzeit angewöhnt, sagen sie. Und dazu von der Werksirene noch jeder jeden Tag je einen pünktlichen täglichen Schreck in den Knochen.

Geheilt, sagt die Zahnärztin als helle Morgengestalt erleichtert an meinem offenen Mund vorbei. Gut, wirklich gut! War eine tiefe Wunde und sieht jetzt wieder gut aus. Aber ruhig noch ab und zu zum Einpinseln zu mir. Im Vorbeigehen. Heilt dann besser! Vor dem Fenster einmal dürres Heidekraut und dann leuchtend grün frisches Gras, Märzerde und bald gehen die Krokusse auf. Hell ein Augenblick, der will, daß du ihn dir merken sollst. Und dann wieder das Heidekraut, zittrig und braun. Sie hat nämlich zwei fast gleiche Behandlungsräume, damit man als Patient immer schon bereitsitzt, wenn sie mit dem vorigen fertig wird. Dreht jetzt die Arbeitslampe beiseite und läßt den Stuhl mit mir drin elektronisch-pneumatisch zur Landung ansetzen. Ein Märzmorgen, grau und es tropft aus den Bäumen. Erlöst!

Wieder frei und den Kopf voll mit Wörtern und Bildern. Noch aus dem Wartezimmer. Immer beim Zahnarzt die besten Einfälle. Und schnell jetzt, gleich weiter! Der Tag wartet! Ein Morgen im Westend. Vorgärten, hohe Bäume. Eilig ein Westendeichhörnchen vor mir über die Straße. Und im Sommer, wenn dann wieder Sommer ist, sagt Carina in meinem Kopf. Und wollen doch auch bald die Edelgard treffen und wann ist jetzt bald? Schnell weiter! Eilig! Nur nicht krankwerden! Auch im Schlaf mich beeilen! Müssen uns jeden Tag sehen, Carina und ich. Morgens mit ihr in den Kinderladen und dann in die Eppsteiner Straße wieder. Gleich an den Tisch zurück zu dem Manuskript und im Gehen mir die ersten Sätze schon, im Gehen mir weiter den Tag erzählen. Einen Umweg als Heimweg. Du erzählst dir die Welt, du erzählst dir dich selbst. Mit vierzehn zu arbeiten angefangen. Seither immer Arbeit gehabt. Immer hast du zur Arbeit gehen dürfen. Und jetzt alle zwei Wochen zweihundertzwanzig Mark vom Arbeitsamt. Auf dem Heimweg Milch kaufen, Milch und Joghurt. Ein Märzmorgen, grau, alles tropft. Gehen und rechnen und mit meinen Rechnereien im Gehen weiter die Welt in Gang halten. Und dabei die Schuhe schonen, beide Schuhe. Bei jedem Schritt. Verluste, die Trennung – weg ist weg! Auf jedem Weg mir mein Leben erklären. Den Schirm mit. Ein kleiner Regen, die Straße gesprenkelt, dann naß, dann trocken, dann wieder naß. So gehst du und gehst. Wolken ziehen. Der Regen läßt nach. Und gleich die Vögel wieder. Es hat noch nicht aufgehört und sie fangen zu singen an. Regenschirm, Eile, Notizzettel. Und wie die Gedanken unentwegt neben mir herflattern, wie mein Leben hinter mir herflattert, meine eiligen Frankfurter Tage. Du hast den Schirm mit, aber gar nicht erst aufgemacht. Noch den Zahnarztgeschmack im Mund. Ein mildes Feuer. Anisöl, Kamille und Alkohol. Schon kein Schmerz mehr, nur ein Hinweis darauf. Gut festhalten erst den Schmerz und dann die Erinnerung an den Schmerz. Eine Pause des Regens und gleich von allen Seiten die Vögel. Müssen sich beeilen, damit sie komplett ihr Programm schaffen, ihr Repertoire, bevor es gleich weiterregnet. Pfützen voll Himmel, Wolken ziehen durch die Pfützen. Den Schirm mit. Als Strohhalm? Als Waffe? Als Steuerknüppel? Um dich daran festzuhalten? Damit du dich daran erkennst? Damit du dir selbst den Weg zeigen kannst? Mein Stecken, mein Stab! Einen Umweg als Heimweg. Die Schuhe schonen. Zigaretten, Notizzettel und meine alte Wildlederjacke, damit jetzt endlich bald Frühling wird. Das Futter ausgefranst, die Taschen voll Löcher. Und jäh im Gehen noch einen Zusatzschreck – die Nähte! Abgenutzt, ausgerissen sogar! Halten auch nicht mehr lang! Von da an nur noch verhalten atmen, um die Nähte zu schonen! Du atmest, du spürst es am Herz! Und ab jetzt immer fest die Augenbrauen zusammen, als ob du damit die Jacke zusammenhältst und mit der Jacke die Welt. Die Uhr lernen, sagt Carina, damit wenn ich dann groß bin oder bald schon ein Schulkind, ein richtiges Schulkind, damit ich sie dann schon kann! Regenschirm, Augenbrauen, Zahnarztgedanken. Wie mein Herz klopft. Beeil dich!

Morgens zu Carina und mit ihr in den Kinderladen. Mittags direkt aus dem Schreiben heraus auf den Grüneburgweg – wie eine Karawane der Grüneburgweg durch meinen Kopf. Sooft du am Abend aufwachst, erst bedeutsam die Stille und dann vor dem Fenster fängt die Amsel zu singen an (hat schon gewartet). Und in der Dämmerung wieder mich auf den Weg machen. Erst auf dem Grüneburgweg ein Stück weit der Nacht entgegen. Dann umkehren und dem Licht nach (das Licht ist schon vorher gegangen), dem Licht nach durchs Westend nach Bockenheim und dabei noch die vormaligen Wiesen vor Augen, die Wiesen im Abendnebel, bevor diese Straßen gebaut wurden. Gestern als Kind noch. Wie immer zu spät dran. Und wo denn nur in Gedanken? Gestern als Kind noch abends müd heim. Beeil dich! Auf dem Heimweg noch einen Umweg und dafür umso schneller. Und vergiß nicht, daran zu denken, daß du jeden Tag an die

Provence denkst. Jetzt hier in der Finsternis, im Geniesel. Erst Regen, dann Schnee. Du hast einen Schirm mit, aber machst ihn nicht auf. Die Provence! Daß du einmal dort wohnst! Die Provence als Zukunft, das kommt noch! Und auch deine anderen vielen künftigen Leben und Länder und Badezimmer. Der ganze Reichtum. Immer wieder in der Eckenheimer Landstraße durchsichtig vor den Schaufenstern stehen. »Das schöne Bad.« Müd, hungrig, regennaß. Auf einunddemselben Weg mit Schirm dreimal naß geworden. Und jetzt vor den hellerleuchteten Schaufenstern erst durchsichtig und dann unsichtbar. Stumm, ohne Sprache. Und in mir mit Flüsterstimmen streiten die Dinge. Gardinen, Lampen, Lampenlichtfrieden, Teppiche, Möbel, Möbelschaufenster. In der Schloßstraße auch noch ein Laden mit Badewannen und Kacheln, Kristallspiegelbildern, Marmorwaschbecken und goldenen Wasserhähnen zur Auswahl. Hungrig oder nicht, darum geht es jetzt nicht. Viele Leben. Nimm alles! Allein lang nach Mitternacht bei den Lagerhäusern und Güterschuppen hinter dem Westbahnhof und dann in der riesigen leeren Nacht auf der Emser Brücke als Fußgänger, als einziger Fußgänger mit ein paar wenigen letzten Wörtern überzählig am Rand des Himmels entlang. Der letzte, der einzige Mensch. Immer im Elend, als ob du dich nie anders gekannt hättest. Und hast doch gedacht, die Notzeiten, die schlimmsten, die hast du hinter dir. Schon vor Jahren hast du das gedacht. Du denkst es jedesmal wieder. Kein Geld, keine Wohnung, kein Einkommen. Als Gast. Muß man immer neu lernen! Als Gast und andernfalls obdachlos. Und mit Sorgfalt für Carina weiter die Eichhörnchen zählen, die mir im Westend jeden Tag über den Weg laufen. Für Carina und für mich selbst. Nur die Eichhörnchen oder auch Einhörner? Selbst jeden Tag wieder als Einhorn durchs Westend und keine Ruhe. Die Eichhörnchen zählen und damit man sie nicht verwechselt, zu jedem Eichhörnchen als Geschichte eine Eichhörnchenlebensgeschichte. Erzähl, Peta, erzähl! Die Eichhörnchen und wer wir selbst sind. Immer wieder auf den Grüneburgweg, wo schon länger ein Knopf liegt. Verloren! Ein Knopf auf dem Gehsteig. Nicht von mir und auch nicht von Carina. Ein fremder Knopf – aber jedesmal wieder mein Schreck – er könnte von uns sein! Das gibt es also, daß etwas verlorengeht und bleibt verloren! Von wem ist der Knopf? Erst dein Schreck, sooft du ihn siehst. Und dann deine Angst, er könnte beim nächstenmal nicht mehr da! Weg für immer! Sollst du ihn aufheben? Einstecken? Aufbewahren? Und darfst ihn dann nie mehr verlieren. Noch besser, nicht bei dir selbst – versteck ihn! Such ein Versteck für ihn! Aber wo? Ihn vergraben? Einmauern? Und müßtest fortan immer nachsehen, ob er noch da ist? Und auch nachts an ihn denken! Die es früher gab, sagte ich zu Carina (sie schläft, aber ich weiß sie neben mir hergehen!), du weißt ja, die Schutzengel! Gern wüßte ich, was die jetzt machen! Wofür sie jetzt zuständig, ob sie überhaupt noch für etwas zuständig sind? In jeder Frühe ein Automotor, der nicht anspringt. Der jedesmal wieder nicht anspringt. Carinas Atemzüge im Schlaf. Vom anderen Ende der Nacht her. Die Nacht und die Frühe. Eine Amsel im Gras. Die Vögel, die jäh vor mir aufflattern – dschijilp! Meisen, ein Buchfink, ein Spatz? Den Regen und wie er schräg fällt und dabei silbrig singt. Spät am Nachmittag. Und wie es danach lang noch tropft aus den Bäumen. Die Stadt, Straßenbahnen, U-Bahnen, S-Bahnen, Eisenbahnzüge, die Penner und wie sie sich totsaufen. Mit Fleiß, aber langsam sich totsaufen. Sich totsaufen, ja, das dauert, das braucht seine Zeit. Die Stadt jeden Tag, die Rufe der Zeitungsverkäufer (geduldet, sagt das Asylrecht!), Gesichter, den Knopf, den fremden Knopf auf dem Gehsteig, die Bewegung mit der die Brotverkäuferin ein Brot, einen großen frischen Laib aus dem Brotregal nimmt, anderthalb Kilo, sie hat eine weiße Schürze an, Mehl auf der Schürze, und legt das Brot auf den Ladentisch. Diese und jede Bewegung. Überdeutlich! Die Zeit ruckt und das spürst du alles wie in dir drin. Die Provence und wie es hell wird in der Provence. Die ganze Nacht durchgefahren und du siehst den Weg, siehst den ganzen Weg vor dir. Von hier bis dorthin. Die Provence, das Mittelmeer, Sizilien, das Eichenholzfeuer in der Pizzeria im Grüneburgweg. Alt und abenddunkel ein Eckhaus, das schönste Haus in der Straße. Eine Stehpizzeria. Pizza zum Mitnehmen. Ein großer Backofen und die Tür offen. Holzrauch. Ein lebendiges Feuer. Ein Lastwagen hält. Beim Bäcker fällt die Ladentür zu. Auf und zu die Tür und das Türglöckchen klingelt. Kinder, in der Dämmerung Kinder mit hellen Stimmen und wo gehen sie hin? Wie mit Flügeln die Dämmerung. Vier Kinder mit einem Hund, der noch klein ist, noch jung. Die Straße naß und eilig die Autos vorbei. Gleich die Nacht, in allen Schaufenstern Licht und die Wolken ziehen tief. Die Zeit, die Zeit ruckt und wie die Nähte der alten Wildlederjacke sich anstrengen müssen, sich ununterbrochen anstrengen, um die Welt auch weiter zusammenzuhalten. Den Schnee, die Erinnerung an den Schnee und wie er dann schmilzt, der Schnee und du gehst eilig weiter. Mit großen Schritten. Schnee, Schneereste, Schneematsch und Dreck, die Vergänglichkeit. Abend. Den eiskalten Eisengriff der Telefonzellentür am Abend. Die Telefonzelle im Grüneburgweg, die mich und meine Angelegenheiten längst kennt. Und wie die Tür knarrt: geht immer schwer auf. Müd mein Herz. Müd meine müden zwei Schuhe und durch die Sohlen die Erde unter meinen Füßen bei jedem Schritt – das spürst du alles wie in dir drin! Alles zuckt, reibt und zerrt an mir! Immerfort durch mich hindurch die Welt und wie lang kann sich einer so aushalten, sich und die Welt, die ihn trägt? Im Gehen. Eine Handvoll Oliven denkst du dir aus. Und ißt sie gleich auf im Gehen. Aufgewachsen in einem Dorf, in dem die Menschen zu der Zeit mit Fremden nicht reden konnten. Dort auch fremd, deshalb dann Schriftsteller. Und die Dorfbevölkerung, die Einwohner – lauter Menschen, die in der Literatur nicht vorkommen. Und das sind die Menschen, von denen du leben gelernt hast, das geht dir beim Schreiben erst auf. Jetzt schreibst du das Buch, weil sie außer dir keiner kennt!

Heimgehen. Aus der Stadt heim. Als Gast heim. Am hellen Morgen. Carina abgeholt und mit ihr in den Kinderladen. Vorher im Zahnarztstuhl. Und jetzt gleich zurück an die Schreibmaschine. Gleich an den Tisch zurück. Heim und gleich weiter mit dem Manuskript. Vom Einkaufen heim. Milch, Brot und Äpfel und weißt du noch, woran du im Gehen und vor den Ladentüren, Regalen und Theken gedacht hast? Nach dem Kinderladen Carina manchmal mit zu mir. Carina und Domi. Mit Carina und Birgit und Domi lang durch den Nachmittag. Für die Kinder ist der Weg wie ein langes Lied. Und vergessen das Lied zwischendurch. Wissen nicht mehr, wie es geht. Trag mich, der Weg ist so weit! Mit den Kindern sich Zeit lassen. Als ob man kreuz und quer durch den eigenen Kopf trödelt: es denkt mich. Dann wieder mit Bücherstapeln, Gedichten und Namen und Zeitaltern aus der Bibliothek heim. Mehrfach vorbestraft. Autodidakt. Am Mittag, am Nachmittag. Die Stadtbibliothek auf der Zeil und die Zweigstelle der Stadtbibliothek in der Seestraße. Einmal mit Carina und einmal allein in der Bibliothek. Und oft, immer wieder müd heim am Abend. Kaum daß du deinen Namen noch weißt. Aus Bockenheim zurück. Innenstadt, Gallus- und Bahnhofsviertel und immer am Rand, am äußersten Rand entlang. Und dann auch noch nach Sachsenhausen. Über den Main und zurück. Heimgehen. Die nächsten Wörter, den Anfang von einem Satz. Manchmal auf dem Heimweg das ganze Buch bis zum Ende im Kopf, Wort für Wort. Und gleich auch die nächsten Bücher. Nur schnell den Tisch abräumen. Espresso, Milchkaffee, Tee, Saft, Mineralwasser, Zigaretten, ein leerer Tisch (ein Tisch, der noch leer ist) und ich hätte sofort damit anfangen können. In einem Atemzug bis zum Schluß das Buch. Alle Bücher gleichzeitig, alle auf einmal. Neben jedem Tisch noch einen leeren Tisch aufstellen. Wem erzählst du die Welt? Am liebsten ist dir jetzt der Morgen. Vorfrühling. März. Wie in Staufenberg vor dreißig Jahren kühl und feucht noch die Luft und von allen Seiten die Morgenvögel. Wieder März. Noch früh und die Arbeit ruft dich, das Leben selbst. Grau, aber hell der Tag und komm schnell! Siesmayer-, Feldberg- und Friedrichstraße. Wiesenau, Kronberger, Altkönigstraße. Unter- und Oberlindau. Die Eppsteiner Straße. Noch zwei Ecken jetzt, noch eine Ecke! Und sooft du zurückkommst, erweist sich, das Haus gibt es wirklich! Es steht noch. Alle Fenster voll Himmel. Ernst und dunkel die Eibe und eine lichte Birke daneben, die jetzt jeden Tag schon vom Frühling spricht. Das Haus steht und lächelt. Bei der Haustür die Fliederbäume. Die Haustür. Der Schlüssel paßt! Schnell die Treppe hinauf. Wie mein Herz klopft. Sooft du zurückkommst, ist alles noch da! Immer am Morgen, am Mittag, am Abend. Du gehst und sobald du nur anfängst zu gehen, gleich kommt bei jedem Schritt die Welt dir entgegen. Wo denn hin? Nie müde geworden! Immer auf den Horizont zu und immer auch auf dem Weg zu mir selbst. Auf den Abend zu aus der Stadt heim, als fast die Sonne durchkam und ich mußte an Staufenberg denken. Heimwege. Einen Umweg als Heimweg. Und dann auf einmal so müde, daß du stehenbleiben mußt, um dich auszuruhen! So müde, du stehst und denkst, du kannst nicht mehr weiter! Jetzt nicht und nie mehr! Ein Bettler? Geduldet? Als Gast. Schon länger als Gast zu Gast.

Sowieso nur aus Verzweiflung mir nach der Trennung die Zähne. Innerhalb von zehn Tagen zwei Weisheitszähne mit gewaltigen Wurzeln. Im Februar. Dann zur Nachbehandlung. Zwei tiefe Wunden. Besonders links unten die zweite und heilt nicht! Das erste Mal in meinem Leben, daß etwas nicht heilen will! Es kam mir wie ein Verrat vor! Immer wieder zur Nachbehandlung – endlich besser? Schon besser, immer besser! Schon sehr gut, sagt die Zahnärztin, aber jedesmal wenn ich zum letztenmal hingehe, ist es dann doch wieder nur das vorletzte Mal. Ein Verrat, ein Irrtum, eine Verwechslung. Genau wie mein erster Wespenstich. Ich war acht. Schon bald neun. In Staufenberg. Mai und noch früh, ein Morgen im Mai. Vorn im Hof, wo es zum

Gemeindeamt geht. Wo alle Flüchtlingsfamilien, die über der Schule wohnen, die ersten Jahre ihr Holz gehackt haben. Daneben ein kleiner roter Backsteinbau mit spitzem Giebel und hellbraunen Fensterläden. Wie für Kinder ein Häuschen. Steht leer und die Läden zu. Backstein und Fachwerkbalken. Wo früher die Schulspeisung gekocht und ausgeteilt worden ist. Daneben ein Hackklotz, Sägeböcke und Holzstapel. Das frische und das trockene Holz. Gras, Moos, Erde und ein gepflasterter Gehweg. Blaubasaltsteine. Der Schuldienerhasenstall. Neben dem Backsteinbau ein Gemeindeamtsschuppen aus Holz und dann die Flüchtlingsholzschuppen. Kastanien. Der Flieder blüht und unser Küchenfenster steht offen. Ich stand im Hof bei der Mauer. In Gedanken woanders. Ein Wespennest in der Mauer, das weißt du schon lang. Du kannst die Wespen den ganzen Tag ein- und ausfliegen sehen. Sie stechen! (Weiß jeder!) Alle außer mir sind schon von Wespen gestochen worden. Die Kinder. Erwachsene. Der Schuldiener, der Gemeindediener, die Frau Haberzettel, das ganze Dorf. Jeder. Jedes Jahr wieder. Die gesamte Menschheit – nur ich nicht! Die übrige Menschheit also, die andern. Am Ohr dann: mein linkes Ohr! Du spürst den Schmerz und denkst noch, das kann nicht sein! Doch nicht ich! Es brennt! Unberechtigt ein Wespenstich! Ohne Grund! In der Sonne. Die Zeit summt. Die Wespen summen. Das Gift jetzt in meinem Blut. Und die Sonne scheint weiter. Man müßte die Zeit zurück – bis kurz vor dem Stich die Zeit zurück! Stattdessen an meinem Kopf schon immer schwerer das Ohr. Ist der Stachel noch drin? Das bin doch ich! Schon bald neun! Mich darf doch keine Wespe stechen! Deshalb sind damals alle deine wichtigen Morgengedanken in der Sonne dir durcheinandergeraten. Und so auch jetzt mit zwei Wunden und eine davon will nicht heilen. Geheilt, fast geheilt! sagt die Zahnärztin jedesmal. Schon seit Ende Februar. Immer im Vorbeigehen zu ihr und sie nimmt mich schnell zwischendurch dran. Nur immer fünf und noch fünf Minuten, damit sie die Wunde einpinseln kann. Erst jeden

Morgen, dann alle zwei bis drei Tage. Geduld! Mit offenem Mund Geduld und nach dem Einpinseln jedesmal den Tag und mich selbst zurückgeschenkt kriegen. Die Freiheit wieder, mich und den Horizont. Hell und kühl die Morgenluft vor der Tür und streicht wie ein frisch angefeuchtetes Tuch mir erst um die Stirn und dann durch den Kopf. Und im Mund mild ein Feuer mit Zahnarztgeschmack. Ein mattes gedämpftes Feuer, bevor es vergeht. Geheilt, fast geheilt! Fünf Jahre schon der Zahnärztin von Sibylle und von mir und von unsrem Kind erzählt, von Carina. Schon vor Carinas Geburt, schon in der Schwangerschaft damit angefangen. Und dann immer weiter ihr von Carina mit vielen Wörtern. Und weißt jetzt nach all den Wunden und Schmerzen und Nachbehandlungsterminen nicht mehr, ob du ihr die Trennung schon, ja oder nein? Und falls ja, mit welchen Wörtern? Woher nur die Wörter dafür?

Dann im Gehen im Kopf in Gedanken mit Edelgard. Wir kennen uns seit sechzehn Jahren. Klar, sagt sie, als ich fünf war, der Frühling. Unser Flüchtlingsfamiliengemeinschaftswohnhaus in Eielstädt am Dorfrand. Ich hab es dir ja gezeigt. Jeden Abend eine Amsel. Durch alle Fenster kann man sie hören. Mindestens eine. Flüchtlingsfamilienwohnküchen und Flüchtlingsfamilienschlafkammern für fünf Familien. Beim Haus Apfelbäume. Äpfel und Pflaumen und Haselnußhecken, die allen und keinem gehören. Und vom Feld her der Wind herein. Holzschuppen, Wäschestangen und die Kaninchenställe von dem Polen, der zwei Frauen hatte und immer in Reithosen ging. Reithosen und Pantoffeln. Und betrunken so furchtbar laut. Den ganzen Tag ein Geschrei. Er stolpert und flucht und singt. Wie hieß er denn nur? Im April mein Geburtstag, sagt sie, und sobald es lang genug hell ist, geh ich abends meinem Vater entgegen, wenn er von der Arbeit heimkommt. Bis zu dem Wäldchen ihm abends immer entgegen und genau gewußt, daß er kommt, sagt sie, es waren so helle Abende. Erst in Gedanken mit Edelgard, dann mit

Jürgen, dann mit meiner Schwester. Gehen und im Gehen im Kopf in Gedanken Gespräche in alle Richtungen. Mit jedem, der mir nur einfällt. Mit allen, die jetzt nicht da sind. Müßte sonst immer weiter mit Sibylle. Wie vom ersten Tag an. Ein einziges langes Gespräch. Und sie neben mir her. Immer weiter ihr mich und den Tag und die Welt erzählen. Fragen, die Trennung und noch einmal ihre Kindheit. Doch wie kann sie ohne mich sein heute Abend? Das Buch im Kopf, Straßen, die Stadt jeden Tag. Vorfrühling, März. Ein langer schmerzhafter Vorfrühling. Weite Wege. Den Schirm mit? Dich festhalten an dem Schirm. Gehen, du gehst. Sobald ich zu gehen anfange, muß ich immer weiter – kann nicht umkehren! Deshalb mit Carina alle Tage ein Abkommen. Ich trage sie auf der Schulter. Jederzeit und solang sie will. Den ganzen Weg, jeden Weg. Nur wenn sie will, ich soll ihr Geschichten erzählen, dann muß sie selbst gehen. Schon lang dieses Abkommen. Aus dem vorigen Sommer? Aus dem Sommer davor? Gilt weiter, gilt immer noch. Die Gespenster verscheuchen! Nachts im Schlaf oft noch in meinen Schlaf in der Abstellkammer zurück. Panik, schwitzen und Hustenanfälle. Als ob du ersticken sollst. Und bei Tag kommt dir vor, du hättest nicht nur die Hustenanfälle der letzten Nacht, sondern sogar auch deine wirkliche Zeit in der Abstellkammer nur geträumt. Nur geträumt, daß du träumst. Und immer undeutlicher schon der Traum. Nichtmal ein Hustenanfall will jetzt am Tag dir gelingen. Immer wieder die Gespenster verscheuchen! Werden immer zudringlicher, wenn man ihnen nicht beizeiten energisch entgegentritt!

Dann weiter im Gehen. Zur Zahnärztin und zu mir selbst, zu Jürgen und Edelgard und Pascale und zu meiner Schwester, die ich am Telefon immer wieder nicht erreicht habe: Dachten, wir wissen genug von uns und vom Leben, Sibylle und ich. Und jeder auch von sich selbst. Und könnten ein Kind haben jetzt. Dann wieder Edelgard in meine Gedanken hinein (In Wirklichkeit schläft sie. Seit sie an der Uni ist, bleibt sie jeden Tag im Bett, solang sie es aushält. Noch länger!). Im Gras, sagt sie. Im Gras und die Wolken ziehen, Sommerwolken. Über die Wäschestangen und Wäscheleinen und Hecken und Bäume und hoch übers Haus hin. An den Bäumen die Äpfel und Pflaumen sind noch nicht reif, aber man sieht sie hängen. Der Sommer, sagt sie, der Sommer kommt. Sonne und Wolken und wieder die Sonne. Die Wäsche flattert, die polnischen Hasen in ihrem großen baufälligen Flüchtlingshasenstall fressen eifrig den Löwenzahn und den süßen Klee. Und man liegt im Gras und fährt mit dem Gras und den Wiesenblumen und Wäschestangen und Bäumen und mit dem Hasenstall und dem Haus und der ganzen Welt den Sommerwolken entgegen. Von den Gänseblümchen, sagt sie, manche mit rosa Rand. Waren es Hasen oder Kaninchen? Und im nächsten Sommer, sagt sie, geh ich schon in die Schule und mein Vater kriegt endlich eine Arbeit in der Glücksklee-Fabrik in Bad Essen. Gleich beim Kanal die Fabrik und er spart jeden Tag gut drei Stunden Weg. Am Kanal sitzen, sagt sie, auf der Böschung und den Schiffen nachsehen und auf den Feierabend von meinem Vater warten. In der Schule Lesen, Schreiben, Rechnen, Betragen und Heimatkunde. Im Gras und sooft du dich umdrehst, die letzten Hügel des Wiehengebirges. Wie in der Schule in Heimatkunde. Beinah als ob sie dir nachkommen wollen. Und vor dir, auf der anderen Seite des Kanals, vor dir im Wind rennt das Land auf das Meer zu, sagt sie und nickt. Liegt vor mir als Kind im Gras und kaum sechs. Sitzt dann am Kanal und schon sieben. Dann barfuß vor meinen Blicken her auf den Wald zu und wieder erst fünf. Auf der Leine die Wäsche, sagt sie, die eigene ja sowieso. Aber auch von den anderen Familien im Haus jedes einzelne Wäschestück weiß ich auswendig. Und auch wem es gehört und wie es von Wäsche zu Wäsche sich abnutzt. Schulkleider, Sonntagskleider. Die Unterwäsche. Gestopfte Strümpfe. Immer wieder gestopft. Im Gras und die Wolken ziehen und ich wußte, daß alles mir gehört, sagt sie. Weil ich weiß, daß es da ist! Weil ich es jederzeit vor mir sehen kann und daran denken, auch wenn ich woanders bin. Jetzt ist sie erwachsen und schläft jeden Tag in den Tag hinein, schläft (früher oft sie im Schlaf gesehen!). Leise! sagte ich zu Carina, die jetzt im Kinderladen ist, aber gleichzeitig neben mir hergeht. Leise! Sie schläft! Siehst du, wie schön sie ist, wenn sie schläft! Einmal mit ihr dort gewesen, wo sie als Kind war. Vor zwölf Jahren. Da hat sie mir alles gezeigt. Und ich, sagt Carina, ich bin viereinhalb! Wollen spielen, daß wir heute zwei Katzen sind, du und ich! War sie schon groß, wie sie dir einmal alles gezeigt hat? Ziemlich, sagte ich, vierundzwanzig. Und selbst seit zwölf Jahren nicht mehr dort gewesen. Deshalb war es ja so besonders. Und jetzt ist das wieder zwölf Jahre her. Und ich, sagt Carina, ich denk mir auch jetzt schon aus, wie ich dann groß bin und will alles zeigen können! Den Kinderladen und das Haus in der Jordanstraße und einen Schulweg. Und wo mier uns unser Obst kaufen und wo mier uns mittags die Brombeeren pflücken und wo die Wiese ist mit den Kirschbäumen und Mirabellen, die außer uns keiner abmacht. Und die Leipziger Straße und den Kaufhof und das Eiscafé in der Leipziger Straße und das andere Eiscafé in der Friesengasse und den Hund, der ein Wolf ist, aber außer uns weiß das keiner. Und wo die Pascale mit dem Jürgen gewohnt hat und wie mier immer hin sind und viele Spielsachen und Stofftiere und Bilderbücher mit und dort zu Besuch geschlafen und die Pascale und der Jürgen jedesmal auch zu uns. Und die Bibelthek und den Kurfürstenplatz (sie sagt immer Bibelthek!) und meine Bauernhoftiere und die Walderdbeeren in Lauda und das Meer und die Schwalben in Sennamarie (sie sagt immer Sennamarie!). Und merk dir, daß du dir alles merkst, weil die Sibylle ja nur immer sagt: Ach, das ist-so-lang-her! Also müssen mier nämlich die sein, die sich das alles merken, du und ich, merk es dir! Dich, sagt sie, dich zeig ich dann auch! Aber wer ist das, dem ich dann alles zeige? Muß bald die Pascale wieder sehen! sagt sie und muß an meiner Hand zerren. Aber

Pascale und Jürgen haben sich vor einem halben Jahr in Frankreich für immer getrennt und wir wissen nicht, wo Pascale ist. Manchmal Domi zur mir, der Sohn meiner Gastgeber. Am Abend, am späten Nachmittag. Mit seinen Playmobilpferden und Schiffen. Hat lang allein im Nebenzimmer gespielt und ich bin vielleicht gerade erst aus meinem Nachmittagsschlaf aufgewacht und noch fremd auf der Welt. Zigaretten. Espresso. Die Dämmerung. Wie die Dämmerung an mir zieht. Und? Kommt die Carina bald wieder zu dir? fragt er. Bleibt sie dann auch wieder über Nacht? Klar, sagte ich. Übermorgen oder den Tag darauf. Und, fragt er, gehst du heute noch zu ihr? Klar, sagte ich. Nur jetzt diesen einen Espresso und danach dann noch einen Espresso und dann geh ich zu ihr! Manchmal geht Domi mit mir bis zur Haustür. Erst bis zur Haustür und dann bis ans Hoftor. In der Dämmerung, in Pantoffeln. Muß mir nachsehen und nachrufen. Ruft, steht und winkt. Und rennt dann schnell ins Haus zurück. Eine lange Märzabenddämmerung und die Amsel singt. Im April wird er fünf. Abend, du gehst vom Westend nach Bockenheim und den ganzen Weg entlang fängt jedes Ding jetzt zu reden an.

4

Die Telefonzelle. Eine Zukunft. Schnell! Eine Zukunft! Wieder die Liste mit Adressen aus der Werbebranche. Rudolf Schönwandt, ein Freund von meinem Verleger, hat die Liste für mich gemacht. Namen und Telefonnummern und wie man die Leute am besten erreicht. Drei Din A 4 Seiten. Grau. Recyclinggrau. Eine Winterfarbe, die sonst nicht vorkommt bei meinen Papieren. Den Regenschirm mit und dich nicht überfahren lassen! Wenn deine Telefonzelle besetzt ist, darfst du nochmal den Grüneburgweg entlang. Einmal hin und her. Letztes Mal. Beinah wie ein freier Mensch nochmal. Wie einer, der eine Arbeit hat. Legal. Eine feste Stelle, ein Einkommen und zu Recht auf der Welt. Hin und her und unterwegs schon zu üben anfangen. Auswendig Satz für Satz. Wer ich bin und wie es dazu gekommen ist. Mit den Gedanken und mit der Liste gestikulieren. Ein Teil der Namen schon abgehakt (nicht durchgestrichen, sorgfältig abgehakt!). Die Liste, Kugelschreiber, Notizzettel. Außer den Notizzetteln noch andere Zettel mit, aber keine Uhr und keinen Kalender und jetzt nicht an das Buch denken! Auf der Liste die fremde Handschrift. Seit Wochen starrt sie dich an. Wie deine eigenen Handlinien, eine Prophezeiung, das Muster eines künftigen Schicksals, so vertraut ist die Schrift dir seit Anfang Februar schon. Das Kleingeld, die Münzen. Seit Tagen zusammengesammelt. Sortieren, zählen, sortieren. Im Kopf einen Aktenschrank, Regale, Schließfächer, einen Tresor und die Aktenzeichen und Nummern. Auch wenn du den genauen Betrag längst schon auswendig weißt, zähl es trotzdem, das Kleingeld, zähl es noch ein paarmal nach. Betriebskapital. Den Schirm mit – wohin mit dem Schirm? Auch am Telefon ist der Gesichtsausdruck wichtig. Mit Zuversicht. Erfolgsgewohnt. Halt dich am Hörer fest und sprich, als ob du in einem Sessel sitzt (aber laß dich von dem Sessel nicht ablenken!!). Immer rechtzeitig Münzen nachwerfen, eine Investition. Besetzt ist besetzt. Jede Telefonnummer hat ein Gesicht (manche feixen!). Jetzt mischen die bekannten Gespenster sich ein. Machen Vorschriften. Wollen soufflieren. Erst besetzt, lang besetzt und dann frei und dann hebt keiner ab – was für Geschichten soll man sich dazu ausdenken als Erklärung? Bist du schon erleichtert, wenn du einen nicht erreicht, mehrfach nicht erreicht hast – oder erst wenn er eindeutig absagt? So höflich und taktvoll manche Absagen, daß man gleich zustimmen möchte und sie und sich noch überbieten an Höflichkeit, Takt und Verständnis. Aber wenn eine Münze steckenbleibt, mußt du gleich mit der ganzen Faust. Den Gespenstern auch mit der Faust. Wie sollst du einem Menschen, der dich nicht kennt (den du nie gesehen hast), erklären warum du ihn anrufst, ohne ihm gleich dein ganzes Leben – auch wenn er es eilig hat und von nix eine Ahnung. Wie sollst du ihm dein Leben, dein ganzes Leben, wenn du ihm nicht auch dein neues Buch erzählst. Das Buch und das Dorf. Das Buch wird noch lang nicht fertig. Und vorher ein Buch über Frankfurt geschrieben. Hat er es eilig und ist eher uninteressiert, muß man umso heftiger auf ihn einreden. Pausenlos. Und sich nur ja nicht beirren lassen, auch wenn das Telefon nicht einwandfrei funktioniert. Niemals aufgeben. Selbst umso dringlicher. Mit zusammengebissenen Zähnen. Und Grüße von Rudolf Schönwandt. Sekretärinnen gibt es, die denken, der Chef gehört ihnen allein. Nicht den imaginären Sessel vergessen. Sessel und Teppich. Wenigstens einen praktischen kleinen Klappstuhl denk dir im Stehen aus. Einmal einen Klappstuhl (nur daß er keinesfalls wackelt!) und dann ein komplettes Büro. In der Zelle. Immer mehr formschöne praktische Büromöbel werden um dich her aufgestellt. Lautlos. Schrankwände, Kalender, Sekretärinnen. Nur kein Aberglaube! Von unserem Telefon in der Jordanstraße immer zu Sibylle gesagt, es ist dein Telefon. Vorher nur an Arbeitsplätzen und in Wohngemeinschaften (als Gast in Wohngemeinschaften) mit Telefon gelebt. In Staufenberg erst ab 1963 eine öffentliche Telefonzelle an der Schulhofmauer. Hagebuttenhecken daneben, Hagebutten, Weißdorn und Schlehen. Oft in Staufenberg schöne Spinnennetze in der Telefonzelle. Sogar mit Tautropfen. Kostbar. In dringenden Fällen (zwei-dreimal im Jahr) kann man sich in Staufenberg auf der Post oder im Kaufladen anrufen lassen. Sie holen dich dann und wenn du nicht da bist, wird es dir später ausgerichtet. Sie schreiben dir auch einen Zettel. Die Post in Staufenberg hat neuerdings Dienststunden. Im Kaufladen geht es zur Not auch nach Ladenschluß noch. Nie früher mit einem Telefon gelebt. Nur hier in der Zelle kommst du jetzt nicht mehr los davon. Ein Büro, Büromöbel, Sofa und Sekretärinnen. Werbefachmann. Manchmal fällt eine Münze durch. Davon laß dich nicht beirren. Wie gern würde ich Pornografie schreiben, ganze Serien und Serien von Serien, wenn ich nur jemanden wüßte, der sie auch wirklich bezahlt. Manchmal einer nimmt sich die Zeit und fragt mich, wie es seinem Freund Rudolf Schönwandt geht. Immer noch so eifrig? Ohne Rost und Ruh? Unser gemeinsamer Freund. Lang nichts von ihm gehört, sagt er und wartet meine Antwort nicht ab. Also Schriftsteller, sagt manchmal einer. Wollte ich früher auch immer. Hätte selbst gern. Da sind Sie ja zu beneiden! Ich wüßte auch ein paar gute Geschichten, sagt er und mein Augenlid fängt an zu zucken (früher immer das linke, aber neuerdings ist es das rechte!). Mal sehen, wer weiß, sagt er dann. Vielleicht eines Tages doch noch! Schreiben Sie nachts? Morgens, sagte ich. Früher jahrelang nachts geschrieben, aber jetzt fang ich am liebsten frühmorgens an. Sie sind zu beneiden, sagt er, ein Poet, ein richtiger Schriftsteller. Drehbücher auch? Lohnt es sich? Muß sich doch lohnen! Muß ich direkt meiner Frau erzählen, daß mich heute ein richtiger Schriftsteller angerufen hat! Bald wieder ein neues Auto, sagt er. Muß die Lebensversicherung aufstocken! Muß eine Umstellung auf Rentenbasis und wenn das Haus bezahlt ist, sobald die Finanzierung gesichert, mich zurückziehen! Wenigstens teilweise, nach und nach! Mehr Freizeit! Besinnung! Griechenland! Vielleicht eine Insel! Vielleicht, sagt er, setz ich mich dann hin und fang doch noch an. Vor zwölf Jahren in Oberursel gebaut und vor drei Jahren nochmal angebaut und dazu noch ein Haus und dreitausend Quadratmeter Grund auf Teneriffa. Seinerzeit günstig gekauft, aber wollen es jetzt lieber abstoßen und uns in Griechenland etwas suchen. Korfu, Rhodos, Kreta – wissen Sie, wie jetzt da die Preise sind? Hat mich sehr gefreut, sagt er und mein Augenlid zuckt. Hat mich sehr gefreut, ein richtiger Schriftsteller! Manche tragen mir Grüße an Rudolf Schönwandt auf. Manche sagen: Danke für Ihren Anruf!

Manche lassen dich deinen Namen buchstabieren. Mit Sorgfalt. Vorsorglich zweimal. Und du weißt nicht, ob sie ihn wirklich aufschreiben. Name, Adresse, Telefonnummer. Kein Telefon? Gib zwei Nummern an: die bei Sibylle in der Jordanstraße und die Nummer deiner Gastgeber. Viel unterwegs. Man wird es dir zuverlässig ausrichten. Ihre Damen, sagt einer, ihr Sekretariat oder ist es die Frau Gemahlin? Jetzt nicht, leider nicht! Wenn, dann im Frühling, sagt einer. Frühestens. Aber jetzt ist doch Frühling! Richtig! Er zögert nur einen Moment. Dann also im Herbst! Spätestens! Manche sagen, Sie hören von mir. Sie hören von uns. Sie hören vielleicht von uns. Bißchen aktuelles Material, sagt einer. Was Sie in letzter Zeit alles so gemacht haben und für wen? Auch Werbespots? Fernsehen? Am besten, Sie schikken mir Ihre Mappe! Und ein paar Referenzen dazu! Nur Bücher? Ein paar Jahre für jedes Buch? Auflage? Erstauflage? Verkaufte Auflage? Übersetzungen? Wieviel Auflagen in wieviel Jahren? Bücher und keine Zielgruppe? Also wenn, sagt er dann, wenn dann melden wir uns. Kann dauern. Geduld. Sie hören dann noch schriftlich von uns. Ge-ge-benenfalls. Du siehst Rudolf Schönwandt nie. Du hast ihn nur ein einziges Mal gesehen. An diesem einen einzigen Abend im Februar, als er dir die Listen und Ratschläge und wie sollst du ihm jetzt die Grüße ausrichten? Du merkst dir die Grüße, du hebst sie ihm auf und kommst dir trotzdem wie ein Betrüger vor. Diebstahl oder mindestens

Fundunterschlagung. Als Kind zwecks gutem Gewissen immer genau zwischen Diebstahl und Mundraub eine Unterscheidung. Genau wie anderen Kinder. Erdbeeren, Kirschen, Mirabellen, Pflaumen, Äpfel und Birnen. Flüchtlingskinder und Dorfkinder. Nie vor zehn anrufen! Manchmal vom Vormittag bis in den Mittag hinein, manchmal zwei bis drei Stunden in der Telefonzelle. Die Zeit vergeht. Schon die ersten Schulkinder trödeln vorbei. Manchmal beim Telefonieren siehst du einen glücklichen Menschen. Da geht er! Vor deinen Augen auf der Straße vorbei oder du findest ihn in deinem Gedächtnis – einen glücklichen Menschen oder einen glücklichen Augenblick oder beides in einem und du willst schnell zu ihm hin. Wünschst dir Flügel! Immer die eigenen Sorgen mit als Gepäck und Begleitung. Und manchmal eine Elendsgestalt in ihren eigenen hoffnungslosen Angelegenheiten. Und kommt dir egalweg bekannt vor. Und steht und wartet neben der Telefonzelle oder ist vor dir dran. Nicht genug Gesten für die Verzweiflung. Braucht eine Ewigkeit, braucht knapp zwei Minuten und wankt dann untröstlich davon. Erledigt. Dann bist du wie immer der andere und kannst doch nicht tauschen. Ohne Auftrag und Referenzen. Keine Zeugnisse. Grüße von Rudolf Schönwandt. Manche fragen dich, wie es ihm geht. Wenn du wenigstens eine Aktentasche mit Heftmappen aus Pappe und einen Taschenkalender! Einen bescheidenen, aber treuen Taschenkalender, auf dem Volksbank oder Frankfurter Sparkasse draufsteht. Manchmal Münzen, die durchfallen und beharrlich immer wieder durchfallen. Immer im falschen Moment. Muß man betrachten, von allen Seiten betrachten. Muß ihnen gut zureden, muß sie abergläubisch abreiben. An Hose und Jacke und Hemd. Noch besser abreiben! Mehr Sorgfalt! Auch Spucke? Wieder kein Taschentuch mit? Zu der Zeit hatte ich keine Taschentücher, nichtmal Papiertaschentücher. Höchstens Klopapier, wenn du dran denkst. Eine Kneipe, ein Kaufhausklo oder wo du gerade bist. Wenn genug Klopapier da ist, steck dir die Taschen voll, schnell, steck ein paar

Blätter ein! Die Münzen abreiben, erst anhauchen und dann abreiben. Bis sie warmwerden und glänzen und fangen zu lächeln an. Als ob sie wie der Mond immer runder, größer und leuchtender. *Füllest wieder Busch und Tal*. Die Münzen abreiben. Selbst auch lächeln und rund wie ein Mond, ein Götze bei seinem Götzendienst. Den Münzen Leben einhauchen. Bis der Automat dann endlich ein Einsehen und nimmt sie doch noch. Am schönsten, er nimmt sie im letzten Moment und beeeilt sich, wenn andernfalls das Gespräch gleich unterbrochen würde für immer. Er hat sie geschluckt! Zuletzt jetzt besonders gefällig der Automat, weil sein Automatenstarrsinn von vorher ihm leidtut. Manchmal ab zehn und bis in den Mittag hinein in der Telefonzelle und manchmal vom frühen Nachmittag an. Ich hätte in aller Ruhe im Haus telefonieren können. Ungestört. Bei mir unterm Dach. Eine Verlängerung des Telefons meiner Gastgeber. Jederzeit, sagen sie und zeigen mir, wie es geht. Aber lieber gar nicht erst damit anfangen, sagst du dir. Als Gast. In der dritten Person. Arm aber ehrlich und meinen Gastgebern und der Welt möglichst wenig zur Last fallen!

Statistiken. Mach dir eine Statistik! Manche Namen und Nummern auf der Liste bleiben Namen und Nummern – nicht zu erreichen. Meldet sich keiner. Auch beim nächstenmal nicht. Immer wieder nicht. Aber das Telefon scheints intakt. Vielleicht mittels Dauerauftrag. Auf Geschäftsreise? Von einer Geschäftsreise nicht zurückgekehrt? Lassen abbuchen. Sitzen in ihrem Chefsessel beim Telefon und sind tot oder stellen sich tot. Manchmal gerätst du an einen klugen geduldigen Anrufbeantworter, der jederzeit alles versteht. Genau wie früher dein ehemaliger lieber Gott. Manche Nummern auf der Liste mußt du fünfmal anrufen, bevor endlich einer zuständig, bevor du verbunden wirst. Und dann noch ein paarmal, bis sie dir verbindlich absagen. Zuverlässig. Definitiv. (Nein danke, schriftlich selbstredend, schriftlich brauchst du es nicht!) Rufen Sie ruhig ab und zu wieder an, sagt einer. Und du weißt nicht, ob das ein Witz ist. Gelegentlich. Dann und wann. Wann ist dann und wann? Einer mit dem du zum erstenmal telefonierst, sagt achja, haben wir nicht schon öfter? Und gleich packt dich der Zweifel. Wie sollst du dir trauen, wie soll dir überhaupt einer trauen, wenn du so an dir zweifelst? Mit einem anderen (dritten, vierten, fünften usw.) fernmündlich, mehrfach schon fernmündlich wunderbare Gespräche. Harmonisch. Anregend. Anregend und harmonisch. Immer harmonischer. In aller Ausführlichkeit. Und beim nächstenmal hat er es ein bißchen eilig und kann sich an nichts erinnern! Immer gleich richtig abhaken, wenn einer absagt. Nicht durchstreichen, abhaken! Ohne Erbitterung ein kleiner rostfreier Buchhalterhaken, der ordentlich aussieht. Sauber, ordentlich, haltbar. Auch zusätzlich noch Symbole zu diesen Haken? Und für jedes Symbol eine Zeichenerklärung? Vertraulich. Datum, Uhrzeit, Gesprächsdauer, Hobbys und Eigenheiten? Ob einer freundlich war? Ob du bei ihm ein gutes Gefühl und warum? Ob er Humor hat? Ob anzunehmen ist, daß er Humor hat? Einer spielt Tennis. Einer läuft Marathon. Einer ist Bergsteiger. Einer hat zwei Reitpferde, aber du weißt ihre Namen nicht! Mit einem einmal lang ein Gespräch über Shakespeare und Goya. Manche sagen zum Schluß alles doppelt. Mit zunehmender Geschwindigkeit. Mindestens doppelt. Ich auch. Sobald du wieder genug Namen abgehakt hast, kannst du für heute Schluß machen. Dankbar. Erleichtert. Die Pflicht erfüllt. Dein Bestes getan. Aus den Namen sind Stimmen geworden. Zu den Stimmen denkst du dir Gesichter. Büros, Adressen, Geschäfte Privatleben – drängt sich alles in deinem Kopf, drängt sich mit dir in der Zelle. Keine Uhr mit und stundenlang telefoniert. Und dann sammelst du deine Papiere und Gedanken zusammen. Die Münzen weg, der Haushaltsetat von anderthalb Wochen. Ab jetzt wieder neue ansammeln. Ab sofort. Jegliches Wechselgeld. Und auf deine täglichen Mahlzeiten anrechnen. Wie leicht deine Taschen jetzt sind. Die Listen zusammenfalten.

Immer noch mehr als die Hälfte, noch fast zwei Drittel der Namen übrig. Erleichtert. Nur raus jetzt! Die Tür knarrt, die Tür geht schwer auf. Vor Alter und Kälte und Luftfeuchtigkeit. Braucht man Hoffnung, braucht Zuversicht. Erst eine Hand und dann beide Hände. Mit aller Kraft, mit Schwung, mit dem ganzen Körper. Und ohne Panik. Und jedesmal wieder bei dieser Tür an Jürgens Anruf aus Portugal denken. Unverhofft. Im Dezember. Die finsterste Zeit. An seinen Anruf und an den weiten Weg, an den langen Winter und die ganze Strecke von dort bis hierher. Wie hieß die Stadt? Aljezur, sagt er unverzüglich in meinem Kopf. Im Dezember ein Mittag. Eine Woche vor Weihnachten. Ruft an und weiß noch nichts von der Trennung. Und war mir nicht, ich hätte ihn schon bevor er zu sprechen begann an seinem Atem erkannt? An der Stille? Von weither eine Stille. Mit aller Kraft jetzt die Tür! Eine alte westdeutsche Telefonzellentür mit Eisenrahmen und Schließmechanismus. Und als ob meine Sorgen von außen dagegendrücken und wollen sie zuhalten. Wollen mich nicht rauslassen. Hera, sagt die Tür. Sie geht nicht nur schwer, sie geht auch nicht ganz auf. Nur ein schmaler Winkel. Und wird, sooft du dran denkst, immer schmaler, der Winkel. Jetzt jeden Tag quälst du dich mit deinen Sorgen, mit dir und der Tür. Und in zehn-zwanzig Jahren hast du als Zukunft einen Herzklappenfehler. Sie schleift dann, die Klappe, geht schwer, geht nicht mehr ganz auf und nicht mehr ganz zu. Schleift und knarrt. Das Blut will vorbei. Muß hier durch, das Blut, staut sich und sie ist im Weg und knarrt und geht immer schwerer. Will nicht mehr so recht, will schon länger nicht. Ist müd und erschöpft, genau wie jetzt hier die Tür.

Leer. Die Münzen aufgebraucht. Die Zeit auch weg. Müd. Keine Wörter mehr. Leer und leicht. Jetzt den Grüneburgweg. Einmal hin und her? Vor bis zur Eschersheimer Landstraße? Und dann noch eine Ecke weiter und dir bei der Musikhochschule deinen heutigen sanften Schreck abholen. Als ob sie da geht! Als könnte es sein, sie steht beim Tor, sie kommt dir entgegen, Sibylle. Auch wenn du weißt, sie ist jetzt daheim oder im Verlag. Und wenn es sie zweimal gäbe? (Wenn es zwei gibt?) Gehen. Den Wind auf mir spüren. Die Wolken ziehen durch meinen Kopf. Nicht jetzt hier bei den Pennern wie ein Penner die Abfallkörbe und Mülltonnen durchsuchen. Auch nicht in Gedanken mit Blicken. Es reicht schon, daß du den ganzen Abfall in der Telefonzelle und um die Zelle herum – Dreck, Kippen, Kaugummi, Streichhölzer, Zigarettenschachteln, Prospekte, Fahrscheine, Glitzerpapierchen, Satzzeichen, Buchstaben, Scherben, eine Colabüchse, leere Einwegfeuerzeuge – alles auswendig jetzt und für immer in deinem Gedächtnis. Gut aufheben! Als ob du beim Telefonieren den ganzen Schund hättest in dich hineinfressen und immer wieder in dich hineinfressen müssen. Nicht alle erreicht, sagst du dir, muß man bald wieder! Nächstes Mal! Nicht alle erreicht und die du erreicht hast, wollten nicht oder hatten nichts – also keinen erreicht. Aber immerhin: haben abgelehnt, haben mit dem Hörer an Mund und Ohr sich die Mühe gemacht. Höflich. Jeder mit anderen Wörtern. Und siehst sie in der grauen verhangenen Ferne des vergangenen Vormittags mit schweren Unterlippen in ihren sorgsam beschrifteten Glaskästen sitzen. Kariert und mit Buchhalterspalten und vielen Linien der Vormittag. Ganz genau ausgemessen. Ein Vormittag auf grauem Papier. Wie spät jetzt? Die Schulkinder alle schon heim? Zweieinhalb Stunden telefoniert und nichts erreicht, keinen erreicht, aber immerhin keine Mühe gescheut. Unverdrossen. Und noch mehr als die Hälfte der Namen und Nummern übrig, die reichen als Hoffnung noch lang. Zukunft. Und gehst hier am hellen Mittag im Wind. Mit großen Schritten. Auf freiem Fuß! Und so leicht! Beinah wie einer, der nie etwas essen muß, der von Wörtern lebt und von Bildern. Keine Arbeit, keine Aufträge. Nicht einmal als Prospektverteiler (zwei größere Schüler mit einem kleinen Karren mit Prospekten und Gratiszeitungen durch den Mittag von Haustür zu Haustür). Als Bote nicht.

Nicht Handlanger, Schreibautomat, Buchungsmaschine. Als Arbeitsloser das falsche Gesicht. Wer Schriftsteller ist, wird nichts anderes mehr. Noch gut die Hälfte, mehr als die Hälfte, fast zwei Drittel noch von den Namen und Telefonnummern übrig. Aber wenn du einmal alle aufgebraucht hast, was dann? Was wird dann? Schriftsteller, sagst du dir. Das Buch weiter und jeden Tag an den Frühling glauben. Geh wieder deine vielen Badezimmer in den Schaufenstern betrachten und dazu im Kopf dir die Tage und Wohnungen. Viele Leben! In der Schloßstraße auch noch ein Laden. Vor der Pizzeria im Grüneburgweg im Vorbeigehen dir Sizilien und eine Gemüsesuppe ausdenken. Tür offen. Lebendig das Feuer. Ein altes Haus. Die Fassade verblichen. Steinbögen über den Fenstern. Wie im Süden ein Haus. Und sooft du vorbeigehst, mußt du dich fragen, wo du das gleiche Haus schon einmal gesehen hast? In Triest, in Salerno, in Bari? In Split, in Piräus, in Thessaloniki, Istanbul, Marseille? So gehst du und grübelst und suchst immer weiter in deinem Gedächtnis. Eine weite Reise. Und leicht mein Kopf, leicht. Wie gut man denken kann, wenn man eine Weile nichts ißt und dann noch länger nichts ißt! Der Knopf? Der fremde verlorene Knopf auf dem Gehsteig? Jeden Tag nachsehen, ob er noch da liegt. Jeden Tag mehrfach nachsehen. Nachts aufwachen mit jäh einem Schreck: Vielleicht ist er weg? War gestern Mittag noch da, aber jetzt vielleicht ist er weg? Zwei-dreimal jetzt an dem Knopf vorbei. Bei dem Knopf eine Weile stehenbleiben. Aber unauffällig. Soll keiner merken. Selbstgespräche, ein Gemurmel als Vorwand. Zum Schein dir die Taschen abtasten – ob alles noch da ist? Oder als ob du auf jemand wartest. Keine Uhr mit. Und heimlich dich in den Anblick vertiefen. Lang, bis du dich losreissen kannst. Endlich weiter. Auf freiem Fuß. Du gehst, mit dir der Nachmittag. In Gedanken schon länger mit meinem Vater im Wald an einem Winterteich. Schnee. Stille. Ein Bussard ruft. Manchmal zugefroren der Teich. Sogar Schnee auf dem Eis. Dann wieder fängt es zu tauen an. Muß man dabei stehen und auf die Stille horchen. Und in sich hinein. Stehen und stehen, bis man gar nicht mehr weg kann. In weiter Ferne sah ich uns stehen. Erst fängt das Eis zu tauen an und dann friert es wieder. Der Knopf noch da, aber mein Regenschirm? Wo ist der Regenschirm? Du hast ihn mitgehabt, aber wo ist er jetzt? Mit meinem Schreck gleich zurück den Weg (Autos hupen!) und den Schirm in der Telefonzelle finden. Da liegt er, ein kleines Elend. Sogar wenn er trocken ist, sieht er naß und erschöpft aus. Liegt bei dem vollzählig auswendig gelernten Abfall am Boden der Telefonzelle. Unverlierbar. So schwer die Tür, du spürst es am Herz.

Mit dem Schirm gleich nochmal den gleichen Weg. Noch mehrmals und dich gut festhalten an dem Schirm. In der Stehpizzeria im Vorbeigehen im Stehen einen Espresso? Ausnahmsweise? Damit du dem Pizzabäcker ein paar Minuten bei der Arbeit zusehen kannst und dich ausruhen im Stehen. Das Leben. Geduld. Ein Holzfeuer im Kamin. Du trinkst den Espresso aus und es ist wie ein Augenblick in Sizilien. Macht außerplanmäßig einsachtzig, zwei Mark. Damit du dir die Gemüsesuppe, sooft du vorbeikommst, umso besser ausdenken kannst und im Mund schmecken. Das Fischgeschäft über Mittag zu. Schläft das Meer? Eine Gemüsesuppe. Zwiebel, Möhren und Sellerie. Blumenkohl. Petersilie. Die Zwiebeln schneiden, erst schälen, dann schneiden. In Scheiben, in Würfel? Frische Zwiebeln und riechen so gut. Gleich wird dir leicht von ihrem Geruch. Nur jetzt nicht dir die Augen reiben. Als Kind schon beim Kochen gern zugesehen. Und immer gleich alles kosten. Am liebsten roh, gleich alles roh probiert (jetzt bin ich fünf, das Jahr 48, die Hungerzeit eben vorbei oder fast vorbei) und meine Mutter sieht ihre drei oder vier überkommenen Weltbilder durch und sagt: Wie ein mongolischer Reiter! Kohlrabi, Steckrüben, Möhren, Sellerie, Zwiebel, Kartoffeln – alles roh und gut kauen. Ich hätte auch noch das Schneidebrettchen gegessen, ein altes böhmisches Schneidebrettchen aus Buchenholz, damit sie sich wundert. Damit sie staunt und nicht aufhört zu staunen. Mittags manchmal die Sonne oder fast als käme die Sonne durch und die Telefonzellentür dann schon leichter. Es kommt dir leichter vor. Aber nachts wieder Winter. Jede Nacht. Sogar immer am Abend schon. Erst klemmt die Tür, geht schwer, sträubt sich, schleift – und gerade wenn du nicht damit rechnest, gibt sie dir einen Stoß. Auf freiem Fuß. So leichte Taschen jetzt und wie als Skelett und Wind auf den Knochen, Wind. Vollzählig meine Sorgen, alle da. Die Augenbrauen zusammen, damit die Nähte der Wildlederjacke noch eine Weile halten. Mit zusammengebissenen Zähnen, mit aller Kraft und im Gehen die Schuhe schonen. Einmal zwei Weisheitszähne gehabt – wo jetzt nichts ist im Mund, je ein Loch, eine tiefe Wunde. Rechts und links unten. Geheilt, fast geheilt, sagt die Zahnärztin. War ein schwerer Winter. Westendstraßen. Vorgärten, hohe Bäume. In der Dämmerung mich von innen in der Telefonzelle spiegeln. Erst angespannt, wartend, den Hörer am Ohr. Und mir dann zusehen, wie ich besessen in den Hörer hineinrede. Durch den Draht, durch die Luft, direkt in die fremden Köpfe hinein. Einmal mit Anne. Anne, die mit mir im Antiquariat gearbeitet hat und jetzt am Telefon immer sagt: Wir haben uns schon so lang nicht gesehen. Wir sehen uns ja gar nicht mehr. Wann sehen wir uns denn endlich wieder einmal. Sie wohnt in der Friedberger Landstraße. Einmal in der Stille vor der Autorenbuchhandlung, sie und ich. Licht im Schaufenster. Die Straße. Schatten. Dämmerung. Die Bücher in den Regalen und wir und die Straße als Spiegelbild. Abend. Auf den Bücherrücken überdeutlich die Titel. Werden gleich zu sprechen anfangen. Jedes Buch eine eigene Stimme. Und dann merkst du, du träumst. Du hast es schon früher geträumt. Immer erst mitten im Traum merkt man, daß man träumt. In Wirklichkeit nur geträumt also, aber sooft du dann wieder an der Autorenbuchhandlung vorbeigehst ist dir, du hast einmal mit Anne davorgestanden und suchst jetzt den Eingang zu diesem Traum. Ich hätte sie fragen können. Mit ihr hingehen und uns so vor das Fenster stellen, wie wir im Traum davorstanden und jede Einzelheit mit den Einzelheiten im Traum vergleichen! Eine Traumstille. Dann die Flüsterstimmen der Bücher. Sind wir das jetzt selbst? Ob jetzt jetzt ist? Immer wieder der Grüneburgweg wie eine Karawane durch meinen Kopf. Mit Carina. Mit Carina und Domi. Müssen wir uns beeilen? fragen sie. Wir sind nämlich heute Pferde. Du auch. Manchmal vor meinen Augen Domis Schiffe hin und her durch den Abendhimmel. Je müder ich bin, umso deutlicher. Weiter von Land zu Land und an allen Küsten das Haus suchen, ein Haus weit im Süden. Gehen. Sobald du zu gehen anfängst, mußt du immer weiter gehen. Wieder Landstreicher werden? Landstreicher, Bettler, Penner? Jetzt nicht, sagst du dir. Nicht solang du ein Kind hast und das Kind ist noch klein. Ein Mann mit einem großen traurigen Buddhagesicht an mir vorbei. Als ob wir uns öfter begegnen. Vielleicht bin ich der auch? Ein Geniesel, ein kleiner Regen. Du hast den Schirm mit, aber machst ihn nicht auf. Gehen und im Gehen die Gespenster verscheuchen. Werden immer zudringlicher, wenn man ihnen nicht energisch entgegentritt. Du gehst, kannst nicht umkehren. An der Hauptwache im Regen ein Zeitungsverkäufer. Aus Afghanistan, aus den Anden, aus Indien, aus Eritrea. Gegenüber vom Kaufhof. An der Ecke der Großen Eschenheimer Straße. Dicht an der Hauswand. Neben sich Zeitungsstapel. Alle noch eingeschweißt. Sitzt auf einem Zeitungsstapel. Parka, Plastiksandalen, Augenbrauen, Kapuze und über der Kapuze noch eine Plastikhaube. Regen, Geniesel, manchmal schräg Schneeflocken ins Geniesel. Wie ein kleines Zelt sitzt er da und es wird schon dunkel. Die Zeitungen eingeschweißt. Kommissionsware. Selbst keine Papiere oder die falschen Papiere. Ein Klappbett und drei große Plastiktüten in einem Neunmannzimmer in der Schleusenstraße. Sitzt jeden Tag hier als Schatten ohne Gesicht, sitzt hier für einen anderen Schatten, einen höhergestellten Schatten, der für ihn jeden Tag Bezugsschein und Abrechnung unterschreibt. Alle Namen sind falsche

Namen. Vor ihm die Hauptwache. Hauptwache, Zeil, Europa, ein Gewimmel von Menschen und Lichtern. Und er sitzt und wartet auf sein Jahrhundert.

Am Abend nochmal zur Telefonzelle. Noch Kleingeld übrig und alles was du bis jetzt nicht gesagt hast. Dämmerung. In der Dämmerung an der Autorenbuchhandlung vorbei. Noch Licht im Laden? Wie der Abend und die Straße sich im Schaufenster spiegeln. Die Stille rauscht, eine Traumstille. Und siehst dich immer noch mit Anne vor dem Laden stehen, als ob du sie und dich und dein Leben, die Zeit und den heutigen Abend nur träumst und mußt immer weiter träumen. Auf dem Reuterweg der Feierabendverkehr. Seit Stunden stadtauswärts. Und fängt jetzt an nachzulassen. Der Zeitschriftenkiosk wird eben zugemacht. Chrom und Glas und alle Titelbilder, Plakate, Gesichter und Frauenkörper sehen dich an. Zur Telefonzelle. Noch kahl die einzelne hohe Platane. Platanen sind immer zuletzt dran. Stamm und Äste wie Stein, Stein oder Knochen im Lampenlicht. Und der Himmel wie blaues Glas. Wie Kirchenfenster der Himmel. Der Mond? Kein Mond heute? Nimmt ab. Schon im letzten Viertel der Mond, da geht er jeden Tag später, geht heut erst um Mitternacht auf. Kalt ist es, kalt und feucht. Die Telefonzellentür geht schwer auf und eisig der Griff und eisig der Hörer in meiner Hand. Kleingeld, alle Nummern im Kopf und von innen mein Spiegelbild auf der Scheibe. Carina, Sibylle, Carina, Edelgard, Jürgen, Anne und meine Schwester. Zwei Werbeleute, die bei Tag nicht zu erreichen waren und jetzt sind sie auch nicht zu erreichen. Nicht auch den Verlag? Im Verlag ist bei Tag Sibylle und jetzt am Abend ist der Verlag eine große Familie. Immer Besuch zu Besuch, immer kommt noch jemand zum Essen dazu und dazwischen bringen sie die Kinder ins Bett, Verlagskinder. Mit meinem Vater lieber in Gedanken als am Telefon. Ihm ist es auch lieber. Dann alle Wörter und Münzen aufgebraucht. Mein Spiegelbild hat mir stumm zugenickt. Schon zum zweitenmal ein Streifenwagen langsam den Grüneburgweg entlang. Ein Märzabend, wieder März. Den kalten Hörer zurück auf die seufzende Gabel und Dämmerung, Kälte, Stille und die kommende Nacht bis ins Herz hinein spüren. Wie Eis der eiserne Griff und die Tür geht schwer auf. Muß man mit aller Kraft. Mit zusammengebissenen Zähnen. Zusammennehmen die Kraft. Aljezur, sagt Jürgen in meinem Kopf. Im Süden von Portugal, im Südwesten. Die Tür auf und hinaus in den Abend. *Alles ruft!* Gehen. Auf freiem Fuß. Sobald du zu gehen anfängst, mußt du immer weiter gehen. Hera, sagt die Tür. Hinaus in den Abend, als ob du darin ertrinkst.

5

Schon im Januar in der Abstellkammer mir einen Kalender. Eigenhändig. Kugelschreiber auf Pappdeckel. Ein Gratispappdeckel. Das Jahr 1984, ein Schaltjahr. Vorher die Tucholsky-Buchhandlung in Offenbach angerufen, weil sie in einem alten Pflasterstrand-Heft unter Veranstaltern stand. Weil sie so heißt, rufst du an. Eine Lesung? Den Termin ihnen fernmündlich abgerungen und deshalb dann den Kalender. Zukunft. Ins Ungewisse. Wie im Knast. Für jeden Tag ein Kästchen. Bis in den März hinein. Einen März, an den ich glauben kann, hast du dir damals gesagt, also mach dir einen Kalender! Den Kalender mehrfach verlängert schon. Und jetzt einen neuen besseren mir. Mehr Zukunft drauf. Auf einen besseren Gratispappdeckel. Fest und zuverlässig. Die Rückseite des Umschlags von einem aufgebrauchten Notizblock. Den März sowieso schon und jetzt bis weit in den April hinein mit Strichen so gerade wie möglich mir zuteilen und verlängern die Zeit. Mit Zuversicht. Kugelschreiber auf Pappdeckel und kein Lineal. Genau wie beim Schreiben die Tage und jeden Schritt Weg Tag für Tag mit Anstrengung vor mir herdenken. Ins Ungewisse hinein, also leben. Überhaupt ja im Gehen mir erst schaffen den Weg. Die ganze Zeit März und dann ein Wochenende nochmal in den Winter zurück. Samstagmorgen früh auf und die Manuskriptseiten der letzten Tage lesen und korrigieren, dann nach Bockenheim zu Carina und mit Carina und Sibylle auf die Leipziger Straße. Kalt ist es, grau und die Straßen naß. Sibylle einkaufen. Carina und ich in die Zweigstelle der Stadtbibliothek in der Seestraße. Und treffen uns vor dem Bilka wieder. Alle Leute mit Regenschirm. Wortlos. In Eile. Warm angezogen und Wintergesichter. Brauchst du für dich noch was? fragt Sibylle. Alles schon eingekauft, sagte ich, laß mich die Taschen tragen! Alles drängt sich. Immer wieder Leute, die wir kennen. Leute mit Kindern, Leute vom Campus, Leute aus Wohngemeinschaften. Leute bei denen man stehenbleibt und die andern kennt man vom Sehen oder weil sie mit Leuten bekannt sind, die man vom Sehen kennt. Auf der Leipziger Straße. Samstagmorgenleute aus Bockenheim. Hast du wirklich genug zu essen daheim? fragt Sibylle. Hast du überhaupt etwas? Klar, sagte ich. Den ganzen Kühlschrank voll und noch einen riesigen Obstkorb wie für ein Bild. Wir stehen alle drei vor dem Bilka im Wind. Wie im November ein Tag. Beinah wie vor der Trennung oder als sei die Trennung erst gestern gewesen und du mußt zucken, sooft es dir einfällt, weil du es noch nicht wirklich weißt. Einen Obstkorb wie für ein Bild aus dem Goldenen Zeitalter, sagte ich. Wieder alles teurer geworden, sagt Sibylle. Gerade das Zeug, was man jeden Tag braucht. Dauernd steigen die Preise! Aber wollen auch wieder-mal-wieder in das Teegeschäft, sagt Carina, weil wir da immer hinsind und dann sind wir nicht mehr hin! Und dann stehen wir im Teeladen an einem von den hohen weißen Holztischen. Die Taschen und Tüten abgestellt. Noch zu heiß der Tee. Kleine Ingwerplätzchen dazu. Tee, Kandiszucker, Gewürze und wie Honig das Licht. Carina muß gleich wie immer die vielen asiatischen Götter und Drachen und Dschunken und Lackkästchen, Fächer, Kannen, Vasen und Holzelefanten und die leuchtendbunten Seidenkimonos begrüßen. Alle Wände und Regale voll zerbrechlicher Gegenstände. Sie hat hier noch nie etwas umgeworfen. Die Leute im Laden kennen uns. Schon kurz nach Carinas Geburt sind wir mit ihr hierhergekommen. Seit es den Laden gibt. Wir waren die ersten Kunden. Sind oft hiergewesen. Alle paar Tage. Immer beim Einkaufen. Einkaufen und in die Bibliothek. Und stehen jetzt wie früher hier. Nach Indien und China riecht es. Draußen der Kaufhauseingang, ein naßkalter Samstagvormittag und der Tee noch zu heiß. Muß man in kleinsten Schlückchen und dazwischen immer wieder ein Stück Kandiszucker auf den Löffel und eintauchen und miterleben, wie der Zucker auf dem Teelöffel schmilzt und singt und vergeht. Das also kannst du noch. An einem verregneten Samstagmorgen im März mit Sibylle und

Carina auf der Leipziger Straße einkaufen gehen und sogar in den Teeladen. Beinah wie früher. Als sei nichts geschehen. Dann noch mit in die Jordanstraße. Bis vor die Haustür. Erst nur bis vor die Haustür und dann auch noch die Treppe hinauf, weil die Taschen und Tüten so schwer. Mit Carina ein Bilderbuch. Zum Abschied und damit Sibylle sich noch ein paar Augenblicke ausruhen und die Taschen und Tüten auspacken und dann zu kochen anfangen kann. Regen ans Fenster. Ein Bilderbuch und dann noch ein zweites und dann wie immer das erste nochmal zum letztenmal. Sowieso die alte Wildlederjacke die ganze Zeit anbehalten, jederzeit für den Aufbruch bereit, und jetzt machst du dich auf den Weg. Wieder nicht warm genug angezogen, sagt Sibylle zum Abschied zu mir und Carina mit mir die Treppe hinunter, vier Stockwerke. Muß mit bis zur Haustür.

Hat eben aufgehört zu regnen. Grau, naßkalt und der Wind mir entgegen, beeil dich! An der Warte Jürgen, der auf die Leipziger Straße will. Von allen Seiten klingeln die Straßenbahnen. Geh mit ins Bastos, sagte ich, weil ich vor ein paar Tagen dachte, ich treff dich dort! Im Bastos vorn an der Bar. Ich Espresso und Jürgen einen Averna und Van Morrison singt. Sibylle hat nichts von Pascale gehört, sagte ich, aber wenn, dann sagt sie mir gleich Bescheid und ich sag es dir! Wollen Edelgard treffen, Carina und ich. Bald, sagte ich, wir wollen zu ihr gehen und mit ihr in die Sonne. Bald, aber jetzt ist ja wieder das Wetter schlecht! Mit Sibylle und Carina auf der Leipziger Straße gewesen, sagte ich und er sagt, ich muß noch einkaufen! Fast die Miete zu bezahlen vergessen! Scheißgeld, dauernd Mahnungen! Einen Brief vom Gericht! Wie lang hat die Post auf? Jahrelang als gefährlicher Terrorist auf allen Fahndungslisten und jetzt fragt er: Wie lang hat die Post auf? Dann vor dem Bastos. Waren nur kurz drin und stehen auf der Treppe. Wind. Die Straße fast trocken und gleich ein kleines Geniesel. Langsam die Autos. Leute vom Einkaufen heim. Jeder sucht einen Parkplatz. Geht auf zwölf.

Schlechtes Wetter. Überall siehst du Paare. Und schon hat die allgemeine Samstagmittagödnis begonnen. Jürgen auf die Leipziger Straße und ich eilig über den verödeten windigen Campus. Der Springbrunnen abgestellt. Nicht einmal Bettler. Grau und naß ein Geniesel und der Wind zerrt es hierhin und dorthin. Nicht den Schirm mit an diesem Tag. Die abgenutzten Nähte der alten Wildlederjacke mit Willenskraft, Konzentration und mit den Augenbrauen fest und sorgsam zusammenhalten. Hände tief in den Hosentaschen. Schnell gehen, große Schritte und im Wind mit meinen Gedanken und Schuhen den verschreckten zittrigen Pfützen ausweichen, schnell! Beeil dich! Zurückkommen und ein paar Sätze mit heimbringen. Zigaretten, Espresso, Milchkaffee, Tee, einen Apfel und weiter mit dem Manuskript. Samstag. In den Nachmittag hinein. Die Heizung summt. Die Schreibmaschine intakt und hat schon gewartet. Das Licht funktioniert. Der Boiler geht noch lang nicht kaputt. Am Tisch mit mir selbst und allein. Meine weichen alten Lederpantoffeln aus einem früheren Leben (bin das auch ich gewesen?) und oft hin und her beim Schreiben. Als Gemurmel im Zimmer herum und die Wörter kosten. Langsam die Zeit und ergiebig. Immer wieder ein kleiner Regen auf das Oberlichtfenster über dem Schreibtisch, immer noch einer und rauscht jeder anders. Auch in das leere schweigende Nebenzimmer und am Fenster dem Regen zuhören. Hier siehst du ihn kommen. Vom Rhein und vom Taunus her. Und über dem Oberlichtfenster zieht er auf den Vogelsberg zu und zur Rhön hin, flußaufwärts den Main entlang und über den Spessart davon. Und schon kommt der nächste Regen. Allein. Ein langer Nachmittag. Schreiben, noch einen Espresso, dann müd und mit zwei Handgriffen aus dem Sofa ein Bett mir. Lesen, schlafen und wenn du aufwachst, die Dämmerung. Eine Pause des Regens und die Amsel fängt an zu singen. Mußt du nachdenken, grübeln, den ganzen Weg zurückdenken. Warum hier? Dann nochmal eingeschlafen. Du wachst auf und eben noch grün und jetzt blau die Dämmerung und wie buntes Glas, wie ein Kirchenfenster. Bin ich jetzt wach? Niemand da? So müd, daß du lang brauchst, bis dir dein eigener Name wieder einfällt und wer du bist und wie es dazu gekommen ist. Jetzt merk ich erst, wie müd ich bin! Espresso, Milchkaffee, Tee, Zigaretten und dann ist es dunkel. Aufstehen. Noch mehr Kaffee. Dann in der Dunkelheit nochmal den Grüneburgweg. Nicht die Schlüssel vergessen! Vorsichtig! Schritt für Schritt. Und von Ecke zu Ecke. Wie in einem fremden Land, vielleicht Feindesland? Und als könnte es sein, du findest nicht mehr zurück. Oder als sei ich als einziger übriggeblieben. Der letzte Mensch. Kein Mond heute? Samstagabend. Naßkalt und leer wie im Winter die Stadt, als ob der Winter nicht aufhören soll. Vorsichtig vor bis zur Eschersheimer Landstraße und dann schnell zurück. Gerettet! Vorläufig gerettet! Lesen. Brot mit Salz. Immer wieder einen Apfel (sie riechen so gut!). Beim Lesen ein paarmal eingeschlafen. Und dann liest du lang in die Nacht hinein, liest und horchst auf die Stimmen im Buch und horchst auf den Wind und den Regen.

Noch einen Apfel. Spät. Die Stille nach Mitternacht. Um eins, um zwei, um halb drei noch wach, dann eingeschlafen und gegen Morgen ein Automotor, der nicht anspringt. Mein müdes Herz. Wasser trinken. Schon das Licht und die Morgenvögel. Und dann schläfst du noch einmal ein und schläfst ruhig und hell in den Tag hinein. Um halb zehn wachst du auf, als ob du aus weiter Ferne zu dir zurückkommst. Und wenn du aufstehst, geht es auf zehn. Laß dir Zeit! Milchkaffee, Orangensaft, Zigaretten. Still und dunkel der Tag. Sonntagmorgen. Regentropfen auf dem Oberlichtfenster und schwer der Himmel, ein Winterhimmel. Noch mehr Orangensaft. Aus Sizilien die letzten Blutorangen. Bald Ende März und die Zeit bleibt nicht stehen. Meine alten Lederpantoffeln. Laß Badewasser einlaufen. Mein Manuskript auf dem Tisch. Die Manuskriptseiten aus den letzten Tagen ansehen. Nicht lesen, nur mich vergewissern, daß sie da sind. Daß es sie überhaupt gibt. Das Oberlichtfenster weit auf. Morgenluft, kalt. Das Haus sonntagsstill. Sogar der Autoverkehr auf dem Reuterweg klingt nach Sonntag. Licht im Bad. Badewasser. Beim Baden mich und die Gegenwart wiederfinden. Laß dir Zeit! Als sei jede Not und Ungeduld von mir abgefallen. Gleich schon für immer? Und dann ein paar einzelne Wörter nur schreibst du dir auf. Milchkaffee und kein Kuchen? Kein Kuchen. Aber wie der Milchkaffee und die Zigaretten mir jetzt nach Paris schmecken. Gauloises ohne Filter. Nach vielen vergangenen und künftigen Sonntagvormittagen in Paris. Lämpchen beim Bett. Die Bücher daneben. Eine Sonntagmorgenstille, als ob das Haus leer. Ins Bett und den ganzen Tag lesen! Nah bei mir selbst. Wie lang ist das her, daß du dich einen ganzen Tag ausgeruht hast? Lesen und beim Lesen wie früher die Zeit dir lang werden lassen. Von Kind auf nur immer im Liegen gelesen. Erschöpft und ein paarmal einschlafen. *Jetzt merk ich erst, wie müd ich bin!* Lesen, schlafen, lesen und dazwischen immer wieder einmal auf und nach dem Tag und der Zeit sehen. Pantoffel, Gedanken, Milchkaffee und mein Manuskript zurechtrücken auf dem Tisch. Stehengeblieben die Zeit oder geht langsam. Ein Stück Brot, einen Apfel. Und wenn du dir etwas aufschreibst, nur ein paar wenige einzelne Wörter und dazu langsam die Bewegungen. Gelassenheit. Das Oberlichtfenster weit auf. Feucht und kalt ist die Luft und wird immer kälter. Im Nebenzimmer wartet schon schweigend der Nachmittag. Leer das Haus. Steht und horcht. Kommt denn keiner? Allein auf der Welt? Warme Milch, Milch mit Honig. Zähneputzen. Immer weiter alles mit langsamen Bewegungen. Ruhig. Tief atmen. Übersicht. Klarheit. Der Reihe nach deine Handgriffe und Gedanken. Wie die Silben in Wörtern mit vielen Silben. Eine Reihenfolge. Immer eins nach dem andern also. Auf Zehenspitzen das Oberlichtfenster zu. Du drehst dich um und das Zimmer sieht dir entgegen. Hat schon gewartet. Lämpchen an. Lesen, lang lesen! Auch im Bett Brot und Äpfel. Brot mit Salz wie als Kind. Lesen und dabei oft einschlafen, mühelos, leicht. Wie zur Übung: damit du loslassen lernst. Als ob du den ganzen verlorenen (fehlenden) Schlaf der letzten Tage, Wochen, Monate, all den Schlaf der vergangenen Jahre, den gesammelten Schlaf der Vergangenheit auf einmal nachholen sollst. Nicht seine Dauer, die Summe des Schlafs. An einem einzigen langen Tag.

Schlafen-lesen-schlafen. Dann aufgewacht in der Stille und bitteren grünen Tee. Glas um Glas. Und dabei an das Meer denken. Als sei ich eben noch dort gewesen. Ganz nah noch das Meer. Du siehst es vor dir. Du spürst, wie es an dir zieht. Meergrün und abendstill. An das Meer muß man glauben! Barfuß ins Nebenzimmer. Teppich und Holzfußboden. Schon die Dämmerung? Eine leere geräumige Stille. Erst barfuß, dann in Pantoffeln. Auf dem Fußboden Domis Schiffe. In die Ecke geräumt, wie wenn der Wind sie dorthin weht. Der Rand der bewohnten Welt. Der Wind hat die Zeit verweht, er hat unsre Schiffe hier angeweht. Und schon fällt der Abendschatten des Winters darauf wie für immer. Die Indianer sind weitergezogen. Von den Indianern nur ein paar Pfähle noch. Zeichen, die wir nicht zu deuten wissen. Wegzeichen. Heiligtümer. Einsame Pfähle und stehen und rufen. Spät am Nachmittag. Unter dem Fenster die Straße. Unter allen drei Fenstern. Leer die Straße. Nichts regt sich. Hat sich schon den ganzen Tag heut kein einziger Mensch gezeigt? Kein Mensch und kein Hund. Vergessene Autos. Eine graue Katze vielleicht. Beinah wie ein Schatten. Und leise. Und gleich auch schon weg. Verschwunden. Und bleibt verschwunden. So sind Katzen! Und die Häuser? In der Nachwinternachmittagsstille. In steinerner Trübnis. Alles wie angehalten. Stehengeblieben die Zeit. Starr. Blinde Fenster. Fenster wie aufgemalt. Gardinen, Schatten, ein Kind am Fenster? Oder früher? Vor langer Zeit einmal? Als es noch eine Zeit gab? In einem anderen Buch? Die Häuser als stünden sie leer. Oder müssen in ihren Wohnungen jeden Tag wieder die gleichen drei Szenen.

Satz für Satz. Wie in einem Film, den du kennst. Lauter alte Filme und schon ganz abgenutzt. Alles längst gesagt. Haus bei Haus und davor die parkenden Autos. Als ob sie brüten oder sollen noch wachsen, die Autos, so sieht es von oben aus. Sind verlassen worden und müssen so tun, als wüßten sie das noch nicht. Leere harmlose Autogesichter. Der Himmel, das trübe Licht. Die Straße noch naß und trocknet in großen Flecken. Gleich Abend, gleich dann die Straßenlampen. Gehsteig und Straße im Lampenlicht und wie nicht gewesen der Tag. Gestern auch schon wie nicht gewesen. Aber erst noch die Dämmerung, Stille und in der Stille die Amsel. Gleich jetzt, ganz deutlich. Schon bevor sie zu singen anfängt, hörst du es der Stille an.

Die Bücher. Tolstoi. Die frühen Erzählungen. Die Kosaken. Hadschi Murat. Die Belagerung von Sebastopol. Kindheit und Jugend. Die Meistererzählungen. Vorher die dicke Tolstoi-Biografie von Schklowski. Im Januar in der Abstellkammer. Wer jetzt keine Arbeit hat und kein Haus und kein Brot, sagen die russischen Landstreicher am Ende des 19. Jahrhunderts in diesem Buch in der Kienspanfinsternis ihrer Nachthöhlen zueinander, der wird in seinem ganzen Leben keine richtige Arbeit mehr finden. Erst die Biografie, auf die ich lang warten mußte und dann die Erzählungen. Die Erzählungen alle als Kind schon und seither alle paar Jahre wieder. Und wie mir meine eigenen Bücher fehlen, wie mir allein schon ihr Anblick jeden Tag fehlt. Tolstoi aus der Stadtbibliothek. Aus der Zweigstelle der Stadtbibliothek in der Seestraße. Im Februar schon. Erst nur aus der Zweigstelle, dann doch auch noch in die Zentrale der Stadtbibliothek auf der Zeil. Die Bücherstapel beim Bett und lesen, stundenlang lesen! Gestern Abend und lang in die Nacht hinein und heute den ganzen Tag – gelesen, wie man als Kind liest und dabei immer wieder eingeschlafen, so müde. Und jetzt sitzt du hier wie mit dreizehn an einem Sonntagabend im Nachwinter in Staufenberg am Küchentisch deiner Mutter. Nacht ums Haus und die Zeit ist vergangen. Mit zwölf, dreizehn, vierzehn oft ein paar Tage nicht in die Schule. Der Schule fernbleiben. Bücherstapel. Lämpchen an. Richtig lesen kann man nur im Bett. Erst zwei Tage, dann noch einen Tag. Dann sowieso bald schon wieder ein Wochenende. Meistens sagt man Grippe, ja, eine schlimme Grippe. Halsentzündung. Manchmal auch der Magen oder hast du dir auf deinem abschüssigen Schulweg wieder den Fuß – langwierig eine schmerzhafte Sehnenzerrung. Vor lauter Halsweh und Heimweh und Abendsehnsucht kannst du schon kaum noch schlucken. Längst wie eine ferne Vergangenheit kommt dir die Schule, deine gestrige Schule jetzt vor. Verblichen und grau ein Postkartenbild. Und je länger du wegbleibst, umso schwerer wird es dir, überhaupt nochmal hinzugehen. Auch nur in Gedanken. Im Spätherbst, im Nachwinter. Keinerlei Ferien, kein Ausweg, keine Erlösung in Sicht. Meine letzten zwei Jahre in der Schule. Immer öfter und länger nicht hin. Am Küchentisch. Sonntagabend. Muß das Jahr 1957. Der Tisch aus dem ersten Jahr nach der Währungsreform, der westdeutsche Nachkriegsküchentisch meiner Mutter und für mich meine ganze Kindheit lang der einzige Tisch auf der Welt. War ich nur die letzten drei Tage nicht in der Schule oder eine ganze Woche und die letzten drei Tage? Meine Mutter beim Ofen. Jeden Gedanken und vollzählig alle Sorgen kannst du ihr ablesen vom Gesicht. Als Sonntagabendessen eine böhmische Brotsuppe, Mehl-Kraut-Kohlsuppe, Kartoffel-Fritaten-Knoblauchsuppe und die Knödel vom Mittag. Aufgewärmt oder in Scheiben die Knödel und angeröstet. Mit Pfifferlingen. Mit Steinpilzen, im Winter mit getrockneten Steinpilzen und ein Feuer im Ofen. Zu den Pfifferlingen Kümmel und Rührei, aber nur ja nicht zuviel Rührei. Eine halbe Roulade, die ich gern kalt und mit Senf und Brot essen will. Gekochtes Rindfleisch, Tafelspitz mit Meerrettich, der bei uns Kren heißt. Manchmal abends am liebsten nichts als ein Zwiebelbrot, ein Brot mit Butter und Schnittlauch, Brot mit Salz, einen Apfel. Entweder vorher zu Fuß einen weiten Weg und im letzten Licht lang an einem stillen Wasser, die Lumda, die Lahn, der Poul, die Teiche bei den Bornwiesengärten, ein Wasser, das steht oder fließt und dann stumm, wie enterbt, ohne Stimme, in der Dämmerung in zugigen Ecken und Winkeln gestanden. Und immer wieder die Turmuhr gehört und den Abendzug fern im Tal. Daheim noch ein heißes Fußbad? Lermontow, Gogol, Tschechow, Tolstoi. Rußland, der Kaukasus und das Schwarze Meer. Salzsteppen. Erst das Schwarze und dann das Kaspische Meer. Und dann zurück in mein eigenes enges Schülerleben unter der Küchenlampe. Die Lampe genau wie der Tisch aus dem ersten Jahr nach der Währungsreform. Gelb eine Küchenlampe mit Zugschnur. Die Schule. Herdergymnasium Gießen, vormals Altes Realgymnasium, davor Langemarck-Schule. Fast schon zwei Wochen, daß du nicht dort warst und sollst jetzt mit dir selbst beschließen, ob du je wieder hingehst und falls ja, ab wann? Man muß sich entscheiden, nachdenken, einen Beschluß fassen! Mit vierzehn. Wie in einem Buch sitzt du da und weißt nicht, wie es weitergeht.

Lange Abende. Ein einziger langer Abend unter der Lampe am Küchentisch. Geschrieben schon immer und nie genug Zeit. Verliebt, allein, in Gedanken. Die Schule vergessen. Fast zwei Jahre schon nicht mehr zugehört in der Schule. Gerade daß du deinen Schulweg noch weißt und von Ecke zu Ecke mit Mühe jedesmal wiederfindest dich und den Weg. Die Geschichte der Hoffnung. Damals die meiste Zeit eine aussichtslose große Liebe, die dennoch kein Ende findet und alles zum Leuchten bringt. Und die Zukunft natürlich, die Zeit. Das wirkliche Leben längst anderswo, meine ganze Kindheit lang mir ein Leben gewünscht, das soll sein wie in Büchern. Wasserfarben, ein Skizzenblock, Schulhefte. Mein letztes Jahr in der Schule. Ich wußte längst, daß ich schreiben muß, weil ich sonst nicht auf der Welt bleiben kann. Schriftsteller, aber außer mir weiß das keiner! Muß auch vor mir schon welche gegeben haben, aber die sind wohl alle längst tot und ich bin der einzig lebende. Meine Mutter macht Bratäpfel und schreibt Briefe an ihre drei Schwestern. Bei Tag und sogar in der Dämmerung noch kann sie von unserem oberhessischen Küchenfenster aus das Franzensbad ihrer Kindheit sehen, aber wenn es dunkel wird, muß sie Briefe an ihre drei Schwestern schreiben. Schon spät? Es wird immer später! Morgen wieder in die Schule, falls es die Schule morgen noch gibt. Oder doch lieber immer weiter vor Sehnsucht und Halsweh nicht schlucken können und noch ein paar Tage daheimbleiben? Bratäpfel, Franzensbader Wiener Apfelstrudel und den Abendtee mit Milch und Gewürzen. Als Kind schon gewußt, daß du der Schönheit nicht widerstehen kannst, keiner Schönheit! Und daß das auch ganz richtig ist so! Manchmal an so einem Sonntagabend gelingt es dir, einen Ausweg zu finden. Wenigstens in Gedanken, wenigstens für die nächsten paar Stunden. Man muß daran glauben! Weiter die Schule, gutwillig noch einmal anfangen. Mit lauter neuen Schulheften und einem klaren Kopf. Hellwach, fröhlich, aufgeweckt. Als Musterschüler nochmal von vorn und wenigstens Mittlere Reife – und wo hast du erst kürzlich gelesen, daß man wegen Lehrermangel in Ausnahmefällen auch schon mit Mittlerer Reife Lehrer, Lehrer auf Probe, Aushilfs-, Nebenfach-, Dorfschullehrer? Wie gut die Bratäpfel riechen! Als Dorfschullehrer mit Mittlerer Reife und einer stummen Schönheit als Lehrersfrau (die eigene Frau und das Hochzeitsfoto!) von Amts wegen ein altes Schulhaus mit Garten. Die Schüler auf meiner Seite (wissen gleich, daß sie zu mir halten müssen!). Ein Dorf, eine Kleinstadt und jeden Tag schreiben! Wenigstens heute Abend wenigstens ein paar Stunden lang daran glauben, daß du daran glauben kannst! Oder als Dekorateur? Eine Dekorateurslehre bei Karstadt in Gießen. Erst nur Dekorateur, dann auch Plakate und Werbeprospekte! Bühnenbilder! Ein berühmter Maler! Nicht auch Journalist? Lieber Maler! Schreiben ja sowieso, aber außerdem jeden Tag malen. Du hast ja immer gemalt und dazu letztes Jahr zum erstenmal ein paar Bilder verkauft. Es kam mir märchenhaft vor. Als Kaufpreis mehr als die Materialkosten, die auch nicht leicht zu berechnen sind. Die ersten Ölfarben hat mir meine Schwester gekauft. Schreiben auch, schreiben ja sowieso, aber daß einer ein Bild kauft und bezahlt es auch, hat gleich bar bezahlt, das kann man sich leichter vorstellen, als vom Schreiben zu leben. Ein Bild malen dauert auch nicht so lang. Soll man das Bild ihm einpacken oder packt er es selbst ein oder nimmt es bei gutem Wetter gleich so untern Arm (damals hat noch nicht jeder ein Auto gehabt, dafür konnte man überall direkt vor der Haustür parken!). Ein gutes Bild und muß vielleicht erst noch trocknen. Zähl das Geld nach und steck es ein! Mit dem Kopf nicken. Gern auch Diplomat oder Gärtnergehilfe mit oder ohne Mittlere Reife. Am liebsten Bote. Auch Austräger, wenn das Zeug nicht zu schwer, damit dir alle Tage noch Zeit bleibt und Kraft für ein paar eigene Gedanken. Auf jedem Weg. Die Lampe, der Küchentisch, Nacht ums Haus. Ums Haus die Dorfnacht. Apfelstrudel und Tee und wenigstens diesen einen restlichen Sonntagabend noch daran glauben, daß es doch gut gehen kann. Mit aller Kraft daran glauben! Im nächsten Jahr Lehrling. Einzelhandel. Ein finsterer enger Kramladen, in dem du ab jetzt, dir selbst fremd, dein Leben verbringst. Sechstagewoche. Nicht genug Luft! Morgens kurz nach sechs aus dem Haus und am Abend nicht vor halb acht daheim. Zwei Stunden Mittagspause (aber müd und kein Geld und wohin in der Mittagspause?) und im ersten Lehrjahr samstags bis vier und jeden Tag dankbar dafür. Eine Lehrstelle. Gießen an der Lahn. Lehrling und Lastträger alle Tage. Jeden Abend den Wecker schon für den nächsten Morgen gestellt und ab jetzt in die Nacht hinein schreiben. Ab jetzt geht das Schreiben vom Schlaf ab! Drei Jahre Lehrzeit. Nie müde geworden! Jetzt schreibst du so lang für dich selbst, bis das was du schreibst, genauso wird, wie du es haben willst!

Seither siebenundzwanzig Jahre und du sitzt hier, als sei noch der gleiche Abend (nur leider schon lang keine nahrhaften böhmischen Suppen mehr in meinem Leben!) oder du hättest schon damals gewußt, daß du heute hier sitzt und bist müde und mußt dich erinnern. Jetzt wird was du schreibst, so wie du es willst (sowieso mußt du jede Seite zwanzigmal ab- und beim Abschreiben jedesmal umschreiben!), aber immer noch ist dir, dein Schreiben sei illegal, nicht erlaubt, kriminell! Das hört nicht auf, es wird eher schlimmer! Kein Geld, keine Wohnung, kein Einkommen. Als Gast und wie lang noch? Wann denn ausziehen? Wann? Wie? Wohin? Als Gast zu Gast und andernfalls obdachlos, also nirgends? Sonst immer Jürgens Rolle, aber er kennt sich damit aus. Erfahrung. Schon lang. Er hat Zeit, kennt tausend Leute, geht von einem zum andern, hat jeden Tag den ganzen Tag Zeit. Alle kennen ihn. Ein bekannter Untergrundkämpfer, mit dem sich jeder gern einläßt. Und sieht aus wie ein Künstler. Im Sommer auf dem Land wie ein Maler und hier in der Stadt wie ein Filmregisseur. Wie ein Untergrundkämpfer und Filmregisseur in einem italienisch-französischen Spielfilm, in dem der Hauptdarsteller Regie führt (der Regisseur spielt sich selbst!). Und wo wird er sein heute Abend? Und Edelgard? Was macht sie? Wo ist sie? Carina nicht bei mir. Carina und Sibylle zu Sibylles Mutter und mit Sibylles Mutter zu Sibylles Großmutter. Familienoberhaupt. Wohnt im Taunus. Meine Gastgeber verreist. Vielleicht das ganze Haus leer heute Abend. Vier Etagen und hörst du die Stille? Das Haus steht und horcht. Soll ich Anne anrufen? Könnten uns wie vor einer Woche im neutralen Eiscafé treffen, sie und ich. Und sehen, welches Lied diesmal dort spielt und was soll, was könnte es uns bedeuten, das Lied? Ende März. Sonntagabend. Diesmal käme Anne mit mir bis zur Haustür und dann zum Abschied wie immer der Abschied. Aber müßten vorher noch lang vor der Autorenbuchhandlung. Nebeneinander im Licht vor dem Schaufenster. Lang in den Abend hinein. Müßten da stehen, als ob ich uns immer noch träume. Badewasser? Noch einen Apfel? Lang allein in der Stille. Kann sein, daß ich mit mir selbst sprach. Weiter jetzt mit dem Kalender! Abendmüd. Als Kind in langen Stunden Alleinsein mir ausgedacht, daß wir alle auf einem Schiff oder Raumschiff. Die Erde als Schiff. Einsam das Meer. Alle auf einem Schiff und jeder seinen eigenen Stern, jeder sein Universum im Kopf. Meine ganze Schulzeit lang wie alle Gefangenen, wenn sie ein Fenster haben, ein Loch in der Mauer, mit den Augen durchs Fenster gelebt. Ob sie jetzt schon auf dem Heimweg, Sibylle und Carina? Mit acht oder neun als Kind in Büchern zum erstenmal von Tibet gelesen, von China und der Mongolei. Im Winter beim Ofen aus zwei Stühlen und vielen Decken und Kissen ein Lager mir in der Küche, ein Leselager. Und Brot auf dem Ofen rösten. Brot mit Knoblauch, Butter und Salz. Tee mit Milch. Kandiszucker. Äpfel und Bratäpfel. Eine Flüchtlingswohnküche. Das Schlafzimmer ungeheizt. Mein erstes Jahr im Gymnasium. Es gab außer der Reihe unbegrenzt Kohleferien. Lesen! Nach China, beim Lesen immer weiter geröstetes Brot und mit dem Buch bis nach Peking zu Fuß, um einen verlorenen Menschen zu suchen. Ein Land, einen Augenblick, ein früheres Leben. Damit du dir selbst begegnest. Damit du dein Kind wiederfindest. Erst bis nach Peking und dann kreuz und quer durch China und durch die Mongolei, dann nach Tibet. Nach Tibet geht es bergauf. Sibylle hat gesagt, sie ruft auf dem Heimweg an. Es kann noch nicht spät sein. Nach Rußland, nach China, nach Indien und immer weiter, wenn ich sie suchen müßte, Carina! Aber noch lieber mit ihr den Weg – weit über die Erde hin – doch wen suchen wir dann? Am äußersten Rand von Sibirien stehen. Beide warm angezogen. Und warten, daß die Beringsee zufriert, damit man zu Fuß nach Amerika kann. Sonntagabend und weiter Kalenderstriche. Als ob man immerfort anbauen muß. Die Tage als Kästchen, ein Kästchen am andern, ein Gitter. Und wächst immer weiter. Januar, Februar, März. Und der Rosenmontag – das war doch gerade erst. Müd im Sessel. Sibylle näht und ich will schon längst gehen, will die ganze Zeit gehen, will gehen und kann nicht heim. *Jetzt merk ich erst, wie müd ich bin!* Die Winterreise. Ich hätte gern die Winterreise gehört. Zwei Schallplatten, die Sibylle mir in Staufenberg einmal zum Geburtstag. Unser zweiter Sommer oder das Jahr darauf. Ein Junimorgen und wir sind im ersten Licht aufgewacht. *Jetzt merk ich erst* ..., den ganzen Tag schon summt der Satz dir durch deine Gedanken. Nicht auch gestern schon? Aus der Winterreise! Endlich kommst du darauf. Muß nun heißen: *Nun merk ich erst.* Rosenmontag, der 5. März und noch tief im Winter seh ich uns sitzen. Die Wohnung überheizt (wie es scheint, macht Sibylle, seit ich ausgezogen bin, nie mehr ein Fenster auf!). Carina mit Hasenbildern. Das Hasenkostüm für sie. Wir sind noch an den Ohren. Erst die Ohren und dann der Schwanz. Weißt du noch, wie ich ein Hase war? Erzähl es mir wieder! Carina spricht jeden Tag noch davon. Einmal als Hase in einem Hasenkostüm und das gehört jetzt für immer zu ihrer Kindheit. Genau wie die Trennung der Eltern, ihre Milchzähne, Frankfurt und dann später der erste Schultag, ein Lebenslauf. Aus dünnem hellbraunem Stoff das Hasenkostüm, die Ohren aus Pappe. Vorzeichnen und ausschneiden die Ohren und dann mit Stoff und dabei von Elaine und dem Sommer sprechen, dem vorigen Sommer und dem Sommer davor. Hasenbilder. Hat die ganze Nacht, hat im Schlaf noch gewußt, daß sie am nächsten Morgen ein Hase, daß sie dann den ganzen Tag lang ein Hase ist! Morgens als Hase mit Sibylle in den Kinderladen. Rüstungen, Schießgewehre, Pistolen. Cowboys, Indianer, Prinzessinnen, Raumfahrer, Hexen, Ritter und Räuber und Carina als Hase. Mittags mit Domi und Birgit und mir durch Fastnachtnachmittagsstraßen. Ist dir kalt? Blaß, müd, ein Frankfurter Winterkind mit Hasenkostüm und der Stoff ist so dünn. Darunter ihr grüner Anorak aus dem Secondhandladen. Letztes Jahr noch zu groß und wird jetzt schon wirklich knapp. Braucht Pullover, Strumpfhosen, Strümpfe. Braucht bald neue Schuhe. So dünn, so ein schütterer

Stoff das Hasenkostüm. Wie aus der Zeit vor der Währungsreform. Beinah wie Kreppapier. Extra für arme Leute ein Stoff. Für Notzeiten und zum Verkleiden. Für die Kinder von armen Leuten. Carina den ganzen Tag als Hase im Hasenkostüm. Aufmerksam. Müd, aber aufmerksam. Hasenfell, Hasengedanken, ein Hasengesicht und manchmal pflichtbewußt hoppeln. Aus allen Richtungen Kinder und überall wird geschossen. Noch keine drei Wochen seither. Im Westend ein grauer Tag und sieht mich immer noch an.

Hätten in allen Läden und an jedem Obststand die letzten Blutorangen beizeiten aufkaufen sollen, Carina und ich. Die Pascale, sagt Carina, wo ist die Pascale? Muß bald die Pascale wieder sehen! Meine Pascale! Sie sagt es schon bald jeden Tag. Oft baden. Zu jeder Tageszeit. Am Boiler die bunten Lämpchen. Im Bad eine feine Seife. Von meinen Gastgebern. Extra für mich. Und riecht gut und erinnert mich an meinen ersten Tag hier und wie ich sie ausgepackt habe. Muß alles mich immerfort an die Zeit, die vergeht und an diesen ersten Tag erinnern. Der Obstkorb – ein Obstkorb wie für ein Bild. Immer rechtzeitig nachkaufen all seine vielen lächelnden Früchte. Als ob du ihn jeden Tag wieder malen sollst. Zähl die Tulpen! Bevor man das Badewasser aufdreht, am Boiler einen Knopf drücken. Eben aufgewacht aus meinem heutigen Nachmittagsschlaf und mich wiederfinden. Wer bin ich? Und warum hier? Gegenwart. Als Gast bei mir selbst. Das Nebenzimmer. Tür offen. Deckenlicht. Schreibtischlampe. Und blau vor dem Fenster der Abend. Mit deinem Gastgeber stehst du bei der offenen Tür. Beide bald fünf Jahre Väter schon. Die Amsel? Schon gleich für heute zuende die Amsel mit ihrem Programm. Wird Abend, hat jeder eine Geschichte zu erzählen. Und jetzt müßt ihr von euren Vätern sprechen. Und dabei ist dir, als hätte es so einen Abend schon öfter gegeben. Bin das auch ich gewesen? Sind wir es jedesmal wieder? Vom Reuterweg her der Feierabendverkehr. Du bist barfuß, du rauchst.

Dein Badewasser läuft ein. Noch heiß der Espresso. Die Tasse in meiner Hand. Mit fast fünf zum erstenmal meinem Vater begegnet. Ein fremder Mann aus dem Krieg. Ein mühsames Kennenlernen. Und kann ihn doch jederzeit vor mir sehen. Und wenn ich an ihn denke, gleich spricht er zu mir. Bald, sagt mein Gastgeber. Mit den Kindern. Unser Wochenende auf dem Land. Das Haus in Görzhain. So bald wie möglich. Demnächst. Domi und Carina fragen auch jeden Tag schon danach.

6

Morgen, nein übermorgen, sagt Sibylle zu mir, wenn du da Carina im Kinderladen abholen könntest und dann am Nachmittag noch ein bißchen Zeit hast. Da ist meine Aufnahmeprüfung in der Musikschule. Gleich nach der Trennung nämlich hat sie beschlossen, endlich jetzt das zu tun, was sie schon immer tun wollte: Sängerin werden! Sich im Januar für die Aufnahmeprüfung angemeldet und seither zur Vorbereitung privaten Gesangsunterricht. Die Zeit ruckt und dann ist der richtige Tag und ich stehe im Kinderladen, als sei ich eben erwacht. Müd und blaß die Kinder, müd, blaß, verschlafen und ungekämmt. Wollten heute alle nicht richtig essen. Stehen bei der Tür und wissen nicht, wo ihre Schuhe, Namen und Jacken sind. Wissen nicht, ob sie heute überhaupt Schuhe anhatten, wann sie abgeholt werden sollen und wer sie abholt. Die Eltern und Elternteile alle in Eile und alle ein bißchen zu spät dran. Kommen von der Uni, von daheim, von der Arbeit. Übersetzungen, Computersatz, Aushilfe, die Magisterarbeit, als Lehrerin eine halbe Stelle und die Straßenbahn ist nicht gekommen, haben die U-Bahn verpaßt und nicht gleich einen Parkplatz gefunden. Erwachsen die Eltern und blaß, vom Leben gekränkt und mit Werktagssorgengesichtern. Ein Kind nach dem andern wird abgeholt und Carina packt ihre Tasche. Erst packen, dann umpacken. Eine gewebte bunte Umhängetasche mit einem griechischen Muster, die Jürgen und Pascale ihr einmal geschenkt haben. Bilderbücher und Stofftiere, Vogelfedern und Steine. Kein anderes Kind ist jeden Tag wieder so eigen mit seinen Sachen. Von den beiden Betreuern ist der Herbert heute nicht da und die Liesel muß jetzt dringend weg, deshalb bleiben wir bei Milena, die heute als letztes Kind abgeholt wird, weil ihre Mutter sich verspätet hat. Studentin, alleinerziehend. Vor lauter Geldverdienen bleibt ihr kaum Zeit für die Uni. Teilzeitarbeit und muß dabei immer noch hübsch sein für die Firma, hübsch, sexy, adrett, attraktiv und tüchtig. Und tschüß dann! Bis morgen! Den Kinderladen muß man nicht abschließen. Oder man schließt ihn ab und läßt den Schlüssel dann stecken. Im Westend, in der Siesmayerstraße, ein Kinderladen in einem besetzten Haus. Mit unserer Nachwinternachmittagsmüdigkeit die Bockenheimer Landstraße entlang, Carina und ich. Ihre in meiner Hand. Kann man Müdigkeit träumen? Müssen alles ansehen, damit wir wissen, uns gibt es. Lang auf die Warte zu. Beinah als kämen wir gar nicht an. Müßten nur immer weiter so. Und an der Warte ist alles angehalten. Stehengeblieben der Tag. Überall Straßenbahnen, die die Zufahrten, Haltestellen und Straßen blockieren. Die Kreuzung zu. Die Autos können nicht vorbei. Und ein Gedränge von Menschen, die alle aussehen, als ob sie ihren Heimweg nicht mehr wüßten – oder wer weiß, hätten keinen. (Wie soll man sich vordrängen, wenn man nicht weiß, wohin?) Sie stehen und schimpfen und wundern sich. Haben es eilig und wissen nicht weiter. Und wir dazwischen wie taub. Und dann jäh mein Schreck, weil auf einmal Sibylle vor uns steht. Ich rufe, ich winke und ihr hört und seht nichts! Wir waren nicht da, sagte ich, auch wenn es so aussah. Eine Störung, sagt sie. Eine Weiche, die Oberleitung, aber scheint jetzt doch endlich weiterzugehen. Und, fragte ich, schaffst du es noch? Ich dachte, Prüfungen sind immer nur morgens. Mier haben mit der Milena auf der Milena ihre Mama gewartet, sagt Carina. Damit die Milena nicht allein warten muß. Sogar noch zu früh dran, sagt Sibylle, noch gut eine Stunde Zeit. Ich muß vorsingen! Ja, sagte ich, laß dir Zeit! Wir lassen uns auch Zeit. Ausruhen. Jetzt fährst du in aller Ruhe hin und singst ihnen etwas. Und vielleicht, wenn du kommst, schlafen wir. Sind vielleicht schon auf der Treppe eingeschlafen, Carina und ich. Oder vor der Wohnungstür auf dem obersten Treppenabsatz. Sie sagt: ich komm dann gleich heim. Als ob wir noch wie früher zusammen. Sehen sie einsteigen. Stehen auf der Insel und winken, Carina und ich. Eine Verkehrsinsel, die mit uns immer weiter davonschwimmt und der Tag wie aus Stein. Und hast du gesehen, wie blaß Sibylle ist, blaß, dünn und angespannt! Jetzt klingeln alle Straßenbahnen. Der Schreck gibt mein Herz frei. Die Zeit, mit stierem Blick, scheeläugig, eine Art verkleinerter Bahnhofsuhr an der Straßenbahnhaltestelle, eine imaginäre Bahnhofsuhr, die Zeiger wie Pfeile, die Zeit ruckt. Und eine Straßenbahn nach der andern fängt jetzt zu fahren an. Reihenweise die Autos. Müssen die Zeit aufholen. Hupen, blinken, drängeln. Hatten drei-viermal grün und konnten nicht fahren, aber jetzt geht es endlich weiter. Die Menschen entweder in die Straßenbahnen oder noch Zigaretten, eine Zeitung kaufen und in alle Richtungen weg. Eine Taubenschar, die direkt vor unsren Füßen landet und dann mit kleinen Schritten über den Gehsteig. Verteilen sich. Von Straßenrand winkt uns ein Bettler. Sieht uns jeden Tag hier vorbeigehen und weiß, er kriegt manchmal zwei Zigaretten. Eine ganze Reihe von Bettlern jeden Tag hier bei der Warte und auf dem Campus. Eher Penner. Säufer, sie betteln nur nebenher und um weitertrinken zu können. Ein einziger richtiger ernsthafter Bettler. Sitzt allein vor der Commerzbank. Sein Stammplatz. Er sitzt auf dem Gehsteig und sieht uns von weitem schon. Ein Bettler mit blauen Augen. Die Schaufenster in der Adalbertstraße. Keine übriggebliebenen Weihnachtsstollen mehr, aber immer noch verbilligte Kalender. Ein Schaltjahr. Schon März. Die Kalender inzwischen zum halben Preis. Müd auf die Haustür zu, mein Kind und ich. Einer von den vielen vielen Nachmittagen, die einem am Ende dann bei der Abrechnung fehlen werden (was fehlt, fehlt für immer!). Im Haus die Treppe. Von Absatz zu Absatz die Treppe hinauf wie im eigenen Körper. Als ob man sich selbst sucht. Vierter Stock, Dachgeschoß. Und alles wie schon gewesen.

Die Wohnung. Stumm die Wohnung. Sibylle hat die letzten Bücher aus den Regalen geräumt und in Kisten verpackt, in große Kartons. Alphabetisch. Ein paar Kartons noch auf dem Treppenabsatz vor der Wohnungstür, die meisten jetzt schon im Keller.

Leere Wände. Zittert das Haus? Carina und ich im großen Zimmer auf den Matratzen. Vorlesen! Erst noch die Schuhe aus. Sollst mir nochmal die Bilderbücher vorlesen, die wir in die Bibelthek zurückbringen wollen! Erst sitzen, dann liegen, Carina und ich. Sollst mir aus den Büchern alles so vorlesen, daß ich mir alles merken kann und es dann auch alleinst noch weiß, wenn mier die Bücher schon abgegeben haben und schon wieder neue geholt aus der Bibelthek. Sie sagt immer Bibelthek. Mein Kind und noch klein und muß sich an mich drängen und mit mir alle Bilder und jeden einzelnen Buchstaben. Ist dir kalt? Uns zudecken und dann noch besser zudecken. Viele Kissen und Decken. Waren zum Spielen und Lesen und Vorlesen, die Matratzen, für Ausschweifungen und falls Besuch zu Besuch. Gäste, der halbe Kinderladen, Kinder und Kinder mit Eltern. Sich ausruhen, wenn der Tag zu lang. Nur schnell zwischendurch oder gleich bis zum Abend, gleich gar nicht mehr aufstehen. Beim Schreiben mich ausstrecken und die Augen zu, damit die Bilder deutlicher. Viele Stimmen im Kopf. Und dann nach der Trennung um Mitternacht jede Nacht mir ein Bett, ein Ersatzbett – bin das noch ich? Vorlesen, weiter vorlesen! Nachmittag. Nur leise der Lärm der Stadt. Eine Dachgeschoßstille und manchmal fängt sich der Wind. Vielleicht außer uns wirklich im ganzen Haus niemand daheim. Leer, abgeräumt meine drei Arbeitstische. Vor dem Fenster die Nachmittagswolken. Hätten einschlafen können, Carina und ich. Doch ich muß im Liegen jäh zucken, weil mir die Welt einfällt und mein Leben. Und Carina zuckt auch und hält sich an mir fest, als ob sie mich festhalten müßte, mich und die Welt. Zittert das Haus? Und sind dann doch eingeschlafen und wachen auf von einem Schlüssel an der Wohnungstür und jetzt sind vor dem Fenster die Wolken andere Wolken.

Und dann Sibylle. Steht vor uns und sagt: Nichts! Pech gehabt! Keine Stimme! Einfach die Stimme weg! Erst denkst du, das sagt sie nur so, dann merkst du, es stimmt. Konnte nicht, sagt sie, so haben, als ich vorsingen sollte, beide Knie mir gezittert! Und macht es vor. Die Füße nach innen, damit sie besser zittern kann. Und Carina hört, sieht und merkt sich alles. Bestehen, bestanden, nicht bestanden – das hat also mit den Füßen zu tun. Durchfallen, da kriegen die Füße gleich einen Schreck und man muß einen Schritt zurück. Unwillkürlich. Oder im Sitzen die Füße schnell noch mehr zu sich heran. Sitzen auf den Matratzen, müssen aufstehen und setzen uns wieder, Carina und ich. Wolkenhimmel. Soll man sich die Augen reiben? Hätten vielleicht doch nicht geschlafen – nur eine Weile gedacht, daß wir schlafen? Immer erst mitten im Traum merkt man, daß man träumt. Erstmal Kaffee, sagt Sibylle. Milchkaffee du und ich und für Carina Ovomaltine. Auf jeden Fall weitermachen, sagt sie und räuspert sich. Geht in die Küche (eng, eine Stehküche) und kommt aus der Küche gleich wieder zurück und sagt: Muß vielleicht bald ein Klavier! Mieten oder gebraucht – was billiger ist. Aber dann brauch ich auch noch Klavierunterricht. Besser kaufen, sagte ich. Einen Zettel in der Mensa und die Kleinanzeigen im Pflasterstrand. Und dann fällt mir ein, was wir hier schon alles die Treppe hochgeschleppt haben. Bis unters Dach. Vor sechs Jahren eingezogen. Ovomaltine, Milchkaffee, einer von meinen alten Aschenbechern und vor den Fenstern der Nachmittag. Beinah wie immer. Und dann sah ich erst, daß Sibylle eine schöne alte Bluse anhat. Extra für die Prüfung gebügelt. Und ihre besten Jeans. Auch schon wieder ziemlich abgenutzt. Jedenfalls wenn man weiß, daß es ihre besten sind. Was für ein Tag, sagt sie. Klar mach ich weiter! Hast du auch Hunger? Carina nimmt einen Apfel. Sibylle geht in die Küche und ruft: Tomaten, Brot, Quark, Salami und Käse. Alle Türen offen. Ihr helfen, sagte ich mir. Sie kommt mit dem Essen und sagt: Ich mach trotzdem weiter! Man kann die Prüfung im Herbst nochmal. Oder schon vor den Sommerferien sogar. Und muß sich immer noch räuspern.

Dann auf der Seestraße alle drei. Und mit uns der Nachmittag. In die Bibliothek Carina und ich. Und Sibylle schon vor in den Secondhandladen mit Kinderkleidung. Carina braucht für den Frühling Hosen, Hemden, T-Shirts, Pullover und eine Jacke, die leichter ist als ihr Anorak. Braucht bald neue Schuhe. Die Schuhe sind immer am teuersten. Am besten, man nimmt die besten. Erst Schuhe und dann noch Sandalen. Socken, Kniestrümpfe, Strumpfhosen. Bald auch neue Schlafanzüge. Die alten ganz dünn schon vom vielen Waschen. Werden auch immer kleiner. Die meisten noch aus der Zeit, als sie statt Schlafanzug Agogok sagte, weil sie Schlafanzug noch nicht sagen konnte. Sibylle kommt zurück und sagt: Kein einziges Stück! Überhaupt nichts! Nur was vom Winter noch übrig, die Ladenhüter. Und haben auch immer öfter außer der Reihe zu. Hören hoffentlich nicht ganz auf. Schon sowieso immer weniger Secondhandläden mit Kindersachen. Und das Obst und Gemüse, sagt sie, so teuer, daß man es bald nicht mehr kaufen kann. Jetzt unser Rückweg. Die Seestraße und bald Abend. Und die Pascale, sagte ich, was sie jetzt wohl macht? Daß wir aber auch nicht wissen, wo sie ist und wie es ihr geht! Warum schreibt sie nicht? Warum ruft sie nicht an? Meine schöne Pascale, sagt Carina. Und vor uns der Kurfürstenplatz. Der Brunnen abgestellt. Kinder mit Fahrrädern – jetzt merkst du, wie müde du bist. Dann an der Straßenecke im Licht vor der Apotheke. So mild das Licht in den Schaufenstern und wir stehen alle drei in diesem Licht, als müßte das etwas bedeuten. Jetzt, sagt Sibylle, jetzt könnte ich vorsingen. Sogar leicht! Sing doch, sagt Carina. Erst unser Abschied vor der Apotheke. Und dann geh ich doch zwei Ecken weiter mit. Bis zur Adalbertstraße und auch noch mit ihnen über die Kreuzung. Der Abschied. Dann stehen und winken. Ihnen nachsehen, bis sie sich umdrehen und winken. Immer noch einmal winken. Carina an Sibylles Hand und vom Winken den Kopf ganz verdreht. Und jetzt fällt dir ein, daß sie schon lang keinen Luftballon mehr gehabt hat. Und was für eine Seligkeit für sie so ein

Luftballon jedesmal, wenn sie einen bekommt. Durch die Jahre. Erst ein paar Monate alt und dann anderthalb, dann zwei und dann drei und jetzt schon viereinhalb. Wie sie ihn ansehen und immerfort ansehen muß und andächtig heimträgt, ihre in meiner Hand. Der Luftballon an seinem Bändchen und sie kann den Blick nicht wenden und stolpert und geht, als ob er sie zieht. Als ob sie hinter ihm her schräg durch die Straßen segelt. Manchmal in der Sonne ein Luftballon, der wie eine Glaskugel leuchtet, ein Himmelskörper. Besonders am Abend. Im Gegenlicht. Ein enger Hof, eine dämmrige Straße. Die Menschen als Schatten nur und über ihren Köpfen der Luftballon wie ein bunter Lampion. Noch im Licht und die Straße schwankt, die ganze Welt schaukelt sacht, die ganze Welt in der Dämmerung wie ein großer bunter Lampion. Blaurotgrün – in Gedanken probierst du die Luftballonfarben aus. Da geht sie, Carina. Wird größer, schnell die Zeit, immer noch ein Tag und dann sind die Luftballons ihr vielleicht bald schon nicht mehr so wichtig. Stehen und winken. Ihnen nachsehen, bis sie um die Ecke. Erst da und dann nicht mehr. Noch den leeren Fleck Gehsteig dir einprägen. Sind weg, sind gegangen. Ihre Abwesenheit auswendig lernen und dann endlich darfst du weiter.

Allein. Durch den Feierabendverkehr, als ob du darin ertrinkst (als ob du dich darin auflösen sollst!). An der Warte vorbei und durch die Ludolfusstraße, die leer ist und still. Nichts regt sich. Fahl, ohne Farbe der Tag und trübweiß das Licht und jetzt kommt der Abend. Ludolfusstraße, Zeppelinallee, Leonhardsbrunnen, Frauenlobstraße, Cretzschmer- und Ditmarstraße. Die Dämmerung. Ich ging immer weiter. In der Dämmerung lang durch die Straßen der Reichen. Allein. Und mir ausdenken, wie ich das Geld für Sibylles Gesangsstudium auftreibe. Ihr helfen mit Zeit und Geld. Ein Klavier. Eine große Wohnung. Seit wir uns kennen, nie genug Zeit und nie genug Platz. Hat sich immer nach meinem Schreiben richten müssen. Gehen. Ich ging immer weiter. In der Dämmerung, müd, hungrig, mit leeren Augen, lang durch die Straßen der Reichen, um an den Reichtum glauben zu können. Wenigstens die nächsten zwei Stunden. Wenigstens glauben, daß man daran glaubt, damit Sibylle es auch glauben kann. Tore aus Schmiedeeisen, Einfahrten, Freitreppen, Säulen an den Haustüren, hohe Fenster. In manchen Fenstern schon Licht und was allein die Gardinen kosten und wer putzt solche Riesenfenster? Das Geld, sagst du dir. Auftreiben, verdienen das Geld. Reichwerden. Zwei- oder dreimal in meinem Leben eine Weile viel Geld verdient – viel oder wenigstens soviel, daß es mir viel vorkommen konnte. Damals auch schon geschrieben, aber vorerst nur für mich. Ein paarmal Bilder von mir verkauft, selbstgemalt, eigene Bilder. Einmal mit dreizehn und einmal mit sechzehn und einmal mit zweiundzwanzig. Aber dann aufgehört zu malen und nur noch geschrieben. Und je länger du schreibst, umso schwerer wird dir das Geldverdienen. Es stört bei der Arbeit. Man will nur immer weiter mit seinen Zetteln am Tisch sitzen und wenn man geht, immer weitergehen, immer auf den Horizont zu und im Gehen nach Wörtern suchen. Nur das eigene Zeug im Kopf. Wer Schriftsteller ist, wird nichts anderes mehr. Trotzdem, sagst du dir, warum nicht, das schaffen wir schon! Von den Namen und Telefonnummern aus der Werbebranche noch gut zwei Drittel übrig. Man muß daran glauben! Sag ihnen, du bist der, den sie suchen! Eiskalt verhandeln! Verlang das Doppelte! Sitz ihnen ungerührt gegenüber! Und spiel, daß du das nur spielst, dann ist es dir leichter! Nächstens vom Rundfunk das erste Honorar. Vielleicht noch eine Lesung und Geld dafür. Sparen, noch mehr sparen! Zur Aushilfe ein paar Handlangerarbeiten. Fleißig, pünktlich, zuverlässig. Zeitungen austragen. Prospekte verteilen. Zeug, fremdes Zeug verkaufen, das niemand braucht. Heimarbeit. Preiswert als Schreibkraft. Buchhaltung. Autos waschen (wie mit fünfzehn). Frag die vielen türkischen Änderungsschneider, ob du ihre Schaufenster dekorieren sollst. Vielleicht will einer ein neues Ladenschild? Schreib ein Theaterstück über den Ruhm, über Ruhm und Erfolg. Wie einer reich wird. Erst eins und dann noch eins. So ein Stück will jeder gern sehen. Schreib immer noch ein Stück und mal Bühnenbilder. Erfolgreich. Die Stadt dazu bringen, daß sie es ohne dich nicht gut aushält. Plakate ankleben. Geh in die Redaktionen und auch als Lastträger wieder. Ausrufer auf dem Markt. Lastträger, Ausrufer, Händler und Geldwechsler. Das Geld im Kopf. Immer mehr. Erst Münzen, dann Scheine. Banknoten. Banknotenbündel. Immer höher die Stapel. Geld, Goldbarren, Wertpapiere. Schränke, Schließfächer, einen Safe. Kontoauszüge, Bankkonten, Depotkonten, einen haushohen Safe im Kopf und die Zahlen alle auswendig. Im Gehen. Immer weiter. Einfahrten, Vorgärten, vornehme hohe Bäume. Häuser mit Gärtner, Häuser mit Park. Portale, Torpfosten. Manchmal ein glänzendes Messingschild. Poliert. Public Relations. Antiquitäten. Eine Galerie. Kunst kann man von der Steuer absetzen. Vermögensverwaltung. Beratungen. Buchprüfer, ein Anwaltsbüro. Termine nur nach Vereinbarung. Fahnenstangen. Ein Konsulatsschild mit Wappen und Krone und nichts regt sich. Nie ein Mensch auf den Straßen. Die Straßen auch stumm. Reden nicht. Sagen nichts. Sogar den Bäumen ist öd. So prächtige hohe Bäume, aber der Gärtner ist ihr Vorgesetzter und wenn der Gärtner gegangen ist, fällt ihnen nichts mehr ein. Fangen an, auf die Nacht zu warten. In diesen Straßen ist jeden Tag wieder schon vom Morgen an alles wie zur Nacht gerichtet. Manchmal ein Auto. Das Garagentor geht elektrisch auf. Fernbedienung. Einfahrt und Haustür kameraüberwacht. Stille. Eine geräumige kostbare Stille. Stille ist teuer. Kubikmeterpreise. Sogar die Müllabfuhr kommt nicht wie in normalen Stadtvierteln lärmend frühmorgens, sondern leise am späten Vormittag. Gedämpft. Wie auf Zehenspitzen. Mit Samthandschuhen die Müllabfuhr. Werden für diese und ähnliche Straßen eigens geschult. Kein Durchgangsverkehr. Manchmal ein Gärtnerauto. Wird unsichtbar hinter den Garagen geparkt, muß sich neben eine große Hecke ducken. Dezent. Abstand. Diskretion. Und alle Tage die sauberen Kleinwagen pünktlicher Putzfrauen, eher Reinigungsfirmen. Hausmeisterservice. Objektschutz. Und keine Kinder. Nicht ein einziges Kind. Höchstens Vögel, Katzen und Eichhörnchen. Wie ein immerwährender Sonntag jeder Tag. Eine Dame mit Hündchen? Selten. Fast nie. Keine Läden, keine Kneipen, keine Frankfurter Büdchen. Nichtmal ein Obststand. Kein Bettler, kein Penner, kein Leierkastenmann. Keine Erstklässler mit bunten Jacken und Mützen und riesigen neuen Schulranzen. Platz genug, aber kein Hickelspiel auf dem Gehsteig. Keine Kinder mit Hüpfseil und hellen Stimmen am Morgen. Keine Mütter, die Namen rufen alle Abende unter den Haustüren. Nie zeigt sich ein Gaukler auf diesen Straßen. Kein Feuerschlucker, keine Seiltänzerinnen, kein Flötenspieler. Nicht einmal eine Wahrsagerin. Ein Sonntag, der nicht vorbeigehen will. Das Leben? Das Leben bleibt eingesperrt. Teils ein- und teils ausgesperrt. Nicht Grundstücke – Anwesen. Wie Festungen stehen die Häuser. Privat. Privatgelände. Eine Privatgegend. Nur die Schlagbäume, Mauern und Sicherheitszäune fehlen vorerst noch und bewaffnete Wachmannschaften, die nach Passierscheinen fragen und wer vor ihnen wegrennt, wird auf der Flucht erschossen. Immerhin hat die Stadtverwaltung hier bereits besonders feine Laternen aufstellen lassen.

Einmal Carina und ich. Ein Ostersonntagmorgen. Sibylle bleibt im Bett. Halsschmerzen, Grippe, keine Lust auf die Welt. Wir bringen ihr als Frühstück und zur Genesung alles was wir finden, aber sie will nichts, muß sich gesundschlafen. Leise! Sei leise! Du aber auch! sagen wir zueinander, Carina und ich. Und dann läuten die Sonntagsglocken und wir gehen aus dem Haus. Durch ganz Bockenheim gehen wir, ohne jemandem zu begegnen. Abends haben sie das Fernsehen und morgens wollen sie nicht zu leben anfangen, sagte ich zu Carina. Siehst du ja. Alles zu. Höchstens am Hauptbahnhof, wo sowieso nur lauter Ausländer arbeiten, würden wir jetzt eine Erdbeermilch und einen Espresso kriegen. Vielleicht. Ja, sagt sie, aber da sind wir jetzt beide nicht! Leere Sonntagmorgengehsteige. Nur vor der Markuskirche neun Personen. Alle mit polierten glänzenden Schuhen. Du denkst, man müßte ihnen ansehen, ob sie aus der Kirche kommen oder haben die Kirche noch vor sich, aber man sieht es ihnen nicht an. Schwer und undurchsichtig der Himmel. Eierschalenweiß. Ein naßkalter Tag. Ostersonntag. Und sind dann in diese stillen vornehmen Straßen gekommen, Carina und ich. Und sie muß an jedem Zaun und an jedem Tor und an jedem Pfosten stehenbleiben und alles ansehen. Kostbare Briefkästen mit einem silbernen Monogramm. Eine Nymphe aus Marmor. Moos, Schopfgras, der teuerste Rasen. Trauerweiden, Koniferen, Buchsbaum, Hibiskus, Glyzinien und Rhododendron. Nur Vögel, sonst niemand. Und müssen auch immer gleich weiter, die Vögel. Müssen dauernd woandershin. Wir stehen und gaffen. Ein Gitter mit goldenen Lanzenspitzen. Laternen, ein Brunnen, ein Gartenteich, weißer Kies. Und Carina mit Sehen und Grübeln und Selbstgesprächen, die man nicht mithören soll. Sind geheim. Aber sie kann sie auch nicht unterdrücken. Aufgeregt. Muß sich alles merken. Merkt, daß sie sich alles merken muß und hat noch nicht genug Wörter. Nur als Bilder die Dinge und noch keine Namen dafür. Bis ich sagte: Wollen in das Eiscafé in der Friesengasse. Sind Sizilianer, eine große Familie, die sind schon lang wach. Und dann bald nach Sibylle sehen! Ein Vogel auf einem Zweig. Wippt und wippt und muß mit seinem Vogelherzschlag immerzu die Sekunden abzählen. Und zuletzt beim Gehen sagt Carina zu mir: Aber gell, aber hier, Peta! Und stolpert und muß an meiner Hand zerren und mit dem Blick nochmal ringsherum. Alles einsammeln! Mitnehmen! Aber hier wird es abends auch dunkel! Genau wie bei uns in der Jordanstraße! Und jetzt ausrechnen, wann das war. Letzte Ostern? Das Jahr davor? Welches Jahr war es, als sie im Frühling Rollschuhe bekam? Als alle Kinderladenkinder, die nicht schon Rollschuhe hatten, endlich Rollschuhe bekamen und dann will der Frühling nicht kommen. Den Tag weißt du und den Augenblick, aber nicht das Jahr!

Und jetzt lang allein in der Dämmerung. Muß lang mit mir selbst an diesen reichen Häusern vorbei, um mir einzureden, daß ich an das Geld, überhaupt an Geld glauben kann. Wenigstens solang ich hier gehe, daran glauben. Telefonieren! Ich wollte Sibylle anrufen, aber hier bei den reichen Leuten gibt es keine Telefonzellen. Also zurück (vielleicht gibt es diese Straßen in Wirklichkeit gar nicht!). Den Weingarten hinunter zur Leipziger Straße. Kurz vor Ladenschluß und die Telefonzellen alle besetzt. Fremde Mäntel und bunte Jacken. Erst als Ausrufezeichen die Gestalten in den Telefonzellen, dann Fragezeichen, dann müd eine Klammer. Hängen am Telefon und müssen um ihr Leben gestikulieren. Oder bereits verstummt. Schon verurteilt, aber können nicht loslassen. In der Zelle und müssen sich einen Punkt suchen, auf den sie starren, in den sie sich hineinversenken können. Eine Schraube, einen Kratzer, den eigenen Fingernagel. Ein Loch in der Welt. Die gläserne Zellenwand. Auf das Glas starren, aber nicht durch das Glas hindurch. Und dann als Komma. Gebückt, klein, unscheinbar. Krümmen sich, kriechen. In einiger Entfernung. Immer weiter weg. Müssen vor den eigenen Blicken her. Haben schon angefangen, sich aufzulösen. Grau in der Dämmerung. Hustend und keuchend auf und davon. Und dann noch die, die hinter angelaufenen Scheiben vergehen müssen im Abend und schon immer dichter beschlagen die Scheiben. Entweder besetzt die Telefonzellen oder kaputt. Der Hörer fehlt, der Hörer hat einen Sprung. Taubstumm das Telefon. Sagt keinen Ton. Der Münzeinwurfschlitz ist mit Kaugummi verklebt. Leere Bierflaschen und leere Bierbüchsen in der Telefonzelle. Blut, Rotwein und Cola verschüttet. Alles klebt. Scherben, Kippen, Joghurtbecher, ein Stück Pizza noch aus dem Spätherbst. Obwohl das Telefon nicht geht, hat einer in die Zelle gekotzt. Nicht nur auf den Fußboden, auch auf den Hörer und an die Wand (also mit Schwung!). Erst kürzlich? Schon länger? Wollen hoffen, es geht ihm jetzt wieder besser. Durch die Leipziger Straße vor bis zur Warte. Inzwischen längst in Gedanken mit Sibylle. Klar machst du weiter! Mach dir bloß keine Sorgen! Wir schaffen es schon! Und dann gleich einen Schreck gekriegt, weil wir diesen Satz jahrelang zueinander gesagt haben, solang wir noch zusammen waren und gemeinsam zuständig für die Welt. Sagten ihn immer abwechselnd, je nachdem, wer von uns mit Zuversicht an der Reihe, sie oder ich. Erst nur in Gedanken mit ihr, mit Sibylle. Und dann wird an der Warte im Gedränge, im Abendgetümmel eine Telefonzelle frei und du sagt es ihr nochmal am Telefon. Ja, sagt sie, klar! Nur jetzt heute bin ich so müde! Und dann Carina: Sollst kommen und mit mir die neuen Bibeltheksbilderbücher ansehen, die wir vorhin geholt haben. Sollst mir nochmal erzählen, wie Jürgen und Pascale noch in Eschersheim gewohnt haben und wie wir da immer zu ihnen hinsind. Sollst mir erzählen, wie wir die Pascale einmal zum letztenmal gesehen haben. Also nochmal in die Jordanstraße. Beinah wie am Abend heimkommen. Erst in Gedanken mit Sibylle, dann am Telefon und jetzt mußt du es ihr nochmal in Wirklichkeit sagen. Im engen Flur vor dem Durchgang zur Küche (eine Tür paßt nicht hin, so eng ist es da!). Wir schaffen es schon! Und jedesmal der zugehörige Schreck. Unverzüglich. Erst zuverlässig mein Schreck und dann mit Sibylle und Carina Rührei und Fencheltee. Beinah als seien wir alle drei krank gewesen. Bei uns in Böhmen, sagte ich, ißt man Rührei, wenn man gerade erst krank war oder als Beilage zu frischen Pfifferlingen. Mit Kümmel. Viele Pfifferlinge und ganz wenig Rührei dazu. Und keinesfalls Sahnesauce. Am besten bald ein gutes gebrauchtes Klavier und, sagte ich, finden schon jemanden, der es uns hierherfährt und dann mit uns die Treppe hochschleppt. Und gleich in Gedanken in die Wand eine Tür, eine

Doppeltür. Und hinter der Wand ein Zimmer für das Klavier. Einen kleinen Konzertsaal mit Parkettfußboden und Kronleuchter. Die Akustik? Gut, die Akustik! Erst essen und dann Carina ins Bett bringen und bei ihr bleiben, bis sie schläft.

Dann beim Gehen nochmal zu Sibylle: Ruh dich aus! Demnächst das Klavier! Denk dran, wir schaffen es schon! Und dann mein Weg in die Eppsteiner Straße. Wird auf zehn, sagst du dir und dann ist es in Wahrheit meistens schon elf. Aus der Telefonzelle in der Siesmayerstraße (die gleiche Telefonzelle, in der die Kinderladenkinder immer nachsehen, ob Geld auf der Erde liegt, Münzen) nochmal Sibylle anrufen. Die Gesangslehrerin, das Klavier und die Zukunft – nur keine Sorge, wir schaffen es schon! Ja, sagt sie, ja, ich weiß! Aber jetzt will ich schlafen! Schlaf du auch, sagt sie zu mir. Oft auf dem Heimweg diese Telefonzelle. Man sieht die Nacht und den Himmel und die hohen Platanen. Manchmal Sterne. Und auf dem Gehsteig die Nachtschatten der Platanen. Ein breiter Gehsteig. Und nur ein paar Schritte weiter der Kinderladen. Und, sagt Sibylle, Jürgen hat angerufen. Gleich nachdem du wegbist. Er sucht dich. Er sucht dich schon länger. Also gleich Jürgens Nummer. Besetzt. Lang besetzt. Und bevor du gehst, hebst du drei Groschen vom Fußboden auf. Dann weiter. Die Nachtstadt. Westendstraßen. Gleich, sagte ich im Kopf zu ihm. Eben war bei dir noch besetzt. Gleich von der nächsten Telefonzelle aus probier ich es wieder. Und zu Sibylle im Gehen in Gedanken: Klar geht es weiter! Die Prüfung im Herbst oder wann sie ist, sagte ich. Mach dir keine Sorgen! Still die Nacht. Leere Straßen. Beinah als ob sie jetzt wieder neben mir hergeht. Die nächste Telefonzelle in der Feldbergstraße – aber geht nicht, fällt das Geld immer durch. Vor meinen Füßen ein Groschen und ein Pfennig. Gleich einstecken beide und weiter. In der Liebigstraße an der Ecke zur Eppsteiner ein ruhiger kleiner Platz. Vorgärten. In manchen Fenstern noch Licht. Eine Telefonzelle. Zwei leere Bänke. Und in den

Hecken und Bäumen schlafen die Vögel. Und, sagte ich vor der Telefonzelle in Gedanken zu Sibylle, schläft Carina? Hat sie nicht nach mir gerufen? Sie ruft aus dem Schlaf und damit sie weiterschläft, muß man ihr gleich die richtigen Antworten. Und dann, sagte ich, deine Prüfung. Das Klavier vorher schon. Ein gutes gebrauchtes Klavier mit Klavierlehrer und Konzertsaal. Vielleicht kein Saal, ein ruhiger kleiner Salon. Ein Erkerzimmer. Hast du dir nicht schon immer ein Erkerzimmer gewünscht? Bei Jürgen noch immer besetzt.

Ganz nah bei der Haustür schon und jetzt kehrst du noch einmal um. Ober- und Unterlindau, Niedenau, Kettenhofweg und weiter durchs untere Westend. Nicht nur von einer Telefonzelle zur andern, bis ich ihn erreiche, sondern auch im Gehen mit Sibylle immer weiter. Schläft sie schon? Geht sie eben ins Bett? Wieder eine Telefonzelle. Immer noch besetzt. Mit wem spricht er so lang? Gleich jetzt, das weißt du, erreichst du ihn. Erst mit ihm am Telefon, sagte ich mir und dann treffen wir uns. Und sah ihn vor mir, wie er erst telefoniert und dann durch die Nacht auf mich zukommt. Dann mit ihm im Elba, im Bastos, im Pelikan oder gehen ins Jazzhaus, in den Keller, in den Club Voltaire. Laß es spät werden! Alle Zahlen im Kopf, sagte ich zu Sibylle. Das Geld, wieviel man braucht und wo man es herkriegt. Ich kann es dir jederzeit vorrechnen, sagte ich. Wie früher. All die Jahre ihr und mir vorgerechnet, daß wir es schon schaffen, auch wenn wir jetzt außer der Reihe dies und das noch. Parmaschinken, die besten Pfirsiche, Portwein, ein Kleid für sie, Parfüm, ein Menü mit fünf Gängen und auf dem Heimweg teure Sandalen, wunderbare handgemachte Sandalen für Sibylle, nimm die roten! Nimm die roten und geh damit vor mir auf und ab! Einen Riesenkoffer voll Unterwäsche für sie und zu meiner Freude, Unterwäsche in unwiderstehlichen Pastellfarben, das beste Badeöl und noch mehr Parfüm, man muß sich hinreißen lassen! Konzertkarten, Schallplatten, für den Heimweg ein Taxi, für den Sommer ein altes Auto mit Leselämpchen, Bett und Wasserkanister und noch fast zwei Jahre TÜV. Ein indisches Tuch, einen Seidenschal, einen alten Teppich mit fremden chinesischen Drachen und Göttern und den Wein und den Schnaps vieler Jahre. Schallplatten, Bücher, eine Stehlampe und noch eine Lampe. Tschechow, Dostojewski, eine Faulkner-Gesamtausgabe. Und weil wieder Oktober ist, mit dem alten Auto mit dem vorletzten, letzten, mit geliehenem Geld nach Paris – entweder ich sagte zu ihr: Es geht, ich kann es dir vorrechnen! Oder besser noch: Kein Problem, ich hab alles schon ganz genau ausgerechnet.

Lang weiter den Kettenhofweg. Eine Gruppe von jungen Amerikanern an mir vorbei. GIs in Zivil. Ausgang. Ein fremdes Land und zum erstenmal Ausgang. Die ganze Nacht frei und wohin? Du hast noch ihre Stimmen im Ohr. Die Nachtstadt. Ein Taxi. Eine Straßenbahn zwei Straßen weiter. Schatten. Ein Paar. Und dort vorn, sagte ich zu Sibylle, das sind wir doch selbst. Oft hier gegangen. Viele Jahre lang. Erst nur du und ich und dann auch mit Carina. Siehst du, da gehen wir. Und kommen dort uns entgegen. Und kein Mond heute? Nimmt er ab? Schon ganz weg? Nicht kürzlich erst Vollmond gewesen? Nachtschatten. Eine nächtliche Turmuhr. Die Feuerbach-, die Brentano-, die Lindenstraße. Und dann gleich die nächste Telefonzelle. Jürgens Nummer. Und diesmal erreichst du ihn. Ich sah ihn schon über den nächtlichen Campus auf mich zukommen, wie er sein Leben lang auf mich zukommt. Schon seit wir uns kennen. Auf dem Campus der Brunnen ist abgestellt. Kein Mond oder nimmt er ab und geht erst nach Mitternacht auf? Bei den Zementsäulen unter einem Vordach die Penner mit ihren Schlafsäcken, Plastiktüten und Hunden. Im tiefen Schatten. Im Schlaf oder Halbschlaf, aber zwei rauchen. Ein kleines Radio an, leise. Nachtwache. Rauchen und trinken Wein aus Zweiliterflaschen. Jeder hat seine eigene. Kleingeld. Die Telefonzellentür. Mit den gefundenen Münzen ihn anrufen. Gleich, sagte ich in Gedanken zu ihm, du kannst schon die Schuhe anziehen. Oder hat er die Schuhe noch an? Und zu Sibylle: Die Prüfung auch. Sowieso. Die Prüfung, sobald es geht. Das Klavier schon vorher. Das Klavier und weiter Gesangsunterricht. Zeit, Noten, ein begeistertes Publikum. Und braucht man nicht auch einen zuverlässigen schwarzen Klavierhocker? Und außerdem – sing einfach, sing! Mit oder ohne Prüfung. Sing barfuß und ohne Schule! Was wichtig ist, muß man selbst! Sing, wie sonst niemand singt! Und Carina? Schläft unter dem Nachtbild. Du siehst, wie sie atmet im Schlaf. Jürgen am Telefon: Wo bist du? Ich komm dir entgegen! Kaum erst elf, sagt er. Noch früh. Dann in der Corneliusstraße an den Vorgärten vorbei. Ein gelbes Eckhaus. Still die Nacht. Nur vom Alleenring die Autos als fernes Rauschen. Schon überall Knospen. Bald jetzt die ersten warmen Tage. Immer im März, sagte ich zu Carina (sie schläft, sie geht neben mir her!). Oft auf dem Heimweg aus dieser Telefonzelle Sibylle angerufen. Seit vielen Jahren schon. Erst jahrelang nur Sibylle und dann immer Sibylle und Carina: Jetzt komm ich gleich! Bin schon auf dem Heimweg, bin in der Corneliusstraße! Jahrelang auf dem Heimweg, jahrelang heimgegangen. Und jetzt als Gast. Als Gast und nächstens bald nach Görzhain. Mit den Kindern. Ein Wochenende auf dem Land. Bis dahin also mein Gastsein gesichert und ist ihnen vorerst nicht zu lang, sagst du dir. Am besten, du sagst es dir öfter. Wie spät? Erst noch mit Jürgen, er kommt gleich. Mit ihm alle Straßen und von Kneipe zu Kneipe und dabei im Kopf mit Sibylle weiter. Und dann allein. Allein und lang in die Nacht hinein. Und ganz zuletzt jedenfalls noch mit mir selbst am Tisch. Mitternacht längst vorbei. Mein Manuskript, Notizblöcke, Zettel. Spät in der Nacht. Wie in einem anderen Land. Ein Tisch, der mir nicht gehört. Unter dem Oberlichtfenster. Bevor die Vögel noch wach. Schon das Bett aufgedeckt. Bücher. Stille. Lämpchen beim Bett. Das Bett bereit, abzuschwimmen und ich noch mit Kugelschreiber und Selbstgesprächen. Schon barfuß und muß nochmal die letzten zwei Seiten lesen, lesen und korrigieren. Werden immer besser. Und dann die nächsten drei Sätze dazu. Ausgedacht und zusammengesammelt, seit ich heute Mittag mitten aus dem Schreiben heraus aus dem Haus ging. Die ersten Vögel. Und fängt es nicht schon an, hellzuwerden? Mußt jetzt nicht aufwachen, sagte ich zu Carina. Morgen früh hol ich dich ab und auf dem Weg in den Kinderladen erzählen wir alle Geschichten weiter.

7

Und dann ein Tag, da bleiben die Leute auf der Straße stehen. Am Morgen schon. Vorher ein kleiner Regen und danach dann die Luft so leicht und die Wolken ziehen. Auf dem Grüneburgweg Gehsteig und Straße schon fast wieder trocken. Die Pfützen blinken und vor allen Ladeneingängen Leute mit Einkaufstaschen. Gespräche. Den Weg im Kopf. Einen Einkaufszettel im Kopf. Ein Gespräch mit sich selbst und mittendrin stehengeblieben. Mit offenen Augen. Wie früher. Wie in deiner Kindheit auf dem Dorf. Genau auch die gleichen Gesten. Und lassen sich Zeit. Nach dem Regen gleich nochmal blauschwarz eine hohe Wolkenwand und jetzt fliegen die Tauben auf – weiß, silberhell vor dem dunklen Himmel. So weich die Luft. Und der Wind rührt dich an. Die Wolken ziehen und das Licht kommt und geht. Nicht nur auf dem Grüneburgweg vor den Ladeneingängen die Leute. Auch in der Eppsteiner Straße. Auf allen Straßen. Stille vornehme Westendstraßen und überall Menschen. Beim Briefkasten gewesen. War die Post schon da? Eben zu ungewohnter Zeit heim und nicht gleich einen Parkplatz. Die Mülleimer nachzählen. Amtliche deutsche Mülleimer, stehen wie zum Appell. Erst die Mülleimer nachzählen und dann mit Verwunderung die eigenen Tage und Jahre. Zweimal die Woche eine teure Putzfrau und doch immer Dreck vor der Haustür. Wischt auch nie den Türgriff ab. Vom Einkaufen heim. Wollten doch nur schnell die Zeitung holen. Und stehen und bleiben stehen, stehen beim Hoftor, stehen vor der Haustür, stehen und wissen nicht, was sie vergessen haben. Sogar die Spatzen sitzen, als ob sie sich den heutigen Tag unbedingt merken wollen. Den heutigen Tag und diesen einen besonderen Augenblick. Sitzen auf dem Zaun, sitzen in einer Reihe und geben sich alle die größte Mühe damit und wissen doch nicht, wie es geht, daß man sich etwas merkt. Und das drückt sie als Spatzen so nieder, drückt sie so auf die Erde. Gleich sind sie doppelt so schwer. Wie kleine graubraune Federhäufchen, ganz platt von der Schwerkraft. Sitzen und betrachten vom Zaun aus die Welt. Auf einmal – dschiiijilp und weg sind sie!

Kaum erst zehn. Ein langer Vormittag. Mit meinen Einkäufen heim. Das Haus steht und lächelt. So feierlich die Eibe mit ihren vielen hellgrünen Trieben. Und ich mit mir selbst auf der Treppe. Schlüssel, Tageszeit und daß ich zu Recht hier – wenigstens heute den ganzen Tag daran glauben, heute und noch einen Tag. Milch und Brot eingekauft, also Zukunft und Zeit, und damit die Treppe hinauf wie an dem hellen Mittag an meinem ersten Tag. Oft reichen Leuten hier auf der Treppe begegnet. Menschen in gesicherten Verhältnissen. Bankkonto, Mietvertrag, Pelzmantel, Hut, Titel, Einkommen. Am ehesten noch, wenn Carina bei mir ist, kann ich daran glauben, daß ich wirklich hier wohne. Sie glaubt auch daran. Sie glaubt mir auch, daß ich daran glaube, daß ich es glaube. Wir glauben beide daran, daß wir es glauben. Man sieht es ja auch. Du siehst ja selbst, daß du es siehst. Nur schnell jetzt die Tasche heim und gleich nochmal auf den Grüneburgweg. So leicht die Luft. Der Frühling kommt bald. Große bunte Stoffschmetterlinge in einem Optikerschaufenster. Damenmoden. Blusen, Blütenblätter, ein Frühlingskostüm. Im Blumenladen Tulpen, Narzissen und Anemonen. Hin und her auf dem Grüneburgweg und vor der Pizzeria in Gedanken mir eine Gemüsesuppe. Eine gute. Mit Sorgfalt. Du mußt sie dir jedesmal neu ausdenken! Das Gemüse. Waschen und schneiden das Gemüse und jetzt einen Topf. Wasser oder Bouillon zum Gemüse? Einen weitläufigen Gemüsegarten im Kopf und barfuß durch diesen Garten. Gemüse und Kräuter. Erst die Suppe, dann einen Espresso oder sollst du dir auch noch einen Salat ausdenken? Vielleicht in Dubrovnik das Haus, in Skopje, in Bukarest? Nur ein paar Schritte, hast du dir gesagt. Eben noch zehn und jetzt ist schon die Schule aus. Viele schöne Schulmädchen an dir vorbei und verträumt in den Mittag hinein.

Auf das Leben zu. Sie haben es eilig und lassen sich Zeit. Manche traumschwer und traurigkeitsschwer und manche manchmal wie mit Flügeln. Sind die gleichen sogar, nur die Tage sind immer andere Tage. Oft Mädchen mit Musikinstrumenten. Als Töchter von höheren Töchtern und weil die Musikhochschule hier gleich um die Ecke. Auch Privatunterricht. Querflöte, Geige, Klavier und Ballettstunden. Aber auch mit Reitpeitsche, Rucksack und Stiefeln zum Bus und zur U-Bahn. Der nächste Reitstall in Bonames. Heute zwei Stunden eher schulfrei. Nächstens ins Kloster oder nach Hollywood. Lachanfälle. Geheimnisse. In Cannes kann man auch entdeckt werden. Die eine vierzehn, die andere fünfzehn. Iris, Jasmin. Nebeneinander her und sind ineinander verliebt und müssen sich immerzu ansehen. Im Gehen, in der Schule. Ansehen und anfassen. Love is real! Viele Wörter Schulenglisch miteinander, Schulenglisch und aus Popsongs. Die Eltern bei Tag nicht daheim, also jederzeit Zeit für alle Straßen und Läden und Kaufhäuser. Und zwei Wohnungen zur Auswahl. Und jeden Tag den ganzen Nachmittag ungestört. Und können in vielen Spiegeln Kleider und Schuhe anprobieren und immer neue Haarfrisuren. Und Rollen, nur immer Hauptrollen. Ein geiler Film. Bequeme Sessel. Lidschatten, Puder und Lippenstift. Zieh deinen Pulli aus! Mach dein Haar auf! Zieh deine Jeans aus und probier meine Jeans an! Probier die abgeschnittenen Jeans zu schwarzen Strumpfhosen an! Mach viel Parfüm an dich dran! Mach es dir überallhin! Und dann komm! Lidschatten, Puder und Lippenstift. Beim Küssen die Augen zu. Erst Jeans und eine durchsichtige Bluse, dann das Abendkleid von deiner oder meiner Mutter! Jetzt küssen mit offenen Augen! Parfüm, Berührungen, Schallplatten, Spiegelbilder und eine Polaroidkamera. Erst im Sessel, dann auf dem Teppich. Die Heizung stöhnt. Die Wohnung ist überheizt. Teppich, Sofa und Bett. Dreiteilig ein Frisierkommodenspiegel. Viele Nachmittage. Vielleicht hat eine ein Tagebuch oder sollst du dir ihr Tagebuch selbst schreiben? Erst mit der Hand als handgeschriebenes

Tagebuch. Eine Mädchenhandschrift und zwei Mädchennamen und die Mädchennamen mit Tinte. Grüne Tinte und türkisblaue Tinte. Dann in vielen Fortsetzungen ein romantisch-realistischer Fotoroman und geht Jahre und Jahre so weiter. Müssen jeden Nachmittag die Hausaufgaben zusammen und einkaufen, aufräumen und Vokabeln lernen und sich das Essen warm und das wird noch viele Jahre so. Siehst du sie jetzt, sie und die Nachmittage und Jahre? Siehst du, da gehen sie. Dann einer mit Stirnband und wilden Haaren und mit einem Skateboard unterm Arm und einer mit einem Fahrrad und schiebt das Fahrrad. Am Gehsteigrand nebeneinanderher. Wohin? Gehen schnell und dicht beieinander die Köpfe und du weißt nicht, wovon sie so eifrig sprechen. Noch zwei Jungen. Dicke gefütterte Jacken. Schon den ganzen Winter in diesen Jacken und seit ein paar Tagen jetzt den Reißverschluß offen. Beide Kaugummi. Bomberjacken, Baseballmützen und Turnschuhe und tragen Prospekte aus. Vier zwölfjährige Mädchen mit schweren Zahnspangen. Drei Kinder mit einem Hund. Einzeln ein Mädchen mit Geigenkasten und Schäferhund. Hat sie keine Eltern? Sieht aus als ob sie keine braucht. Schmal, ernst. Pferdeschwanz. Geht mit großen Schritten. Eine Wildlederjacke, ein Parka, ein blaugrüner Anorak. Du hast sie schon öfter, du hast alle schon öfter gesehen. Jedes Kind sieht Sibylle ähnlich. Und manche auch noch Carina.

Und die Kleinen? Eher aus? Schon daheim? Sowieso kaum Kinder im Westend. Für Familien mit Kindern sind im Westend die Mieten zu hoch. Und soll ja auch weiterhin vornehm und still. Gediegen. Auch keine Bettler im Westend, keine Kneipen, keine Frankfurter Büdchen. Läden und Kinder fast nur auf dem Grüneburgweg und zum Nordend hin. Hell das Licht. Den ganzen Weg entlang mir jeden Augenblick und alle Gesichter merken und auch noch die Spatzen beim Zaun. So in den Mittag hinein, als sei ich gerettet – jetzt schon gerettet. Dann zurück und von allen Dächern rufen die Tauben. An den Tisch zurück. Mein Arbeitstisch in den Wolken. Zurück und mein Manuskript aufwecken. Und gleich fängt das Dorf zu reden an. Im März die Stimmen. Immer im März die ersten warmen Tage. Und das merkt man ein paar Tage vorher schon, das kündigt sich an. Dann werden nach dem langen Winter zum erstenmal wieder die Fenster aufgemacht. Ein Tag wie heute. Die Fenster auf, ein Vormittag und das ganze Dorf kommt zu dir ins Zimmer herein und fängt gleich zu reden an. Mit vielen Stimmen. Nicht nur die Menschen. Jedes Ding, jeder Augenblick. Sogar die Steine. Hier spricht jeder Stein mit mir. Schreib auf, was sie sagen und schreib, wie die Stimmen klingen. Beeil dich! Noch schneller! Schreib alles! Nimm einen Apfel! Willst du einen Espresso? Jetzt einen Espresso und dann einen Milchkaffee? Und bald etwas essen auch! Schon mitten im Schreiben. Erst mit der Hand, dann mit der Maschine weiter und zwischendurch im Zimmer herum und mir beim Schreiben Musik wünschen. Ein Stück Avocado mit der Hand, die gleiche Avocado, die du seit drei Tagen schon ißt. Nur diesmal den Senf vergessen, das fällt dir ein paar Sätze weiter erst ein, also nachträglich Senf mit dem Löffel. Pikant, mittelscharf, nicht zuviel. Hast du nicht auch Brot gehabt? Oder war das woanders? Ein früheres Leben? Am Tisch und im Zimmer herum. Alles schlingert, kippt, schwankt. Wie früher im Suff. Wie ein Schiff im Sturm. Selbstgespräche. Laut und mit vielen Stimmen. Im Zimmer herum wie auf einem Hochseil. Schreib weiter! Solang du schreibst, kann dir nichts passieren. Ein Märztag. Das Dorf. Zeitig im Vorfrühling noch. Die Kinder sind aus dem Dorf hinaus, sind auf dem steinigen Fahrweg, wo es nach Odenhausen geht, bis zur Chaussee gerannt. Den Berg hinunter und über die nassen Märzwiesen. Das Jahr nach der Währungsreform oder das Jahr darauf. Den ganzen Herbst und den ganzen Winter lang haben sie darauf gewartet, daß ein Zirkus ins Dorf kommt. Nicht nur darauf gewartet, immer wieder dem Zirkus entgegen. Bis weit in den Winter hinein und mit dem Winter die Lollarer Hauptstraße entlang. Schon letzten September angefangen zu warten oder letzten September vor einem Jahr. Können die Hoffnung nicht aufgeben. Und stehen jetzt am Rand der Chaussee. Für den Fall, daß der Zirkus es im Herbst nicht mehr geschafft hätte, nicht rechtzeitig, dann muß er doch heute kommen! Bis zum Bahndamm steht auf den Wiesen das Hochwasser, teils noch das blanke Eis. In weiter Ferne siehst du die Kinder. Selbst auch in weiter Ferne. Die Kinder stehen und winken. Sind das Vögel, die schwarzen Pünktchen, so hoch da über den Wiesen? Die Kinder und ein zugelaufener schwarzer Hund und von oben schreien die Krähen. Zum Fluß hin Hochwasserwiesen. Die Erde aufgetaut. Die Krähen als ob sie uns winken. Das Gras winkt, der Ginster winkt, das Gestrüpp auf der Böschung. Gepflastert die Chaussee und rennt vor uns her. Die Chaussee, der Wind und die Ferne. Und daß jetzt wieder März ist. Wie das an uns zieht. Das Hochwasser trägt die Stimmen noch weiter. Auf der Chaussee die Autos von 1949. Auf dem Bahndamm lang ein Eisenbahnzug mit rostigen alten Güterwaggons. Gerade hier immer guckt der Berg mit dem Dorf dir so nach. Wir gehen doch nicht für immer, muß man ihm aus der Ferne jedesmal sagen. Nur ein paar kurze Wochen noch, dann winkt auch und ruft von allen Seiten der Wald. Gerade hier ja kann man im März schon den Frühling spüren. Beim Schreiben die ganze Zeit den Espresso vergessen oder alle zehn Minuten zwei Tassen und es jedesmal nicht gemerkt? Dann müd, wie betrunken am Tisch. Bald aufhören jetzt. Noch die Stimmen im Ohr. Wie immer mit Blick und Hand die Schnapsflasche suchen. Rum, Wodka, Cognac, Korn, Ouzo, Calvados. Bis dir einfällt, daß du schon fünf Jahre nicht mehr trinkst. Fünf Jahre und zweieinhalb Wochen. Auch damals schon Kettenraucher. Klein und fern und ganz deutlich noch immer die Chaussee, das Dorf und die Kinder. Eben aufgehört zu schreiben. Mit brennenden Augen. Kommt kein Zirkus ins Dorf? Ich stand mitten im Zimmer. Jetzt schlafen? Schon barfuß? Badewasser? Nochmal durch das große schweigende Nebenzimmer? Mit zwei Handgriffen gleich mir das Bett?

Schon greift der Schlaf nach mir. Aber gerade heute ist so ein Tag, an dem jedes Ding, jeder Augenblick zu dir spricht. Vom Morgen an schon. Wie in deiner Kindheit ein Tag. Und es zieht dich, du mußt in die Welt. Am liebsten gleich hier vor der Haustür mein Leben ausbreiten. Wie als Kind auf dem Dorf. Nicht auch schon die ersten Schmetterlinge? Und gleich beim Eingang die Fliederbäumchen. Vier kleine Fliederbäume in einer Reihe. Wollen bald blühen jetzt! Du kommst auf die Straße. Auch hier sind die Leute stehengeblieben. Schon Nachmittag? Vor ihren Häusern stehen sie. Bei den Hoftoren, in den Vorgärten und an jeder Straßenecke. Wolken ziehen. Blau und hellgrau der Tag und mit einem Silberglanz. Nachmittagswolken und manchmal die Sonne, aber immer nur kurz. Wie auf einem alten Bild das Licht. Und gerade an diesem Nachmittag und den ganzen Weg entlang siehst du die Äste und Zweige so deutlich. Und an den Zweigen die Knospen. Siehst du die Knospen, sagte ich zu Carina, die neben mir hergeht – oder nahm mir vor, es ihr zu sagen, sobald wir uns sehen (muß mit ihr hierher!). Sind verschieden. Braun, rotbraun, grau, grüngrau und gelb die Knospen und Zweige und daß es das alles noch gibt. Bald, sagte ich. Genau wie vorhin vor der Haustür die Fliederbäume. Bald! Können es schon kaum noch abwarten, die Knospen! Eine Ecke weiter ein großer Busch Palmweidenkätzchen. Gerade erst aufgegangen die Kätzchen und stehen still und verwundert. Als ob sie von innen leuchten, so silbrig und hell. Stehen in Andacht und müssen jetzt auf die ersten Bienen warten. Man kann sich dazustellen und mit ihnen warten. Wolken ziehen. Wie mit Licht übergossen die Weidenkätzchen, auch ohne Sonne, sogar wenn der Himmel bedeckt ist. Nachmittag. Sonst meistens ja schläfst du um diese Zeit. Deshalb so müde jetzt, als ob du alles nur träumst. Und gerade da klingen die Stimmen der Leute dir wie in deiner Kindheit die Stimmen. Wie in Staufenberg. Sechs Jahre alt bist du gewesen und hast schon gewußt, du mußt dir alles für immer merken. Schriftsteller, sagte ich zu Anne, die Germanistik studiert, Schriftsteller. Damals schon. Carina sagt Bücherschreiber. Für mich als Kind hätte es Dichter geheißen. Und weitergehen wie im Traum. Von den Dächern und aus allen Bäumen rufen die Tauben. Nah und fern. Sogar bis aus dem Grüneburgpark hört man sie rufen. Wie früher, wie in Staufenberg nach dem Krieg. Auf jedem Scheunendach hockt ein Taubenschlag. Manche mit Türmchen. Und dazu noch die Wildtauben aus dem Burgwald. Und Märzlicht, Wolkenschatten und Märzlicht fallen ins Dorf herein und fliegen über die Hügel. Du warst sechs, du hast alles gewußt. Und heute ist wieder so ein Tag. Als sollten sie uns das Heimweh lehren, so rufen heute den ganzen Tag schon die Tauben! Und die Spatzen? Sonst allgegenwärtig auf Schritt und Tritt. Auf dem Gehsteig, im Rinnstein, in der Luft, in allen Hecken und Bäumen und auf jedem Zaun. Und jetzt? Nicht da? In den Park? In die Vororte einen Ausflug. Nach Bockenheim, Eschersheim, Ginnheim und Rödelheim, da sind sie als Spatzen überall an Schrebergärten beteiligt und müssen öfter mal nach dem Rechten sehen.

Du gehst. Im Westend blühen die Forsythien. Ein Kind auf dem Gehsteig. In den Himmel vertieft. Fünf Schritte weiter die Mutter. Autoschlüssel schon in der Hand. Steht und wartet. Muß gleichfalls zum Himmel hin mit dem Blick. Wer wacht zuerst auf? Im Gehen zu meiner Schwester: Warst du im Garten? Was gibt es an Gartenarbeit im März? Wie sieht es in den Gärten jetzt aus? Was muß alles in eine gute Gemüsesuppe? Hat man die Kartoffeln schon vorher gekocht und fängt dann mit dem Zwiebelschneiden an? Im März in den Gärten sind die Himmel so groß! Dann zu Jürgen: Das Haus im Grüneburgweg. Eine Stehpizzeria. Manchmal im Vorbeigehen eine Gemüsesuppe. Jeden Tag eine. Mindestens. Denk ich mir aus. In Wirklichkeit wahrscheinlich hat er nur Pizza, Schinkentoast, Salat und Baguette. Styropor, Pappschachteln, Plastikschalen. Alles zum Mitnehmen. Essen muß man sich mit Sorgfalt ausdenken! Was für gute Essigsorten es in Frankreich und in Italien gibt, Essig und Öl. Wie im Süden ein Haus, sagte ich und konnte alles im Mund schmecken. Wo nur das gleiche Haus schonmal? In Rom? Ein Vorort von Rom? Vielleicht mit dir zusammen, sagte ich dann zu ihm, aber in welchem Land? Die Schwalben, sagte ich zu Carina, und hier in der Stadt die Mauersegler. Nicht mehr lang und sie sind wieder da! Und dann die Bachstelzen, sagte ich. Wippen so. Blaugrau. Feine Maßkleidung. Haben es meistens eilig. Sind auch nur im Sommer da und in Staufenberg ist ja die meiste Zeit Winter. Aber in meinem Gedächtnis, sagte ich, wenn man zurückdenkt, manchmal ein Jahr, als sei der Sommer geblieben. Und sie dann natürlich auch. Ein Sommertag, sagte ich, manchmal ein Sommertag ist lang wie ein Jahr! Und das wissen die Vögel! Dann in Gedanken mit Edelgard (wo bist du, wo gehen wir hin?): Bald jetzt! Im März, der jetzt fast schon vorbei ist! Immer im März in Deutschland gibt es ein paar erste warme Tage und die kommen jetzt und dann kommen wir zu dir, Carina und ich! Und zu Anne: Das Buch weiter und Carina jeden Tag sehen! Zu meinem Verleger: Das Dorf, die Bevölkerung. Lauter Menschen, die sonst in Büchern nicht vorkommen. Das Buch wird noch lang nicht fertig! Dann mein Vater (ich konnte ihn vor mir sehen, wie er an einem Tisch sitzt): Paris, sagt er. 1928 bin ich aus Karlsbad zum zweitenmal nach Paris. Zwei Aushilfsstellen als Kellner und keine Papiere. Von Karlsbad nach Paris, das war damals viel weiter als heute, sagt mein Vater und wird wieder durchsichtig. Erst durchsichtig und dann unsichtbar. Wieder die Sonne. Im Westend ein Nachmittag. Immer wieder Eichhörnchen über die Straße. Und aus dem Grüneburgpark ohne Unterlaß rufen die Tauben. Du bist müd und gehst immer weiter. Solang die Sonne scheint, kommt dein Leben dir wie ein einziger langer Tag vor. In allen Vorgärten bunt die Krokusse. Erst die Schneeglöckchen, sagst du dir, dann die Veilchen. Und jetzt schon die ersten Krokusse! Die Forsythien seit Anfang März schon. Und an der Eibe wie Lichter die jungen Triebe. Daneben die Birke. Weiß und ein hellgrüner Schimmer. Und weiter vorn in der Straße die hohen Kastanien schon in Bereitschaft und bald auch der Flieder. An den Sträuchern die Knospen. Goldregen, Weidenkätzchen, Magnolien – als ob du nochmal deinen ersten Schulaufsatz drüber schreiben sollst!! Vor dem Schulhausfenster das Dorf und die Welt. Die Wolken am Himmel sind stehengeblieben, damit sie dir beim Schreiben besser zusehen können. Dein Griffel quietscht auf der Tafel (vom Kreisschulratsamt für den Grundschulunterricht genehmigt eine Nachkriegsersatzschiefertafel und dazu ein genehmigter Ersatzschiefertafelspezialgriffel). Und wie heißen die, die immer in allen Romanen so prächtig blühen – Rhododendron! Als Kind hast du dir gewünscht, das Leben soll sein wie in Büchern. Und jetzt gehst du hier als Romanfigur.

8

Tucholsky-Buchhandlung, Offenbach. Eine Lesung am 28. März. Noch von der Abstellkammer aus den Termin. Im Januar. Telefonisch. Dann noch zweimal angerufen, damit es auch dabei bleibt und ich daran glauben kann, daß es dabei bleibt. Zum Glück Ortstarif. Erst lang gedacht, der kommt nie, der 28. März. Und dann ist er da. Ein Mittwoch. Und früh am Nachmittag schon machst du dich auf den Weg. Lieber gleich mittags. Beide Bücher mit und in einer zuverlässigen Plastiktüte unverlierbar mein Manuskript. Zu Fuß zum Hauptbahnhof und mit der S-Bahn nach Offenbach (alle Ausgaben und was du auf Schritt und Tritt einsparst, sorgfältig im Kopf verbuchen!). Sind letzten Sommer einmal in Offenbach gewesen, Sibylle und ich. Carina mit dem Kinderladen im Vogelsberg. Das erste Mal, daß sie allein anderswo über Nacht. Unser Kind. Ohne uns. Und was wird mit uns? Sind als Eltern so lang nicht mehr einen ganzen Tag und dann auch noch über Nacht miteinander allein gewesen, Sibylle und ich. Sibylle nach der Arbeit, ich direkt aus dem Schreiben heraus: treffen uns in der Stadt und fahren nach Offenbach. Es kostet nicht viel und ist trotzdem woanders. Heiß und hell ein Sommertag in der Stadt. Ein Stadtsommer, der schon anfängt, zu gehen. Brot mit, Joghurt, ein halbes Mittagessen oder vom Bäcker bloß schnell ein eiliges Bäckertütchen mit Rosinenbrötchen und Apfeltasche? Buttermilch, Wurst und Brot mit, zwei Tomaten und dazu noch ein Bäckertütchen und beide von allem die Hälfte. Und sind bis zum Abend geblieben. Und deshalb muß ich jetzt in Offenbach den ganzen Nachmittag nach uns suchen. Nach uns und der Zeit und nach unseren Spuren. Und nach diesem Tag und nach dem vergangenen Sommer (wie kann er vorbei sein?). Vom Bahnhof in die Innenstadt. Eine Straße wie gleich nach dem Krieg und heißt auch noch Kaiserstraße. Amtsgericht, Post, eine neue Fußgängerzone. Kaufhäuser, Fußgänger, Jeans, Schuhgeschäfte, ein Aldi, ein Tchibo, drei Arbeitslose. Vor jedem Ladeneingang drei Arbeitslose. Und große winterliche Betonblumenkästen. Paare, Mütter, die Zeit ruckt, ein Kind weint. Baustellen, Zeitungen, Zigarettenreklamen. In allen Fußgängerzonen weinen die Kinder. Ich hätte gern ein Gesicht mir gemerkt. Fußgänger, Arbeitslose, eilige Fußgänger mit Einkaufstaschen und Plastiktüten. Bushaltestellen. Eine Straßenbahn klingelt. Wo gehts hier zum Parkhaus? Eine Imbißbude, ein Schnellrestaurant und noch eine Imbißbude. An jeder Ecke ein Schnellrestaurant und eine Imbißbude. Und jetzt kauen alle und müssen sich ducken und haben erst recht keine Hand frei. Und haben es immer noch eilig. Vom Vorjahr ein Eiscafé. Ich kann uns noch reden hören mit Sommernachmittagsstimmen. Ein Bäckerladen und steht da und weiß nicht gleich, ob er mich noch kennen soll? Zwei Eiscafés. Eins noch vom Winter her zu (Pelzmäntel-Sonderverkauf!), aber in dem anderen mußt du unbedingt einen Espresso! Vorher noch die abgelegene Sommernachmittagsseitenstraße am Rand der Fußgängerzone und weit hinten in deinem Gedächtnis wiederfinden! Und in Licht und Schatten einen stillen Hinterhof aus dem vorigen Sommer. Alle Fenster offen. Alt und verwittert die Mauern und ein großer grüner Baum steht im Hof. Ein Lied spielt und Vögel singen. War es hier? Sind wir das gewesen? Wo ist der Sommer hin? Ein armenisch-griechisch-türkischer Laden mit einer bunten Markise und Obstkisten davor. Lebensmittel und Obst. Ein Änderungsschneider. Haushaltsauflösungen. Alte Möbel. Hausrat. Geschirr. Eine Stehlampe, beinah wie die Stehlampe, die wir einmal in einem anderen Gebrauchtmöbelladen in Frankfurt gekauft haben, Sibylle und ich. Ein bißchen zu teuer bezahlt und froh heimgetragen. Feinkost. Italienische Spezialitäten. Ein billiger Modeladen und in allen Farben die übriggebliebenen Sommerkleider davor und wie heiß es war. Vögel. Ein Sommertag. Alle Fenster offen. Die Türen offen. Eine Eckkneipe, Schnapsbüdchen, eine Eisenbahnunterführung und die Sonne, das Licht und die Penner von damals. Mußten unser

Geld zählen und zweimal einen Espresso, Sonderetat, und im Kopf die Begründung dafür. Ich seh uns jetzt noch im Eiscafé-spiegel sitzen. Dann allein und wieder in den Nachwinter zurück und weiter auf den eigenen Spuren durch Offenbach und von Uhr zu Uhr auf die Uhrzeit achten. Erst den Nachmittag lang, dann in der Dämmerung und dann in den Abend hinein. Immer nochmal und nochmal den ganzen Weg. Und dann wird es Zeit. Nacht, Wind, fremde Seitenstraßen. Im Nachwinter. Zum Glück kein Regen oder wenn, dann nur kurz (du hast den Schirm mit, aber machst ihn nicht auf). An diesem Tag den Schirm zweimal liegengelassen, aber es jedesmal gleich gemerkt und ihn immer wieder zurückbekommen, ein Glückstag also.

Bis dahin nur höchstens drei oder vier Lesungen insgesamt und davon die erste im Suff noch. Vor mehr als fünf Jahren. Bevor noch mein erstes Buch erschien. Wenn einer nur sagt: Sie sind also der Autor? Gleich wird mir heiß! Nur weg! Du kannst nicht mehr schlucken, mußt unverzüglich auf und davon! Nur weg hier! Entstreben! Und jetzt? Am liebsten jetzt jemand anders und sowieso ganz woanders. Erst noch Carina anrufen und dann im letzten Moment ein paar fahrige Umwege, schnell! Sowieso verlauf ich mich gern! In die Nacht hinein und auch schon ein bißchen zu spät dran. Vorher den Weg auf dem Stadtplan auswendig gelernt. Alles richtig! Und dann kurz vor dem Ziel fast doch mich verirrt, fast nicht hingefunden. Schon zu spät? Keine Uhr mit! Haustüren. Ein Bäcker, ein Metzger und beide schon zu. Ein Friseur, bei dem noch geputzt wird. Eine Feierabendkneipe. Der Bahndamm nicht weit. Einen Zug hört man fahren. Eine Frau, ein Mädchen vor mir über die Straße. Parka und Jeans und eilige Stiefel. Noch als Schatten unter der nächsten Lampe durch und dann weg für immer. Betten, Gardinen, ein Schrank. Hellerleuchtet ein Möbelschaufenster, in dem man auch wohnen könnte. Dann wieder dunkle Straßen. Du hast keine Uhr mit. Du bist schon zu spät und weißt nicht die Richtung. Gebrauchtwagen, eine Tankstelle, eine Bushaltestelle. Nach Nachtluft und Feuchtigkeit, nach Nacht und Heizöl und Keller riecht es. Fremde Haustüren. Fremd die Zeit und im Dunkeln ein fremder Wind. Beeil dich! Schon außer Atem. Fremd die Straßen und haben sich in Bewegung gesetzt, ziehen immer schneller an dir vorbei. Sollst du rennen? Keuchend, ein Zug, der sich verirrt hat. Wie mein Herz klopft. Die Augen voll Nacht und Wind. Alles flimmert. Die Augen fangen zu tränen an. Nur schnell-schnell, aber welche Richtung? Wohin? Und gerade wenn du denkst, du findest es nicht, du kommst nie an und auch den Rückweg wirst du nicht mehr finden – gerade da kommt dir dein Ziel entgegen. Der Laden und Licht in den Fenstern. Das richtige Haus! Eine offene Tür! Ein Glückstag also! Du kommst und sie warten schon! Sollst du fliehen? Eine Tarnkappe? Unsichtbar? Im letzten Moment sagst du dir: Geh hin! Sorg dich um gar nix! Als ob du nicht zuständig für dich selbst! Laß dich tragen! Warum denn zittern? Die wirkliche Arbeit, die Arbeit, vor der man zittern muß, ist doch das Schreiben! Denk an dein Kind und das angefangene Buch! Das Geld steht dir zu! Allein schon im voraus die Ausgaben! Als Spesen drei Ortsgespräche, die Fahrt mit der S-Bahn und zwei Espresso! Und dazu noch die Rückfahrt! Du gehst hinein! Du kriegst einen Sitzplatz! Du liest, du schweigst, du sagst, was dir einfällt! Das vereinbarte Honorar. Wie vereinbart. Du kannst die ganze Zeit von dem angefangenen Buch und von dir und der Zeit reden. Schriftsteller und ein Buch über das Dorf meiner Kindheit. Erzähl das Dorf! Als Schriftsteller zuständig für die Vielfalt der Welt. Besser du hättest dir vorher alles ganz genau aufgeschrieben, Wort für Wort und dazu die Regieanweisungen, aber jetzt muß es auch so gehen! Solang sie dir glauben, daß du es selbst bist, solang sie dir das nur glauben, kann dir gar nix passieren!

Eine Lesung. Eine Lesung und wie es geht. Die Autorenlesung. Einen Stuhl zum Sitzen. Und nach Möglichkeit ein Pult, einen

Tisch davor. Zum Aufstützen und als Schutz. Zumindest symbolisch. Wenigstens eine Art Beistelltischchen. Stuhl, Tisch, Lampe. Wo ist der Autor? Der Autor mit einer Plastiktüte. Hat die Begrüßung schon stattgefunden? Hat er gut hierhergefunden? Noch eben rechtzeitig, also kann man darüber sprechen, daß er noch eben rechtzeitig. Aus dem Stegreif. Als Schriftsteller glaubt er an Umwege. Und ist ja auch nicht zum erstenmal hier in Offenbach. In Frankfurt liest heute der Hrabal, sagt einer. Soll der Autor jetzt sagen: Da wär ich auch gern hin! Und die Wohmann, sagt einer. Es klingt wie ein Vorwurf. Hat die Begrüßung schon stattgefunden? Die Buchhandlung ein Kollektiv. Einer heißt Lutz. Mit ihm hat der Autor mehrfach schon telefonisch. Kann man gut sagen, wir haben ja schon miteinander telefoniert! Schon öfter! Und räuspert sich und hat ein Gesprächsthema. Und kann sich gleich als weitläufig geselliger Mensch erweisen. War die Begrüßung brauchbar oder soll man noch einen Durchlauf? Lutz heißt der Buchhändler. Aus Thüringen. Mit ihm schon im Januar den Termin. Und hast ihn jetzt gleich erkannt. Als ob du ihn damals von der Abstellkammer aus beim Telefonieren schon vor dir gesehen hättest. Autorenlesung. Muß der Autor sich ausweisen? Ausweisen muß er sich nicht. Man sieht es ihm an. Und außerdem ja die Plastiktüte mit Büchern und Manuskript als Beleg. Eine linke Buchhandlung. Ein Kollektiv. Also wird du gesagt. Nimmt folglich auch keiner Anstoß an der schäbigen alten Wildlederjacke des Autors. Weil das Futter zerrissen und ausgefranst und darunter Pullover und Hemd auch schon alt und verbraucht, deshalb behält er die Jacke doch lieber an. Ruhige sanfte Bewegungen, um sich und die Nähte zu schonen. Warum Tucholsky? fragst du. Ja, sagen sie, da haben wir abgestimmt. Mit fünfzehn in Jena, sagt einer, Tucholsky gelesen. Und da hab ich gemerkt, der hat recht! Inzwischen im Nebenraum. Ein Saal? Eine Kleinkunstbühne? Das Hinterzimmer einer Eckkneipe? Der Autor weiß nicht, wie sie alle hierhergekommen sind. Ihm ist, er sei vor langer Zeit einmal mit großen Schritten durch eine windige finstere Nacht – war er da allein? Er gäbe jetzt viel darum, wenn er weiter mit großen Schritten allein durch die Nacht gehen könnte! Eine Lesung. Stuhl, Tisch, Lampe. Geht es auch ohne Tisch? Lieber mit! Ohne sitzt man so ungeschützt! Und auch noch stundenlang! Der Tisch steht. Die Lampe leuchtet. Der Autor sieht den leeren für ihn bestimmten Stuhl und ihm ist, als ob er sich verpaßt hätte. Als ob er nicht zu sich kann. Braucht er ein Mikrofon? Ein Mikrofon braucht er nicht. Wasser? Einen Schluck, ein Glas, eine Flasche? Zum Trinken! Mineralwasser, falls das keine zu großen Umstände. Wenn möglich, mit wenig Kohlensäure. Aber muß auch nicht, kann irgendein Wasser. Geht auch ganz ohne. Aber ja. Warum nicht? Wie in der Wüste. Wo ist jetzt der Autor? Steht ins Leere. Und wo ist die Plastiktüte? Hält er noch in der Hand. Mit Zuversicht. Hat auch seine Jacke anbehalten. Er lehnt die volle Tüte ans Tischbein, da fängt sie zu rutschen an. Der Tisch wackelt. Die Lampe kriegt einen Schreck. Der Autor mit heißem Kopf. Er steht, man hört einen Zug fahren. An der Wand ein Gesims, das aussieht, als müßten da von Rechts wegen Vereinspokale aufgereiht sein. Dem stolzen Sieger. Landesnachwuchswettbewerb 1957. Dritter Preis. Vereinspokale in Kupfer und Silber und Gold. Mit Wappen und Kronen und ehrenvollen Inschriften. Und müßten leuchten und stehen und funkeln, aber es sind keine da! Nur Wandlämpchen und das leere Gesims. Die Plastiktüte auspacken! Vor aller Augen. Zwei Bücher, kein Brot, keine Flasche und ein Manuskript. Und Zigaretten auf Vorrat, Gauloises und Gitanes. Und was ist das für eine Tüte? Gelb und weiß, vom Penny. Er hätte auch eine Plus-Tüte nehmen können. Die sind blau und orange und genauso praktisch, aber jetzt hat er die Penny-Tüte. Wohin damit? Erst in den Händen zu einer Kugel die Tüte, dann doch lieber sorgsam zusammenfalten. Kann man damit knistern? Soll er sie die ganze Zeit unauffällig in der Hand? Und den Schirm? Am liebsten den Schirm nie mehr loslassen! Mit beiden Händen nicht loslassen! Nur ja nicht vergessen den Schirm! Wo sind die Pokale jetzt? Und was ist aus den seinerzeitigen Siegern geworden?

Stuhl, Tisch, Lampe. Auf dem Tisch die beiden Bücher und das Manuskript. Extra heute Morgen aus dem Leitz-Ordner in eine andere Mappe das Manuskript, damit man es besser mitnehmen kann. Zigaretten, Wasserflasche und Glas. Schon eingeschenkt. Die Lampe brennt. Der Autor sieht seinen leeren Stuhl. So hell das Wasser im Glas. Und wie du dir jetzt selbst fehlst! In seiner Vorstellung immer noch vor der Tür der Buchhandlung hin und her. Nicht direkt vor dem Eingang, mehr dort drüben. Im Dunkeln, am Rand. Und muß immer weiter mit sich verhandeln, ob er hineingehen soll oder nicht? Und dabei ist ihm, als ob dieser heutige Abend jahrelang her sei (in weiter Ferne sieht er sich und den Tisch und den leeren Stuhl). Als ob er den gleichen Tag immer wieder erlebt. Gesichter, Stuhlreihen, eine Lesung. War ein Honorar vereinbart? Wie geht eine Lesung? Sind Leute gekommen? Ja, es sind Leute gekommen. Nein, danke, nein, keinen Wein! Soll man anfangen? Noch nicht, sagen die Buchhändler. Noch fünf Minuten. Der Autor hat keine Uhr mit und muß immer wieder zu dem leeren Stuhl hin mit seinem Blick. Blitzlicht! Einer fotografiert! Und fragt dann, ob es stört, wenn er fotografiert? Nein, es stört nicht! Auch nicht dann bei der Lesung? Nein, bei der Lesung dann auch nicht! Nichts stört! Jetzt! Die Buchhändler haben genickt. Der Autor nickt sich selbst zu. Moment noch! Im Namen des Kollektivs begrüßt ein Buchhändler Autor und Publikum. War das nicht schon einmal? Jetzt also! Der Autor will anfangen, da kommt noch eine Gruppe von Leuten. Drei-vier-fünf – erst vor der Tür ihre Stimmen und dann kühl die Nachtluft mit ihnen herein. Gleich ist dem Autor, als hätte er die ganze Zeit gewußt, daß sie noch kommen. Als hätte er sie gesehen, wie sie immer näher kommen, auf ihrem Weg durch die Nacht. Als ob er sie kennt. Wie geht eine Lesung? Falls der Autor ein Konzept hat, schmeißt er im letzten Moment schnell nochmal alles um. Sicherheitshalber. Und jetzt fang an! Lesen! Eine Lesung! Erst aus dem Buch und dann aus dem Manuskript. Oder hat er gleich mit dem Manuskript angefangen? Das weiß er schon nicht mehr. Er liest. Kettenraucher. Jemand bringt einen Aschenbecher (und wird wieder unsichtbar). Immer eine an der andern anzünden. Will auch gern Wasser trinken. Nimmt das Glas und führt es zum Mund – und muß es dann doch jedesmal wieder wegstellen, weil er ja liest. Nicht schon genug? fragt er ein paarmal. Nein, sie sagen, sie wollen noch mehr. Publikum und Kollektiv. Die ganze Zeit denkt er daran, was jeder einzelne aus dem Publikum an diesem unwiederbringlichen heutigen Abend stattdessen alles hätte tun können. Und muß es sich vorstellen. In allen Einzelheiten. Nicht nur das Publikum, auch die Buchhändler. Und sogar er selbst. Und das quält ihn. Sogar Angehörige und Freunde, die nicht mitkamen, sind ja betroffen davon. Ein einziger Abend und soviele Menschen hineinverstrickt. Und muß jeder sehen, wie es dann weitergeht mit seinem Leben. Wie er damit zurechtkommt. Man hört einen Zug fahren. Immer wieder hört man einen Zug fahren. Und manchmal den Wind. Manchmal Stimmen aus der Gastwirtschaft oder von der Straße herein. Oder sind es die Stimmen in deinem Gedächtnis? Der Autor liest. Die Lampe brennt und ihm ist, als ob der Saal sich der Nacht geöffnet hat. Die Nacht sieht dem Autor beim Lesen zu. Ohne aufzublicken sieht er die Nacht um sich her. Weit im Westen den Rhein und den Taunus und davor Frankfurt und Offenbach. Viele Lichter. Und in weitem Bogen den Main. Züge fahren. Flugzeuge in der Nacht. Hier sitzt er selbst, sitzt und liest. Schon am Rand. Bahngelände. Die Eisenbahn, Fabriken, Lagerhallen und Güterschuppen. Und zum Spessart hin werden die Lichter spärlicher. Wie ein verzweigter Sternenhimmel die Stadt. Milchstraßen, das Schauspielhaus und die Alte Oper. Sind die Kinos schon aus? Dort sitzt der Hrabal und hat eine Lampe und liest. Ein Stück weiter die Wohmann. Nicht weit der Vogelsberg und die Rhön. Da ist es still. In der

Rhön ist es jetzt um diese Zeit schon spät. Schon viel später als hier in der Stadt. Und dort, siehst du, geht es nach Staufenberg. Nachtstraßen. Die Autobahn. Nächtliche Landstraßen. Manche naß. Auf den Wiesen die Apfelbäume noch wie im Winter und das Gras Wintergras. Nach Staufenberg geht es bergauf. Der Autor sieht alles vor sich, spürt jede Einzelheit wie in sich drin. Kein Saal, nur das Hinterzimmer einer Eckkneipe. Der Autor liest. Beim Lesen, wenn er nur lang genug liest, vergißt er alles. Sogar der Schmerz läßt dann nach. Du liest und der Schmerz ist nur noch wie die Erinnerung an den Schmerz. Der Autor liest zum erstenmal aus dem Manuskript. Er liest und dabei kommt ihm vor, daß er sich das alles gerade erst ausdenkt. Als ob es erst jetzt beim Lesen entsteht.

So sitzt er und liest und vergißt dabei Zeit und Welt und sich selbst. Auch keine Uhr mit. Und behält dennoch in jedem Augenblick Ablauf und Dauer des Abends im Auge oder sagt sich zumindest, er sollte es tun. Ein Programm. Sieht weithin die Nacht um sich her. All seine Wege seit heute Mittag und vorher jeden Tag in den März hinein und davor durch den langen Winter. Jeden Schritt aus seinen sieben Frankfurter Jahren. Sieht ohne aufzublicken (beim Lesen kann er nicht aufblicken!) die Gesichter der Zuhörer. Und die Wege, die sie gekommen sind. Sitzt und liest und geht dabei in Gedanken auf Staufenberg zu (nach Staufenberg geht es bergauf!). Lang gelesen, dann aufgehört. Man muß auch aufhören können! Und dann wie schiffbrüchig, wie auf einem schlingernden Floß. Schnell ein Glas Wasser und dann gleich noch ein zweites! Am liebsten ist ihm, wenn die Zuhörer nach der Lesung wie Holzklötze dasitzen. Stumm. Verzaubert. Holzklötze oder Felsklumpen. Muß man die Hand heben, muß ihnen zunicken, um sie zu erlösen! Schnell noch ein Glas Wasser! Eine Diskussion? Fragen an den Autor? Jetzt können Getränke bestellt werden. Wirt und Personal haben schon bei der Tür gewartet. Jetzt dürfen auch die Zuhörer wieder husten und rauchen. Erst die Lesung, knapp eine Stunde. Und dann zu den ersten Fragen als Autor gleich ins Erzählen geraten und gerät immer tiefer hinein. Deshalb wird man ja Schriftsteller, weil man Fragen nicht einfach mit ja oder nein beantworten kann. Sprich von der Zeit, als hättest du jederzeit Zeit. Zeit genug. Sprich solang von der Zeit, bis die Zeit ein Einsehen hat. Nein, danke. Nein, keinen Wein! Erst gelesen und dann erzählt. Mehr erzählt, als gelesen! Aufgewachsen in einem Dorf, in dem die Menschen mit Fremden nicht reden konnten. Dort auch fremd, das bleibt. So wird man Schriftsteller. Drei Stunden ohne Pause geredet. Nämlich sonst eher still, sagst du dann am Ende des Abends zu den schweigsamen Buchhändlern. Ein stiller Mensch. Also ich. Sonst oft tagelang nicht ein einziges Wort – und jetzt gleich soviel auf einmal. Und auch noch vergessen, darauf zu achten, was ich sage. Hundert Mark oder ungefähr hundert Mark als Honorar vereinbart, eine kleine linke Buchhandlung, ein Kollektiv, und jetzt geben sie dir hundertsechzig. Wollte ja eigentlich aus dem schwarzen Buch, sagst du. Buchhändler wollen immer, daß man aus einem fertigen Buch liest. Dein Geld hast du dir schon verdient heute Abend, sagen sie und stehen als Kollektiv mit lächelnden Gesichtern um dich und das Geld herum. Vielleicht nächstes Jahr nochmal eine Lesung. Oder schon im Herbst. Willst du jetzt ein Glas Wein? (Wenn man als Autor dem Suff ein bißchen zugeneigt ist, wenigstens ab und zu, das schätzen die Zeitgenossen!) Vor fünf Jahren zu trinken aufgehört, sagst du. Vor fünf Jahren und zweieinhalb Wochen. Fährt jetzt noch eine S-Bahn? Kannst gern mit mir, sagt einer, der zum Kollektiv gehört. Noch jung. Ein freundliches Gesicht. Ich bin mit dem Auto. Die beiden Bücher und das Manuskript einpacken. Die restlichen Zigaretten. Den Regenschirm nicht vergessen. Schon bei der Tür. Das Geld in der Tasche. Zuletzt muß der Autor nochmal seinen leeren Stuhl ansehen. Stuhl, Tisch und Lampe. So also sieht es aus, wenn du nicht da bist. Ein paar Schritte durch die Nacht. Nach Keller, nach Kohlenrauch, Heizöl und Erde riecht es. Die Vorgärten rauschen. Mietshäuser, hohe dunkle Häuser den Bahndamm entlang. Nacht und die Wolken ziehen. Ich bin der Georg, sagt der, der dich mitnimmt. Ich steh gleich dort drüben. Und meint sein Auto. Ein kleiner Fiat. Der kennt mich, sagt er. Das Auto macht beim Anfahren einen Sprung. Langsam durch Offenbach. Dann den Main entlang. Lichter, die Nachtstadt, alles genauso, wie du es beim Lesen vor dir gesehen hast. Nacht und der Himmel voller Flugzeuge. Aus Bayern, sagt der Fahrer und fährt noch langsamer. Als Kind, sagt er, hab ich ein Pferd gehabt. Als einziges Kind im Dorf hab ich ein eigenes Pferd gehabt. Kein Pony, ein Pferd! Bald drei Monate, sagt er, bin ich jetzt schon in Frankfurt. Jedesmal wenn er schaltet, ruckt das Auto und hoppelt dann gleich noch eifriger. Er fährt und sitzt beim Fahren wie in einem Caféhaus, bloß enger. Kein Streifenwagen. Nicht ein einziger Polizist. Am liebsten, sagt er, tät ich einen Verlag anfangen. Eine Freundin von mir, sagt er, kennt dich. Die Ute Schendel, die Fotografin. Sie hat dich vor kurzem erst fotografiert. Letzten Sommer vor einem Jahr, sagte ich. Eins von den Fotos ist hier auf dem schwarzen Buch. Kannst du mich am Opernplatz rauslassen? Ich fahr ins Nordend, sagt er, ich kann dich bis vor deine Haustür fahren. Neinnein, sagte ich. Lieber hier! Die Hochstraße bei der Freßgass. Grün die Ampel. Er bremst, das Auto macht einen Knicks.

Gleich Mitternacht oder Mitternacht eben vorbei. Allein in der Stille. Mein Heimweg. Die Zeit, die mir bleibt. Zwischen Hochstraße und Opernplatz eine vornehme Häuserzeile und gerade hier muß ich immer an einen langen Sommer in Wien denken. Weit zurück. Wien war die erste Großstadt in meinem Leben. Über den Opernplatz. Das Pferd mit Flügeln. Die Alte Oper beleuchtet. Der Brunnen abgestellt (aber muß in meinem Gedächtnis immerfort weiter rauschen!). Leer der Platz. Die Laternen gehen im Reigen. Nur vereinzelt späte Fußgänger noch.

Paare und Gruppen von Paaren. Im Theater gewesen, im Kino. Oper, Schauspielhaus, ein Konzert. Kommen vom Essen. Haben Gäste oder sind als Besuch zu Besuch. Erst essen und dann ins Kino und dann noch ein letztes Glas. Und alle jetzt auf dem Heimweg. Und lassen sich Zeit auf dem Heimweg. Soll man an die Firma, soll man schon an den Sommer denken? Ein Taxi? Ein paar Schritte zu Fuß? Es ist gar nicht kalt. Seit sieben Jahren in Frankfurt und jetzt gehst du um Mitternacht über den Opernplatz wie ein richtiger Frankfurter Bürger, der ein geregeltes Leben alle Tage und geht hier in Ruhe und zu seinem Wohlgefallen. Zu Recht auf der Welt. Und gleich mein Schreck, ich könnte etwas vergessen haben! Schirm, Plastiktüte, Gedanken, Gedächtnis – vergessen-verloren-veruntreut und weg für immer! Erst jäh der Schreck wie ein Abgrund, ein Loch neben mir! Und wird unverzüglich entwertet, der Schreck! Ungültig! Wird annulliert! Rückwirkend! Alle Schrecken! Und ruhig weiter. Über den Opernplatz und den Reuterweg hinauf. In deiner Sorglosigkeit und weil du sonst nie da gehst, jetzt am Rand des Rothschildparks entlang. Kaum noch Wind. Nur gerade ein Fächeln, damit du spürst, wie weich hier in der Nacht heut die Luft und wie leicht. Und damit du aufmerksam bleibst. Nach März und nach Nacht und nach Erde riecht es. Du gehst unter den Bäumen, als ob du jetzt schon auf deinem Weg die nächtlichen Laubschatten künftiger Sommer – du kannst sie sehen, sogar auf dir spüren die künftigen Sommernachtschatten, während du unter den Bäumen durchgehst. Bald schlafen dann. Und morgen früh gehst du fröhlich einkaufen. Müd und ruhig jetzt. Seit der Trennung, seit die neue Zeitrechnung anfing, durch den Winter gerannt und dann jeden Tag in den März hinein. Beim Lesen hast du nicht aufgeblickt, aber danach ja erzählt, mehr erzählt als gelesen. Und jetzt kannst du immer noch die Gesichter der Zuhörer vor dir sehen. Wie auf Blitzlichtfotografien. Und auch Bilder vom vergangenen Tag und der nächtlichen Rückfahrt. Mehr Honorar als vereinbart und noch die Rückfahrt gratis!

Hell vor mir her der Weg. Wie Schatten die Hecken und Bäume. Eine hohe Tanne. Ein Türmchen aus dunklem Gestein. Und stehen wie Zeugen. Blumen im Gras. Leicht der Wind durch das Gras. Die Vögel schlafen. Die Äste und Zweige regen sich sacht. Ob Carina schläft? Und Sibylle? Hat wochenlang Nacht für Nacht Gedanken und Bücher eingepackt. Dann angefangen, die Wohnung umzuräumen. Ich blieb stehen, um im Dunkeln das Geld zu zählen. Honorar. Das Geld immer noch einmal zählen! Die Scheine fangen zu flüstern an. Selbst auch flüstern, eine Geldzählmaschine ohne Aufsicht und Arbeitslicht, aber zählt! Jetzt mußt du dir Sorgen darum, ob die Buchhandlung sich solche Ausgaben überhaupt leisten kann. Du nix jetzt verlieren dein Geld, sagst du dir und mußt ein paar Schritte vor. Mußt den Rasen betreten und dir und den Bäumen eine Ansprache. Nicht lang! Nur ein paar wenige einfache Worte, liebe Zeitgenossen und Mitgäste, sagst du zu den Bäumen. Nur keine Umstände, sagst du zu ihnen, doch die Bäume stehen so still und andächtig da. Die Hecken auch. Bereit, dir die ganze Nacht zuzuhören. Sollst du die Bänke auch einbeziehen? Der Wind legt sich vor deinen Füßen nieder. Gern wärst du barfuß. Sogar die Blumen stehen und horchen. Vom Gartenamt städtische Krokusse. Nicht auch schon freiberufliche Gänseblümchen im Gras? Bald Sommer, sagte ich, verehrte Eichen und Buchen und Gänseblümchen. Erst Frühling, dann Sommer. Es ist spät. Ein andermal mehr davon. Ich danke Ihnen für Ihre heutige herzliche Aufmerksamkeit. Du willst deine Schuhe wieder anziehen, aber hast sie noch an. Vom Reuterweg her das Licht und der Autoverkehr. Weniger Autos jetzt in der Nacht und dafür umso schneller. Wie der Himmel glüht über der Stadt. Heimgehen. Der Park. So reglos und hell und erwartungsvoll liegen die Wege vor dir, daß du gleich nochmal stehenbleiben mußt. Damit du dir merkst, wie reglos und hell jetzt in der Nacht jeder Weg vor dir liegt. Als ob es dein Leben ist, das nach dir ruft und nicht aufhört zu rufen, so greift dir der Anblick ans Herz.

Müd und angespannt. Nach der Lesung soviel gesprochen. Und deshalb sind sie leiser jetzt. Zumindest zeitweilig. Leiser und weniger dringlich, die Stimmen in deinem Kopf. Und die heutigen Bilder nach und nach auch schon nicht mehr so grell. Müssen immer noch aufzucken unter deinen Lidern, immer nochmal. Aber in immer größeren Abständen schon. Und werden jetzt weggeräumt. Gut verwahrt. Die Bäume rauschen, der Wind rührt dich an. Und dann ist es still. Du merkst dir die Stille, du nimmst sie mit, du hebst sie dir auf. Heimgehen. Heimgehen als Gast. Und dich schon auf die einsame letzte Stunde vor dem Einschlafen freuen. Obstkorb, Blumen, Lämpchen beim Bett und ein ganzes Dachgeschoß für mich allein. Reich fühlst du dich. Sicher. Vielleicht ist bei deinen Gastgebern noch Licht und sie geben dir ein Glas Milch. Am ersten März eingezogen. Heute sind es vier Wochen. Es ist ja nicht so, daß du ihnen aus dem Weg gehen mußt. Wollen bald mit ihnen in ihr Haus auf dem Land, Carina und ich. Eine Einladung. Demnächst, sagen sie, ein Wochenende. Eins von den nächsten. Denken also nicht, ich müßte längst weg sein, längst ausgezogen. Längst auf und davon. Ein Glas Milch und noch eine Weile mit ihnen in der Küche. Ich Milch und sie Wein und ihnen meinen Tag erzählen, die Lesung, den langen Abend. Mehr erzählt, als gelesen. Märchenerzähler, mündlich, wär ich auch gern geworden. Was heißt denn Märchen? Es ist ja immer das eigene Leben. So geht er und träumt sich selbst.

9

Die ersten warmen Tage. Immer im März in Deutschland, sagte ich zu Carina. Bald jetzt! Und das merkt man im voraus schon! Ja, sagt sie, und dann merkt man, daß man es merkt! Am Nachmittag langsam die Bockenheimer Landstraße entlang, sie und ich. Spät aus dem Kinderladen heim und müd auf den Abend zu. Und dann weiß man, daß man es gemerkt hat! Im Gehen fällt ihr immer noch ein Satz ein. Du hast ja die Knospen gesehen, sagte ich. Und die Vögel merken es auch. Wir sehen die Knospen ja jeden Tag. Und müssen bald jetzt die Edelgard treffen! Müssen sie anrufen! Du wirst sehen, sagte ich (und blieb stehen, damit sie es umso deutlicher sieht und sich merkt und ich auch), die nächsten Tage jetzt wird es jeden Tag wärmer. Und immer heller das Licht. Schon heut hat den ganzen Mittag die Sonne geschienen. Bald, also bald, sagt Carina, und das ist dann ja bald! Und steht und muß sich auf einem Bein weit nach vorn biegen wie eine Blume auf ihrem Stengel. In die Zeit hinein. Schon der Zukunft entgegen. Jeden Tag hat sie neue Wörter! Wird schon groß werden, sagst du dir. Mein Kind, meine Tochter – und wer bin ich? Wir stehen an der Warte. Bald Abend. Vor uns die ersten Lichter. Manche Tage im März wird die Luft uns leicht. Am nächsten Tag Edelgard anrufen. Nachmittags. Jetzt, sagte ich, das sind jetzt die Tage, die wir gemeint haben! Gestern Abend warst du nicht da. Also wann? Morgen Mittag? Am frühen Nachmittag. Und muß dann gleich nochmal anrufen: Vielleicht auch schon vorher! Schon um eins oder noch eher! Sobald sie im Kinderladen gegessen haben! Und auf jeden Fall gleich in die Sonne! Nicht daß du dann stundenlang duschst oder immer weiter schläfst und hörst nicht, wie wir den ganzen Nachmittag bei dir an der Haustür rufen und klopfen und klingeln! Das erste Telefongespräch als regulären Etatposten, das zweite vorläufig auf den Honorarüberschuß anrechnen. Wird in den nächsten Tagen noch mehrfach eingespart. Erst das Telefongespräch und dann durch ganz Bockenheim und durchs Westend zu Fuß. Allein. Den ganzen Nachmittag in der Sonne und dann ist die Sonne untergegangen und der Himmel wird hoch und leer und verliert seine Farbe. Als Frankfurter Fußgänger einen Umweg als Heimweg. Lang in den Abend hinein, ein Vorabend, und die Dämmerung wie alter Wein in kostbaren Gläsern. Wie Kirchenfenster. Lang und still eine Märzabenddämmerung. Am nächsten Morgen mit Carina in den Kinderladen. Noch früh. Das Hoftor offen. Die Kinder davor auf dem Gehsteig und betrachten den Tag. Der Domi, die Meike, die Myriam, die Milena und der Marcel. Der David und die Katerina sind noch nicht da. Der Herbert steht bei der Haustür. Erwachsen. Bezugsperson. Muß Carina gleich nach dem Essen abholen, sagte ich. Bleibt ihr heute hier oder was habt ihr heute vor? Ja, was wollen wir heute machen, ihr Kinder? sagt der Herbert. Wer bringt uns denn heute das Essen? Ihr Kinder, ihr müßt euch doch immer merken, wer Elterndienst hat. Also hier oder im Grüneburgpark, sagt er. Die Liesel wird auch bald kommen. Ja, im Park auf der Wiese, sagen die Kinder zu mir, da sehen wir dich, wenn du kommst. Und dann kommen wir angerannt! Oder hier hinterm Haus, sagt der Herbert. Weil es Eltern gibt, die sehen, der Kinderladen ist leer, aber kommen nicht darauf, hinterm Haus nachzusehen. Im Gebüsch, im Schuppen und in den anderen alten Schuppen. Auf der Mauer mit den Lanzenspitzen und eingemauerten Glasscherben. Auf dem Schuppendach (es ist morsch und glitschig und die Kinder können über das Schuppendach schnell auf die hohen Bäume). Bei der Schaukel, am Teich, im Teich, in den Bäumen oder bei den anderen Hausbesetzern, die unsere Mitbewohner und Nachbarn sind. Anarchisten und Bombenbastler, friedliche Nachbarn. Oder wir gehen, bevor wir unser Essen zu essen anfangen, sagt Carina. Wir sind auf der Welt. Du wirst uns schon finden, sagt der Herbert zum Schluß. Und jetzt steigt eine unwiderstehliche Zuversicht in dir auf. Gerade jetzt auch siehst du und weißt, wie schön euer selbstgemachter Kinderladen ist.

Angefangen gleich nach der Geburt der Kinder, am Anfang der Zeit. Und jetzt werden die ersten bald fünf. Noch früh. Und wie klar und lebendig die Luft ist an so einem Tag. Ab jetzt keinen Schirm mehr mit!

An so einem Tag fliegt die Zeit und besteht doch aus lauter Augenblicken, die bleiben. Vorher bei Sibylle einen Milchkaffee, da war es kaum erst halb neun, und Zigaretten, Milchkaffee und der Morgen – schmeckt alles wie früher. Als sei nichts geschehen. Und dann unterwegs in den Kinderladen mit Carina über den Sommer und uns dabei Zeit lassen. Mit vielen Wörtern über den Sommer. Daß er kommt. Heidelbeeren, Himbeeren und Walderdbeeren und wie man im Sommer im Gras liegt und ist im Himmel. Und über den vorigen Sommer und den Sommer davor. Und über den heutigen Tag, der hier neben uns hergeht. Erst unsre Stimmen im Treppenhaus noch und dann durch die Jordan-, die Merton-, die Dantestraße. Wie jeden Tag. Am Campus vorbei und wie immer die Bettler grüßen, vier Bettler mit Hunden. Eher ja Penner, die nur beiläufig betteln. Über den Beethovenplatz. Durch die Schwindstraße und dabei in Gedanken wie immer durch halb Europa. Ein paar Jahre lang in den Kinderladen und ein paar Jahre lang heim. Und jetzt am Tisch bei dem Manuskript wieder. Erst ein paar einzelne Wörter, dann Sätze finden. Sätze, die du seit Jahren gesucht hast und jetzt kommen sie freiwillig. Und dabei durch das Oberlichtfenster hell die Sonne herein. Lichtflecken überall. Noch Zeit? Du willst einen Espresso und vergißt es gleich wieder. Die Schrift. Ein Glas Milch. Deine Zettel sortieren. Auf dem Tisch der Elektrowecker. Zehn nach elf. Schreib weiter! Beeil dich! Falls Brot da ist, willst du ein Stück Brot? Wenn du beim Schreiben an etwas denkst, gleich wird es wirklich für dich! Deshalb weißt du danach oft nicht mehr, ob du nun wirklich ein Glas Milch und einen Espresso getrunken hast, eine Avocado gegessen und ein Stück Brot – oder nur immer und immer nochmal daran gedacht?

Oder jedesmal wieder sämtliche Speisen und Getränke? Alle vorhandenen Lebensmittel? Acht oder neun Espresso? Sowieso Kettenraucher. Die Lichtflecken um dich her wie Blüten, wie große stille Schmetterlinge und zittern manchmal an den Wänden und durch die Luft. Zittern und sehen dich an. Halb zwölf. Zwanzig vor. Es kommt dir früh und spät gleichzeitig vor. Du schreibst, du putzt dir die Zähne. Dann in der Sonne die Eppsteiner Straße entlang. Direkt aus dem Schreiben heraus. Du hättest gern noch länger geschrieben. Doch wärst auch lieber schon früher weg. Noch eher. Und jetzt gehst du hier und weißt nicht, ob du etwas gegessen hast und was kann das gewesen sein? Wann? Nicht auch gebadet, vielleicht sogar mehrfach gebadet? Und wieviel Espresso vorher und nachher? Warum bleibt die Zeit nicht stehen? An den Vorgärten vorbei und dabei an den anderen stillen Nachmittag denken und wie du hier in der Straße die Weidenkätzchen zum erstenmal gesehen hast und alle Knospen den Weg entlang. Vor drei Tagen erst. Die Tauben haben gerufen und das Licht kam und ging. Und wie die Leute vor ihren Eingängen standen und an den Straßenecken und du mußtest an Staufenberg und an deine Kindheit denken und daß du dir alles für immer merkst.

Zuerst in den Kinderladen. Alle Türen offen und niemand da. Trotzdem mußt du eine Weile stehenbleiben. Gerade heute siehst du so deutlich die Risse und Löcher und dazu mindestens dreierlei Farbe an den Wänden und auf dem Fußboden. Dort wo wir jahrelang immer wieder Fleck für Fleck stümperhaft renoviert haben. Und auch dort, wo wir jedesmal nicht weitergekommen sind mit dem Renovieren. Weil uns die Zeit ausging und das Material nicht gereicht hat und der Verputz ist jedesmal wieder abgefallen. Überdeutlich das Spielzeug, die Bilder, die Bücher, die Tannenzweige und Kalenderblätter. Rollschuhe, Gummistiefel und dösende bunte Bälle in allen Größen. Als hätten die verlorenen Bälle aus all den Jahren sich heute zu einer geheimen Versammlung hier eingefunden. Und genauso die Winterjacken und Wollmützen, die Schals und Handschuhe, die wir den ganzen Winter lang immer wieder gesucht und gesucht haben und mußten oft und oft vergeblich nach ihnen rufen. Und das Mittagslicht jetzt und die Stille. Bald schon wie im Sommer, siehst du. Bald schon wie eine Erinnerung jetzt. Sogar das Echo der Kinderstimmen und jeder einzelne Tag der vergangen ist. Gerade jetzt siehst du auch, wie schön er ist, euer Kinderladen. Ab jetzt immer, sagst du dir. Und mußt dir gleich wünschen, du könntest es auch allen andern zeigen. Den Eltern, den Kindern, dem Herbert, der Liesel und jedem Besuch, der als Besuch zu Besuch kommt. Die Kinder wissen es sowieso. Wer es nicht weiß, ist die Frankfurter Stadtverwaltung. Will uns den Kinderladen nicht glauben. Illegal. In Frankfurt im Westend. Ein Kinderladen in einem besetzten Haus. So stehst du und siehst jede Einzelheit. Und dann weiter. Im Hof sind die Kinder nicht, im Garten nicht und nicht bei den Schuppen (sie können nicht alle gleichzeitig in den Teich gefallen sein und die Betreuer, weil keine Kinder mehr übrig, wären dann eher heimgegangen!). Palmengarten? Grüneburgpark? Auf dem breiten Gehsteig unter hohen Bäumen die Siesmayerstraße entlang. Oft hier gegangen. Am Morgen, am Nachmittag. Mit den Kindern und zu den Kindern hin. Meistens müde. Nachts schreiben. Morgens Geld verdienen. Und wenn du dann mittags hier gehst – erst noch als ob du träumst und dann schläfst du im Gehen ein. Jetzt auch wieder. Das Licht, die hellen gefleckten Platanenstämme. Gleich als ob du getragen wirst. Als ob du dich selbst träumst und der Tag und die Welt immerfort sacht dir entgegen. Dann siehst du die Kinder kommen! Als sei die Zeit angehalten. Als ob sie durch all die Jahre schon auf dich zukommen. Die Meike, die Myriam, die Milena, die Katerina, der David, der Domi und der Marcel. Und werden nächstens der Reihe nach fünf. Und mit ihnen Carina. Am hellen Mittag. So versunken, als ob du dich selbst siehst. Als ob sie sich in dir spiegelt. Und hat dich dann doch von allen als erste gesehen.

Nur kurz nochmal mit in den Kinderladen. Keine Zeit zum Essen. Carinas Tasche. Einen Apfel mit und gleich weiter. Zu zweit einen Apfel. Und gehen in diesem hellen Licht. Wo hab ich die her? fragt Carina und meint ihre Tasche, fragt öfter so nach der Herkunft der Welt und wie sich die Dinge zusammengefunden. Geknüpft, gewebt? Bunt eine Umhängetasche mit einem griechischen Muster. Von der Pascale, sagte ich, ein Geschenk. Vor zwei Jahren. Und auch noch lauter schöne Sachen für dich drin, als sie dir die Tasche gab. Und jetzt gehen wir zur Edelgard. Ist heute der Tag, den wir gemeint haben? Ja, heute ist der Tag, den wir gemeint haben! Lang genug gewartet! Immer abwechselnd von dem Apfel. Wollen uns Zeit lassen! So hell ist es und unsere Schatten lebendig neben uns her. Alle Schatten so deutlich, als wollten sie uns etwas sagen. In Staufenberg, sagte ich und muß ihr den Reißverschluß von ihrem Anorak ein Stück weiter auf. In Staufenberg an solchen Tagen. Die Straßen noch nicht geteert. Weiß und trocken die Wege. Eigentlich werden die Hühner erst in der Woche vor Ostern rausgelassen, aber wenn es schon vorher so warm, so trocken und warm und beständig – wie jetzt! Da muß man doch eine Ausnahme! Von da an hört man die Hühner in jedem Hof. Vor allen Türen und Fenstern. Im ganzen Dorf. Die Hähne krähen. Immer wieder eine Frau, die die Hühner lockt, die sie zählt und ruft und mit ihnen spricht und immer neu auf sie einreden muß. Und von da an auch immer ein Habicht am Himmel. Mindestens einer. Sie haben das Dorf im Blick. Sie wechseln sich ab. Als Kind an so einem Tag – entweder gleich vom Morgen an auf den Horizont zu und nicht umkehren können – oder du bist noch klein und gehst so lang herum, bis du wenigstens *ein* Kind mit Kniestrümpfen und kurzen Hosen siehst und dann mußt du schnell heimrennen und sagen: Alle Kinder haben schon Kniestrümpfe an! Ich will auch!

Kniestrümpfe, Söckchen, Sandalen. Die Mädchen mit nackten Beinen und den Sommerkleidern vom vorigen Jahr. Damit man sieht, sie sind den Winter über gehörig gewachsen. Das sieht man jetzt in der Sonne. Sogar ihre Knie erkennst du wieder. Jedes Mädchen im Dorf hat andere Knie und die muß man sich alle merken. Jedes Mädchen mit einer Schleife im Haar. Es gibt Werktagsschleifen und Sonntagsschleifen. Sind unsere Bachstelzchen schon wieder da? Im Rinnstein läuft Wasser. Jeder Bach lockt dich mit. Jetzt kannst du auch die Sandalen und Kniestrümpfe ausziehen. Alle Fenster offen. Erst werden die Fenster geputzt an so einem Tag, gründlich, von innen und außen geputzt. Und dann läßt man sie offen. Die Vögel, die Hühner, der Tag und die Frauen, die den ganzen Tag mit den Hühnern reden müssen. Die Luft trägt weit. Den Schmied hört man hämmern. Die Kühe werden durchs Dorf geführt. An allen Haustüren Mütter und Tanten und große Schwestern. Bei jedem Hoftor steht eine Frau und ruft immer wieder die Namen von Kindern, die längst nicht mehr da sind. Im März, sagte ich, an so einem Tag. Die Fenster auf. Auf einmal so hell und das ganze Dorf fängt zu reden an und die Luft trägt weit. Und dann? fragt Carina. Und dann, sagte ich, der Frühling. An so einem Tag denkt man, ab jetzt wird jeder Tag so. Dann doch wieder eine Regenzeit und die Wege versinken für Wochen und Wochen in Dreck und Morast. Wird noch einmal kalt und Nebel und Regen und Schnee auf den Weg. Schnee im April. Aber nach diesen ersten warmen Tagen weiß man, den Frühling, den gibt es! Der kommt! Dann kann man nicht aufhören, daran zu glauben, der Frühling kommt bald! Ein Katzensprung, sagt Carina und sieht für einen Augenblick meiner Mutter ähnlich, die sie doch nie gesehen hat. Nicht ein einziges Mal. Ja, sagte ich, das hat meine Mutter gesagt. Erst Frühling, dann Sommer. Den Apfel zuende, immer abwechselnd von dem Apfel. Von Kind auf die Äpfel ganz. Sonst ist es so schwer zu entscheiden, wieviel man noch abbeißt und wieviel man übrigläßt und wohin damit. Den Appelkrotze. Nur den Stiel nicht. Hätten uns noch einen Apfel. Jeder einen. An der nächsten Ecke ein alter Mann auf dem Gehsteig. Steht in der Sonne und muß sich wundern. So altgeworden und weiß jetzt nicht, wie das zuging. Das schöne Haus an der Ecke der Palmengartenstraße und er sieht sich als Kind davorstehen. Der Staub auf den Wegen heißt Märzenstaub! Und zur Luft, sagte ich zu Carina, zu der Luft an so einem Tag wie heute hat meine Mutter Märzenluft gesagt. Nicht Märzluft – Märzenluft! Noch ein Stück weiter auf den Reißverschluß von Carinas Anorak und alle Holzknöpfe an meiner alten Wildlederjacke. Kommen zur Warte jetzt und da stehen zwei Bettler, die öfter da stehen. Muß man grüßen und wird in ein Gespräch verwickelt. Daß das Leben nicht leicht. Die Leute geben weniger als wie vor fünf Jahren, sagt der eine, der für Kontaktpflege und Kundengespräche zuständig. Der andre nur so dabei. Wortlos. Je zwei Zigaretten also, für jeden zwei. Und Carina mit großen Augen und merkt sich alles.

Dann auf der Leipziger Straße. Bei uns in Franzensbad in der Kaiserzeit, sagt jetzt meine tote Mutter. Im Frühling der Wald. Franzensbad liegt ja mitten im Wald. Und dann der Park, die Gärten und die Alleen. Wenn dann alles blüht. Die Brunnen, ein großer Teich, Ruderboote, ein Steg und die Restaurants und die Kolonnaden. Von den reichen Leuten die Häuser haben Namen gehabt. Die Namen weiß ich noch alle, auch wenn sie mir manchmal nicht einfallen wollen. Dann die Sommergäste. Aus Wien, aus Prag, sogar bis aus Sankt Petersburg jedes Jahr. Wir waren vier Schwestern, sagt meine Mutter. Der Vater tot und meine Mutter ist in die reichen Häuser bügeln gegangen. Ich war die jüngste und hatte jeden Tag Angst vor dem Waisenhaus. Als mein Vater starb, war ich vier, sagt meine Mutter. Am meisten Angst vor dem Waisenhaus hatte ich immer, wenn ich allein abends heimgerannt bin. Angst und Herzklopfen. Schnell heim! Dabei sehen einen die Häuser ja nirgends auf der Welt so freundlich an wie in Franzensbad, sagt meine Mutter und steht jetzt in meiner Erinnerung im Jahr 1950 in Staufenberg an unserem Staufenberger Flüchtlingsfamilienwohnküchenfenster. Schon als Kind wußte ich, daß sie von diesem Fenster aus Franzensbad sehen kann. Jeden Abend. Im letzten Licht und dann auch lang in der Dämmerung noch. Und? fragt Carina. Die Kniestrümpfe? Hast du gedurft? Klar! sagte ich. Meine Mutter konnte nicht nein sagen. Höchstens hat sie gesagt: Komm heim, wenn dir kalt wird! Sitz nicht auf kalten Steinen! Aber an so einem Märztag, sagte ich, sind die Steine ja nicht mehr kalt. Die Sonne scheint. Und jedes Haus, jeder Stein, jedes Ding fängt zu lächeln an in der Sonne. Die Luft wird warm, die Sonne singt. Immer wärmer die Luft und alles fängt an zu singen. Als Kind schon gewußt, daß die Sonne singt und in der Sonne jedes Ding summt und singt. Hörst du es auch? Und dein Vater? fragt sie und ist mein Kind. Mein Vater, der Löwe. Du kennst ihn ja, sagte ich. Als er nach dem Krieg heimkam und ich ihn zum erstenmal sah, da war ich so alt, wie du jetzt bist. Und er nur zwei Jahre älter als ich jetzt. Du weißt ja, er kann mit den Tieren sprechen! Das will ich auch können! sagt sie. Wenn du es lang genug willst, sagte ich, dann lernst du es auch. Und wie alt ist der Löwe jetzt? Wird neunundsiebzig, sagte ich. Spricht immer noch jeden Tag mit dem Tieren. Aber ich glaube, er geht nicht mehr so weite Wege wie früher. Wir aber schon, sagt Carina und hüpft. Will mal wieder zu ihm! Sie geht auch immer mit mir an das Grab meiner Mutter und steht am Grab neben mir und wartet, bis wir lang genug da gestanden haben. Und muß jetzt im Gehen immer wieder die Häuser anfassen. So warme Steine. Die Leipziger Straße. Mittag. Wir gehen auf der Sonnenseite.

Noch weiter den Reißverschluß auf. Lieber gleich ganz aus den Anorak und ich trag ihn dir. Bist du müde? Kein bißchen müde? Schüttelt den Kopf und das Haar fliegt. Muß entweder den ganzen Tag rennen – rennt-hüpft-tanzt und muß jedes Wort singen

– oder so versunken, daß sie stehenbleibt und steht und steht. Wie eine Blume steht sie und merkt es nicht, daß sie steht. Hätten uns noch einen Apfel! Wie kann es gleich eins sein, wenn es eben erst neun war? Gehen immer gern auf der Leipziger Straße, Carina und ich, aber wollen auch die Seitenstraßen, wollen zum Rohmerplatz, wollen den Weingarten hinauf in der Sonne, wollen ein Stück auch die Seestraße entlang, wollen hierhin und dorthin. Am liebsten gleichzeitig. Wollen die Büchereischaufenster betrachten. Dann den Kurfürstenplatz und den Brunnen am Kurfürstenplatz von weitem wenigstens. Und einen weißen Hof in der Seestraße, einen Hof wie im Süden. Und das Mittagslicht in diesem Hof. Also ein paar Schritte die Seestraße und dann wieder auf die Leipziger. Wir wissen die besten Abkürzungen, sagt Carina. Eher ein Umweg, sagte ich. Ja, sagt sie, die besten Abkürzungen *und* die besten Umwege. In der Seestraße die dunklen alten Häuser. Stehen auf Abbruch und sind noch bewohnt. Müssen stehen und zittern. Sanierung Bockenheim. Und die, die schon abgerissen sind, aber stehen in meinem Gedächtnis. Stehen immer noch da, auch wenn es sie längst nicht mehr gibt, stehen wie in unseren ersten Wochen in Frankfurt. Fremd hier, eben angekommen, Sibylle und ich. Und mußten alle Abende in Bockenheim und in Rödelheim, in Griesheim, in Höchst, im Bahnhofs-, im Gutleut-, im Gallusviertel und in Bornheim und Sachsenhausen durch fremde Gassen gehen. Am Abend, im letzten Licht. Und jetzt hier am hellen Mittag mit Carina (ein Vater, ein Kind). Überall Schulkinder auf dem Heimweg. Durch ganz Bockenheim. In alle Richtungen. Erstkläßler mit bunten Jacken und Ranzen und Mützen. So große Ranzen! Manche den Ranzen nach vorn um, dann sind sie ein Auto. Sind Fahrer und Auto. Müllabfuhr, Omnibus, Rennwagen, Formel eins. Rücklichter an jedem Ranzen. Aufkleber, Leuchtstreifen, bunte Beschläge. Erstkläßler, Schulkinder. Drängen sich, stehen vor dem Kaufhofeingang, kommen aus einem Bäckerladen, stehen bei einem Kaugummiautomat, der als besonders großzügig gilt, stehen an allen Straßenbahnhaltestellen. Drängen sich, rufen, lachen, trödeln und rennen. Schulkinder! sagt Carina und muß sie sich alle merken. Die Erstkläßler gibt es, die haben wir letztes Jahr am Ende des Sommers mit ihren neuen Ranzen und Schultüten gehen sehen. Dann die Schulkinder und die Großen. Die Großen, das sind die Größeren. Das sind die Schüler, sagt Carina, aber vorher ist man schon ein Schulkind, ein richtiges Schulkind. Und das weiß man dann. Wenn man ein richtiges Schulkind ist und wacht auf, dann weiß man gleich, daß man schon ein richtiges Schulkind ist! Auch sogar ohne Ranzen, auch wenn das Kind keinen Ranzen mithat, sieht man gleich, das ist ein Schulkind! sagt Carina und nickt. In der Sonne. Bist du wach? sagte ich zu Edelgard (nicht am Telefon, sondern in Gedanken). Schlaf nicht nochmal ein! Wir kommen jetzt gleich! Die besten Umwege. Müssen uns den Weg entlang von Ecke zu Ecke unsere Bilder zusammensammeln für diesen langen Tag!

Schulkinder, Schaufenster, Liebespaare. Ein langsamer Radfahrer mit einem großen schwankenden Korb im Arm (wie eine altmodische Luftspiegelung, wie vor dreißig Jahren überall auf dem Land). Studentinnen. Zeitungsverkäufer. Eine Frau vor einem Friseurladen. Handtasche, Haarfrisur, Sorgen. Eben fertig oder will sie erst rein? Das muß man doch wissen! Soll sie reingehen und fragen? Termin? Kein Termin? Doch eben erst drangewesen, Gnäfrau! Erst heim und Verhandlungen mit ihrem Spiegelbild oder gleich unauffällig zu noch einem andren Friseur, der nicht weiß, daß sie eben direkt vom Friseur kommt? Gegenüber eine Greisin. Weißes Haar. Morgenmantel. Steht und winkt. Man weiß nicht, für wen sie winkt. Und jetzt haushoch ein Möbelwagen mit Anhänger und schon ist sie weg. Unsichtbar. Er hat sie verschluckt! Weiter die Straße, Carina und ich. Mittag. Der Einzelhandel. Kleine alte Läden. Weil ihre Zeit längst vorbei ist, muß man immer nachsehen, ob sie noch da sind. Ein Ladenbesitzer vor seiner Ladentür. Nach dem Mittagessen. Wie für ein Erinnerungsfoto. Das gleiche Foto, daß es auch schon von seinem Vater und von seinem Großvater gibt. Ein Ladenbesitzer auf dem Weg zur Post. Ein Ladenbesitzer mit einem anderen Ladenbesitzer vor einer fremden Ladentür. Und gleich wird einer dem andern auf die Schulter klopfen. Noch schnell ein Händedruck und dann vergehen wieder zehn Jahre. Obstkisten. Ein türkischer Obsthändler mit vier fleißigen Söhnen als Gehilfen. Ein Apotheker im weißen Kittel. Eine Apothekenhelferin, die so schön ist, daß man eigentlich den Rest der Zeit vor ihr stehenbleiben müßte, nur um sie anzusehen und immer weiter anzusehen. Ein Ladenbesitzer im Hintergrund seines Ladenlebens in einem jahrelangen geräumigen Selbstgespräch, das er immer nur kurz unterbricht – eine Tüte, kassieren, Wechselgeld, Dankeschön und dann jedesmal gleich mit sich selbst weiter. Von den alten Häusern manche im Krieg zerstört und nur halb wieder aufgebaut. Säulen. Eine hohe geschnitzte Tür. Ein gewölbtes Emailleschild. Ein Löwenkopfknauf aus Messing. Aus schwarzem Glas ein altes Ladenschild mit vornehmen goldenen Buchstaben. Einer, der nur noch daran denken kann, daß sein Kundenparkplatz (Nur für Kunden! Unberechtigt parkende Fahrzeuge werden unverzüglich kostenpflichtig abgeschleppt!) immer wieder unberechtigt von Unbefugten! Widerrechtlich durch Unbefugte! Passiert mehrmals täglich, aber bevor er sie sofort unverzüglich kostenpflichtig abschleppen lassen kann, sind sie dann doch wieder weg! Ein Unrecht! Beinah eine Enteignung! Und erst die, die er gar nicht merkt! Parkplatz im Hof. Natürlich hat er immer ein Auge drauf, aber kann doch nicht den ganzen Tag seinen eigenen Parkwächter spielen! Wer zahlt ihm das? Müßten von Rechts wegen die Behörden! Leihweise ein Polizist mit Notizblock, Handschellen, Schußwaffen, Amtsbefugnis. Besser zwei Polizisten. Zwei Polizisten und ein fleißiger Amtsgerichtsrat. Jetzt kommt uns ein fremder Morgenbriefträger mit einem Lied entgegen und könnte direkt der Bruder von unserem Morgenbriefträger in der Jordanstraße, den wir jetzt auch schon eine Weile lang nicht mehr zu Gesicht. Kommt mit einem Lied, kommt mit Riesenschritten und gleich fertig für heute, das siehst du ihm und der Tasche und seinen Schritten von weitem schon an. Ein alter Mann vor seiner Ladentür. Steht und ist alt. Hat gewußt, daß man alt wird, alle, er auch. Aber so schnell und warum nur ausgerechnet gerade jetzt muß ihm das passieren? Hat noch was vorgehabt und weiß nicht mehr was.

Kinder mit Büchern aus der Bücherei heim. Kinder mit Süßigkeiten vom Büdchen. Duplo, Hanuta, Mars-Riegel, Kaugummi, Gummibärchen, eine süße fette glitzernde Beute. Das erste Eis. Kinder mit Fahrrädern, Kinder mit einem Hund, Kinder mit hellen Stimmen. Und Carina muß sie sich alle merken. Damit sie jetzt schon weiß, wie es ist, wenn man größer wird. Sonne. Märzlicht. Ein alter Mann, der wie blind in die Sonne lächelt. Und steht und den Gehsteig vor seinen Füßen betrachten muß wie ein Bild. Ein Märztag, die blinden Steine. Schon alt die Steine und fangen zu lächeln an. Warum hat er sich viele Jahre lang so beeilt? Hinter dem haushohen Möbelwagen in meinem Gedächtnis die Greisin, die immer noch winkt. Aus einer Anstalt entwichen? Morgenmantel mit Blumenmuster, Pantoffeln und weiße Haarsträhne. Lieferwagen, ein Taxi, Fahrradboten. Frauen mit Einkaufstaschen. Einer im offenen grauen Kittel, der ihm zu lang ist, mit einem Gepäckkarren auf die Post. Hat sich eben im Gehen ohne Spiegel die Haare gekämmt. Geht schnell und raucht dabei wie im Akkord. Vor einer Ladentür zwei Frauen mit Handtaschen, Einkaufstaschen und Plastiktüten. Die eine mit einer Hundeleine. Ganz straff gespannt ist die Leine und am Ende der Leine ein kleiner gefleckter Hund, der schon lang gern ein Kind kennen würde. Ein Kind, das ihn auch kennt. Ein Kind, das ab und zu schnell mit ihm rennt. Die beiden Frauen über Pelzmäntel, Schuhe, Preise, Parfüm. Über Teppiche, Wohnungen, Scheidungen, Männer und wie unverschämt heutzutage in allen Läden das Personal. Über Scheidungen, Abfindungen, Versicherungen, Rechtsanwälte, Friseure, Frühjahrskleidung, das Wetter, chemische Reinigungen, eine Berufsausbildung für die Nichte, einen Ehemann für die Nichte, aber soll erst die Ausbildung fertig und den Ehemann muß man ihr aussuchen. Lebenserfahrung. Besser eine Eigentumswohnung und Witwenrente oder geschieden mit Abfindung und Unterhalt? Der Nichte nichts durchgehen lassen und selbst jedes Jahr eine Traubenkur in Meran. Der Hund kann das alles längst auswendig. Weiter reicht die Leine nicht. Wenn es wenigstens ein paar Kinder gäbe, die ihn manchmal nachmittags zu einem Spaziergang abholen. Beim Bilka am Eingang an den Wühltischen türkische und algerische Frauen mit Kopftüchern. Daneben der Blumenladen. Forsythien, Tulpen, Osterglocken, Weidenkätzchen, Kirschblütenzweige, Mimosen und Anemonen. Rosen mit langen Stielen in Plastikhüllen. Die Anemonen jetzt schon in Sommerfarben und Mittag, ein leichter Märzmittagswind. Vorher an der Warte eine dicke Frau mit zwei Blumenkörben, Ranunkeln und Veilchen. Aus der Wetterau? Von der Bergstraße? Wir kommen, sagte ich in Gedanken zu Edelgard. Sind schon am Bilka vorbei. Ich sah sie schlafen und ich sah, wie sie aufwacht. Sonne im Zimmer. Schlaf jetzt nicht nochmal ein! Wir klingeln, du kommst, sagte ich. Sind gleich da! Die Friesengasse ist die Verlängerung der Leipziger Straße. Wenn man von der Leipziger Straße in die Friesengasse kommt, werden die Häuser immer niedriger. Finstere alte Abbruchhäuser. Teils noch bewohnt, teils schon leer und die Eingänge zugemauert. Fenster mit Brettern vernagelt. Ruinen, ein Baum, eine Stehpizzeria und daneben noch eine Stehpizzeria. Kneipen, Lagerhäuser, eine Werkstatt, Garagen, ein Frankfurter Büdchen. Die Häuser drängen sich. Immer enger die Straße. Kopfsteinpflaster. Kaum Platz für den Gehsteig. Alte Giebel und niedrige Haustüren. Jedes Fenster als ob es dir nachsieht. Die Straße stolpert und macht einen Bogen.

Fast als müßte hinter der nächsten Biegung das Meer und gleich wirst du das Salz riechen! Ein kleiner Hafen und Schiffe im Hafen. Die Hafenausfahrt. Ein einsames nördliches Meer und wie der Horizont an dir zieht. Und auch die Dächer, der Himmel, die Vögel am Himmel – sieht alles so aus, als ob es hier auf das Meer zugeht. Ein schmales Haus. Stille Fenster. Hellgrün oder weiß das Haus? Ein fahles hellgrünes Weiß. Und hier ist jetzt Edelgards Haustür.

10

Der Platz. Der Spielplatz. Der große Platz. Ganz hinten am Ende der Seestraße. Erst haben die Erwachsenen vorsichtig Abenteuerspielplatz gesagt, dann auch die Kinder, dann nur noch die ängstlichen Kinder. Der leere Platz, sagen die andern. Spielplatz. Abenteuerplatz. Abendplatz sagen sie, weil sie jedes Wort mit mehr als drei Silben abkürzen, damit man es besser rufen kann. Weil sie hier gern bis zum Abend bleiben (die meiste Zeit Abend). Weil sie alle Tage mit ihren Tagen kein Ende finden und weil sie von dem Platz aus am Abend nicht heimgehen wollen. Weil ringsum die Häuser so eng und so finster stehen und weil man deshalb gerade hier auf dem leeren Platz den Abend am Abend so deutlich sieht. Ein Meer von Abendhimmel. Am Rand die Häuser und müssen sich so zusammendrängen. Sanierung Bockenheim. Die Häuser stehen und zittern. Auf dem Platz, sagen die Kinder. Im Sand. Unser Platz. Dschungel, sagen sie auch. Dschungel hauptsächlich im Sommer. Sommerplatz, Festplatz, Zirkusplatz. Seestraße, Ecke Friesengasse. Am Eingang zwei Pfosten. Kein Tor. Man kommt aus der Friesengasse, wo alles eng ist und dicht beieinander, und steht dann vor der Einfahrt. Die Einfahrt ist dreimal so breit wie die Straße. Ein Stück Mauer, Hecken, Pfosten, ein Drahtzaun. Jeder Pfosten anders. Dreierlei Draht, dann ein Lattenzaun und ein Bretterzaun. Alte Bretter. Fünf Sorten Zaun. Wir haben Edelgard an ihrer Haustür abgeholt und gehen mit ihr in der Seestraße an diesem Zaun entlang. Schon nach zwei. Ich dachte, ihr kommt viel eher, sagt sie. Gleich nach dem Essen. Direkt aus dem Kinderladen. Sind sogar vor dem Essen schon weg, sagen wir. Abkürzungen und Umwege. Man braucht immer länger, als man denkt. Am Zaun entlang. Die Bretter teils schwarz verwittert und morsch, teils mit Farbresten und Graffiti. Den Zaun entlang Löwenzahn, Brennesseln und Gestrüpp. Überall Sand. Der Wind treibt den Sand durch den Zaun und der Sand wandert über den Gehsteig und durch den Rinnstein, wandert die Seestraße entlang und in alle umliegenden Straßen und Gassen und Höfe und bis vor die Haustüren. Wie in Saintes-Maries-de-la-Mer. Genau wie in Sennamarie, sagt Carina. Mußten am offenen Eingang vorbei und müssen jetzt hier den Zaun entlang, müssen an vielen Löchern im Zaun vorbei, weil Carina am andern Ende einen geheimen Eingang kennt – zwei Bretter, die unten lose und die man nach beiden Seiten wie einen Vorhang wegschieben kann, wie in einem spannenden Jugendbuch, dann nicht über die Querlatte stolpern – Vorsicht, rostige Nägel! Dabei darf man nur höchstens flüstern! Nicht so laut, muß man flüstern! Sei leise! Sowieso schon sich angestoßen (jedesmal stößt man sich!) und jetzt einen Weg durch Erdlöcher, Hecken, Gestrüpp. Geheim! Sieht man nicht – nur wer es weiß! Von der Friesengasse aus ein Umweg, aber wenn man aus der Jordanstraße kommt und vom Kurfürstenplatz und aus der Bibelthek, sagt sie, eine gute Abkürzung! Und stehen jetzt auf dem freien Platz, Edelgard, Carina und ich. Märzlicht, sogar Schilf und viel Himmel. Mittag. Stehen im Sand und müssen alle drei blinzeln, so hell. Weißer und gelber Sand. Kein Sandkasten. Von hohen Lastwagen abgekippt, Sand, Sand, und schnell mit der Schippe ein bißchen verteilt. Verteilt sich von selbst. Liegt da wie ein kleiner künstlicher Strand, eine Wüste. Zwei Sorten Sand und mischen sich ineinander und fangen zu kriechen an, wehen im Wind. Viel nackte Erde auch auf dem Platz, nackte Erde und Steine. Unkraut, Gestrüpp, hohe Rohrpflanzen. Dort hinten die Hügel, siehst du. Schutthalden, Zeitgebirge, die Anden. Nicht nur Sand, auch Erde haben die Lastwagen abgekippt. Muß schon länger. Viele Ladungen Erde. Richtige Hügel inzwischen und auf diesen Hügeln allerlei Krautzeug, grüngelbbraun. Löwenzahn, Hundskamille, Brennesseln, Trümmerblumen, Windhafer, kleine Bäumchen. Holunder, Schlehen, Mehlbeeren und die Vögel kommen in Scharen. Auch Pflanzen, die man sonst weit und breit nicht sieht und hat keine Namen dafür. Wer weiß, wo die

Erde her ist. Wurzeln drin, Samen drin, das Zeug wächst (wächst auch ohne Namen), der Wind bringt Samen und nimmt Samen mit. Brombeerhecken den Zaun entlang. Brennesseln, Disteln, Gebüsch, ein Vogelbeerbaum. Sogar kleine Birken. Stehen nah beieinander und müssen sich jeden Tag sagen, wir schaffen es schon. Kletten, Heckenrosen und Flieder und aus dem vorigen Jahr groß und schwarz verhexte vertrocknete Sonnenblumen. Wie in den Ruinen nach dem Krieg. Jahreszeiten, die Zeit und wächst alles, wie es will. Im Sommer Wegwarte, Mohn und Kornblumen. Rainfarn, Goldraute, Vogelkraut, wilder Kümmel. Die Disteln jetzt schon zwei Meter hoch.

Der leere Platz. Balken. Ein Gerüst. Zum Klettern? Damit man es anstarrt? Aus Balken, Schiffstauen, Ketten und Haken – kein Galgen! Vielleicht noch nicht fertig? Und steht wie ein Zeichen in den Himmel. Wie ein Signal für die Wolken und Vögel. Dann eine Wippe aus Balken und Autoreifen. Eine Schaukel aus Balken und Autoreifen. Leitungsmasten. Aus Balken und Brettern ein langer Steg, falls einmal ein Schiff kommt und will anlegen hier im Sand. Bis zu den Hügeln der Steg und dann Stufen die Hügel hinauf. Da kannst du gehen und verschwinden zwischen den Hügeln. Alte Autositze. Ein ehemaliges Sofa. Sitze aus Autoreifen und Säulen aus Autoreifen. Balken zum Balancieren. Pfosten als Wegzeichen. Einzeln und ganze Reihen. Wie in der Wüste. Bretter, Abfall, Plastiktüten. Sandeimer, Kinderspielzeug, ertrunkene Fische. Rotgrüngelbblau. Sind aus Plastik. Werden hier angespült. Eine gelbe Wanne aus Plastik und liegt wie ein Boot im Sand. Und ein paar Hütten. Aus Balken, Brettern, Nägeln, Dachpappe und Zuversicht. Zweifel auch. Viele Nägel, viel Dachpappe. Finster die Hütten, baufällig, ducken sich. Zwei klein und spitz und das Dach bis auf die Erde. Stehen wie schwarze Nomadenzelte nach einem langen Winter. Eine Hütte mit Vorbau, Veranda und Säulen. Die Säulen blau, lila, orange und ganz schief, versinken im Sand. Müßten als Säulen abgestützt werden mit Nebensäulen, aber wer hält dann die Nebensäulen? Eine Hütte rund und wie der Anfang von einem Turm und sinkt langsam hin, sinkt bedächtig in sich zusammen. Und wer hat die Hütten gebaut? Namenlos ein fremdes geschlagenes Volk? Ein untergehender Stamm auf der Flucht in immer unwirtlichere Gegenden? Nicht nur die Hütten, auch Wohnwagen stehen da. Aus Holz. Große Bauwagen, die wie Zirkuswagen aussehen. Mit Treppchen und Fenstern und Schornstein. Bunt. Zwei Wagen bunt. Alte und neue Farben, die neuen Farben direkt auf die alten drauf. Und auf dem dritten Wagen eine Wiese mit grünem Gras und roten und gelben Blumen. Der Himmel blau und die Wolken weiß. Ein Sommerhimmel. Auchmal so ein großes Bild, sagt Carina. Nur aber noch schöner!

Der leere Platz. Bald zwei Jahre jetzt schon und jedesmal, wenn man kommt, ist er noch da und ist wieder ein bißchen anders. Vorher an der Ecke ein überzähliges Trümmergrundstück, dann endlich geräumt, dann daneben schnell noch ein paar Häuser abgerissen. Sanierung Bockenheim. Leer der Platz, vergessen, eine weggeräumte maßstabgerechte Blaupausenzeichnung. Schutt abladen verboten. Betreten verboten. Und dann kommen ein paar Leute mit Namen, Unterschriften und Gutachten. Ein Verein, ein Projekt, eine Initiative. Der Amtsweg. Und dürfen die maßstabgerechte Blaupausenzeichnung vorübergehend als Kinderspielplatz. Befristet. Auf Widerruf. Auf eigene Gefahr. Ohne Rechtsanspruch. Eltern haften für ihre Kinder. Jetzt das Werkzeug. Werkzeug und Material. Die Balken bringen lassen. Bretter, Nägel, Autoreifen. Umsonst das Zeug. Transport auch umsonst. Ein paar Fuhren Sand und Erde. Zwei-dreimal die Woche Betreuer. Kommen im VW-Bus. Erwachsene. Pädagogen, Sozialarbeiter oder von einem Verein. Amtlich? Ehrenamtlich? Haben Schlüssel, jeder einen Schlüsselbund. Brillen, Regenjacken, Sandalen. Einer mit Bart, einer mit Lederjacke und Pferdeschwanz. Fast wie aufgeschlossene Pfadfinderführer.

Schließen die Bauwagen auf. Haben Papierrollen, Pläne und Wörter. Haben Werkzeug, Ratschläge und Geräte in den Bauwagen drin und müssen immer wieder auf die Uhr gucken. In jedem Bauwagen Klappstühle, Tisch und Regale und aus Blech ein grauer Behördenspind. Die Spindschlüssel auch an dem Schlüsselbund. Der Zaun von jugendlichen Straftätern. Bewährungsauflage. Statt Geldstrafe, Strafregister und Wochenendknast. Jetzt steht der Zaun in den Akten. Und wer kommt? Die Kinder hier aus der Nachbarschaft. Manche dürfen nicht. Manche heimlich. Manche sowieso tagsüber allein für sich zuständig. Erst nur die aus der Nachbarschaft, dann auch die Kinder aus der nächsten Umgebung. Kinder aus Bockenheim, Ginnheim, Hausen und vom Industriehof. Kinder und Jugendliche. Frankfurter Griechen, Frankfurter Türken und Frankfurter Jugoslawen, die selbst schon die Kinder von Frankfurter Griechen, Türken und Jugoslawen sind. Für Sport ist der Platz zu unordentlich. Es gibt einen Kinderzirkus mit Zirkusschild, Kostümen, Geräten und Namenslisten, aber vor lauter Vorbereitungen kommen sie nie zum Spielen. Oft leer der Platz. Bißchen Wind. Vögel kommen. Der Abend kommt. Mit dem Abend die Katzen. Aus weitem Umkreis die Katzen. Katzen in allen Farben (die Katzen hätten gern, daß die Vögel von sich aus ein Vertrauensverhältnis zu ihnen aufbauen!). Manchmal am Abend zwei Kinder im Sand oder weit draußen auf dem Steg, der durch den Sand führt. Lang in den Abend hinein die Kinder. Erst noch im Sand und auf dem Steg und dann auf die Hügel zu und verlieren sich zwischen den Hügeln. Abendhimmel. Dämmerung. Fledermäuse. Vielleicht hört man nie wieder etwas von diesen Kindern. Die Großen und Größeren am Abend manchmal mit Zigaretten und Flaschenbier. Sitzen auf einem Balken, liegen auf den Hügeln, sitzen unsichtbar oder fast unsichtbar in den dunklen Hütten. Transistorradio. Cassettenrecorder. Zigaretten, Flaschenbier und manchmal ein bißchen Kiff. Mädchen auch? Manchmal auch Mädchen dabei. Oft auch mit Vorsicht ein kleines Feuerchen. Überall auf dem Platz verlassene Feuerstellen. Brennholz auch. Manche Feuerstellen mit Ziegelsteinen. Penner? Eher selten, obwohl sie gut hinpassen würden. Aber ist ihnen noch zu ungewohnt. Keine Ordnung. Fremd. Man weiß nicht, was es bedeuten soll und sieht gleich, das bleibt nicht. Da sitzen sie bei Tag und am Abend lieber auf dem Kurfürstenplatz und am Hessenplatz – oder doch gleich weiter und hinter dem Westbahnhof über die Gleise, Kumpel, da geht die Sonne unter, da ist man weit draußen und geht in den Abend hinein. Manchmal Erwachsene und bleiben vor dem Platz stehen, um zu schimpfen (wie einstudiert): Dreck-Ordnung-Ausländer-Arbeitshaus! Unser Geld! Ausländer raus! Stehen gegenüber und drohen dem Platz mit der Faust. Wer zum Gehen einen Stock braucht, droht mit dem Stock. Fußgänger, Nachbarn, Einwohner. Haben eben ihr Auto geparkt. Staatsbürger. Stehen und schimpfen. Dann weiter mit ihren Aktenkoffern, Absichten, Ansichten, Handtaschen, Autoschlüsseln, Kontoauszügen, Plastiktüten und Verwünschungen. Heim, ins Kaufhaus, zum Auto, zum Zahnarzt, auf die Krankenkasse, noch einen Umweg, einen Salat, eine Pizza, ein kleines Bier. Einkäufe, Scheckkarten, Brieftaschen, Kaufkraft und Einkaufszettel. Auf die Leipziger Straße, wo die Mieten sich gerade verdreifachen. Erst verdreifachen, dann verfünffachen. Und aus jedem Bäckerladen wird eine Boutique. Die Straße wird neu gepflastert, verkehrsberuhigt, Fußgängerzone – einerseits ist der Einzelhandel für Fußgängerzonen, will aber auch die Autofahrer als Kunden! Muß man eine Umfrage und diese Umfrage mit früheren Umfragen vergleichen, dazu Erhebungen über Umsätze vergleichbarer Einkaufsstraßen und eine jährliche Umsatzsteigerung von mehr als acht Prozent. Muß jeder Laden alle zwei Jahre umgebaut werden zwecks Fortschritt, Verschönerung, Rationalisierung. Am besten zwei Etagen die Straßen! Parterre die Autos, Drive-in-Schalter, Service-Center, elektronische Leitsysteme und Animation. Und im ersten Stock Gehsteige, Schaufenster,

Straßencafés, Fußgänger, eine Flanierzone. Zwei Etagen mit Dachterrasse und Tiefgeschoß und in der U-Bahn Automaten für die eiligen Automaten. Passanten, Kunden, Verbraucher. Auf die Leipziger Straße und in die Innenstadt. Auf die Bank, zum Geldautomaten (bald flächendeckend die Geldautomaten), ins Parkhaus und über die Autobahn zum Einkaufen ins Rhein-Main-Zentrum, ins Main-Taunus-Zentrum, ins Hessen-Center und zum Flughafen. Rhein-Main Airport. Einkaufen, zum Arzt, zum Röntgen, zur Straßenbahn, auf die Ämter und auf ihr Grab zu. Noch immer in Eile und dann als Gespenster weiter. Der Platz. Verlassene Feuerstellen und allerlei Strandgut auch. Und ist der Platz nicht auch wie ein ärmliches kleines Zigeunerlager im Süden? Nur die defekten alten Autos und die Hunde und Ziegen fehlen. Und die Wäsche auf der Leine, bunte Wäsche zwischen allen Hecken und Bäumen. Und die Gänse. Vom Balkan. Fette Gänse aus Rumänien und Ungarn. Die Gänse hätten die Zigeuner den Winter über nach und nach aufgefressen. Oft Pfützen, Riesenpfützen überall. Aber jetzt ist nur eine einzige gleich beim Eingang noch übrig. Daneben ein freier Platz und auf dem freien Platz die drei bunten Wagen. Bauwagen. Ein langsamer alter Traktor hat sie im vorigen Frühling gebracht. Jeden einzeln. Alle am gleichen Tag. Bei einem die Deichsel zerbrochen. Schon länger? Will auchmal so ein großes Bild malen, sagt Carina. März und so hell ist der Sand, daß wir alle drei blinzeln.

Längst ohne Jacken und müssen jetzt auch die Pullover ausziehen. Weit weg bei den Hügeln Jugendliche mit Zigaretten und Geheimnissen. Dicht beieinander, erst zwei und dann vier. Einmal bei den Hügeln und einmal am Zaun und dann wieder unsichtbar. Jetzt hätte ein Flugballon landen können. Hier auf dem Platz. Erst landen vor unsren Augen und dann aufsteigen mit uns drin. Eine Flugballongondel mit Taschenlampen und Flugballongondelbett und beim Bett nochmal vollzählig alle Lieblingsbücher deiner Kindheit. Du hast dir immer gewünscht, sie nochmal alle auf einmal wiederzufinden. Aufsteigen und zum Nordpol, zum Südpol, Feuerland, die Sahara, die Wüste Gobi. Urwald und Steppen und Wüsten. Steine, Buchstaben, Bretter im Sand. Supermarkteinkaufskarren, Obstkisten, ein halbes Fahrrad, ein großer versteinerter Stiefel, eine Schlange, die wie ein Stück Gartenschlauch aussieht, ein ausgetrocknetes Flußbett, die Gerippe von Supermarkteinkaufskarren. Höhlen und Grashütten und sobald die Kinder zu spielen anfangen, ein Dschungel aus Schlingpflanzen, Tauwerk und Klettergerüsten. Erdlöcher, Zisternen, Luftspiegelungen, Jagdgründe, Indianerzelte, Gefahren und wunderbare Errettungen aus diesen Gefahren. Ein bunter Orient aus alten Matratzen, Zeitzonen, Zeltplanen, Teppichen, Spiegeln. Alle Kinder werden hier zu Zigeunerkindern. Masten. Baustellen. Abendland. Die Zirkuswagen haben sich, einer nach dem andern, schwankend und knarrend in Bewegung gesetzt. Bunte Wagen. Eine lange Reihe. Der Wind weht. Die Pferde gehen im Schritt. Hunde, Katzen, Badewannen. Dachpappe, ganze Rollen alter Dachpappe und Berge von Autoreifen in allen Größen. Vielleicht Schildkröten und Leguane unbemerkt in all dem Gerümpel. Vielleicht Gazellen und Zebras in Herden und wir hätten sie bloß nie gesehen, so scheu. Bleiben unsichtbar. Im Gebüsch, das hier Dschungel heißt, Tigeraugen und sehen dich an. Ein Löwe, ein Tiger, ein Panther, ein Leopard. Palisaden, ein angefangener Turm, eine unvollendete Pyramide, gestrandete Inseln. Carina muß gleich nachsehen, ob alles noch da ist und was sich verändert hat. Müssen alle drei nachsehen. Dann auf den Steg. Hintereinander und viele Gangarten ausprobieren (der Steg immer auf die Ferne zu, aber ändert öfter die Richtung, zittert und schwankt). Dann Carina auf einem Balken. Ein Balancierbalken. Erst je eine Hand von Edelgard und von mir, dann abwechselnd nur immer eine. Dann mit drei Fingern, dann nur noch einen Finger und dabei die Luft anhalten. Dann einzig von meinem Blick noch gehalten und von dem angehaltenen Atem. Dann alles nochmal und mit Augen zu. Erst ein Vierkant-, dann ein schmälerer Vierkant- und dann ein Rundbalken. Auf einem großen Autoreifen im Kreis und wir und die Vögel sehen ihr zu. Schaukel und Wippe für später. Sitzen auf einem Balken im Sand und ziehen die Schuhe aus alle drei. Also ziehn mier unsere Schuhe jetzt aus und auch jeder die Strümpfe, sagt Carina. Muß Wörter für alles, sonst ist es nicht wirklich (nicht *wirklich* wirklich!). Barfuß im Sand wie die Dorfkinder. Unsre Jacken, Schuhe, Strümpfe und Pullover als bunter Haufen daneben. Carina in einem karierten Hemd und in einer roten Hose. Wintersachen. Schon knapp. Auch wenn sie längst groß ist, werden alle ihre Kinderhosen, Jacken, Kleider, Pullover, Strumpfhosen und Winterstiefel immer noch aus allen Richtungen auf dich zugerannt kommen, winkend. Und bringen die Tage zurück, bringen sie nochmal mit und kommen durch das hohe Sommergras und durch viele Herbstabenddämmerungen, kommen durch jedes Wetter und durch alle Jahreszeiten immerfort schnell auf dich zu mit vielen Geschichten. Edelgard enge Jeans und ein blaugrünes T-Shirt. Blaugrün oder grünblau? Du willst ihr sagen, wie schön ihre Füße sind und dann fällt dir ein, daß du ihr das schon vor fünfzehn Jahren gesagt hast. Sand, Gras und nackte Erde. Die helle trockene Märzerde. Du bückst dich und hebst etwas auf. Was hast du? fragt Carina. Was ist es?

Ein Kirschkern, sagte ich. Ich stand in der Sonne. Weiß und trocken der Kirschkern auf meiner Hand. So rund und vertraut, daß du ihn fast in den Mund nimmst. Ein Kirschkern im März. Und war das nicht schon einmal? Wie früher in Staufenberg, sagte ich. Immer im März, wenn die Sonne scheint und die Wege sind trocken und hell. Das Leben ruft. Hell liegt die Erde vor uns. Warum können nicht alle Tage so sein? Und dann findet man einen Kirschkern! Meistens im Gehen. Große Schritte. Du hast ihn noch nicht gesehen und stößt schon mit dem Fuß daran.

Ein Steinchen? Ein Lichtfleck? Ein Kirschkern? Hüpft nichts je so leicht vor dir her wie ein Kirschkern im März! Müssen ihn alle drei ansehen. Vom vorigen Jahr, sagte ich. Kirschen aus Griechenland, aus Italien, vom Bodensee, aus dem Schwarzwald, aus der Pfalz, aus dem Rheingau, vom Main, aus der Wetterau und vom Taunusrand – lauter Obstgegenden, bevor sie alles zugebaut haben. Hier in der Gegend, sagte ich, die besten Kirschen kommen aus Ockstadt bei Friedberg. Hat einer sich auf der Leipziger Straße an einem Obststand ein Pfund Kirschen gekauft. Eine kleine Tüte voll und darf auch ein bißchen mehr sein. Und ißt sie gleich auf dem Heimweg. Ein Sommertag. Spitze braune Papiertüten. Lieber gleich ein Kilo, sonst kommt man heim und hat keine mehr. Wer? fragt Carina. Jemand, den wir nicht kennen, sagte ich. Vielleicht Leute mit Kindern. Vielleicht sehen wir sie öfter beim Einkaufen, sagte ich. Auf den Tüten steht: Eßt mehr Obst! Welche Kinder? fragt Carina. Vielleicht Geschwister, sagte ich. Eine große Schwester und ein kleiner Bruder oder Eltern mit vielen Kindern. Oder die Kinder kennen sich aus einem Kinderladen. Vielleicht wir, sagte ich. Sind letzten Sommer oft hier gegangen, Sibylle und du und ich. Manchmal nach dem Kinderladen und oft auch noch andere Kinder mit. Der Marcel, die Meike, die Myriam. Ein Nachmittag in der Kirschenzeit. Die Kirschen im Gehen in der Sonne. Immer noch eine Kirsche in den Mund. Erst muß man sich Kirschen an jedes Ohr. Zwillingskirschen, die schönsten! Vielleicht ist der Kern auch von dir, sagte ich zu Edelgard. Jedenfalls aus dem vorigen Sommer. Den vorigen Sommer, den wißt ihr doch noch? Und hat sich seither herumgetrieben, der Kern. Immer an der Luft. Sonne, Wind, Regen. Ein Vagabundenleben. Und lang auch unter dem Schnee. Erst ein Regen- und dann ein Schneewinter, sagte ich, ihr wißt es ja selbst. Und jetzt so hell und so leicht der Kern. Ausgebleicht und verwittert, sie trocknen von innen aus, deshalb so leicht. Immer wenn man einen findet, jeden März oder alle paar Jahre, fallen einem alle früheren wieder ein. Und die Tage und Orte dazu. Und wer man gewesen ist und was man sich dabei gedacht hat. Die ersten warmen Tage. Barfuß im Sand, barfuß auf einem Holzbalken sitzen. Vielleicht doch, sagst du dir und erschrickst und mußt es dir noch öfter sagen. Vielleicht ja doch kommst du durch! Wenigstens bis zum Sommer. In den Sommer hinein. Und mit dir die Welt. Im Sommer heilt alles. In Böhmen, sagte ich, gibt es Kirschbaumalleen. Extra für die durstigen Wanderer. Und sah die Alleen gleich vor mir. Weiß im Mittagslicht und mit tiefen Schatten. Die Wanderer auch (der da geht, bist du selbst). Und in Staufenberg, sagte ich, wo dann noch einmal alles anfing. Erst alle Tage als Kinder das Obst gegessen und die Kerne weggespuckt, dann gesucht und wieder aufgehoben, betrachtet und eingegraben die Kerne. Nicht nur Kirschen, auch Pflaumen, Mirabellen, Aprikosen und Pfirsiche. Jedes Obst. Alle Kerne. Bei den Äpfeln extra die Äppelkrotzer manchmal nicht mitgegessen, obwohl es uns schwerfiel, darauf zu verzichten. Es heißt der Appelkrotze, aber die Äppelkrotzer! Manche sagen es falsch! Jeden Kern eingepflanzt. Und jetzt, sagte ich zu Edelgard und Carina, überall Obst! Jetzt ist die Erde voller Obstbäume. Und wird immer wieder Sommer. Erst Frühling, dann Sommer. Nicht nur in Staufenberg. Überall auf der Welt. Aber in Staufenberg hat es angefangen. Zuallererst in Tachau in Böhmen und dann in Staufenberg, sagte ich und konnte die Alleen in Böhmen vor mir sehen und das Staufenberger Kirschenwäldchen und gleich auch die Mirabellen, die Pflaumen, die Birnen. Die Nußbäume auch. Und jeden Apfelbaum, den ich in meinem Leben kannte. Noch besser, sagte ich, wenn man sie eine Weile im Mund behält und dann nochmal draufspuckt, bevor man die Kerne eingräbt. Aber sogar wenn man sie nur hinschmeißt, das reicht schon. In Böhmen die Kirschbaumalleen sind entstanden, weil die Wanderer unterwegs immer schnell viele Kirschen gegessen haben und die Kerne nach rechts und links gleichmäßig ausgespuckt. Und dabei den Horizont im Blick und mit großen Schritten. Mit Äpfeln und Pflaumen genauso. Immer wieder den gleichen Weg. Vielleicht sind wir mehrere und die Alleen werden mit jedem Jahr länger. Einmal, sagte ich, im Januar 1969 von Paris nach Prag gefahren und am Rand vom Böhmerwald gleich hinter Domažlice im Schnee mit dem Auto an einen Baum, einen Pflaumenbaum. Im Schreck, weil ich jäh denken mußte, warum fährst du hier? Erzähl jetzt keine Autogeschichten, sagt Edelgard, und auch keine Schneegeschichten! Gibt es in Staufenberg wirklich Aprikosen und Pfirsiche? Klar! sagte ich. In den Hausgärten und Baumgärten. Im Banggarten, in den Borngärten und in den Scheunengärten. Zart und entschlossen die Bäumchen. Ich kann dir jeden einzelnen Baum herbeireden. Drei oder vier Sorten Aprikosen. Gelbe und weiße Pfirsiche. Bei den weißen Pfirsichen eine Sorte, die sehen wie Rosenknospen aus und riechen auch so. Sind klein, aber das sind die besten! Erzähl, sagt Carina, erzähl von dir als Kind! Wie du einmal als Kind ein Häschen geschenkt gekriegt hast. Und erzähl jetzt, wie es dann weiterging.

Im Hof, sagte ich. Bei uns vor dem Haus der Gemeindeamtshof. Und sah alles vor mir. Torpfosten, Hecken, eine gelbe Mauer, ein hoher Kastanienbaum. Das Tor bei Tag offen. Zu der Zeit überall im Dorf Bäume bis an den Himmel. Der Hof voll Holz, grünes und trockenes Holz. Stermeter, Klafterholz, Rundstücke. Die Rundstücke frisch zurechtgesägt und teils schon gehackt. Das Schulholz, das Gemeindeamtsholz und das Flüchtlingsfamilienholz, bevor wir es in den neugebauten Flüchtlingsfamilienholzschuppen sorgsam aufstapeln, jeder seins. Ein gewaltiger Hackklotz und noch ein gewaltiger Hackklotz daneben. Und Baumrinde, Anmachholz, Sägmehl und Späne. Jeden Tag sieht man den Schuldiener im Hof Holz hacken. In seiner feinen Vorkriegsweste und mit dem ungardeutschen schwarzen Hut, der eigentlich ein Kirchgangshut ist. Holz hacken und Holz aufschichten und Holz ins Haus tragen.

Den Hof kehren und mit großen vollen Aschekübeln, rechts und links einen, über den Hof gehen. Arme und Schultern angespannt, die Schultern steif wie ein Tragejoch und mit kleinen Schritten, so schwer sind die vollen Kübel. Wieder den Hof kehren. Und wie er beim Tor steht und raucht. Die Pausen teilt er sich selbst zu. Wie ein vornehmer schöner Sonntagsteufel mit seinem schwarzen Bart und dem Kirchgangshut. Auch wenn er nicht da ist, kannst du den Schuldiener jederzeit vor dir sehen. Hell die Späne und das frischgespaltene Holz, sagte ich. Es riecht wie im Wald. Die Woche nach Ostern. Noch Ferien. Muß 1950, sagte ich. Nach den Ferien komm ich schon in die zwote Klasse! Die Sonne im Hof. Breite Sandsteinschwellen, ein gepflasterter Gehweg aus Staufenberger Blaubasaltsteinen und die helle trockene Osterzeiterde. Um den Kastanienbaum Gras und Moos. Jeden Fleck Erde gekannt, sagte ich zu Edelgard und Carina und wollte schon aufstehen, um ihnen alles zu zeigen. Fünf Fliederbäume in einer Reihe, Gemeindeamtsfliederbäume oder sind von allein da gewachsen, und unser Küchenfenster steht offen. Sind die Schwalben schon da? Nicht mehr lang und der Flieder blüht und dann steht unser Küchenfenster jeden Tag den ganzen Tag offen. Im Hof, sagte ich. Der Gemeindeamtshof. Von allen Seiten die Vögel. Aus der Nachbarschaft Hühner und eine Frauenstimme, die zählt und die Hühner lockt. Zählt und zählt und mit einem Kind spricht, das wie immer nicht da ist oder längst groß und woanders. Aus Verlegenheit. Weil sie kein Lied weiß. Im Hof, sagte ich im Sand zu Edelgard und Carina. Im Hof bei dem Hasenstall, der dem Schuldiener gehört. Sind junge Häschen dabei. Ich hätte gern, daß die Häschen mich kennen. Sonne. Das Holz riecht. Ein Wespennest in der Mauer. Und wie freundlich das kleine rote Backsteinhäuschen mich ansieht, in dem bis vor kurzem die Schulspeisung gekocht und ausgeteilt worden ist. Ein Eisenbahnzug im Tal. Schon Nachmittag, das siehst du am Licht. Hat die Turmuhr geläutet? Wird vielleicht bald schon Zeit für die Werksirene von Buderus, die man in weitem Umkreis in allen Dörfern hört. Und dann die Frauen aus der Zigarrenfabrik. Die Staufenberger Frauen zu Fuß heim und die aus den Nachbardörfern mit Fahrrädern. Immer in Gruppen. Manche werden von ihren Kindern abgeholt, aber die meisten sind ledig. Noch jung. Oder Kriegerwitwen. Erst die Frauen aus der Zigarrenfabrik, dann die Buderusarbeiter von Lollar herauf. Bergauf. Das Fahrrad den halben Weg schieben oder müd zu Fuß heim. Wenn man auf einem Berg wohnt, geht jeder Heimweg am Ende mühsam bergauf. Und bald auch die ersten Bauernfuhrwerke dann vom Feld herein. In der Sonne, sagte ich. Ich bin fast sieben und kann das ganze Dorf um mich spüren. Um mich und in mir drin. Ein bißchen Heu aus dem Hasenstall, ein paar Halme herauszupfen und sie den Häschen durch den Maschendraht hinhalten. Auch wenn das gleiche Heu vor ihren Füßen liegt, fressen sie lieber das Heu, das du ihnen gibst, fressen dir aus der Hand. Du hast ihnen auch schon Möhrenkraut gebracht und sie haben beim Fressen genickt. Sie fressen das Heu, sie fressen das Möhrenkraut und sie knabbern dir an den Fingerspitzen. Im Hof bei dem Hasenstall, sagte ich. Schon vorher die Frau vom Schuldiener, die Frau Schindler mit Kopftuch an ihrem Küchenfenster gesehen. Und jetzt kommt sie mit einer Schüssel Kartoffelschalen auf den Hasenstall zu. Noch warm die Kartoffelschalen, das sieht man.

Im Sand. Auf einmal ganz müd. Mich zurücklehnen und die Arme unter den Kopf. Besser die Jacke als Kissen. Jacke und Pullover. Kaum Schlaf letzte Nacht, sagte ich. Und die Nacht davor auch schon nicht. Augen zu, Augen auf. Und genauso vorher all die Jahre. Mitten im Krieg geboren, sagte ich, und nie richtig schlafen gelernt. Ich weiß nicht, wie es geht, daß man losläßt. Wer soll denn aufpassen auf die Welt und auf mich, wenn ich schlafe? Die Beine austrecken, einen guten Platz für die Füße. Augen zu. In der Sonne. Als ob Schmetterlinge sich dir auf die Lider setzen. Du zuckst, du spürst noch das Licht.

Vielleicht Fieber, denkst du, dann trägt dich der Schlaf. Im Schlaf wieder in der Camargue, wo ich oft im Sand und im Gras in der Sonne einschlief und Carina saß bei mir. Im vorigen Sommer und im Sommer davor. Immer wenn ich in die Camargue komme, ist mir, als sei ich in Wahrheit nie weggewesen. Immer noch der gleiche Sommernachmittag wie beim erstenmal. Und die Salzseen und die ausgetrockneten Salzseen, der Himmel, das Land und das Meer. Dieser Augenblick und der Anblick der Ewigkeit – alles übrige träumst du nur (träumt sich leicht!). In der Camargue jetzt im Schlaf und auch wieder auf dem Kühkopf. Im Ried. Zwischen Altrhein und Rhein eine Insel. Wieder der helle sonnige Februartag vor zwölf Jahren. Mit Edelgard und Besino. Besino ist Edelgards Sohn. Damals war er drei. Um uns im Sand und im Gras Muscheln und Muschelscherben. Entweder aus dem Rhein. Vom letzten Hochwasser. Oder noch von dem Meer, das vorher noch kürzlich hier war. Oder Schneckenhäuschen, die wie Muscheln aussehen und genauso alt. Wir wohnten in Darmstadt bei einem Freund, aber nur vorübergehend. Als Besuch. Wir hatten nichts als ein altes Auto, meine Schreibmaschine, zwei Decken und Besinos Spielzeug. Für fünf Mark tanken, Geld für Zigaretten, ein oder zwei Flaschen billigen Wein, im Autoradio den AFN und auf kleinen Straßen sich in den Tag hinein treiben lassen. Odenwald, Bergstraße, Oberrhein. Dort scheint im Februar mittags oft schon die Sonne. Damals. Ich hatte geschlafen. Ich saß auf dem verblichenen trockenen Winterriedgras und sagte: Morgen muß ich nach Gießen (ich mußte mich jeden Mittwoch bei der Polizei melden!) und wenn sie mich wieder weglassen, leih ich mir Geld! Ich weiß auch schon wo! Und übermorgen fahren wir nach Paris! Du willst nur Erinnerungen sammeln, sagte Edelgard. Und ich sagte: Ich will mit dir dort herumgehen! Ich will Paris und will dich in Paris sehen! Und sie sagt nochmal: Du willst nur Erinnerungen sammeln! Wie ein Geizkragen sein Sparbuch, so hast du dein Gedächtnis! Und hatte recht. Und wir fuhren, obwohl ich wußte, das Geld, das geliehene Geld, wird uns nicht für die Rückfahrt reichen. Jetzt im Schlaf wieder in der Camargue und mit Edelgard auf dem Kühkopf. Vielleicht müssen wir manche Tage in jedem weiteren Leben nochmal und immer wieder erleben. In der Camargue, auf dem Kühkopf und dann beim Aufwachen auch noch in der Jordanstraße und aus dem Nebenzimmer die Stimmen von Sibylle und Carina. Jeder Schlaf träumt uns heim. Und dann in der Gegenwart. Aufgewacht. Du hast geschlaft! sagt Carina. Und wir haben dir zugeguckt, ich und die Edelgard. Wir haben uns gemerkt, wie du mit uns daneben geschlaft hast. Ja, sagte ich, aber ich wußte dabei die ganze Zeit, wo ich bin. Und daß ihr daseid, wußte ich auch. Und das Licht und die Zeit. Daß die Zeit vergeht, auch während man schläft, sagte ich. Und sogar, wenn man gar nicht da ist. Und mußte mich aufsetzen. Und ich kann es bald nicht mehr aushalten! Das hast du auch schon vor zwölf oder fünfzehn Jahren gesagt, sagt Edelgard. Oder vor sechzehn sogar. Und den anderen einen Sommer in Sennamarie, sagt Carina. Zwei, sagte ich, zwei Sommer sind es gewesen! Barfuß und vor mir die Schuhe im Sand, meine zwei einzigen letzten Schuhe. Und sehen, wie sie vor meinen Augen blitzschnell um Jahre altern in diesem hellen Licht. Und werden wohl gleich jetzt zu Staub – aber dann stehen sie weiter da und sind immer noch wirklich. Vor dem Eingang eine Frau und ein kleiner Junge. Erst da und dann näher. Noch näher, dann weg und jetzt wieder vor dem Eingang. Eine Zigeunerin, sagt Edelgard. Kopftuch, langer Rock und immer barfuß. Der Junge manchmal mit Plastikbadesandalen, aber sie schon seit Februar barfuß. Ist sie aus Staufenberg, fragt Carina. Aus Rumänien, sagt Edelgard, ich glaub, aus Rumänien. Wohnt entweder in einer von den Quergassen oder hinter der Schloßstraße in einem Asylantenhaus. Ihr Mann sieht nicht wie ein Zigeuner aus. Er hat einen BMW. Manchmal spaziert er mit einem Kunden zu seinem BMW und verkauft ihm aus dem Kofferraum einen Teppich. Die Frau und der Junge die meiste Zeit hier auf den Straßen. Dürfen nur mit ihm sprechen, wenn er sie zu sich heranpfeift. So groß wie Carina der Junge und die Frau hält ihn an der Hand. Sie sehen zu uns her. Sie würden gern kommen. Jetzt wieder weg. Meine Plastikbadesandalen sind aus Frankreich, sagt Carina. Aber jetzt sind sie mir schon zu klein. Und sitzt barfuß im Sand. So warm, sagt Edelgard, ob es schon Veilchen gibt? Klar, sagte ich, bestimmt schon seit Ende Februar! Und sah alle Veilchenplätze meiner Kindheit vor mir. Das meiste jetzt zugebaut. Die gibt es immer schon lang bevor man sie sieht, sagte ich. Stehen so still im Gras und warten jeden Tag auf die ersten Bienen und Schmetterlinge. Carina im Sand mit dem Sand. Wie er rinnt. Immer noch eine Handvoll. Beide Hände voll. Beide Hände zu einem Gefäß aneinander. Und der Sand rinnt ihr durch die Finger. Dauernd, sagt sie. An-dau-erndst! Vor unsren Augen in goldenen Schleiern der Sand. Immer-undimmer! sagt sie. Sitzt im Sand, hebt die Hände, die Schultern, die Augenbrauen. Muß zucken, muß mit dem ganzen Körper zucken. Der Sand rinnt. Sie muß sich schütteln vor Anteilnahme und sagt dann: Der hört nicht auf! Genau wie die Zeit, sagte ich. Ich hol mir ein Marmeladebrot, sagt Edelgard, und bring Wasser mit. Sie zieht ihre Schuhe an. Jeder darf sich was wünschen! Auch ein Marmeladebrot, sagt Carina. Mit Erdbeermarmelade. Gut, aber du darfst dir auch noch ein kleines Eis wünschen! Dann wünsch ich mir auch noch ein kleines Eis! Und du? Ich lag wieder im Sand und sah Edelgard über mir stehen. Oft im Sand und im Gras und im Bett. Meistens mit Wein. Und gesehen, wie sie vor mir steht. Beim Blumenpflücken ihr zugesehen und wie sie ein Feuer macht und mit Besino spielt. Beim Ausziehen, beim Anziehen, beim Einkaufen, Klauen, Tanzen, Kochen und Autofahren ihr zugesehen. Wenn sie mir am Abend alle Abende ihrer Kindheit erzählt, eine Kindheit in einem Flüchtlingsfamiliengemeinschaftswohnhaus in Niedersachsen am Dorfrand. Mitten im Winter mit ihr auf der Flucht, fremd in fremden Hotels und beim Zähneputzen. Mein dreißigstes Jahr. Mit ihr in vielen Städten gewesen. Mit ihr Beeren gesucht. Oft mit ihr im Schnee und einmal auf einem kleinen griechischen Schiff. Im Herbst in Staufenberg Äpfel und Nüsse gesammelt. Kein Geld und gehen gegen Abend Kartoffeln holen vom Feld, sie und Jürgen und ich. Kartoffeln und Maiskolben und haben auch noch drei Zwiebeln und hungrig heim in der Dämmerung. Bratäpfel müßte man machen! Ich mußte sie ein paar Jahre lang immerfort ansehen! Ich konnte den Blick nicht wenden! Einen Espresso, sagte ich. Heiß, einen guten! Wie in Neapel! Sie geht und wir sehen ihr nach, wie sie geht, Carina und ich. Und sehen sie mit vollen Händen zurückkommen.

Eine große Plastikflasche Vittel. Ein kleines Eis. Marmeladebrot, Käse, Salz. Einen Fotoapparat. Von Besino, sagt sie. Ich will nämlich Fotos von euch. Und ein kleines Gläschen mit Deckel. Damit er heiß bleibt, sagt sie zu mir, der Espresso für dich! Wo hast du ihn her? Aus dem Eiscafé. Sie zieht ihre Schuhe aus und ich muß ihr zusehen. Ich wußte, ich hab so ein Glas, ich mußte es nur erst suchen! Er riecht gut. Noch heiß. Ich hab ihnen gesagt, einen extraguten, sagt sie und sieht mich an, wie vor zwölf oder fünfzehn Jahren. Sie wußten gleich, er ist für dich. Ich weiß auch nicht, sagt sie, warum man immer denkt, man muß alles tun was du willst. Das ist auch richtig, sagte ich. Mensch und Tier – soll keiner mir widerstehen können. Ich auch nicht, fragt Carina und ißt ihr Eis. Du auch nicht, sagte ich. Du manchmal ein bißchen, weil du mein Kind bist. Laß mich von deinem Eis probieren! Tropf nicht mit deinem Eis! Immer wenn man ein eigenes Kind hat und das eigene Kind hat ein Eis, dann muß man zu dem eigenen Kind sagen: Tropf nicht mit deinem Eis! Barfuß im Sand. So ein guter Espresso! Und auch noch hier in der Sonne und aus einem Glas. Wie in Frankreich im Süden die Araber, sagte ich, sie trinken den Kaffee aus Gläsern. In der Provence. Oft sie beim Trampen gesehen. Wenn man kaum Geld hat und trampt und will solang es geht bleiben, dann sieht man am meisten. Erst kommt man zum erstenmal hin und dann kommt man immer wieder. Und einmal dann wohn ich dort. Und ich komm dann auch hin, sagt Carina. Dann bin ich schon ein Schulkind oder noch größer und komm als Besuch zu Besuch. Und noch später, dann wohn ich auch dort. Wieder die Frau und der kleine Junge vorm Eingang. Ihnen auch unterwegs begegnet, sagt Edelgard. Ich grüße sie immer. Schon lang. Aber sie sieht mich an, als wüßte sie nicht, ob sie zurückgrüßen darf. Der Mann hat gefärbte Haare und kalte Augen. Seit wann siehst du sie? Seit Januar. Seit wir aus Portugal zurück sind. Sie und der Junge immer auf der Straße. Ein paarmal schon Kinder auf dem Platz, größere. Schüler, sagt Carina. Schüler und noch größer. Vorn bei den bunten Wagen und den untergehenden Hütten. Oder am Rand unsres Blickfelds vorbei und auf die Hügel zu. Müssen mit Vorsicht, müssen sich ducken, anschleichen und verstecken. Abenteuer. Ein spannendes Jugendbuch, eine packende Fernsehserie. Indianer, Wüsten, der Dschungel und Robin Hood oder schon für immer im Weltraum. Bunte Jacken und stehen und winken. Geheime Zeichen, ein Vogelruf und dann unsichtbar. Und Carina jetzt mit ihrem Marmeladebrot und muß im Kopf jede von ihren Bewegungen gleich nachspielen, aufheben, auswendig lernen, damit sie groß werden kann und ein Schulkind. In der Türkei, sagte ich zu Edelgard, weißt du noch? Die Kirschen, die wir einmal in Üsküdar auf dem Markt gekauft haben. Im Mai, abends. Eine große braune Papiertüte voll. Steile Straßen, ein türkischer Halbmond und dann auf der Fähre der Wind und die vielen Lichter. Süße Herzkirschen. Der Saft eher blau als rot. Das sind die besten gewesen! Die allerbesten? fragt Carina. Ja, sagte ich. Außer als Kind. Da sind es ja immer die besten! Der Kirschkern? Noch da. So leicht auf der Hand. Jedes Jahr oder alle paar Jahre, sagte ich, findet man einen. Manchmal wird es auch April. Wir müssen ihn alle drei nochmal in die Hand nehmen. Und dann? fragt Carina. Behalten ihn noch ein bißchen. Und wollen ihn dann wieder verlieren, sagte ich. Hier auf dem Platz soll bald alles zugebaut, sagt Edelgard. Die Sanierung. Wenn wir nach Staufenberg kämen, sagte ich, das wäre dem Kirschkern am liebsten. Soll ich nochmal einschlafen? Entscheid es selbst, sagt Carina. Aber denk dran, du hast schon!

11

So hell und verwittert der Kern. Ist er nicht auch wie die Knochen, die man als Kind sieht, sagte ich. Zu der Zeit in Staufenberg gab es viele Plätze mit Knochen. Als Kind kennt man alle Plätze und muß sich die Knochen immer wieder ansehen. Sind hell und sind alt und verwittert und trocken und reglos – und doch weiß man, daß sie immer noch mit dazugehören zum Leben. Welche Knochen? fragt Edelgard. Alle Knochen! Der beste Knochenplatz war der Schindgraben. Am Dorfrand. Eher schon hinter dem Dorf. Weit draußen. Nach Mainzlar zu. Eine Schlucht. Alles zugewachsen. Die Leute schmeißen ihre Gartenabfälle hin. Es regnet, der Wind weht, die Sonne kommt durch. Und dann wächst alles, wie es will. Krautzeug, Kartoffeln, Majoran, Kümmel und sogar Kürbisse, die für sich allein wachsen. Nur zu ihrem eigenen Vergnügen. Der Kümmel blüht dort fast das ganze Jahr. Rhabarber, der immer größer wird (wie verhext, wie im Märchen, die Kürbisse auch wie im Märchen!). Bohnen, die auf der Erde kriechen – oder sehen nur aus wie Bohnen. Lauch, grüne Balkantomaten und Flüchtlingsmohn, der so heißt, weil die Flüchtlinge ihn hier eingeführt haben. Vorher gab es nur Klatschmohn. Elstern, Ginster, Gestrüpp. Die Elstern behaupten, das gehört alles ihnen. Seit wann denn? Schon immer! Vogelhecken und knorrige alte Apfelbäume, um die sich lang schon niemand mehr kümmert. Beinah wie hier, sagte ich. Nur groß und schon immer da, eine Wildnis und alles weht. Erst noch ein langer grauer Bretterzaun unten am Himmel entlang. Das ist vom Metzger Philipp die Silberfuchsfarm. Nur den Bretterzaun sieht man. Zwei Meter fünfzig hoch und mit vielen Ecken. Höchstens noch Astlöcher. Und am Tor ein Schild: Achtung Selbstschüsse! Lebensgefahr! Sonst nur Grasland, Steppe, Prärie. Alles winkt, raschelt, weht. Schilf, Binsen, Büffelgras. Sogar Bambus wächst dort. Jeder Halm bewegt sich im Wind und die ganze Gegend rennt auf den Horizont zu.

Nach Osten, nach Osten. Der Himmel auch. Wolken ziehen. Weit draußen weißt du die Schafherden. Und was dort in der Ferne wie ein roter Stein aussieht, ist höchstwahrscheinlich ein Schäferkarren mit hohen Rädern und seitlichem Ofenrohr. Und der Rauch wie ein Zeichen. Wenn man dort allein ist, sagte ich, und Reiter kommen durchs Feld, das könnten mongolische Reiter sein. Ein Sandweg und viele Pfädchen, die sich verlaufen. Und ein Stück weiter der Dornbusch, der aus der Bibel. Schon als ich mit sieben die Geschichte zum erstenmal hörte, wußte ich gleich, das ist dort im Feld gewesen. Mit neun, sagte ich, muß man am Schindgraben Friedenspfeifen und dürre Mohnstengel rauchen! Nie wird dort gemäht. Nur jedes Jahr oder alle paar Jahre einmal wird die eine und dann wieder die andere Seite der Schlucht angezündet. Dann läßt man sie abbrennen und manchmal fangen durch so ein Feuer die alten Apfelbäume zur Unzeit zu blühen an oder man erzählt sich das nur. Der Schindgraben, sagte ich und stand auf und setzte mich wieder. Dort gab es die meisten Knochen. Da sind sie gut aufgehoben. Viele Knochen, sagte ich. Auch große dabei. Unter freiem Himmel. Jahre, Jahrzehnte. Man weiß nicht, wie lang sie schon liegen. Und andere nach langer Zeit gerade erst wieder aus der Erde hervorgekrochen. So liegen sie beieinander. Bleich und verwittert. Jeder anders bleich. Manche sehr alt. Liegen schon ewig da an der Luft. Vielleicht deshalb der Wind dort so sanft, weil er immer über die Knochen hinstreicht und durch das hohe Gras. Welche Knochen? Alle Knochen! Beinhell die Knochen von allen Lebewesen und wie sie in der Sonne bleichen und werden alt und mürbe. Haben lang in der Erde geschlafen und immer wieder auch unter dem Schnee. Verwittern und werden dabei immer leichter. Und müssen zerfallen und wissen das auch, die Knochen von Mensch und Tier. Müssen zerfallen, aber noch nicht gleich, sagte ich. Haben noch Zeit, können sich Zeit lassen. Viele Knochen, die man kennt als Kind, sagte ich. So lang liegen sie schon da und man muß sie sich merken und sieht sie immer wieder und muß nachsehen, ob sie noch da sind zwischen den anderen Knochen. Auch große dabei. Und Knochen von Tieren, die es längst nicht mehr gibt. Welche Tiere? Das kann man nicht wissen, sagte ich, weil es sie nicht mehr gibt. Jedesmal wenn Edelgard fragt, muß Carina nicken. Probiert die Wörter im Mund, macht ein Fragezeichengesicht und murmelt die Antworten nach. Aber auch Pferdeschädel, sagte ich. Kuhgerippe, ein Widderkopf, Schädelknochen mit seltsamen Hörnern. Als wir hier als Kinder Indianer spielten, hat es noch Büffel gegeben. Ihre Knochen jetzt in dem ganzen weiten Grasland verstreut.

Mammute mehr zur Hardt hin, da halten die Winter sich länger. Entweder hab ich sie mir immer nur vorgestellt oder sie höchstens von weitem gesehen, sagte ich. Noch vor der Währungsreform. Ich glaube, sie waren damals schon selten. Und davor noch in Böhmen öfter ganze Herden in weiter Ferne. Hintereinander. Sie gehen langsam, weil sie groß sind und schwer und weil sie wissen, daß sie sowieso ja uralt werden und können sich deshalb bei allem Zeit lassen. Und weil sie sich den ganzen Weg entlang jede Einzelheit merken wollen und nichts vergessen. Das konnte ich sehen als Kind. Das sieht man ihnen an. Sogar aus der Ferne. Als ob nichts je sie stören kann, so zogen die Mammute ihre Bahn! Und bei euch, sagte ich zu Edelgard, in Bad Essen, in Eielstädt? Keine Knochen? Keine Knochen, sagt sie. Zuckt die Schultern und Carina muß es gleich nachmachen. Auch den Gesichtsausdruck, der dazugehört. Ein ratloser Engel! (Die Flügel sind unsichtbar!) Höchstens die Jungen, sagt Edelgard. Aber das wüßte ich von meinen Brüdern. Und bin ja auch immer mit ihnen mit. Nur die vom Essen, Hühner- und Hasenknochen, sagt sie. Sonntagmittag. Hasen oder Kaninchen? Und Kotelett und Rippchen. Als Mädchen muß man sonntags beim Spülen helfen. Schön artig! Immer schön artig! Mit Kleid und Schürze, sagt sie. Und eine Schleife im Haar.

Aber dann aus dem Haus und ins Feld. Und nicht hören, wenn man gerufen wird. Sind bei euch die Mädchen auch mit? Die einen, sagte ich, die sowieso mit sind und überallhin. Bei uns gab es nur die Steine, sagt Edelgard, die Hünengräber. Wir wußten nicht, was sie bedeuten. Nur daß sie heilig sind. Ich dachte, sie hören alles. Sogar was man denkt, hören sie. Also nicht lachen, nicht lügen und in ihrer Nähe nur gute Gedanken denken! Dort am Schindgraben, sagte ich. Abends auf dem Heimweg. Sowieso auf jedem Heimweg zu spät dran. Immer kommt uns die Nacht auf den Hals. In der Dämmerung steht man und spürt den Wind, der mit der Nacht übers Feld kommt. Es ist so ein sanfter Wind. Hinter dem Zaun mit den unbegreiflichen Selbstschüssen bellen vom Metzger Philipp die Silberfüchse und weit draußen im Grasland die anderen Füchse, die niemand gehören, die Waldfüchse. Von Mainzlar herauf nur ein paar trübe Lichter. Wie ertrunken dort in der Senke hinter Gras und Gestrüpp und den knorrigen alten Nachtbäumen. Nur beim Mainzlarer Güterbahnhof vier helle Lampen in einer Reihe. Bahnsteig und Laderampe. Und hinter dem Dorf am Hang die Schamottsteinfabrik mit der Nachtschichtbeleuchtung und dampft wie ein Schiff in der Finsternis. Jeder Hügel und Kamm ist bei uns mit Wald bewachsen. Überall in der Gegend. Nur dort hinter der Fabrik ist der Horizont wie ein Strich. Als hätte einer nur schnell einen schrägen Strich gezogen, bevor er gleich dringend wegmuß. Wohin, das wissen wir nicht. Sogar in der Dämmerung sind die Knochen noch hell. Haben bei Tag, haben den lieben langen Tag soviel Wärme und Licht gesammelt und können davon jetzt wieder etwas abgeben. Liegen und schimmern hell. Das Gras, das Gestrüpp, jeder Halm weht im Wind. Alles flüstert und ruft. Alte Schindgrabenknochen. Länger schon ist dir, als wollten sie ein Gespräch mit dir anfangen. Und fangen jetzt an zu reden. Was wollt ihr von mir? Nichts, sagen sie, was sollen wir wollen? Wir wollen nichts. Und sprechen weiter. Erzählen, erzählen, erzählen! Ich war zehn, sagte ich und Carina zählt mit den Fingern und muß dazu die Lippen bewegen. Zehn und zu spät dran, die ganze Zeit schon wollte ich heimgehen. So still die knorrigen alten Apfelbäume am Rand der Schlucht, so dicht und verwachsen, als ob alle Eulen der Gegend sich jede Nacht treffen in ihrem Geäst. Jetzt aus Gießen der Abendzug. Eine lange Reihe erleuchteter Wagenfenster. Langsam der Zug. Pfeift und läutet und fährt durch die dämmrigen Wiesen und aus seinen Fenstern der Lichtschein fliegt über das dunkle Gras. Die Bimmellies heißt der Zug. Seine Glocke ist für die Kühe. Denen ist das Läuten lieber, als wenn er immer nur pfeift. Nach Mainzlar, du sieht ihn halten, also ist es halb acht und wird wieder Herbst. Du siehst den Zug und auf einmal jetzt freust du dich, daß du auf der Welt bist und auf dem Heimweg. Von Mainzlar her mit der Nacht übers Feld. Und auch der Herbst ist dir eine Freude. Dort am Schindgraben noch nicht, aber nur ein paar Schritte weiter sieht man die ersten Lichter von Staufenberg schon. Zuallererst kommt wie immer dem Gärtner sein Haus.

Ich stand auf. Barfuß im Sand herum. Und setzte mich wieder. Das Dorf und die Knochen der Wildnis. Knochen, Gebeine, Wolfsschädel, Pferdeschädel, die noch auf die Vorzeit zurück. Noch aus der Zeit, als alles hier Wildnis, sagte ich. Als wir und die Welt noch jung. Wölfe? fragt Edelgard. Ja, sagte ich, war damals ja alles noch nicht so lang her. Die Wölfe sind zu den Knochen gekommen. Sie haben sich dort getroffen und bei den Knochen die Zeit und die Nacht und den Mond angeheult. Und Sternbilder, die noch keine Namen hatten. Und als dann nicht mehr genug Wildnis übrig war für die Wölfe, sind nur noch die Seelen der Wölfe gekommen, um hier bei den Knochen zu heulen. Aber immer noch kamen die Vögel. Adler und Falken, der große Milan und Kolkraben, groß wie Adler. Und nachts weiter die Seelen der verschwundenen ausgestorbenen Tiere, nachts die Geister und Eulen. Sumpfeule, Waldkauz und Uhu. Und jetzt hatten die Sternbilder Namen. Jetzt war das Grasland schon da und die Waldtiere kamen jede Nacht weiter ins Grasland heraus. Das Dorf, sagte ich, seit tausend Jahren das Dorf, aber die Knochen und Steine waren lang vorher schon da. Menschen auch. Und die Zeit. Jetzt ist auch für die Seelen der Wölfe kein Platz mehr. Die Eisenbahnzüge rasseln das Lahn- und das Lumdatal hinauf und hinunter. Bei der Schamottsteinfabrik wie große böse Augen die Lichter. Die ganze Nacht. Und weit draußen im Grasland hört man die Füchse bellen und hinter dem hohen Bretterzaun vom Metzger Philipp die Silberfüchse husten und antworten ihnen, so gut sie können. Kaum war die Chaussee gepflastert, verging die Zeit wie im Flug (fing zu fahren an!). Dann der Eisenbahnbau. Erst die Main-Weser-Bahn und dann die Lumdatalbahn als Verlängerung der Kanonenbahn. Für den nächsten Krieg, der dann Weltkrieg hieß. Und Eisenhütten und Sägewerke, Fabriken und Schichtarbeit. Hochöfen und die Lichter glühen. Die Sägewerke fressen den Wald auf. (Ein Bauer schimpft den andern Bauer Buderusknecht!) Lichtleitungen, Telegrafenmasten, die Drähte schnarren und zwitschern und über dem Grasland ist jeden Morgen die Luft voller Lerchensang. Jeden Tag schon vom Morgen an rufen die Kuckucke. Als ob sie das Echo narren wollen – rufen von allen Seiten. Es wird wieder Mai sein. Kaum blickt man auf, sind noch einmal hundert Jahre vorbei. Vergangen die Zeit. Ein beschwerlicher Traum. Immer wieder die Chaussee verbreitert und ausgebaut und jetzt werden im Umland die Straßen geteert-begradigt-geteert. Die Dorfhunde, sagte ich, würden sich gern ein anderes Leben ausdenken. Für sich selbst. Aber gerade das gelingt ihnen nicht. Deshalb müssen sie davonrennen, sooft es nur geht. Sobald ein Hund im Dorf nur irgendwie weg kann, rennt er auf den Wald zu oder kommt gern auch zum Schindgraben. Durch den Zaun reden sie auf die wenigen übriggebliebenen (unsichtbaren) Silberfüchse ein wie Berater und Dolmetscher. Die Hunde wissen, sie müssen ins Dorf zurück, aber tun so, als sei das nicht wahr. Rennen weg, aber nicht zu weit, nur ja nicht zu weit. Sie schlendern, sie gähnen, sie schnaufen, sie schnüffeln den Seelen der Wölfe nach, ihrer Spur. Sie bellen die Krähen und Elstern an. Die Elstern schimpfen von oben und gerade dann will keinem Hund eine passende Antwort einfallen. Soviel er auch grübelt und quält sich damit. Noch schlimmer, eine Elster lacht aus ihrer Höhe direkt auf ihn herunter. Die Hunde wenden sich ab und lecken mit einem Anschein von Eifer und Sachverstand an den Steinen, als ob es da etwas zu lecken gäbe. Vor den alten Knochen haben die Dorfhunde Achtung. Nicht daran schnuppern! Sie nicht ins Maul nehmen! Und auch nicht in der Nähe herumscharren, pissen und graben! Würden ganz gern vielleicht lecken an so einem Knochen, würden gern ihn ein Stück weit tragen im Maul, aber wissen, die Knochen wollen das nicht! Und die Kinder, sagte ich. Erst hier als Indianer gewesen. Büffel mit Pfeil und Bogen gejagt. Und dann in späteren Jahren oft auf dem Heimweg vorbei. Große Steine neben den Knochen. Gehören dazu. An einem leeren Ferienmorgen kann man hier bei den Knochen auf den Steinen sitzen und sehen, wie der Wind durch das Gras rennt. Und die alten verwachsenen Apfelbäume neigen sich über die Schlucht, als ob du eh und je viele verzauberte Großmütter hättest. Als Kind, sagte ich, vor langer Zeit einmal im Vorbeigehen mit den Knochen ein Gespräch angefangen. Es nicht einmal gleich gemerkt. Und muß seither immer weiter mit ihnen dieses Gespräch. Sind unsre Brüder, sagte ich, Väter und Brüder und Todfeinde und im Tod alle Brüder. Die gleiche Erde. Auch nicht nur am Schindgraben. Wußten als Kinder überall Plätze mit Knochen. Am Weidhof, auf der Weißerd, beim Heidenkönig, auf dem Strackeloh und am Habichtswald. Die Kriegsäcker, Schießäcker, Oliäcker. Sogar im Dorf. An der Stadtmauer. Vor der Burgmauer. Beim Rondil. Hinter dem Rondil. Ein altes Tor. Felsen. Da ist es steil. Da kommt fast nie jemand hin. So dicht am Himmel und die Knochen sind Vogelknochen. Keine Federn, nur Knochen. Zum Fliegen gemacht. Sind viele. Und wie poliert. Knöchelchen. Und liegen in einer

Ordnung aufgereiht. Als sollten sie ausgestellt werden oder noch einmal richtig zusammengesetzt. Und im Feld auch – überall, in der ganzen Gegend. Ackerland, Viehweiden, Ödland, steinige Äcker und Steinhaufen und daneben Knochen. Die Steine von jedem Fleck Erde bei der Feldarbeit aufgehoben mit krummen Rücken und zusammengesammelt. Generationen. Und am Ackerrand aufgeschichtet, immer mehr. Die Hecken entlang und am Weg und an jedem Rain. Jahrhunderte. Und die Knochen liegen noch länger da. Die Knochen schon eh und je. Genauso am Waldrand. Als Kinder manchmal zum Zeitvertreib ein bißchen in der Erde gegraben. Sobald man nur irgendwo gräbt, gleich kommen Knochen hervor. Manchmal mitten im Dorf im Sitzen und bloß mit den Händen angefangen, in der Erde zu scharren. Vielleicht kaum erst fünf Jahre alt und man weiß noch nicht einmal, was für ein Monat ist und wie diese Monate alle heißen. Selbstvergessen. Sitzt und scharrt und sogar dabei stößt man auf Knochen und muß sie betrachten. Gleich kommt ein Erwachsener, der Nachbar vom Nachbarn, und sagt: Grabt uns hier nur keine Löcher mitten auf dem Weg hin! Es ist aber mehr am Rand, gleich beim Zaun. Sie sind immer ungenau, die Erwachsenen. Sie gucken nicht richtig hin, sagte ich. Im Umkreis Dörfer, die nicht mehr da sind. Im Dreißigjährigen Krieg zerstört worden. Sind abgebrannt, immer noch einmal abgebrannt, sind verlassen worden und verlorengegangen. Manche lang vorher schon. Schon im Mittelalter. Sind weg. Unauffindbar. Im Feld manchmal sieht man Menschen, die aussehen, als seien sie aus dieser Zeit. Oder Geister von damals. Und wissen den Weg nicht. Und müssen weiter. Gehen im Kreis. Begegnen dir immer wieder. Vielleicht gehören wir auch längst dazu. Gehen und gehen und finden nicht heim.

Steine, Münzen, ein Messer, ein Schwert, einen Faustkeil. Urnen, Gräber, einen Schatz, eine Rüstung, ein Dorf, ein ganzes Zeitalter mit all seinen Scherben kann man da ausgraben. Mit einer Gartenschaufel. Mit Zuversicht und Geduld. Mit bloßen Händen. Einmal als Kinder, mein Freund Manfred Heger und ich. Ich acht und er zehn und schon morgens allein in den Wald. Sommerferien. Wollen zu den Dreiecksfichten, so heißt dort ein einsames Waldstück. Wollen sehen, ob die Fuchshöhlen noch da sind. Ob wir Rehe sehen am Waldrand (da ist so ein Schlangental) und wie es gerade an so einem Tag wie heute da aussieht und zugeht und was es noch gibt. Und weil bei den Dreiecksfichten ein paar einzelne alte Bäume zwischen den andern so hoch in den Himmel stehen. Sind in den Himmel gewachsen und wiegen sich, rauschen und knarren. Man sieht sie von weitem schon und wird gleich froh, so hohe Bäume sind das. Weit und breit alle Vögel kennen diese Bäume und haben sie auch gern. Und genauso der Wind. Erst zu den Dreiecksfichten und müssen dann immer weiter. Durch den Schwalbengraben, die Schlangenschneise, den Stoppelweg und beim Jägerhäuschen vorbei (von dem nur die Grundmauern und der Kamin noch stehen und der Name ist übrig und jetzt mit der Zeit wächst der Wald wieder drüber). Über die Ringelschützheid und den Ringelscheid. In den Jagdgeschichten trifft man viel mehr Wilderer, als in der Wirklichkeit. Ein weiter Weg. Dachten wir kommen zum Habichtswald, aber sahen den Habichtswald nur von weitem. Und müssen dann wohl falsch abgebogen sein. Im Gespräch oder in den Gedanken zu diesem Gespräch. Nicht direkt falsch, aber in eine andere Richtung. Hungrig auch. Hätten uns etwas zu essen mitnehmen sollen. Sagt man sich immer im Wald. Mußten aufzählen, immer wieder aufzählen, was wir uns alles zu essen hätten mitnehmen können. Es gibt Pilze, die kann man roh essen. Finden uns an einem entlegenen Waldrand wieder. Eher eine Lichtung. Zwei Waldränder, die aneinanderstoßen. Nur Haselnüsse und Brombeeren, aber noch lang nicht reif. Moos, Laub, Tannennadeln, Steine und Farn und leeres grünes Heidelbeerkraut. Und am Waldrand ein kleiner Bach, der sich Zeit läßt. Die Sonne, Lichtflecken und eine große Libelle. Grün und schwarz gestreift. Ob der Bach einen Namen hat? Dort in der Gegend heißt es die Bach. Überall Quellen und jedes Bächlein und jedes Rinnsal zwischen Dorf und Habichtswald fließt in die Diefebach oder neben der Diefebach her in die Lahn. Wir setzen uns und scharren hungrig mit einer Astgabel in der Erde, schwarze Walderde. Gleich finden wir eine kleine Schöpfkelle. Schwarz vor Alter, ein bißchen verbogen und wirklich klein, doch wissen gleich, sie ist kostbar. Hier war auch so ein Dorf, sagen wir zueinander, mein Freund Manfred Heger und ich. Das sieht man doch gleich! Wie aus einer Kirche oder für einen König, so eine edle heilige Schöpfkelle! Vielleicht stand hier einmal ein Dom und außer uns weiß das keiner und nur die Schöpfkelle ist von dem Dom und allem, was da einmal war und dazugehört hat, noch übrig. Nicht nur Hunger, auch Durst. Und gehen ein paar Schritte den Bach hinauf, bis wir ein geschwätziges kleines Wässerchen finden, das hell in den Bach fließt, eilig und hell. Das ist gutes Wasser, das kann man trinken, sagen wir durstig und trinken wie Könige mit der Schöpfkelle. Wir hätten auch ohne Schöpfkelle aus dem Bach trinken können, aber mit Schöpfkelle ist es anders. Deshalb mehr getrunken, als wir eigentlich wollten. Und lassen die Schöpfkelle dann dort beim Wasser. Den Heimweg noch vor uns. Vielleicht in hundert oder in zweihundert Jahren kommen wir wieder hin, sind durstig und graben die Schöpfkelle noch einmal aus. Wenn dann nur, sagte ich und hob die Arme und sah, ich sitze mit Edelgard und Carina im Sand (muß die Gegenwart sein!), wenn dann nur die Quellen noch da sind! Erst alles Wildnis, sagte ich, lang. Und wie dann die ersten Menschen hinkamen, die ersten die blieben, meine ich, da bin ich mitgewesen. Jetzt ist es eine Seite im ersten Kapitel von meinem nächsten Buch. Und? sagt Edelgard. Beim Heidenkönig warst du mit mir, aber in diesem Schindgraben sind wir nicht gewesen. Längst alles zugebaut, sagte ich. Straßen. Ein Neubauviertel mit Autobahnanschluß. Bei jedem Haus zwei Garagen. Die Knochen, die Steine, uralte Apfelbäume. Ein

Graben, eine Schlucht, ein großer verwilderter Hohlweg. Und ich weiß nicht einmal, wann ich zuletzt dort gegangen bin und nicht wußte, daß es das letzte Mal ist. Man weiß es ja meistens nicht. Höchstens nachträglich. Aber den Totenberg, sagte ich. Im Lumdatal hinter Treis, den gibt es noch. Hügelgräber. Die Steinzeit. Das Paläolithikum. Daß von der Altsteinzeit bis zur Steinzeit noch einmal vierhundertvierzigtausend Jahre vergehen mußten und uns war das wie ein langer Traum für den man nicht genug Wörter hat. Soviel Zeit und wir haben es kaum gemerkt. Je länger man grübelt und gräbt, umso weiter zurück. Höhlen, Speerspitzen, Mammutknochen. Dort müssen sehr früh schon Siedlungen gewesen sein. Von weither die Wege treffen zusammen. Tauschplatz, Handelsplatz, Heiligtum, Winterquartier. Beinah eine Stadt. Man müßte sich besser erinnern! Den Totenberg sieht man vom Feld und sieht ihn vom Dorf aus. Als ob er uns seit langer Zeit jeden Tag ruhig zusieht bei unserem Leben, so sieht er aus. Gerade heute, sagte ich, wenn wir in Staufenberg wären, wäre ein guter Tag, um zum Totenberg hinzugehen. Schon früh am Morgen muß man sich auf den Weg machen. Ein erster warmer Tag, vor einem der kurzen deutlichen Sommer, mit denen das Ende der Eiszeit anfängt und der Berg steht und wartet. Totenberg erst in neuerer Zeit, jetzt will mir nicht einfallen, wie wir ihn damals in der Steinzeit genannt haben.

Und einmal, sagte ich (weil sie mich immer weiter erwartungsvoll ansehen, Edelgard und Carina). Einmal als Kinder, ich und die Karin und ihr Bruder Klaus. Kindheit. Ein paar Jahre lang jeden Tag mit ihnen, als ob es keine Erwachsenen gibt. Einmal mit acht. Noch bevor mein Hund zu mir kam. Im Sommer. Noch Ferien. Mitten im Sommer ein stiller trüber Tag wie von woandersher. Schwer der Himmel. Diesig. Die Vögel verstehen das auch nicht. Den Hunden ist, als hätten sie etwas wichtiges falsch gemacht, aber was? Würden gern sich verstecken. Sogar die Bienen summen anders als sonst. So ein Tag, da bleiben die

Kinder daheim. Am liebsten unsichtbar. Suchen sich ein Spiel, suchen sich einen entlegenen Winkel. Im Hof, im Schuppen, in der Scheune, im Grasgarten hinter der Scheune oder auf dem Dachboden. Die Katzen auch, die Katzen wollen so einen Tag am liebsten verschlafen. Selbst auf dem Dachboden ist es öd. Und ist doch der gleiche Dachboden, der sonst mit uns wie ein Schiff durch den Himmel fährt. Sogar an Regentagen. Und wir, sagte ich, zu dritt. Und wie schwer der Tag auf uns drückt. Wir haben Sonnenblumenkerne mit. Bald sind die Pflaumen reif. Von den Sommerferien schon mehr als die Hälfte rum. Bald ist Kirmes. Und danach dann kommen die Dreschmaschinen zu uns ins Dorf. Wie im eigenen Kopf, so ein Brummen. Wie in dir drin. Jeden Tag vom frühen Morgen an bis in die Nacht hinein stampfen und brummen sie dann und du weißt, daß der Sommer bald geht. So ein Tag ist wie eine überzählige leere Seite im Schulaufsatzheft. Davor und danach alles vollgeschrieben, aber die eine Seite hast du beim Schreiben überblättert und jetzt weißt du nicht, was du damit machen sollst. An so einem Tag wird dir jeder Weg lang. Jeder einzelne Schritt wird dir schwer. Wohin? Nicht auf die Burg, nicht in den Burgwald hinauf, nicht die verlockenden kleinen Gäßchen und Treppenwege im Oberdorf! Weiter die lange öde Hintergasse, die an anderen Tagen auch nicht so lang ist und kein bißchen öde. Wir hätten umkehren sollen, doch konnten nicht umkehren. Am Oberdorfkaufladen vorbei. An den letzten Häusern vorbei. Die Einfahrt zum Steinbruch. Innen ist alles grün. Zugewachsen. Noch die Eisenschienen, Prellböcke, eine Rampe, ein paar alte Steinbruchhütten und auf den Schienen die letzten rostigen Eisenkarren. Und dazwischen und drumherum – von selbst – wächst ein kleiner Wald. Und steil darüber die Steinbruchfelsen. Blaubasalt. Viel höher als jedes Haus (es gibt keine Kirche im Dorf). Und auf den Felsen der Burgwald, zu dem der junge Wald, der Wald der noch klein ist, hinaufwachsen will. Wir würden gern in den Steinbruch gehen, aber müssen an diesem Tag auch am Steinbruch vorbei. Ein paar mächtige schwarze Scheunen, ein Holzlager wie für ein Sägewerk. Schmetterlinge, die sich verirrt haben, Kohlweißlinge. Nichtmal die Schmetterlinge finden sich zurecht an so einem Tag. Der Weg, ein paar kleine Gärtchen mit Zäunen und Schuppen und Brombeerhecken und Bohnenstangen und wie sie sich drängen am Hang. Und dann ein Weg, der weit ins Feld hinausführt. Sanft bergab durch die Wiesen. In der Senke, damit da nur ja kein Fuhrwerk steckenbleibt, wenn es naß ist, in der Senke mit Feldsteinen unregelmäßig gepflastert. Und stolpert und zögert und bremst und muß dann wieder sacht bergauf. Und stößt auf den Kennelsweg. Und wir, sagte ich, müd mit der Schwerkraft noch ein paar Schritte weiter. Wie der Tag an uns zieht. Aus dem Dorf und ins Feld, sagte ich, aber den Weg muß man miterzählen. Und da liegt auf dem Weg ein Auge, ein lebendiges Auge. Und sieht uns an.

Der Himmel ein trüber Spiegel. Wird gleich zum allgegenwärtigen Blick. Und wir stehen mit unserem Schreck. Der Schreck paßt nirgends hin! Wie ein großer Teller, wie eine umgedrehte Porzellanschüssel, undurchsichtig und schwer liegt der Himmel auf uns und dem Land und deckt alles zu. Kein Blut, sagte ich, nur das Auge! So groß wie meine Hand, sagte ich. Von wem wird das Auge sein? Ich weiß noch genau, wie mit acht meine Hand war, sagte ich jetzt zu Edelgard und Carina und hielt meine Hand vor mich hin, aber es blieb die von heute. Bald einundvierzig. Von einem Schaf das Auge? Von einem Hahn? Und wird immer größer. Und liegt da und sieht uns an. Sowieso, sagte ich, in meiner Kindheit sah alles mich unentwegt an. Stehen zu dritt bei dem Auge und dem Auge ist nicht zu helfen. Aber müssen lang stehenbleiben, bevor wir umkehren können und zurück den Weg. Dick und dunkelrot auf den Wiesen der Wiesenknopf. Er blüht immer, wenn meine Mutter Geburtstag hat. In den Gärten schon groß die Kohlköpfe und Astern in allen Farben. Vorher wie blind, sagte ich. Müssen vorher für den Weg den halben Tag gebraucht haben. Eine Ewigkeit. Und so leicht jetzt zurück. Und wissen, wir können jetzt überallhin. Ins Dorf, in den Wald, zum Poul, so heißt da ein Teich, den es jetzt nicht mehr gibt. An die Lahn, auf die Burg, in jedes Gäßchen im ganzen Dorf. Sogar auf den Friedhof, wenn uns danach ist. Und auf den Dreschplatz, der leer ist und hat schon angefangen zu warten, das sieht man ihm an. Und auf den leeren Kirmesplatz, der sich räkelt im Staub. Aber wollen heim, wollen alle drei zurück den Weg und am Ende des Wegs in ihr Haus. Haus, Hof, Stall, Scheune, Schuppen und Waschküchenhäuschen. Neben Scheune und Schuppen groß ein Wagenschuppen und hinter dem Wagenschuppen ein großer Raum, voll mit alten Möbeln. Der Raum heißt das Stück (warum heißt er das Stück?) und gleich daneben die Treppe zum Garten. Sogar mit Eltern bleibt uns noch Platz genug, aber die Eltern sind die meiste Zeit gar nicht da. Das ganze Haus für uns. Haus und Hof. Auch das Elternschlafzimmer. Wir spielen, daß Karin mein Pferd ist. Einmal ein Pferd und einmal eine wunderschöne Prinzessin, zu der ich auf meinem Pferd reite. Ihr Bruder Klaus ist ein verbündeter Ritter oder sitzt im Flur auf der Treppe und sägt mit einer Laubsäge. Sie ist ein Pferd, eine Prinzessin, eine gefangene Prinzessin. Wird manchmal gefüttert, frißt mir aus der Hand. Bleibt als Prinzessin lang bei mir gefangen. Eine wunderschöne gefangene Prinzessin, die ein Pferd spielen muß. Verzaubert. Im Schlafzimmer ihrer Eltern liegen weiche Teppiche. Helle glänzende Möbel. Stille. Die Möbel lächeln. Die Stille kommt aus dem Spiegel. Dreiteilig ein großer Frisierkommodenspiegel. Einmal sie und ich und unsere vielen verzauberten Spiegelbilder in dem Spiegel, von vorn, von der Seite, von allen Seiten, von hinten sogar. Und dann wieder grün vom Sommer das Fenster zum Garten darin. Hohe Bäume und regen sich, winken uns aus dem Spiegel. Ich kannte all ihre Kleidungsstücke, sagte ich. Ich hatte sie alle gern. Noch lang mußten die Mädchen in meinem Leben und in allen Geschichten dann Karin heißen. Ich dachte Monika, sagt Edelgard und sitzt im Sand und streicht sich die Beine entlang. Enge Jeans. Hellblau verblichen. Heller trockener Sand. Und Carina neben ihr, Carina im Sand und vergißt den Sand und muß sich mit aller Kraft mich mit acht und das Pferd ausdenken. Sitzt bei ihr die Prinzessin mit auf dem Pferd? Ist es ein Pferd mit Flügeln? Monika hieß nur eine, sagte ich. Kam danach. Jetzt bin ich erst acht. Mit Karin im Schlafzimmer ihrer Eltern. Uns viele Jahre lang jeden Tag gesehen. Und in diesem Jahr im Sommer an diesem Nachmittag sind wir genau gleich groß, sie und ich. Wir stehen am Fenster. Ihr Bruder Klaus sucht in Haus, Hof, Stall, Stück, Scheune, Wagenschuppen und Waschküchenhäuschen nach Zeug, was nicht mehr gebraucht wird. Falls ein Eisenmann kommt. Damit man es ihm dann verkaufen kann. Alteisen, Messing, Buntmetall, Aluminium, Kupferdraht, Ofenrohre. Damals hießen die Lumpensammler Eisenmann. Ein Eisenmann, der sich auf sein Geschäft versteht, kommt am liebsten, wenn die Eltern nicht da sind, nur Kinder im Haus. Damals nach dem Krieg gab es viele Eisenmänner. Meistens mit Dreiradlastwagen, die in den Kurven gern umkippen. Und jetzt muß ich euch noch den Himmel weitererzählen. Schon als wir noch bei dem Auge standen oder dann auf dem Heimweg. Erst nur auf einer Seite die diesige weiße Schüssel höher und immer noch eine Handbreit höher. Erst nur am Rand und dann überall ringsumher. Und gleich auch die Luft lebendig, der Himmel ins Fließen geraten. Ein Perlmutthimmel. Blasse Wolken. Und jetzt rennt der Wind durch den Garten und streichelt und kämmt das Gras und dreht schnell jedes Blatt um. Zuerst, sagte ich, im Spiegel den Wind gesehen. Und jetzt stehen wir am Fenster, Karin und ich. Ganz wirr noch und heiß vom Spielen, so ist jedesmal das Spiel. Erst beide im Spiegel und dann am Fenster und dann seh ich uns vom Fenster aus unten im Garten. Im hohen Gras. Auf die Bäume zu. Mirabellen, Kirschen, Äpfel und Birnen, Pflaumen und Paradiespflaumen. Viele Bäume. Und wir stehen am Fenster und sehen uns nach. Oft mit ihr in den Garten und je nach Jahreszeit die Früchte von allen Bäumen. Ohne Ausnahme. Riesig der Garten. So groß wie das Staufenberger Kirschenwäldchen. Wolken ziehen. So ein sanfter Wind, als ob er uns kennt. Lockt uns und will, daß wir mit ihm spielen. An solchen Tagen kommt in Staufenberg oft am Abend nochmal die Sonne durch. Damit man sie noch einmal sieht und den Schwalben zur Freude und auch als Verheißung für den morgigen Tag. Das Dorf, sagte ich, steht auf einem Basaltfelsen. Anders als die Nachbardörfer. Und hat von je her sein eigenes Wetter.

12

Aufstehen. Barfuß im Sand. Barfuß macht sorglos. Alles selbst erlebt! sagte ich. Und jetzt lade ich euch ins Eiscafé ein! Und muß mir im Kopf blitzschnell einen Ausweg – muß rechnen und rechnen: zwecks Genehmigung ungenehmigter genehmigungspflichtiger Sonderausgaben und damit ich daran glauben kann, daß ich auf der Welt bleibe. Und dann aber wieder hier in den Sand? fragt Carina. Klar, sagte ich. Jeder trinkt, was er will und dann gleich wieder hierher. Die Schuhe an. Jeder von euch soll mir an jeden Schuh eine Schleife, sagt Carina. Aber beide Schleifen gleich groß! Dann lieber nachher die Fotos, sagt Edelgard. Und ich hätte fast meine Jacke vergessen. Nicht daß ich denke, daß sie jemand klaut, sagte ich, liegt eher wie weggeschmissen im Sand. Immer noch schön, sagt Edelgard und Carina streichelt die Jacke, als sei die Jacke ein Reh, das schon lang bei uns ist. Die Jacke 67 im Frühling gekauft, sagte ich, und wie gut sie gerochen hat. Neu und nach einem Jahr immer noch neu. Und dann im Mai 68 mit der Jacke über München, Innsbruck, den Brenner, Verona, Vicenza, Venedig, Triest, Pula, Opatja, Rijcka, Wien, Bratislava nach Prag in den Prager Frühling! Dich damals ja schon gekannt, sagte ich zu Edelgard, und du mich auch. Und wir gehen zu dritt durch den Sand. Carina muß immer weiter nach Knochen und Kirschkernen suchen und versucht dabei noch, mit Edelgard im gleichen Schritt, aber vielleicht soll ich beides nicht merken. Auf das Eiscafé zu und das Geld in meiner Tasche noch zweimal nachzählen. Die Augenblicke und Zigaretten auch zählen und immer wieder zählen. Gestern oder vorgestern in Offenbach mehr Honorar als vereinbart und heute schon vom Morgen an ununterbrochen Geld eingespart, weil kein Brot mehr da war. Im Eiscafé kennen sie uns. Die Tür offen. Durchs Fenster die Sonne herein. Soll ich einen Campari, fragt Edelgard, oder ist ein Campari zu teuer? Ja, sagte ich, trink einen Campari und wir wollen sehen, wie er in der Sonne leuchtet und ich seh dir beim Trinken zu. Und ich eine Erdbeermilch mit zwei Strohhalmen, sagt Carina. Und du sollst bei mir probieren! An dem Tag, als wir den Stadtwald nicht fanden, sagte ich, nur eine undeutliche Wiese. Zum Rand hin wie aufgemalt. Weil es trüb war, sagt Edelgard, ein trüber Tag. Im Nachwinter, sagte ich. Noch keine drei Wochen seither und kommt mir vor wie geträumt. Aber müßten es alle drei dann? Soll denn jeder von uns für sich allein am gleichen Tag den gleichen blassen verwischten Traum? Übereinstimmend? Verschiedene Versionen? Samstag, der 10. März. Aber wenn wir uns an diesem Samstag nicht gesehen hätten, würden wir heut nicht hier sitzen. Die Sonne scheint. Ein Campari, eine Erdbeermilch, ein Espresso. Eben gebracht worden. Eine Zigarette. Blau und reglos der Rauch. Wie aus Glas. Und wie soll man wissen, ob einem später nicht wieder alles nur wie geträumt vorkommt? Träumt ihr auch, daß wir hier sitzen? Probier jetzt meine Erdbeermilch mit meinen zwei Strohhalmen! sagt Carina. Und dann merk es dir auf der Zunge, wie sie schmeckt! Und dann weißt du später immer, daß du nicht geträumt hast! Ich weiß jetzt noch jeden Schluck von meiner Erdbeermilch und die ganze Sahnetorte von damals, sagt sie, und wie sie in dem anderen Eiscafé alles geputzt und die Gläser und Eisbecher eingeräumt haben. Wenn ich groß bin, dann hab ich auch ein Eiscafé! Und hätten uns damals auch nicht gesehen, sagte ich, wenn wir nicht vorher im Winter einmal bei dir angerufen hätten und sind dann im Schnee zu dritt mit dem Schlitten los, wißt ihr das noch? Bei den Schrebergärten am Bahndamm entlang und nach Ginnheim. In dem Café gab es noch Weihnachtsplätzchen, sagt Carina. Im Februar, sagt Edelgard. In der Ginnheimer Landstraße. Sie hatten Weihnachten noch nicht weggeräumt. Erst hat es geschneit und dann hat es wieder geschneit, sagt Carina. Und dann hinter Ginnheim auf der großen Wiese, sagte ich. Kein Weg mehr und immer mehr Schnee! Daß wir da auch so weit hinaus sind, sagt Edelgard. Und dann der Schneesturm, sagte ich. Ein Schneesturm? fragt

Edelgard. Ja, sagte ich, als wir umkehren wollten und immer im Kreis gingen und unsere eigenen Fußspuren immer wieder zugeschneit und verweht wurden! Sodaß wir bis jetzt nicht wissen, daß wir im Kreis, immer wieder im Kreis gingen und ob das unsere eigenen Fußspuren waren, die unter dem Schnee nicht zu sehen gewesen sind. In deinen Schneegeschichten, sagt Edelgard, übertreibst du immer. Es hat stark geschneit und dann fing es an dunkelzuwerden, aber ein Schneesturm war das nicht. Und wie wir dann in diesem Schneesturm, sagte ich, an den Bahndamm kamen. Auf dem Bahndamm ein Zug mit einer Riesenelektrolok. Alle Lichter an und im Schrittempo. Aber nicht zu sehen im Schneesturm! Unsichtbar! Und auch nicht zu hören, weil der Schneesturm so schreit! Wir wissen nicht, ob da ein Zug fuhr im Schneesturm. Vielleicht mehrere Züge. Vielleicht konnten wegen des Schneesturms keine Züge mehr fahren. Der Zugverkehr mußte eingestellt werden, sagte ich. Mitten am Tag. Das geschieht doch nicht ohne Grund. Ohne den Bahndamm, sagte ich, hätten wir vielleicht aus dem Schneesturm nicht mehr herausgefunden. Und auch diesen Tag mit dem Schneesturm hätte es nicht gegeben, wenn Edelgard nicht vorher einen Abend im Februar zu mir in die Abstellkammer gekommen wäre. Nichtmal die Adresse gewußt und trotzdem den Weg gefunden. Und davor der Abend, als ich nach dem ersten Weisheitszahn von der Zahnärztin kam, den ganzen Mund voll Blut, und Jürgen und Edelgard sitzen im Café Elba und warten auf mich. Und so immer weiter zurück, bis zu dem Freitagabend, als Edelgard bei meinem Freund Jürgen in Gießen in der Wilhelmstraße 2 in dem engen Dachzimmer zur Tür hereinkam und ich sie zum erstenmal sah. Der 9. Februar 1968. Nur jetzt die letzten fünf Jahre vor diesem Winter, in dem die Häuser zu zittern anfingen, uns nicht oft gesehen, sie und ich.

Schneeanzug, Schal und Anorak, sagt Carina und hebt die Augenbrauen und Hände. Schlittenfahrhandschuhe, Mütze *und*

Kapuze! Die Mütze fest zugebindet, die Kapuze bis an die Augen! Immer mehr Schneeflocken, sagt sie, muß aufstehen und zeigt und muß auf den Stuhl klettern. Also Bälljonen Schneeflocken und immer noch mehr dazu und wollen alle noch minanda in die Luft bleiben! Und ihr sagt, isdirkalt? Soll-n mier umkehren? Und der Peta sagt, schlafnichtein und soll-ich-dich-tragen? Und die Schneeflocken immer weiter so! Weiß und weiß! Man kann sie nicht hören oder hört man sie aber doch? Immer-und-immer! Sie zeigt, sie kniet auf dem schwankenden Stuhl und muß mit beiden Armen den schwankenden Schneesturm dirigieren und wirft dabei kein einziges Glas um. Wie der Campari leuchtet. Die Erdbeermilch mit zwei Strohhalmen. Aschenbecher, Zigaretten, Espresso. Carinas Hände und Augenbrauen. Der Schneesturm ist unsichtbar. Im Eiscafé kennen sie uns. Geht gut, hat die Wirtin zu mir gesagt. Frage, Feststellung, Prophezeiung. Geht gut, heißt die Antwort. Die Wirtin klopft an die Scheibe und winkt jedesmal, wenn wir vorbeigehen, winkt, sooft sie uns sieht. Und genauso die Nichte. Oder ist es die Schwägerin? Vor vier Jahren – wie jetzt zum Ende des Winters hin. Carina erst ein paar Monate alt, da kam ich oft mittags mit ihr hierher. Ich trug sie in einer Tasche. Eine blaue Cordtasche, die man anzieht und auf der Brust vor sich herträgt. Ein Kind, klein und lebendig ein Kind. Und man hält es und spürt es und wärmt es und sieht sein Gesicht. Und die Zeit fängt gerade erst an. Neu meine Halbtagsstelle im Antiquariat. Kaum fünf Minuten zu Fuß. Und nach der Arbeit gleich heim und dann mit Carina, damit Sibylle sich ausruhen kann. Und wir gehen, Carina und ich, ihrem ersten Frühling entgegen. Die Welt – jetzt bist du mit uns auf der Welt! Erst die Seestraße und dann hierher jeden Tag. Kaum Gäste an diesen Nachwinternachmittagen. Macht der Wirt einen Mittagsschlaf? Sizilianer. Noch nicht lang verheiratet. Die Frau will auch Kinder und muß Carina immerfort ansehen. Weiß schon ihren Namen. Kommt und gibt ihr mit einem Eislöffel ein kleines Sahneflöckchen und noch eins. Vor vier Jahren. Sie hat jeden Tag schon auf uns gewartet. Jetzt hat sie selbst Kinder. Der Junge drei und das Mädchen bald anderthalb. Nicht nur Eis und warme und kalte Getränke, auch Pizza und Pasta. Neuerdings Tischdecken. Salat. Meistens Stammgäste. Italiener. Alle Speisen auch zum Mitnehmen. Der Familientisch vor dem Durchgang zur Küche. Tisch mit Eckbank. Die Frau, die Nichte, die Kinder. Mit dem Suchen und Finden von Kinderjacken und Milchfläschchen, Mützen, Schuhen, Einkaufszettel und Kinderwagen dauert es jedesmal eine Weile, bis sie endlich soweit sind, daß die Nichte mit den Kindern auf die Leipziger Straße gehen kann. Am frühen Nachmittag. Jetzt im Vorfrühling in der Sonne, im Sommer im Schatten. Macht der Wirt einen Mittagsschlaf? Sind schon lang hier, sagt Edelgard. Viele Jahre. Vor fast sieben Jahren im Sommer, sagte ich, war ich zum erstenmal hier. Der Sommer, bevor wir nach Frankfurt kamen, Sibylle und ich. Die Woche nach meinem Geburtstag. Kamen in diesem Jahr immer mit den fertigen Kapiteln der vorletzten Reinschrift zu dem Suhrkamp-Lektor, statt ihm die Fotokopien mit der Post zu schicken. Erst in den Verlag, dann zu Jürgen. Die Wohngemeinschaft in der Kaufunger Straße. Kaufen Wein, haben Decken und einen Korkenzieher im Auto. Jürgen leiht sich einen Schlafsack und wir fahren in den Odenwald. Sibylle immer neben mir. Müssen viel trinken, Jürgen und ich. Von Dorf zu Dorf. Nach Franken zu. Weinberge. Kornfelder. Wald. Kneipen und Kirchen und Klöster. Bis Jürgen am zweiten Tag sagt: Es ist schön, aber ich halt es nicht aus! Konnte immer weiter nur von dir und von eurer Trennung, sage ich jetzt zu Edelgard, reden. Und sie hört es und sagt nichts. Dann in Frankfurt vor Jürgens Haustür. Sonntagmittag. Wir stehen beim Auto. Es ist heiß. Leere Straßen. Und von der Ecke aus sah ich das Eiscafé. Zum erstenmal. Wenigstens dort noch was trinken, sagte ich und ging allein hin und Sibylle kam mir nach. Und dann Jürgen und sagt: Wenn ihr noch einen Umweg fahrt, fahr ich bis Oberursel mit. Damals einen Cinzano und einen Espresso für mich, sagte ich. Juni, die ganze Zeit Juni. Ich hätte auch einen Grappa trinken können. Erst einen, dann noch einen. Damals. Die Wirtin wie auf einem Kaufhausbild. Junge Napolitanerin im Festtagsgewand. Öldruck mit Rahmen. Dann meine sieben Frankfurter Jahre und jetzt mit euch hier, ein Werktag, vergangen die Zeit. Nachmittag. Italiener, die ihren freien Tag hier. Zeitung lesen. Bild und Rundschau von gestern und heute und den Corriere della Sera von vorgestern oder dem Tag davor. Lottozettel. Automat spielen und dauernd rauchen, weil heute ihr freier Tag ist. Immer wieder mit Zigarette und Glas vor die Tür. Jeder ein feingebügeltes Sonntagshemd. Goldkettchen. Kragen offen. Fingerringe. Rasierwasser. Neue glänzende italienische Schuhe. Schon viele Jahre in Deutschland und heut ist ihr freier Tag. Und wir? Aus welchem Land? Wie eine Familie sitzen wir hier und haben kein Land. Sonne. Das Campariglas leer, aber man kann den Campari noch riechen. Jetzt müßte im Radio Buona Sera, Signorina, Buona Sera zu spielen anfangen. Besser noch in der Musicbox und gleich drei-viermal hintereinander. So ein altes Lied, sagt Edelgard, in Neapel hört man es noch oft. Aus dem letzten Jahr, als ich in die Schule ging, sagte ich. In drei Sprachen ein Hit, aber wer hat es damals gesungen?

Manchmal nachmittags bleibt sie eine Weile stehen, die Zeit. Der Wirt schon immer so schweigsam. Als hätte er sich vorgenommen, zu keinem je wieder ein überflüssiges Wort. Hinter der Theke das Radio. Ein italienischer Sender oder hört es sich nur so an? Eine sizilianische Hochzeit und gleich nach der Hochzeit hierher. Wohnen am Rand von Frankfurt, wohnen in Bockenheim und auch da noch am Rand. In der Friesengasse. Jahre, Jahrzehnte. Eine Familie. Kennen die Häuser hier, kennen die Leipziger Straße, kennen die Nachbarn vom Sehen. Als Passanten und Nachbarn und Gäste. Kennen die Kinder hier in der Nachbarschaft und sehen die Kinder großwerden. Und kennen alle Italiener hier in der Gegend. Obsthändler, Kellner, Kneipenbesitzer, Fabrikarbeiter und Taxifahrer, Taxi und Lieferwagen. Und selbst wie im Traum bei der Arbeit. Wohnen hier, sehen jeden Tag den Tag und die Straße vor ihrer Tür und durchs Fenster den Frankfurter Himmel hier in der Friesengasse. Das Pflaster, den Gehsteig, die Antennen auf den Dächern der Häuser. Kein Ruhetag. Sorgen auch. Fahren sie nie nach Italien? Zwei Wochen im Jahr oder nicht einmal jedes Jahr. Vielleicht daß sie heut, weil der Himmel so blau ist, an einen Frühlingstag auf Sizilien denken. Noch ein paar Jahre, dann sieht man die Kinder mit ihren Schulaufgaben dort am Familientisch sitzen. Viele Nachmittage. Unter der Wanduhr, die steht. Vielleicht geht sie dann wieder. Und werden groß dabei, sagst du dir. Und Carina auch. Geht gut. Keine Angst. Wird groß, wird ein Mensch für sich – in weiter Ferne sah ich uns gehen. An vielen Orten. Die Zukunft ein fremdes Land. Dann beim Bezahlen der übliche Schreck – du spürst es im Magen und spürst es am Herz! Du wartest direkt schon darauf! (Muß man wegrechnen, immer wieder wegrechnen den Schreck!) Und dann auf den Platz zurück alle drei. Der Kirschkern noch da. Wieder die Frau mit dem Jungen, sagt Carina. Wie vorher beim Eingang. Der Junge an ihrer Hand. Und stehen, als wollten sie winken (als sollten wir ihnen winken, damit sie endlich zurückwinken können!). Stehen und stehen und dann wieder weg. Erst da und dann nicht mehr – man sieht sie nicht gehen. In einer Ecke fünf Jugendliche. Jeansjacken, Bomberjacken. Radio mit. Stehen dicht beieinander und rauchen. Und gleich noch ein Stück weiter weg. Vor uns, sagte ich, gehen sie weg? Haben vielleicht ein bißchen Kiff, sagt Edelgard, und wollen unter sich. Vor uns, sagte ich, und wir stehen doch auch am Rand. Aber sind nicht fünfzehn und auch keine Schüler mehr, sagt sie und Carina fragt wieder: Wann werd ich ein Schulkind? Gehen manchmal bis zur Leipziger Straße, die Frau und der Junge, sagt Edelgard. Nur bis zur ersten Ecke. Meistens morgens. Müssen lang stehen. Dann mit

Vorsicht noch ein paar Schritte. Sogar bis zum Bilka. Stehen vor dem offenen Eingang, sie und der Junge. Er nimmt ihre Hand. Sie müssen lang stehen und ins geheizte beleuchtete Morgenbilka hineinstarren. Wortlos. Vor dem Eingang die Wühltische. Und sie stehen und sehen den Rentnern und Arbeitslosen, den deutschen und türkischen Hausfrauen zu, die an den Wühltischen zäh und umsichtig Kochtöpfe, Kinderkleidung, Haarspray, Socken, wattierte Nachwinterjacken, Plastikpantoffeln und verbilligte billige Handtücher für jede Lebenslage von allen Seiten betrachten. Und sie und der Junge dabei, aber immer Abstand, extra deutlich der Abstand – vielleicht damit man nicht denken soll, daß sie was klauen oder könnten es mit dreckigen Händen anfassen. Ihre Hände sind immer schwarz. Den Jungen putzt sie auf der Straße mit Zeigefinger und Spucke. Vielleicht, damit sie nicht wirklich klauen oder etwas versauen, der Abstand. Vorsorglich. Um keinen Verdacht zu erregen. Auch nicht bei sich selbst. Vor allem nicht bei sich selbst! Schon bis zum Bilka mit äußerster Vorsicht nur und nicht oft, aber nie weiter auf der Leipziger Straße. Sprechen fast nie, der Junge und sie. Er kann gut rennen. Klettern auch. Sind meistens in Seitenstraßen und Nebengäßchen. Wortlos, dicht an den Mauern entlang. Mietskasernen, Lagerschuppen, Garagen, ein Hof, ein Verbotsschild, ein Zaun und alles auf Abbruch. Mülleimer, Müll, eine Pfütze, Sanierung Bockenheim. Verlorene, ärmliche Winkel. Wenn sie mit dem Jungen neben den Autokolonnen die Schloßstraße langgeht, hält sie sich beide Ohren zu, sagt Edelgard. Barfuß, geradeaus! Große Schritte! Marschiert und hält sich die Ohren zu. Und der Junge? So schnell er kann, neben ihr her! Muß dazwischen immer wieder ein paar Schritte rennen, damit er mitkommt und weiter mitkommt. Früher hat er sich auch die Ohren zugehalten. Jetzt nicht mehr. schon länger nicht. Ich kann auch gut rennen, sagt Carina. Durst! Wassertrinken im Stehen. Trinken alle drei aus der Plastikflasche. Lau und ein bißchen abgestanden das Wasser. Beinah wie im Süden beim Trampen. Jetzt von den Jugendlichen einer ein paar Schritte auf uns zu und fragt, wie spät und zeigt auch noch auf sein Handgelenk. Keine Uhr! Keine Ahnung! Wir winken. Er winkt. Da kann man nix machen. Und grüßt und geht zu den andern zurück. Eine Filmszene, die dann doch nicht gebraucht wird. Drei zum Ausgang. Die beiden anderen in die andere Richtung. Muß man sich nicht merken!

Dann sind die Schatten lang und Carina sagt: Will nochmal alles nochmal! Erst balancieren und dann auf die Schaukel! Und die Fotos von euch, sagt Edelgard. Ihr dürft euch dann auch welche aussuchen. Wir haben keine bestellt, sagte ich. Und zu Carina: Dann müssen wir jetzt so tun, als ob wir es selbst sind und wie wenn wir hier im Sand stehen, ein Vater, ein Kind. Und wären zum Spielen hierhergekommen. Einmal kam mein Freund Manfred mit einer geliehenen Filmkamera zu mir nach Staufenberg und sagte: Stell dich da hinten auf und dann komm hier um die Ecke, als ob du gerade hier um die Ecke kämst, aber nicht so schnell und ohne zu lachen! Nicht mein Schulfreund Manfred Heger aus Staufenberg, sondern viele Jahre später mein Freund und Saufkumpan Manfred Aulbach aus Gießen. Mit Fotografiergesichtern, sagte ich, aber wir wissen nicht, wie das geht. Wenn wenigstens die Bilder gleich rauskämen und man könnte sie dann noch ein bißchen umändern und verbessern. Ich weiß, wie es geht, sagt Edelgard. Laß einmal was einfach geschehen! Geh mit deinem Kind balancieren und kümmer dich weiter um nichts! Vielleicht ist kein Film drin, sagte ich dann und wünschte mir gleich darauf, ich hätte wenigstens diesen Satz nicht gesagt, so abgenutzt, wie er ist. Balancieren! Beim Balancieren die Schatten mit. Müssen auch balancieren. Jetzt mit gar keiner Hand, aber du sollst nah neben mir her, sagt Carina. Die Arme wie Flügel. Wollen dann auch auf den Steg, sagte ich, und sehen, ob nicht ein Schiff kommt? Wenn sie mit mir allein ist, glaubt Carina an diese Schiffe. Aber wenn jemand dabei ist, sogar wenn es Edelgard ist, gibt sie vor, daß sie nicht daran glaubt. Das sagt er nur so, sagt sie dann. Nicht nur Schiffe, sagte ich, auch die Wolkenschiffe und Wolkenschatten und Flugballons, die oft auf den Hügeln landen und ruhen sich da aus. Drachen auch. Große Flugdrachen aus China und aus dem Taunus und aus dem Odenwald. Zauberdrachen. Grün und mit goldenen Augen. Glaubst du das? fragt Carina. Nö, das glauben wir nicht! Aber glauben es heimlich doch, alle beide. Und geben es bloß nicht zu. Und dann gehen wir im Licht auf dem Steg, mein Kind und ich. Der Steg vibriert wie ein Schiff, er zittert bei jedem Schritt und wir gehen auf die Nachmittagshügel zu. Die Sonne noch über den Häusern. Auf die Schaukel und auf die Wippe und dann das Gerüst grüßen und über die Hügel. Abfall, Spuren, Pfosten im Sand. Edelgard mit der Kamera. Ich wollte euch lieber barfuß! Und nochmal zu den Wagen, sagt Carina. Und wir gehen, die Sonne im Auge, gehen auf die bunten Wagen zu, als könnten wir darin wohnen. Von weither. Zirkusvolk, Fahrende. Überallhin. Golden der Sand, die Sonne steht tief. Edelgard mit der Kamera und muß immer neben uns her und muß uns immerfort ansehen, uns und das Licht um uns her. In so einem Wagen wohnen? Eine Kabelrolle und viele Doppelstecker für Licht, Schreibmaschine, Musik, eine Kochplatte und den alten Elektrowecker mit Schnur. Ein kleiner eiserner Kohlenofen mit einem Wasserkessel, der singt. Und den ganzen Tag schreiben. Warme Decken und Flickenteppiche überall. Und die Leute kommen und bringen mir jeden Tag Essen und fragen, wie es mit den Geschichten im Buch weitergeht. Fensterläden, Gardinen und Ofenrohrschornstein und vor der Wagentür ein Treppchen, auf dem kann man sitzen. Solang es noch keine Mücken gibt, kann man abends die Tür aufmachen und hat einen Abendhimmel. *Fahr weiter, Gauch!* Die Wagen, die schiefen versinkenden Hütten in Sand und Gestrüpp und welche Hütte die beste ist (es gibt mehrere beste!). Carina der Reihe nach in alle Hütten hinein und ich zu ihr als Besuch zu Besuch. Und müssen uns immer wieder begrüßen. Mit Bewegungen, als hätten wir Schafpelze um. Nomaden. Schwer ein Bärenfell jeder. Beduinenmäntel und goldbestickte mongolische Seidenumhänge. Und Mütze, Hut, Turban sich mit Sorgfalt dazudenken. Nochmal zwei Jugendliche vorbei – die gleichen wie vorher oder sehen nur gleich aus? Die gleichen, sagt Carina, ich hab sie gleich an ihren Schuhen erkannt. Vorher eine Mutter mit Kind. Mit Buggy und Einkaufstüten. Müd und quengelig die Mutter. Und droht, bettelt, schimpft und klagt. Läßt das Kind nicht los, aber kann auch nicht mit ihm spielen. Und für sich allein das Kind steht im Sand und weiß nicht, wie spielen geht. Und dann sind sie wieder gegangen und danach erst kannst du dir sagen, daß sie erschöpft ist und Sorgen. Kein Geld und amtlichen Ärger. Den Wohngeldantrag falsch ausgefüllt. Erst vergessen, dann falsch. Arbeitsamt. Sozialhilfe. Krankenkasse. Eine unzureichende Wohnung, keinen Mann oder immer den falschen Mann, den ganzen Winter die hohen Heizkosten und nie einen, der ihr zuhört. Müd und sitzt bei den müden hilflosen Plastiktüten. Und wie blaß sie war, das Kind auch, beide blaß. Aber warum denkt sie, sie muß ein Kind haben, wenn sie das Kind nicht berühren kann? Dann sagt Edelgard: Fertig! Voll der Film! Neun Bilder hab ich von euch! Wird man nie zu Gesicht kriegen, sagte ich. Das Wasser längst ausgetrunken. Wo ist die Zigeunerin mit dem Kind? Eben wieder weg, sagt Carina. Bin ich auf jedes Bild mit? Müssen bald gehen, sagte ich. Ich bring schnell die Sachen heim, sagt Edelgard. Fünf Minuten! Und geht und wir bleiben zurück und müssen nochmal über den leeren Platz, Carina und ich. Immer nach dem letztenmal muß man alles nochmal. Im Sand, mit unseren Schatten im Sand und dann auf die Hügel zu. Mit Gedanken beladen. Eine langsame Karawane. Die Sonne steht tief. In den Hecken lärmen die Vögel. Und gerade jetzt wird die Leere so deutlich. Daß keine Kinder da sind. Als ob es keine mehr gibt. Und auch nie mehr welche geben soll auf der Welt. Nur die Pfosten und Schatten. Abfall, das müde Abendland, Spuren im Sand.

Dann auf der Seestraße und Edelgard noch ein Stück mit. Die Sonne jetzt hinter den Häusern und das Licht fängt zu gehen an, das spürst du wie immer am Herz. Zittern die Häuser? Wie vorher bei jedem Schritt der hölzerne Steg, so bewegt jetzt die Erde sich unter unseren Füßen. Wollen auf den Kurfürstenplatz. Müssen sehen, ob der Brunnen schon an ist. Müssen jetzt am Abend den weiten Himmel sehen über dem Platz. Müssen sehen, ob nicht bald die Mauersegler zurückkommen. Du kennst sie ja auch, sagte ich zu Carina. Es kann noch eine Weile dauern, aber sie kommen bestimmt und dann sieht man sie wieder jeden Abend. Und dann gehen wir auch hier, sagt Carina. Und erst die Schwalben, sagt ich. Wie gern würde ich Schwalben sehen! Weißt du noch die zwei Sommer in Sennamarie? Ja, sagt sie, mein Hof und mein Gras und meine schönen schönen Sommerkäfer, grüne und goldene Käfer! Auf dem Kurfürstenplatz. Wasser im Brunnen, aber keine Fontäne. Die Knospen an den Bäumen. Kinder, die noch nicht heimgehen wollen unter dem weiten Abendhimmel. Passanten. Ausländer. Von der Arbeit heim. Zum Einkaufen auf die Leipziger Straße oder mit vollen Einkaufstaschen zurück. Feierabend. Schon jahrelang auf dem Heimweg. Straßenbahn, U-Bahn, S-Bahn, Eisenbahnzüge. Vororte und die Vororte von Vororten. Ganze Stadtviertel von Mietskasernen. Zwei Drittel Ausländer. Die Menschenfresserbank, sagt Carina. Ja, sagte ich, aber denk dran, wir haben die Frau nicht gefressen. Noch nichtmal probiert. Und weiter die Seestraße alle drei. Vorher schon der Secondhandladen mit Kindersachen. Die Zweigstelle der Stadtbibliothek mit Schaufenstern wie ein Laden. Eine hellerleuchtete Apotheke und die Kunden stehen vor der Theke, als ob sie gleich anfangen wollen, sich zu besinnen. Ein Friseursalon und das Postamt am Abend. Schaufenster. Alte Ladenschilder. Regale mit Büchern im Fenster, in dem sich die Straße spiegelt und die Dämmerung in der Straße und du siehst dich versunken davorstehen. Ein Antiquariat, alte Möbel und Lampen und noch ein Antiquariat. Kleine

Läden und fremde Fenster. Carina bei uns in der Mitte. Könnten gut weiter so nebeneinanderher. Milch und Brot einkaufen und was wir für unser Abendessen brauchen. Und für morgen den morgigen Tag schon uns ausdenken. Der Metzger Waibel. Ein Bäckerladen. Dann auf der Leipziger Straße an einem Obststand im gelben Licht. Erst einkaufen und dann noch schnell in die Bibliothek. Die Bibliothek macht um sieben zu. Dann ein Küchentisch für uns drei. Ein Küchentisch, Abend, das Abendessen. Eine Lampe an und erzählen. Noch baden? Spielzeug, ein Bilderbuch und Carina ins Bett bringen. Am besten, man denkt sich das Spielzeug jeden Tag neu aus. Lampe, Tisch, Bett. Einen Platz für mein Manuskript. Das ist alles schon einmal gewesen. Schon oft. Oft geschrieben, wenn Edelgard dabei war. Viele Vergangenheiten. Und hatten einmal sogar einen Kachelofen. Mitten im Winter. Kennen uns sechzehn Jahre. Und können immer noch nebeneinander hergehen. Für Carina werden Edelgard und Pascale jetzt fast schon zu einer Person. Und dann erst fällt dir wieder ein, daß Edelgard mit Günter zusammenlebt und sogar schon seit sieben Jahren. Die Seestraße vor bis zur Adalbertstraße und am Ende dann mit ihr wieder ein Stück zurück. Muß noch einkaufen, sagt sie zum Abschied. Muß man winken. Im Gehen schon. Sich umdrehen und winken. Immer noch einmal winken. Mein Kind und ich.

Heim am Abend. Die Straßenbahn klingelt. Von allen Seiten drängen die Autos. Ist dir kalt? Bist du müde? Schon seit sie auf der Welt ist, mit ihr diese Straßen. Den ganzen Tag Sonne und jetzt am Abend wird der Himmel hoch und leer und verliert seine Farbe. Kein Mond heute? Nicht aufzufinden? Veruntreut der Mond? Fein gearbeitet einen schmalen Silbermond, der schräg auf dem Rücken liegt wie eine Wiege, ein Boot, eine Gondel, hätte ich mir gewünscht. Ein Schiff, beladen mit Schlaf. Hab ihn doch mit, sagt Carina und zeigt mir den Kirschkern, als ob sie es jetzt erst merkt. Behalt ihn ein Weilchen, sagte ich. Bis er weiter will. Kann sich ausruhen bei dir. Sollst weiter mir von deinem Häschen, Peta, sagt sie, erzähl! Und kommt jetzt mit ihrer Hand zu mir. Geschenkt gekriegt, sagte ich. Vorher oft lang im Gemeindeamtshof vor dem Schuldienerhasenstall. Wie ich heimrenne und hab das Häschen auf dem Arm, das hab ich dir schon erzählt. An den Flüchtlingsholzschuppen vorbei. Die Obstbäume stehen wie freundliche Nachbarn am Weg. Nur schnell und gespürt, wie vor Freude mein Herz hüpft. Schnell mit dem Häschen zu meiner Mutter. Ich wußte, ich fall jetzt nicht hin. Ich wußte, das Häschen hat keine Angst. Ich dachte, es kann mich denken hören. Dann bei uns in der Küche. Das Häschen sitzt auf dem Sofa. Kein echtes Sofa, sondern ein Amibett. Zum Aufklappen ein Holzgestell und die Liegefläche aus Soldatenzeltleinwand. Auf dem Amibett ein selbstgemachter Strohsack und eine dunkle Decke über dem Strohsack. Eine Decke mit Fransen. Und heißt bei uns in der Küche Sofa und Couch. Aber ist eigentlich unser Kanapee. Da sitzt das Häschen und atmet. Und meine Mutter steht dabei und staunt genauso, wie ich mir gewünscht habe, daß sie staunen soll. Und ich muß zwischen Sofa und Küchentisch auf- und abgehen und dann doch lieber vor dem Küchentisch, weil einem zwischen Sofa und Küchentisch nicht genug Platz bleibt, wenn man sich freut. Sowieso bei uns in der Küche, bei allem was man tut, hat man durchs Fenster das Dorf im Blick. Hohe Bäume, die Kreuzung, den Turm und die alten Häuser mit ihren Gesichtern. Die Burg, den Burgwald und die Ruine. Paßt alles genau in unser Küchenfenster. Sogar wenn das Fenster zu ist, aber jetzt steht es offen. Nicht mehr lang und der Flieder blüht. Auf dem Sofa das Häschen. Lebendig. Sein Fell glänzt. Ein leuchtendes Schwarz. Ich weiß auch schon, wo der Hasenstall hinsoll, sagte ich zu meiner Mutter. Und wo ich einen Hasenstall herkriege, das weiß ich auch. Und merkte, ich hab noch meine Schuhe an, die ich sonst beim Heimkommen immer gleich ausziehe. Das Häschen sitzt auf dem Sofa und tut so, als ob es frißt. Insgeheim, vor mir selbst will ich manchmal so tun, als sei das Häschen ein feuriger Rappen oder ein gefährliches Raubtier, das nur mich und sonst keinen kennt. Gerade erst die Nibelungen mir ausgeliehen. Deutsche Heldensagen. Groß und dick wie ein Kirchenbuch. Von draußen die Vögel hört man und die Hühner vom ganzen Dorf. Das Häschen sitzt auf dem Sofa und schnuppert zum offenen Fenster hin. Du mußt es streicheln, sagte ich zu meiner Mutter. Ich konnte sehen, das Häschen wartet darauf. Meine Mutter streichelt das Häschen. Soll es lieber Dietrich von Bern heißen oder Siegfried von Brabant? Was paßt besser? fragte ich. Ja, sagt meine Mutter, ja, Kind, da könnte ich mich an deiner Stelle auch schwer entscheiden. Und streichelt weiter das Häschen mit großer Achtung. Das Häschen sitzt und hört zu. Dann kommt meine Schwester, die man immer schon von weitem hört. Kommt in die Küche gestürmt und ruft: Wie süß! Sie ist laut und sieht immer gleich alles. Sie ist sechs Jahre älter als ich. Gleich von Anfang an. Wie süß! Und schnell auf das Häschen zu. Das Häschen will nicht, daß man so schnell kommt, aber es weiß auch, daß ihm nichts passieren kann, weil ich dabei bin. Sie nimmt es und hebt es hoch. Wo ist es her? Meins! sagte ich. Von der Frau Schindler! Weil es das schönste ist! Meine Schwester drückt das Häschen an sich. Meine Mutter sucht für das Häschen etwas zu essen. Und durchs offene Fenster mit jedem Augenblick der Tag und das Dorf zu uns in die Küche herein. Die Vögel. Menschenstimmen. Ein Pferdegespann, das bergauf zieht. Das Frühlingsgackern der Hühner in jedem Hof. Und aus dem Burgwald rufen die Tauben. Ungewohnt in der Küche die Schuhe an meinen Füßen. Noch längst nicht die Heldensagen alle ausgelesen. Und wenn, dann liest du sie gleich nochmal und vielleicht immer wieder. Ich weiß auch schon, wo ich einen guten Hasenstall herkriege, sagte ich zu meiner Schwester. Soll es Dietrich von Bern oder Siegfried von Brabant heißen? Was paßt besser? Nein, sagt sie, Uschi! Und drückt das Häschen an sich. Das sieht man doch, das ist die Uschi! Mir fielen immer mehr Ritternamen ein und ich hätte außerdem auch noch welche in dem Buch nachsehen können. Doch ab jetzt heißt mein Häschen Uschi!

Leihweise einen Hasenstall, aber so gut wie geschenkt. Und steht bei uns hinterm Haus. Helle warme Tage im Mai. Oft mit dem Häschen im Hof und auch auf der Wiese. Es kennt mich, es läuft nicht weg. Ich barfuß im Gras mit den Nibelungen und das Häschen dicht bei mir und frißt süßen Klee. Vielleicht doch eher der Frühling, bevor ich sieben. Und dann auf den Sommer zu mit immer mehr Büchern. Heldensagen, Hauffs Märchen, Frühling im Försterhaus, Wilhelm Busch und das Gras steht hoch. Von allen Seiten die Vögel und kennen uns schon. Manchmal läuft der Wind durch das Gras. Still und zutraulich in meiner Nähe das Häschen. Noch klein. Sitzt aufrecht, hoppelt ein Stück, sitzt im Gras und läßt die Ohren spielen. Sucht mit Sorgfalt die besten Gräser sich aus und läßt sich beim Fressen Zeit. Grimms Märchen. Andersen. Die Schatzinsel. Erich Kästner. Mark Twain. Sommerferien im Försterhaus. Russische Volksmärchen. Und sehen, wie die Mirabellen und Pflaumen reif werden, also ein gutes Jahr. Sooft es dir einfällt, gehst du und holst dir von einem Baum ein Stück Harz. Bernsteinhell. Bitter. Kann man lutschen und kauen. Hält lang im Mund. So süß riecht das Heu. Müssen nacheinander zwei Sommer vielleicht. Oft auch das Häschen mit zu uns in die Küche. Es frißt Kartoffelschalen, Möhrenkraut, Möhren, Salat, Äpfel, süße kleine Mandarinenstückchen, Rosenkohl, Blumenkohl und sogar Rosinen. Manchmal nachmittags mit dem Häschen vorn bei den Gemeindeamtstorpfosten auf einem Mäuerchen neben der Straße und sehen, wer kommt und wie der Tag und das Dorf sich langsam um mich herumbewegen. Hier kennt mich jeder. Im Winter den Hasenstall in unseren schönen neuen Flüchtlingsholzschuppen. Das Häschen wächst, frißt und wächst. Schwarz und sein Fell glänzt. Hat einmal fast auf meine Hand gepaßt, so klein und leicht. Und hört nicht mehr auf zu wachsen. Im nächsten Frühling schon größer als die meisten Hunde im Dorf. Fast wie ein Schaf, wie ein Pony so groß. Wie unser Küchensofa, das Kanapee. Der größte schwarze Hase der Welt. Eine Häsin. Die Uschi. Sie einmal für eine Woche in einen Nachbarhasenstall. Zu Hegers, zu Haberzettels, zu Wirnitzers. Auf jeden Fall Flüchtlingsnachbarn. Aus Mähren, aus Nordböhmen, aus der Walachei. Weil ich in den Osterferien zu meiner Tante im Taunus zu Besuch fuhr. Die Uschi also auch zu Besuch. Und kommt zurück, ist noch größer und kriegt acht Hasenkinder. Und ich hatte gerade mit dem Kampf um Troja angefangen und die jungen Häschen werden griechische Helden. Der Agamemnon ist schwarz und hat weiße Pfoten. Den Achilles muß man immer suchen. Der schönste ist der Odysseus. Das zarteste Fell. Silbergrau. Sitzt still, hört aufmerksam zu und bewegt ab und zu seine Ohren, weiß alles! Mit der Hasenmutter und den acht jungen Häschen im Hof (sie laufen nicht weg, man muß sie nur ab und zu nachzählen!). Der Kampf um Troja und die Irrfahrten des Odysseus in einem Band. Wieder ein Frühling. Erst Frühling, dann Sommer. Der Hof soll jetzt bald als zweiter Schulhof. Teer und ein Eisendrahtzaun, aber vorerst noch nicht, vorerst noch überall Pflaumenbäume, Vögel, mein Hasenstall, Blumen und Gras und der Wind durch das Gras. Und dann, sagte ich zu Carina, wie man für die Häschen Futter holt von den Wiesen. Klee, Löwenzahn, Möhrenkraut, viele Kräuter. Ich wußte, was sie gern fressen und ich wußte, wo alles wächst. Am schönsten ist das Futterholen im Mai und im Juni und auch Anfang Juli noch. Dann wird einem alles leicht, sagte ich. Das Futterholen muß ich dir noch erzählen! Denk auch dran! Wollen beide dran denken! Du aber auch, sagt Carina.

Durch die Seestraße auf die Adalbertstraße zu. Verkehrsampeln, Autos und die Luft vom Abend und von den Abgasen blau. Viele Lichter. Auch immer noch nicht fertig mit der Geschichte, wie man im Jahr 1950 in Staufenberg als Kind eine Kuh aufs

Feld bringt. Eine Kuh, die einem nicht gehört, eine Nachbarskuh. Ungewohnt, denn ihr habt keine eigenen Kühe daheim. Du weißt nicht, was die Kuh von dir hält. Meistens morgens auf dem Weg in den Kinderladen von der Kuh weiter. Die Kuh drängt, trödelt, zerrt am Strick. Du bist barfuß. Acht Jahre alt oder doch erst sieben? Die Kuh steht und gafft. Den Weg auch miterzählen, den Tag und den Weg. Das ganze Dorf miterzählen. Groß die Kuh, sträubt sich. Die Kuh hebt den Kopf. Wird gleich zu brüllen anfangen. Die Kuh ist vom Keulerheinrich und vor unsren Augen der seinerzeitige Sommer noch einmal langsam durchs Tal. Ein Tal, das es längst nicht mehr gibt. Und wollen auch bald, sagte ich, weißtduja, mit dem Domi und seinen Eltern nach Görzhain. Bestimmt sind da Kühe. Schade, daß es für Schwalben noch zu früh! Und zu mir selbst: Bis dahin also auf jeden Fall noch legal als Gast bei ihnen im Haus und auch auf der Welt! Schreib weiter, schreib alles! Über die Adalbertstraße und durch die Homburger Straße auf die Jordanstraße zu. Auf einmal ganz nah bei der Haustür schon. Hätten anrufen sollen, sagte ich. Jetzt wissen wir nicht, ob Sibylle schon daheim ist. Wenn sie nicht da ist, sagt Carina, essen wir jeder einen Joghurt und dann kommt sie. Heimgehen. In Gedanken mit Edelgard noch ein Stück, in Gedanken immer noch mit Sibylle alle Tage und dazu immer weiter mir jeden Augenblick ausdenken, jeden Schritt. Immer im März ein paar erste warme Tage, aber bleiben nicht. Sollst mich ins Bett bringen, sagt Carina. Sollst noch weitererzählen! Sollst mir noch vier Bilderbücher vorlesen! Sollst bleiben, bis ich eingeschlafen bin und dann auch noch bleiben! Müssen sehen, was Sibylle vorhat, sagte ich. Sollst noch bleiben und sollst mir dein schwarzes Häschen aufmalen! Mit Buntstiften, Peta, mit Schwarz! Und den Hasenstall und die Sonne und die jungen Häschen und dich, wie du sie fütterst und mit ihnen sprichst! Und zu jedem Häschen mit Buntstiften seinen Namen dazu! Alle Farben und mal auch den Wind! Nur ein paar Schritte noch und dann sehen, ob im Giebelfenster schon Licht? Gerade auf dem letzten Stück Weg kommt einem manchmal vor, man kann vor Müdigkeit nicht mehr weiter. Dann hilft dir dein Kind. Mit Carina heim. Sie ins Bett bringen. Bleiben, solang es geht, sagst du dir, dir einmal noch Zeit lassen! Mit ihr einschlafen oder bis zuletzt so tun, als könntest du mit ihr einschlafen – vor dir selbst mußt du heute so tun. Und dann weiter. Müde? Kein bißchen müde. Nie müde geworden! Finsternis, Nacht ums Haus. Du nimmst deine Jacke! Zigaretten, Kugelschreiber, Notizzettel, Feuerzeug und schnell weiter! Im Kopf schon zu schreiben anfangen! Gleich in die Eppsteiner Straße? So eilig, als ob du den ganzen Weg lang den Atem anhältst und schwarz der Wind stürzt dir in die Augen – oder erst lang durch die Nachtstadt noch und dir vollzählig alle Bücher aufsagen, die du noch schreiben mußt, damit dir nicht ist, als ob du erstickst? Zuletzt jedenfalls als Gast an den Tisch zurück und, egal wie spät, noch gut zwei Stunden weiter mit dem Manuskript! Die Stille nach Mitternacht. Nur nicht zu lang als Gast. Nicht zu gehen vergessen! Wer weiß, wieviel Zeit dir noch bleibt? Schon wochenlang aus dem Koffer gelebt und immerfort frieren. Und wirst sowieso nie mehr dich ausruhen können, nie mehr bei dir selbst daheim. In der Dämmerung jetzt. Als Schatten nur, müd und verloren zwei Schatten mit anderen Schatten, Carina und ich. Auf dem Gehsteig. Abendmüd. Von der Schwerkraft zu Boden gedrückt. Fast schon durchsichtig. Und Sternbilder, Lichter und Monde an uns vorbei. Carina wieder mit ihrer Hand zu mir. Die letzten paar Schritte zur Haustür hin. Und noch einmal komm sagen, komm! Hinter dem haushohen Möbelwagen in meinem Gedächtnis immer noch die Greisin von heute Mittag. Steht und winkt. Morgenmantel mit Blumenmuster. Pantoffeln und weiße Haarsträhnen, die wie angeklebt aussehen. Verstört? Krank? Aus einer Anstalt entwichen? Winkt und winkt und wird immer kleiner.

Einnahmen. Alle zwei Wochen zweihundertzwanzig Mark vom Arbeitsamt. Anfang März hundert Mark Vorschuß vom Bildungs- und Kulturzentrum Höchst. Das Geld mit Carina abgeholt. Rosenmontag, der 5. März 1984. Wie vor Jahren ein Wintertag. Zwei Fünfzigmarkscheine, zwei richtige echte Fünfzigmarkscheine. Und seither nicht angerührt. Die Lesung soll im September. Und kürzlich in Offenbach mehr Honorar als vereinbart. Tucholsky-Buchhandlung. Einhundertsechzig Mark. So sitzt du und rechnest. Von Sorgen umzingelt. Jede Sorge mit vielen Stimmen. Der Tag schweigt dich an. Solang ich meine Halbtagsstelle im Antiquariat noch hatte, immer das Konto überzogen. Aber letztes Jahr im Juni bei der Entlassung das letzte Gehalt, Urlaubsgeld und eine Abfindung von zweitausendfünfhundert Mark, die uns mit den Arbeitsamtüberweisungen und Sibylles Geld vom Verlag sogar über die Trennung hinaus – bis in den Januar hinein hat uns sparsam in kleinsten Portionen diese Abfindung weitergeholfen. Ende Februar für die Abstellkammer meinen Anteil an Miete, Zeit, Gas, Strom, Heizung und Telefon. Immer mehr, viel mehr als man denkt. Aber seit dem ersten März hier umsonst. Mietfrei. Als Gast. Legal als Gast und keinerlei Kosten und Nebenkosten. Münzfernsprecher. Jedes Telefongespräch beim Einhängen schon bezahlt, die Telefonzellentür fällt hinter dir zu und du kannst frei und leicht einen Umweg gehen. In der Tasche DM 94,78. Und auf dem Tisch noch für acht Mark Kleingeld zum Telefonieren. Vom Rundfunk einen Vertrag und sobald du ihn unterschrieben zurückschickst, wird dir, so heißt es, unverzüglich die Hälfte des Honorars überwiesen. Mit rechten Dingen. Die letzte Arbeitsamtüberweisung noch nicht angerührt, noch auf dem Konto und die nächste kommt nächste Woche. Rechnen, im Gehen im Kopf und schriftlich am Tisch bei dem Manuskript – das hält jederzeit zu mir, das Manuskript. Die Zahlen auf Kassenbons, auf die Rückseite von Kassenbons, auf Zigarettenschachteln, benutzte Briefumschläge und jede Art Gratiszettel. Am Morgen, am Nachmittag. Und nachts wachst du auf und mußt weiterrechnen. Naßgeschwitzt. Heiß. Den ganzen Hals voll Zahlen. Und schon beim Aufwachen mittendrin. Erst noch im Dunkeln, noch eine Weile im Dunkeln rechnen. Im Bett und die Zahlen in Leuchtschrift unter den Lidern und durch meinen Kopf. Dann doch auf und am Tisch bei der Lampe weiter und selbst wie eine Kerze brennen. Lang nach Mitternacht. Das Manuskript auf dem Tisch. Unter dem Tisch die Holzkisten für das Manuskript. Für Umzüge und Transport. Wenn du hier wieder wegmußt und weiter. Mußt weiter. Wohin? Sind noch da, die Holzkisten. Fichtenholz. Ohne Deckel. Schreibmaschine, Manuskript, Notizbücher, Zettel, Mappen. Alles da und ich auch. Also ich. Bin noch da, nur die Zeit ist vergangen. Dann wieder morgens unter dem Oberlichtfenster. Noch früh. Die ersten bitteren Morgenzigaretten. Von allen Seiten die Vögel hörst du. Gleich wird der Espresso kochen. Mein Badewasser läuft ein. Ein Gedächtnis. Der Boiler im Bad geht noch lang nicht kaputt. Einnahmen, Ausgaben, Einnahmen. Im Halbschlaf, im Schlaf noch die Zahlen, beim Schreiben und mittags auf dem Grüneburgweg und in Bockenheim, wenn die Schulkinder heimgehen. Und von der Lohnsteuer vom letzten Jahr kriegst du nächstens auch noch was zurück. Entweder alles oder den größten Teil. Einnahmen, Einnahmen. Und dann mit Wohlgefallen meine Vorräte betrachten-berühren-aufschreiben. Kühlschrank, Obstkorb, Schreibpapier, Gegenwart. Hier hast du so einen grauen Pappdeckel von einem aufgebrauchten Notizblock. Mal die Vorräte dir als Bild drauf. Mit Kugelschreiber. Als Stilleben. Eine Beschwörung. Dauerhaft. Bleibt. Und ich? Gerettet? Immer wieder gerettet? Immer noch einen Tag gerettet? Heb den Pappdeckel auf und auch die Gedanken dazu!

Und dann unser Wochenende auf dem Land. Ab Freitagmittag. Vorher schreibst du noch. Notizen. Die zweieinhalb Seiten der letzten drei Tage lesen und korrigieren und dann die nächsten drei Sätze. Unter dem Oberlichtfenster. Elf Uhr, bleibt noch stundenlang elf oder kurz nach elf. Ein langer Vormittag, während es in dir drin und um dich herum immer heller wird. Und du mit dem Manuskript, mit Carina und mit dir selbst sprichst und mit deiner Freude. Den Himmel über dem Oberlichtfenster ja sowieso, aber dazu auch die Zeit und die Uhr im Auge behalten. Sibylles alten Elektrowecker. Schreiben und zwischendurch packen und mit großen Schritten im leeren Nebenzimmer herum und laut die Sätze probieren. Strumpfhosen für Carina. Braucht neue Schuhe, braucht bald neue Strümpfe, braucht eine Hose, dringend! Eigentlich drei neue Hosen und die Pullover werden ihr nächstens alle auf einmal zu klein! Die Zahnbürste nicht vergessen! Sollst du für dich noch ein Paar Socken mit? Immer heller der Tag. Noch eben kaum elf und jetzt schon nach eins. Immer noch einen Satz. Aufhören will gelernt sein. Und dann machst du dich auf den Weg. Das also kannst du noch: Schnell eine Tasche packen, meine alte Reisetasche mit ihren vielen Vergangenheiten, und mit offenen Augen aus dem Haus. Mittag. So hell ist das Licht. So ein Tag, da muß man einen Umweg gehen und muß alles ansehen. Wie zum erstenmal. Geh den Grüneburgweg – nicht wie sonst zur Eschersheimer Landstraße, sondern in die andere Richtung – zum Park hin. An der Tankstelle vorbei. Eine große bunte Tankstelle, die schon auf den Sommer wartet. Fähnchen. Ein weißer Mast. Plakate. Die Forsythien blühen. Gelb ein ADAC-Auto mit Anlasserkabel. Ein zweites Auto daneben. Beide die Motorhaube auf. Der eine Fahrer hat sich aufgerichtet und nickt. Schlägt die Hände zusammen. Läuft er jetzt, der Motor? Und weiter dein Weg, heller Mittag. Vier Kinder mit einem Roller. Ein Bäckerladen und natürlich hast du wieder zu essen vergessen. Vom Morgen an. Immer wieder. Im Bäckerladen ein Osterstrauß und bemalte

Eier. Dann ein Papiergeschäft. Glückwunschkarten, Bürobedarf, Schreibwaren. Ein Osterstrauß, bunte Eier und frische grasgrüne Frühlingsholzwolle. Häschen, Küken und Lämmchen. Schon vorbei und dann kehrst du um. Stofftiere also. Und sind zu verkaufen. Du nickst ihnen zu. Du hebst ihr Bild für Carina auf. Und dann bist du noch einmal umgekehrt und hast so ein Lämmchen gekauft. Mit Halsband und Glöckchen. Und auch gleich gewußt, welches. Weil es das schönste ist. Sind alle gleich, sagt die Verkäuferin, aber natürlich läßt sie dich aussuchen. Acht Mark achtzig. Und dann kommt dir das Café entgegen. Ein Eckhaus mit vielen Fenstern. Innen Spiegel und weiße Kugellampen und durch die Fenster das Licht herein. Wie in Frankreich. Und heißt: Le Café. Jetzt gehst du in das Café, weil du dir vorgenommen hast, daß du vor der Abfahrt in das Café gehst. Damit du dir diesen Augenblick und den heutigen Tag, die Fahrt und dich und dein Leben merkst. Damit du weißt, daß du hiergewesen bist. Und weil du auch früher schon hier. Mit Sibylle und allein. Gelegentlich. Im Vorbeigehen. Und dann letzten Spätherbst und Winter, als Carina in der Zeit nach der Trennung nicht mehr gesund werden wollte. Auf dem Rückweg vom Arzt manchmal mittags mit ihr herein und jetzt nochmal den gleichen Tisch. Einen Milchkaffee, einen Espresso und drei Zigaretten. Paris und der Süden und das nimmst du alles im Kopf mit und weiter, schnell weiter. So leicht ist die Tasche, die du dir beim Schreiben gepackt hast. Carinas Schlafanzug drin. Ein Schlafanzug mit Marienkäfern. Mit zwei Fingern trägst du die Tasche und hast den ganzen Weg lang beim Gehen kaum den Boden berührt. Der italienische Feinkostladen. Obst, Käse, Salami, Coppa und Parmaschinken. Hausgemachte Nudeln, gemischte Vorspeisen, Auberginen, Zucchini, Paprika, eingelegte Pilze, Oliven, Olivenöl, Wein und Kaffee. Eine große Markise und die Scheiben so blank. Einmal bist du hier einer Frau begegnet, du weißt nicht aus welchem Land. Sie hat dich so sehr an deine Mutter erinnert, daß du danach lang nicht heimgehen konntest. Die Tasche fast leer. Die Jacke offen. Mit großen Schritten gehst du und wie leicht dir dein Leben jetzt vorkommt. Im hellen singenden Mittag. Von allen Seiten die Vögel und immer wieder städtische Eichhörnchen über die Straße (ungezähligte, sagt Carina, und kennen uns alle!). Knospen. Alles blüht. Hohe Bäume. Aus dem Grüneburgpark rufen die Tauben. Der richtige Tag! Du kommst auf die Siesmayerstraße. Der breite Gehsteig. Die hellen Platanenstämme. Und siehst noch Sibylle und dich und die Tage und Jahre und Kinder hier gehen. Du kommst in den Kinderladen und Carina und Domi warten schon. Sind fast wie Geschwister heut füreinander, sind verliebt und Geschwister und beste Freunde. Im Kinderladen die Erinnerung an viele vergangene Sommertage. Was hast du in deiner Tasche? fragen die Kinder. Warum fahrt ihr nachher dahin, wo ihr nachher hinfahren wollt? Warum ist die Tasche nicht voll? Warum seid ihr nicht gestern schon hin? Fahrt doch morgen! Meine Oma wohnt in Aschaffenburg, aber ich hab noch eine andere Oma. Ich hab zwei. Hat die Carina keine Oma? Mein Opa schenkt mir ein weißes Pferd und ein goldenes Fahrrad, sagt die Meike. Aber wo der nämlich wohnt, da heißt alles anders! Kennst du meinen Opa? Dann für Carina das Lämmchen. Du hast es ihr erst am Abend geben wollen, aber so lang warten hält das Lämmchen nicht aus. Wo gibts die? Wo hast du es her? fragen die Kinder. Und Carina steht und hält es und streichelt es und sagt gar nichts. Mit heißem Gesicht. So ein helles lockiges Lämmchen. Dann sitzt du in der Küche, wo die neue Farbe an den Wänden schon wieder abgeht und ißt einen Rest Gemüse direkt aus dem Topf. Den Topf auf dem Schoß und fünf Kinder sehen dir dabei zu. Warum ißt du jetzt? Hast du vorher auch schon gegessen? Warum hast du nicht mit uns gegessen? Warum ißt du ohne Tisch? Warum nimmst du keinen Teller? Das kann er aber MACHEN, WIE ER WILL!

Dann Domis Eltern mit dem Auto. Vor dem Tor in der Einfahrt. Der alte grüne Passat vom Tag deines Einzugs. Lackschäden, Rost, die Spuren von Zeit und Winter. Abgefahrene Reifen. Von Streusalz gezeichnet. So deutlich jeder Fleck und alle Beulen und Kratzer in diesem Licht, als solltest du sie dir für immer merken. Und jetzt endlich fällt dir ein, woran dich die grüne Farbe erinnert. An die Jahrmarkttonpfeifen deiner Kindheit. Ein Spielzeug. Tabakpfeifen für Kinder. Nicht groß. Der Pfeifenkopf mit dünnem Weißblech verschlossen und beim Aufmachen wirst du dir damit in den Daumen schneiden, das weißt du immer im voraus schon (manchmal Daumen und Zeigefinger!). Im Pfeifenkopf kleine bunte Zuckerkügelchen, die heißen Liebesperlen bei uns. Man kann damit klappern. Am besten, du ißt sie gleich alle auf einmal auf. Wenn man sich bei den Liebesperlen auskennt und gibt sich Mühe, dann schmeckt jede Farbe anders. Vorher noch dein Blut vom Daumen ablutschen! Dann mit der Pfeife so, als ob du längst groß bist und Pfeife rauchst und passend auch das Gesicht dazu. Ein Pfeifenrauchergesicht. Dauernd und überall Pfeife rauchen. Leider keine Rauchwolken. Wo soll man die Rauchwolken herkriegen? Pfeifchen, sagen die Kinder. Mit fünf diese Pfeifchen. Sie passen so gut in die Hand. Sie schmecken so eigen im Mund. Aus Ton. Innen weiß und glatt und außen mit Farbe und rauh. Außen sind sie geriffelt. Wie Rinde ein Muster. Ob da einer ist, der den ganzen Tag alle Tage in jedes Pfeifchen die Muster so reinkratzt? Sie fassen sich so schön kühl an. Leider zerbrechlich! In vier Farben gibt es die Pfeifchen. Blau, rot, gelb und grün. Immer auf der Kirmes. Auf jedem Jahrmarkt. Zwanzich Fennich. Du wüßtest gern, wo sie gemacht werden. Höchstens zweimal im Jahr hat man eins. Sie zerbrechen, sie gehen verloren, sie liegen irgendwo anders und man findet sie nicht. Und dann muß man warten, bis wieder Kirmes ist oder ob man dieses Jahr vielleicht nach Allendorf zum Allendorfer Nikelsmarkt kommt. Auf die Gießener Frühjahrsmesse. Nach Grünberg zum Gallusmarkt. Auch mit sechs und mit sieben hat man die Pfeifchen noch gern (jetzt kosten sie aber schon dreißich Fennich!). Gern hättest du so eins für immer, aber dann fällt es dir doch wieder abends auf der Kellertreppe hin und zerbricht. Oder du hast es beim Baden an der Lahn verloren. Entweder beim Baden oder auf dem Heimweg. Nicht direkt verloren, nur daß es jetzt nicht mehr da ist. Rot-blau-gelb-grün. Kräftige Farben. Grün ist deine Lieblingsfarbe, aber gerade bei diesen Pfeifchen das Grün ist ein bißchen zu hell. Nimm Blau oder Rot und sag allen Leuten auf dem Kirmesplatz, eigentlich ist Grün deine Lieblingsfarbe, aber dieses Grün ist dir nicht grün genug. So stehst du immer wieder vor den Jahrmarktbuden, mußt aufpassen, daß du dein Geld nicht verlierst, bist schon wieder ein Jahr älter, aber immer noch nicht groß genug, um mit dem Jahrmarkt mitzugehen. Als Schiffschaukelgehilfe, Karussellbursche oder Schießbudenaufsicht. Die Pfeifchen werden jedes Jahr teurer. Stehst und stehst, mußt die Farben vergleichen, willst Grün, aber nicht dieses Grün und kannst dich deshalb nicht entscheiden. Schon am ersten März beim Anblick des alten Autos gewußt, zu der grünen Farbe gehört eine Geschichte dazu. Sollst hier bei uns sitzen, sagen Carina und Domi vom Rücksitz aus, und sollst uns weiter von dir und von deinem Hund erzählen! Die Lahn, sagte ich und sitze jetzt zwischen Carina und Domi auf dem Rücksitz und beide lehnen sich bei mir an und nehmen je eine Hand von mir und spielen damit. Nicht weit von der Odenhausener Steinbrücke für die Kinder aus Staufenberg der Staufenberger Badeplatz an der Lahn, sagte ich. In der Sonne hell eine Bucht und lächelt, sooft du sie ansiehst. Libellen und Eisvögel an der Lahn und im Wasser die frohen Fische. Und jetzt fahren wir. Die Kinder sehen mich an. Die Welt fängt zu fahren an. Und dann, sagte ich, mit neun mit meinem Hund zu diesem Badeplatz noch einen anderen guten Platz gefunden. Bei Friedelhausen im Wald. Wir fahren. Zwischen den Vordersitzen nach vorn mein Blick. Immer auf den Horizont zu und erzählen. Immer neue Geschichten und alle mit Fortsetzungen. Man muß solang weitererzählen, bis eine einzige große Geschichte draus wird. Freitagnachmittag. Noch eben vor den ersten Wochenendstaus aus der Stadt (die Stadt wegerzählt) und sind auch schon auf der Autobahn. Erzählen, erzählen! Dazwischen Carinas Lämmchen und will gestreichelt werden, hat noch keinen Namen und will, daß man mit ihm spricht. Schon die Fahrt, auch ohne Musik, allein nur das Fahren schon wie eine Droge für mich. Du erzählst und die Welt dir entgegen. Am liebsten wären mir für den ganzen Weg die kleinsten Straßen gewesen und daß wir durch jedes Dorf kommen und immer wieder anhalten. Stattdessen schnell auf der Autobahn, viel Verkehr, schnell und ferngelenkt alle. Wir mit hundertzehn auf der Überholspur (drei Erwachsene und zwei Kinder), vor uns einer schert aus (zwei Erwachsene) – bremsen, hupen, schleudern – ein Unfall? Ein Beinahunfall, einer von den vielen Beinahunfällen, die wir alle immer wieder erleben! Mit betroffen bei hoher Geschwindigkeit noch mindestens drei Pkws, ein Kleinbus, ein Lastwagen und die zugehörigen Insassen und ihre Schutzengel, die bei zunehmender Überlastung im Schichtdienst mit immer längeren Arbeitszeiten unter extrem ungünstigen Arbeitsbedingungen als zuständige Schutzengel noch jederzeit tun, was sie können. Schnell auf der Autobahn. Die Zeit fliegt. Das Licht fängt zu gehen an. Schon sind wir an Alsfeld vorbei. Schon kommt uns die Ausfahrt entgegen, ein weiter Bogen. Noch wie im Flug diesen Bogen und dann eine enge kurvenreiche Landstraße, die schon gewartet hat, die uns auffängt und mitnimmt.

In der Schwalm. Klein das Dorf und die Häuser ducken sich so. Fachwerk und Schiefer und kleine Fenster. Und seit gut dreißig Jahren alles immer wieder neudeutsch renoviert. Mit Eternit, mit Wellblech und falschen Schindeln, mit Polystyrol und Plastikrolläden. Häuser mit Anbau. Schuppen, Garagen und Gartenzäune. Auf einem Hügel dunkel und alt eine kleine Kirche aus Feldstein und Schiefer. Der Turm wie ein Taubenschlag. Kirche und Friedhof und die Straße macht einen Bogen. Steht alles so da und ist still und wartet und muß auf den Abend warten. Mitten im Dorf das Haus. Klein und alt. Fachwerk. Mit Schuppen und Gärtchen, die Haustür vom Hof aus und vor der Haustür ein Treppchen davor. Kalt das Haus, kalt die Mauern und Wände. Der Fußboden kalt. Ausgekühlt. Zu lang alleingelassen das Haus. Steht und schweigt. Sollten öfter hiersein, sagt Birgit. Aber für die Wochenenden ist es fast schon zu weit. Besonders im Winter, der hier auch viel länger bleibt. Und jetzt wollen wir Feuer machen. In der Küche und in dem großen Wohnraum neben der Küche (wo früher drei Schlafkammern waren). Und im Bad und in den drei kleinen Zimmern im oberen Stock. Und gerade im Bad will das Feuer nicht brennen, obwohl der Ofen so aussieht, als sei er besonders gut. Aus Eisen. Ein runder hoher Badeofen, beinah wie ein Türmchen. Die Kinder kommen und sehen mir zu. Müssen zu mir halten. Brenn, du Feuer! sagen wir. Aber jedesmal wenn es so aussieht, als ob es jetzt endlich anbrennen will, geht es doch wieder aus. Schon Stapel von alten Zeitungen verbraucht (fang jetzt bloß nicht an, die vorjährigen Stellenanzeigen zu lesen, jede einzelne wie ein Gebet!). Aber du kannst doch Feuer machen, sagt Domi zu mir und Carina bewegt beide Hände wie ein Beschwörungsassistent. Und gerade wenn du denkst, du mußt aufgeben (aber wie gibt man auf und was wird danach?), da brennt es dann doch. Lebendig ein Feuer und draußen der Abend. Autos am Haus vorbei. Feierabendautos. Von der Arbeit heim. Früh auf alle Tage. Arbeitsplätze in Alsfeld, in Marburg, in Gießen. Arbeitsplätze in Fulda, in Treysa, in Kassel und Frankfurt und nach der Arbeit über die Autobahn heim ins Hinterland jeden Abend. Immer hin und her. Und manche vielleicht schon nur noch an den Wochenenden daheim. Die Leute aus dem Dorf und die aus den Nachbardörfern. Mit eingeschalteten Lichtern. Immer mehr Autos. Dann mit den Kindern Milch holen. Nur ein paar Schritte. Domi zeigt uns den Weg. Noch eben die Dämmerung und in der Dämmerung ein kleines Geniesel und hat wieder aufgehört. Die Straße naß. Alles glänzt. Nach Keller und Kohlenrauch und nach Regen riecht es. Blau das Fernsehlicht in den Fenstern (ein neuerer Spuk!). Fensterläden aus Holz und Plastikrolläden. Immer noch Autos, aber deutlich schon weniger. Müssen hier über die Straße, die Kinder und ich. Eine große Milchkanne mit, eine Familienmilchkanne. Mit Holzgriff, Deckel und Tradition. Ein großer gepflasteter Hof. Das Tor offen. Eine hohe Scheune mit Vordach. Im Stall ist Licht. Gewaltig ein Hofhund und kommt uns entgegen. Dienstlich. Im Dienst. Ein Hund, der uns nicht kennt. Und ihn gleich in ein Gespräch verwickeln, damit er nicht beißt. Damit er gleich merkt, er muß uns nicht beißen. Damit er gar nicht erst auf die Idee kommt. Über der Haustür eine Lampe. Der Bauer macht auf und ruft seine Frau. Guten Abend. Drei Liter zwovierzich. Sie kennen Domi und sprechen mit uns. Aus Frankfurt, jojoh! Und mit uns in den Kuhstall. Achtundzwanzig Kühe und wie auf einem alten Bild trübgolden das Licht. Alle Kühe noch wach. Stehen mit dem Rücken zu uns, als ob sie beim Beten sind oder eben mit dem Beten fertiggeworden. Manche drehen sich um. Müssen schnaufen und scharren und mit ihren Ketten klirren. Aber aufgewachsen in Staufenberg, sagte ich und der Bauer nickt und sagt: Joh, mier sei allweil zeitich dro! Carina und Domi würden gern je eine Kuh streicheln, anfassen, auf den Arm nehmen. Sie dürfen der höflichsten Kuh eine Handvoll Spreu hinhalten und vielleicht merkt sich die Kuh aus Anstand den heutigen Tag und die Namen Carina und Domi. Vielleicht eine zweite Kuh auch noch. Vielleicht erzählt es die eine Kuh viele Jahre lang allen Kühen, die sie trifft. Und diese Kühe erzählen es auch wieder weiter. Dann im Hof. Der Bauer in Stiefeln. Wird kalt auf die Nacht, sagt er und der Misthaufen dampft. Wir gehen und er macht von innen das Tor zu. Am Ende der Straße ein Traktor. Ein Hund bellt. Drei Hunde antworten. Und wir mit unseren Stimmen und mit der Milchkanne heim, als gingen wir jeden Abend so heim.

Als Kind, sagte ich, in Staufenberg auch immer abends Milch geholt. Sobald es dann wieder Milch gab. Nach dem Krieg. Nicht gleich nach dem Krieg. Sind ja erst noch ein Jahr in Böhmen gewesen. Und da durfte an Deutsche keine Milch mehr verkauft werden. Erst recht nicht verschenkt. Hohe Strafen. Dann in den Lagern und unterwegs sowieso nicht. Sogar um Wasser mußte man anstehen. Immerhin manchmal warmes Wasser. Und auch in Staufenberg, als wir endlich ankamen, gab es noch nicht gleich Milch. Noch lang nicht. Erst nur amerikanisches Milchpulver aus Amerika. Trockenmilchpulver. Aber leider jedesmal wieder feucht und in Klumpen. Wir hatten nichts zum Bezahlen. Kein Geld, keine Teppiche, kein Klavier und auch keinen Schmuck. Keine Möbel, kein Werkzeug, keine Maschinen und keine Fabrik. Kein Mehl, kein Brot, keine Schuhe abzugeben. Keinen Schnaps, keinen Nescafé, keine Amizigaretten, keine Nylonstrümpfe, kein Amigeld, sagte ich und immer mehr wichtige Sachen fallen mir ein, die wir damals nicht hatten. Ein ganzer fehlender Schwarzmarkt. Nix. Hatten nix. Und die Bauern brauchen ihre Milch selbst. Dann bin ich fünf und es gibt jetzt das neue Geld und gibt für das neue Geld auch wieder Milch. Erst Magermilch, die ist blau. Blau wie der Abend. Blau wie ein stiller Wintermorgen, wenn es die ganze Nacht geschneit hat, hat eben erst aufgehört. Blau die Dämmerung, eine Schneestille von allen Seiten und blau die Schatten, lange blaue Schatten auf dem Schnee. Erst Magermilch und dann sogar richtige Milch. Gute Milch, Kuhmilch, Vollmilch. Einen halben Liter. Manchmal einen Liter. Eine kleine Kanne. Verbeult. Vielleicht bloß geliehen und ohne Deckel. Das Milchgeld! Verlier nur das Milchgeld nicht! Und nix verschütten! Trödel nicht! Geh mit der Milch keine Umwege! Stolper nicht, renn nicht, hüpf nicht, guck nicht wie sonst in die Luft, geh den Gänsen, Hunden, Zäunen und Betrunkenen aus dem Weg und laß dich von niemand anrempeln! Alle Milchkannen zu der Zeit ohne Deckel. Die Deckel sind alle im Krieg verlorengegangen. Und dann, sagte ich, wenn dann die Kanne voll ist, aber nicht zu voll. Auf dem Heimweg also. Schon dunkel. Am dunkelsten an der alten Stadtmauer und unter den hohen Kastanien und Eichen und Linden. Und auch in den Staufenberger Treppengäßchen im Oberdorf und unter den Torbögen. Zu der Zeit in Staufenberg gab es viele Fledermäuse. Am Abend kommen die Eulen ins Dorf und vom Feld herein bellen die Füchse. Schnell heim! Wenn man die Kanne, die volle Kanne, sagte ich, das ist ein Naturgesetz, ein geheimes. Wenn man den Arm ausstreckt und die Kanne im Kreis durch die Luft, ein Kreis wie ein Riesenrad. Wie das Riesenrad auf dem Bild vom Prater in Wien. Eine Tante von mir hat dieses Bild auf einer Wiener Keksdose. Schnell durch die Luft die Kanne, aber nicht loslassen! Wie bei einer Schiffschaukel mit Überschlag, so ein Kreis. Wenn man es schnell macht und richtig und ohne Furcht und Zögern, dann spritzt keine Milch raus! Man muß daran glauben, sagte ich. Das ist ja mit allem so. Meine Schwester kann es am besten. Sie kann es vorwärts und rückwärts und auch mehrmals hintereinander und dabei immer schneller. Sie singt sogar noch dabei. Und hat jedesmal nicht einen einzigen Tropfen verschüttet. Nur wenn man anfängt, wenn man schon angesetzt hat und muß im letzten Moment denken, vielleicht lieber doch nicht, dann funktioniert es natürlich nicht, sagte ich, aber sonst geht es immer. Vielleicht ein andermal, sagte ich, zeig ich es euch. Mit unseren Stimmen an den niedrigen Fenstern vorbei und sehen von außen das Licht in den Fenstern. Mit der Milch in die Küche und gleich ist das Essen fertig. Bratkartoffeln, Frikadellen, Salat. Mit den Kindern den Tisch decken. Messer, Gabel, Scher und Licht. Im Radio die Abendnachrichten eben vorbei. Nach dem Essen wird bald schon das Badewasser warm sein. Wer will heute, wer morgen? Beim Essen die Geschichte vom Hauskauf und wie es dann weiterging. Senf zu den Frikadellen. Iih, Senf, sagen die Kinder und nehmen dann doch, nehmen immer nochmal. Und jetzt wird es warm im Haus. Von Ofen zu Ofen und gleich nochmal nachlegen. Der Wasserkessel summt. Jeder Balken knarrt, die Möbel knarren, die Dielen dehnen sich, die Treppe knarrt. Gleich auch, als ob das Licht heller leuchtet. Und man muß sich dehnen und räkeln. Jeder Stuhl räkelt sich. Warm die Wände und alle Fenster beschlagen. Dann nochmal draußen. Allein. Nur ein paar Schritte die Straße entlang. Nacht, Wind, Finsternis. Naßkalt die Luft, ein Geniesel, die Straßenlampen und eilige Wolken. Kälter als in Frankfurt. Sind aus dem Frankfurter Frühling nochmal in den oberhessischen Nachwinter zurück. Leer die Straße. Jetzt sind alle daheim. Nach nassen Wiesen und Märzerde riecht es. Der Wind drückt den Rauch nach unten, bitterer Kohlenrauch. Schräg der Regen unter den Straßenlampen und ihr Licht auf dem nassen Asphalt. Ein einzelnes letztes Auto. Stimmen. Ein Hoftor wird zugemacht. Ein Hund bellt. Vorhin in der Dämmerung Kinderstimmen und eine Witwengestalt dicht am Zaun entlang, da waren die Vögel noch wach. Und das nimmst du alles mit, das mußt du dir alles für immer merken, damit du dann wieder hineingehen kannst und kannst endlich zu frieren aufhören. Schnell ins Licht, in die Wärme zurück. Ein großes Matratzenbett für Carina und Domi. Nachttischlämpchen. Ein Bett für mich, aber den Kindern erst noch lang vorlesen. Die Wärme und schräge Wände im Oberstock. Kleine Fenster voll Nacht und Stille. Und manchmal ein kleiner Regen, den hörst du im Schlaf noch. Carinas Atem im Schlaf. Und in dieser Nacht kann uns nichts passieren.

Morgens die Straße naß und auf jedem Leitungsdraht eine Versammlung von Vögeln. Die Schwalben noch nicht zurück. Gibt es hier noch Bachstelzen? Dann den Samstagmorgen vertrödeln, das also kannst du noch, mit Kindern und Frühstück und Gärtchen und Hausgeschichten. Ein Dorfsamstagmorgen. Ich seh etwas, was du nicht siehst und die Kinder helfen mir beim Rasieren. Und dabei verpaßt, mit Peter, dem anderen Peter (dein Peter und mein Peter, sagen Carina und Domi, damit man weiß, wer gemeint ist), mit dem Peter von Domi also einkaufen zu fahren. In die Bäckerei und zum Metzger drei Dörfer weiter. Und jetzt fehlen mir diese Bäckerei und der Metzger und ich muß sie mir dauernd vorstellen und dabei fallen mir immer mehr Bäcker und Metzger aus der Vergangenheit ein. Immer andere und immer mehr Samstagmorgen und die Dörfer und Städte und Jahreszahlen dazu und das Wetter. Jedes erdenkliche Wetter. Und die Wurstsorten, Kuchen und Brotregale. Hätten gut sogar bis nach Alsfeld auch fahren können. Vielleicht ist in Alsfeld heut Markt. Samstagmorgen. Ein langes Frühstück. Im Erdgeschoß in dem großen offenen Wohnraum neben der Küche, wo einmal drei enge oberhessische Wohn- und Schlafkammern waren. Lang mit dem Frühstück am Tisch. Bauernmilch, Dorfbäckerbrötchen und frisches Brot. Und dazu von Birgit und Peter die wahre Geschichte, wie sie und das Mitbesitzerehepaar (sie Therapeutin und er Diplomsoziologe) und der fleißige Schwarzarbeiter aus dem Dorf mit Geduld und Eifer das Mauerwerk der Zwischenwände herausschlugen, wochenlang. Nur die Tragebalken stehengelassen, genauso wie es ihnen der befreundete Architekt nach der Besichtigung geraten hat – viel Arbeit, viel Dreck, dann doch endlich fertiggeworden, den Dreck abtransportiert und das ganze Haus geputzt – und wie dann Sonntagmorgen die neue Decke herunterkam. Gerade zum Frühstück und genau da, wo wir jetzt sitzen. Rührei zum Frühstück, Rührei mit Speck. Wurst aus Oberhessen. Die Kinder mit Spielzeug. Bauernhoftiere aus Holz und aus Plastik. Auf dem Tisch und dann doch lieber um den Tisch herum auf dem Fußboden. Dann kommt eine Nachbarskatze an die Tür und will, daß man sie kennt und begrüßt und zu einem Imbiß hereinbittet. Falls nicht mitten auf dem Tisch, dann wenigstens vor dem Ofen auf dem Fußboden. Beim Fressen will sie nicht gestört werden, aber danach soll man sie eindringlich loben mit leiser zärtlicher Stimme. Und wir erst mit dem Frühstück und dann gleich das Mittagessen. Einen langen Samstagmorgen und sich bei allem Zeit lassen. Noch nichtmal Notizen mir, aber ab und zu an mein Manuskript denken und mich freuen, daß es so ist, wie es ist. Und daß es das Manuskript wirklich gibt. Damals konnte ich noch abfahren und wegbleiben über Nacht, sogar mehrere Tage wegbleiben und das Manuskript sorglos zurücklassen auf dem Tisch. Kein Feuer, kein Erdbeben, keine Gasexplosion. Samstagmittag. Ein Hahn kräht. Bald Ostern. Nach dem Essen den Kindern vorgelesen. Im Oberstock auf dem Fußboden. Und sie schläfrig und immer schläfriger und mich selbst in den Schlaf gelesen. Schläfst du beim Vorlesen ein? hat Carina vorher noch gefragt und ich sagte: Das kann man im voraus nie wissen! Und jetzt beim Aufwachen das kleine Dachfenster. Nachmittag. Wolken ziehen. Und Carina und Domi, die leise neben mir spielen. Nur kurz mein Schlaf, nur ein paar Schritte in das andere Land hinein. Dann Kaffee und zurückfinden in den Tag. Und jetzt wird es Zeit für einen langen Spaziergang. Schon vorher gesehen, daß es immer heller wird. Beim Vorlesen schon (deshalb ja so leicht eingeschlafen und dann gleich wieder aufgewacht). Und jetzt wollen wir uns auf den Weg machen. Domi will mit dem Fahrrad. Kann neuerdings ohne Stützräder und hat deshalb ein neues Fahrrad bekommen. Für Carina sein altes. Mit Stützrädern und ein bißchen kleiner. Domi wird in drei Wochen schon fünf und Carina erst im September. Und wann lern ich ohne Stützräder? Jetzt im April, sagte ich. Oder im Mai. Diesen Frühling jedenfalls. Nur ein Katzensprung, weißt du ja. Das Lämmchen mit. Noch neu und soll sich ja eingewöhnen, das Lämmchen. Auf dem Fahrrad einen Platz für das Lämmchen oder in Carinas Anorak, aber so, daß es auch genug sieht. An den Hoftoren und Zäunen vorbei aus dem Dorf. Birgit und Peter und ich (der andere Peter). Und Carina und Domi. Erst neben uns her und sobald wir auf einem Feldweg sind, fahren sie vor.

Weit ins Feld unser Weg. März und die Wege schon trocken. Das Gras noch fahl und das Land leer und still. Kalt, eine kalte Gegend. Man sieht es der Landschaft an. Besonders den Bäumen. Kälter als in Staufenberg. Immer noch mußt du jeden Ort auf der Welt sorgfältig mit Staufenberg vergleichen. Vor uns auf dem Weg die Kinder. Erst hört man die Autos noch und dann lang durch die Stille der Felder. Und wir im Gehen über uns und die Kinder. Das Dorf und das Haus und die Leute im Dorf. Das Gärtchen beim Haus. Über Frankfurt, den Kinderladen, Ulm, Birgits Schule und daß man es nicht leicht hat, wenn man aus Ulm kommt. Sie kommt aus Ulm. Schon ihr Leben lang will sie malen! Über mein Buch, Staufenberg, Peters Arbeit im Institut (Domis Peter) und über die Gegenwart, Politik, Krieg und Frieden. Vor uns die Kinder. Und bleiben an einer Abzweigung stehen, damit wir ihnen den Weg zeigen. Samstagnachmittag. Hätten eher losgehen sollen. Wiesen, Ackerland, fern der Wald. Und gehen und müssen immer weiter auf den Wald zu. Schwarz und noch kahl der Wald. Steht und schweigt. Der Waldrand, ein Bach, leere Wiesen und am Himmel ein Bussardpärchen. Und von hinter dem Wald wieder Autolärm, gedämpft, ein beständiges Dröhnen. Hätten längst umkehren sollen! Schon tief in den Schatten gerückt die Wiesen und Felder. Erst stehenbleiben und dann im Bogen zurück. Die Kinder haben gewartet und fahren dann wieder vor. Und wir weiter über uns und die Welt und die Kinder. Mein Buch, sagte ich, das Manuskript. Carina, Sibylle, Carina, die Trennung, Carina. Bald Abend. Wird kalt. Die Kinder weit vor uns im Abendlicht. Vor ihnen her leicht bergab jetzt der Weg und die Räder geraten in Fahrt. Dann sehen wir, daß Carina gestürzt ist. Und rennen los, der andere Peter und ich. Weit weg. Und wie Domi ihr Aufstehen hilft. Beide klein und allein in der Ferne. Wir kommen an, atemlos, und sie weint noch. Viereinhalb. Muß getröstet, muß dringend getröstet werden! An Knie, Arm und Schulter sich wehgetan und im Gesicht ein Kratzer. Erst rennen, dann trösten, atemlos trösten ist gar nicht so leicht. Grasnarben, Steine und tief die Wagenspuren auf dem Weg und beim Sturz hat eine Strebe mit Stützrad sich umgebogen. Immer wenn Carina weint, ist es nicht nur der Schmerz, sondern mehr noch die Verzweiflung darüber, daß einem so etwas zustoßen kann. Daß das geschehen darf auf der Welt! Warten bis Birgit kommt, dann alle zusammen weiter. Sind einen großen Bogen gegangen und kommen jetzt an den Dorfrand zurück. Obstbäume. Märzgarten. Die ersten Häuser. Carina bleibt stehen und jäh ihr Schreck – ich sah ihren Schreck, als sei es mein eigener Schreck. Das Lämmchen ist nicht mehr da! Mußt nicht weinen, ich find es dir wieder, sagte ich. Geht nix ja je wirklich verloren. Morgen früh, sagen Birgit und Peter. Lieber jetzt, sagte ich. Muß gleich! Carina mit ihnen heim und ich den Weg noch einmal. Müssen winken, Carina und ich, ein paarmal noch winken. Uns umdrehen, stehenbleiben, stehen und winken.

Mir erst noch gedacht, ich geh den Weg jetzt zurück. Von hinten nach vorn. Gegenrichtung. Muß dann aber doch wie vorher. Muß auf den eigenen Spuren. Das Lämmchen suchen und dabei den Weg wiederfinden. Schritt für Schritt. Hier seid ihr gegangen. Da haben die Kinder auf euch gewartet. Dort seid ihr an dem Graben entlang und habt einen anderen Feldweg gekreuzt. Zwei Fahrspuren. Gras, Erde, Steine. Wegnarben, Ränder, Böschungen, Grashalme, Unkraut, Gestrüpp. Brennesseln, Disteln, Löwenzahn. Moos am Weg. Nicht nur jede Einzelheit, auch von vorher deinen Blick darauf findest du jedesmal wieder. Und was du dir dabei gedacht hast. Und wovon ihr gesprochen habt. Vollzählig. Alles nochmal. Dieser Stein hat dich angesehen. Du hast den Erdboden durch die Sohlen gespürt. Hier bist du erst in der Mitte und dann am Rand gegangen. Du hast den Wegrand gewechselt, um besser die Ferne zu sehen. Und jetzt wieder. Du gehst im Gras, Gras und Moos und die nächsten paar Schritte sind dir ein kleiner Frieden. Ruhig atmen. Müdes

Wintergras und hohe Halme mit Rispen, dürr und fast weiß. Hier habt ihr vom Kinderladen und von den Kindern, vom Städel und von Birgits Schule gesprochen und von ihren Eltern in Ulm. Dann von meinem Manuskript, von Staufenberg, von Sibylle und Carina und wie ich letztes Jahr im Juni anfing mit dem Manuskript. Beim Trampen das erste Kapitel. Der vorige Sommer und der Sommer davor. Die Kinder weit vor uns. Höchstwahrscheinlich beim Gehen hin und her mich bewegt und mit lauter Stimme. Wenn ich erregt bin, glüht die Welt und fängt an zu zittern und schwankt wie ein Schiff. Hier seid ihr über den Weg, da hat der Tag noch geleuchtet. Pfützen, ein Graben, das Wasser blinkt. Neben dem Graben ein Acker. Wind, Ackerfurchen, Windvögel und du erkennst jeden Erdklumpen, als ob du ihn selbst mit den Händen geformt hättest. Ein Feld, kahle Bäume. Krähen auf dem Feld und der Tag fängt zu gehen an. Noch einmal auf die Hecke zu. Vorhin flogen Vögel auf. Jäh eine Wolke kleiner graubrauner Vögel und wo sind sie jetzt? Dann steinig der Weg und gleich will die Müdigkeit dich überwältigen. Erdenschwere. Schon als Kind auf bestimmten Wegstrecken immer müd und verzagt geworden und so, daß du fast deinen Namen nicht mehr gewußt hast und auch nicht den Weg und warum du hier gehst und mußt dauernd stolpern. Aber nur ein paar Schritte weiter, wenn du aufblickst, siehst du den Wald. Schwarz und still und wie immer. Steht und wartet, als ob er dich kennt. In Staufenberg bist du jedes Jahr wieder im Vorfrühling mit deiner Freude auf den Wald zu. Als Kind schon und zuletzt mit Sibylle die Zeit. Schon die Dämmerung. Grün die Luft und am Waldrand behend ein Schatten, ein Fuchs. Gerade daß du ihn noch erkennst, so weit weg. Der Wald und ein Bach und hinter dem Wald das Dröhnen der Autobahn. Und hier im Bogen nach links und ab jetzt auf dem Rückweg. Vor der Nacht her. Schnell weiter! Beeil dich! Einmal als Kind ein Taschenmesser verloren und wieder zurückgekriegt. Und wenn das Lämmchen jetzt nicht mehr da ist? Nicht aufzufinden? Nochmal den

Weg? Immer wieder? Immer schneller den Bogen und dabei keuchen, die Luft anhalten, Hustenanfälle! Erst noch in der Dämmerung. Immer dichter die Dämmerung. Und gleich dann die Nacht. Kein Mond. Keine Lampe mit und du suchst und mußt immer weiter suchen. Als Spuk, als Gespenst auf dem Weg. Gebückt. Erst gebückt und dann kriechen? Mit den Händen den Weg abtasten? Erst nur flüstern, dann immer lauter mit dir selbst – kannst nicht aufhören! So gehst du und gehst immer schneller. Muß da sein! Mit dem Weg, mit mir, mit Carina und mit dem verlorenen Lämmchen sprechen! Sollst du auch da suchen, wo ihr gar nicht gegangen seid? Und gerade wenn du anfängst zu denken, daß es vielleicht doch nicht mehr da ist! Weg! Unauffindbar! Wider jede Vernunft! Und was machst du dann? Gerade da liegt das Lämmchen vor dir auf dem Weg. Hell und deutlich und mit nix zu verwechseln. Und liegt da, als ob es die ganze Zeit ruft. Kalt. Du mußt es nehmen und halten und streicheln. Vor der Nacht her schnell heim jetzt. Heim wie mit Flügeln. Hunger auch. Dir ein Abendessen ausdenken und die Wärme beim Ofen. Es hat schon gewartet, daß es gefunden wird, sagte ich zu Carina, die es jetzt nicht mehr losläßt. Nochmal mit den Kindern Milch holen. Der Hofhund, der uns schon kennt. Nur zwei Liter diesmal und daß morgen der Tag uns schon nicht mehr ganz gehört. Morgen Abend Carina zu Sibylle zurückbringen. Jetzt und beim Einschlafen und Aufwachen schon daran denken. Die ganze Zeit daran denken. Noch im Schlaf daran denken. Und innerlich zittern. Pünktlich zu zittern anfangen. Mit der Milchkanne über den Hof. Bei der Haustür die Lampe. Im Stall ist das Licht schon aus. Ein Taubenschlag auf dem Dach. Und der Bauer noch mit uns zum Hoftor, als sei wieder gestern. Erst mit den Kindern heim. Dann allein im Dunkeln. Die Dorfstraße. Ein paar Schritte nur. Vor dem Abendessen. Nacht, Stille. Feucht die Luft, beinah ein Geniesel. Die Straße naß. Wolken ziehen. Der Traktor von gestern oder der Zeit hinterdrein eine verschlafene alte Häckselmaschine. Ein

Hund bellt. Zwei Hunde antworten. Dann Musik und ein Auto. Mit hundertzwanzig durchs Dorf. Laut die Musik. Ein Autoradio mit Boxen, eine Anlage. Gelb ein Opel Kadett und die Reifen quietschen. Dicht drauf noch ein zweites Auto. Genauso schnell und auch schon vorbei. Dreißig Kilometer weit in die nächste Disco. Wer hier aufwächst, hat mit achtzehn den Führerschein und ein Auto. Die meisten tödlichen Unfälle Freitag- und Samstagnacht. Noch ein Auto. Reifen quietschen. Die Musik fliegt vorbei. Und dann wieder leer die Straße. Die Dorfnacht. Das Dorf in der Stille der Felder. Still eine Katze über die Straße. Ein Hoftor wird zugemacht. Erst das Hoftor und dann die Haustür. Von innen und wie für immer. Hoftore, Haustüren, fremde Fenster. Und wie es aus allen Häusern nach Essen jetzt riecht. Seit deiner frühen Kindheit in Staufenberg – und das war in der Hungerzeit nach dem Krieg, als man alle Speisen und jedes Essen, sogar ausgedachtes, meilenweit riechen konnte und die Zeit dir ein fremdes Land war – seit damals also hat es nicht mehr so gut nach hessischen Bratkartoffeln gerochen wie jetzt hier im Dorf. Nach Bratkartoffeln und Speck und angebratenen Zwiebeln. Nach Erbsensuppe, Hackbraten, Frikadellen, Bratwurst und Kotelett und Rippchen mit Kraut. Samstagabend. Naßkalt die Luft. Geisterlicht. Fernsehstimmen. Gleich fängst du zu frieren an. Samstagabend und hier gehst du mit deinem Leben fremd an den fremden Fenstern vorbei.

Sonntagmittag ein Sonntagsspaziergang. Birgit, Peter, ich und die Kinder. An der Kirche vorbei und über die Hügel. Weit. Haben heut zeitig uns auf den Weg. Der letzte Tag. Noch kalt, aber der Himmel ein Frühlingshimmel und die Wolken so leicht. Bergauf und bergab unser Weg. Wiesen, ein Wäldchen, ein Hohlweg. Kopfweiden, die wie alte Männer geduldig am Wegrand stehen und auf mehr Licht und auf Wärme warten, damit sie endlich anfangen können, sich zu räkeln. Wollen sich dehnen und strecken. Stehen alt und krumm, jede anders krumm, und fangen mit all ihren Narben und Runzeln unwillkürlich zu lächeln an. Märzäcker, Wiesen und Weidezäune. Auf den Märzäckern Sonntagskrähen. Vier Pferde auf einer Weide. Braune Pferde mit hellen Mähnen und langen Schwänzen. Und kommen zu uns an den Zaun, nehmen Gras von uns und lassen sich streicheln. Und hören uns zu und zucken dabei mit den Ohren. Und müssen zuletzt dann am Zaun stehen und müssen uns nachsehen. Lang. Vogelhecken, Pappeln, ein Bach. Weidenkätzchen, die ersten. Und um sie die ersten Bienen. Und auch die ersten Feldlerchen schon – oder war das woanders, ein anderer Tag und ein anderes Jahr? Ein Bussard, ein Falke, ein Habicht. Und wie immer um diese Zeit viele eilige Märzhasen unterwegs. Bald Ostern. Gänseblümchen und Veilchen. Ist uns also doch nachgekommen, der Frühling. Immer wieder der gleiche Bach uns entgegen und immer, als sei es das erste Mal. Und einmal ein Stück einen Waldrand entlang, aber sonst den Wald nur von weitem. Bergauf und bergab unser Weg, ein Waldhäher ruft und wie leicht die Wolkenschatten über die Wiesen ziehen und in der Ferne weit über den Wald hin. Und Obstgärten, Wiesen mit Apfelbäumen. Groß und alt sind die Bäume. So dicht und schwarz ihr Geäst. So viele Bäume, daß wir eigentlich nochmal zurückkommen müßten, bald. Und wieder hier gehen, wenn sie blühen. Sonntagmittag, ein weiter Weg. Sind extra früh los und erst auf dem Heimweg kommen uns die ersten Sonntagsspaziergänger entgegen. Schon Nachmittag jetzt. Die Kinder müd und wir auch. Müd vom Weg und dem Wolkenlicht und vom Mittagswind, der über den Wiesen und Märzäckern war. So ein Frühling ist anstrengend. Hätten von Rechts wegen am Waldrand auch Rehe sehen müssen und einer Schafherde begegnen, mindestens einer. Wir kommen ins Haus und die Kinder sagen zu mir: Sollst mit uns spielen! Sollst uns weiter vorlesen! Wollen alles nochmal! Eins von den kleinen Zimmern im Oberstock. Die Schuhe aus und auf dem Fußboden. Erst sitzen, dann liegen. Und wenn du wieder einschläfst? fragt Carina. Dann habt ihr die Bilderbücher und erzählt euch selbst die Geschichten dazu, sagte ich. Die meisten könnt ihr schon auswendig. Oder spielt weiter mit den Bauernhoftieren, die warten auf euch. Aber nicht auf mir spielen, sondern um mich herum. Vielleicht schlaf ich auch nicht, sondern mach nur ein Weilchen die Augen zu. Wenn ihr streiten wollt, geht in die Küche. Oder in den Hof. Am besten, ihr geht in den Schuppen zum Streiten. Kriegen aber die Schuppentür nicht allein auf, sagt Domi, die geht schwer. Und wollen uns ja auch gar nicht streiten. Mein Peter ist Friedensforscher, sagt er. Wir streiten uns lieber im Kinderladen. Am besten kann man sich im Kinderladen jeden Tag mit der Meike streiten. Lies jetzt, sagt Carina, fang zu lesen an und wenn du die Augen zumachst, dann sind wir leise. So leise wie gestern!

Die Augen zu. Gleich hell ein Weg vor mir her. Und beim Aufwachen leise die Kinder. Neben mir und um mich herum. Haben den Tieren, mit denen sie spielen, ihre Menschenstimmen geliehen, damit die Tiere sagen können, wer sie sind und was sie wollen und tun. Und jetzt muß es endlich anfangen, nach Kaffee und Kuchen zu riechen. Sonntagnachmittag und schon immer schneller die Zeit. Könnten auch morgen, sagen Birgit und Peter beim Kaffeetrinken. Müßten nur früh genug los, weil Birgit nach der großen Pause zwei Stunden Unterricht. In Höchst ist die Schule. Die Kinder auch gleich dafür. Müssen Sibylle fragen, sagte ich und nach dem Kaffeetrinken gehen wir alle zusammen zu der einzigen Telefonzelle (zum Dorfrand hin, an der Hauptstraße links). Nicht daheim! Niemand da! Es ist niemand da! Und wir aus dem Dorf und ein paar Schritte den Dorfrand entlang. Obstbäume, Hecken und Zäune. Kaum Neubauten, so abgelegen die Gegend. Einmal um diese Seite des Dorfes herum und lassen uns Zeit dabei und probieren es dann noch einmal. Immer noch nicht! Wo ist sie? Und wenn sie nicht da ist, dann können wir sie auch nicht fragen! sagt Carina, die meistens recht hat. Sonntag. Leer die Straße. Dann einzeln ein Auto durchs

Dorf und schnell auf den Horizont zu. Nach Alsfeld? Nach Marburg? Nach Paris und nach Rom? Und dann wieder leer die Straße. Das Dorf fängt an, auf den Abend zu warten. Jetzt fliegen Tauben auf und müssen lang kreisen im Licht. Und wir durch die Stille zurück und ins Haus. Schon die Abendstille? Und wenn Sibylle gar nicht, wenn sie ganz spät erst kommt. Du kannst auch eine Weile hier, hat Birgit heute Morgen zu mir gesagt. Jetzt kommt der Frühling. Du schreibst und wir kommen jedes Wochenende und bringen Carina mit. Wir kaufen dir Vorräte ein. Und nach Alsfeld kann man zweimal am Tag mit dem Bus. Aber ich muß Carina jeden Tag sehen. Trotzdem von allen Seiten das Haus und auch aus der Ferne drandenken: da sitzt er und schreibt! Wer vorher? Eine Frau aus der Stadt, die das Haus nach zwei Jahren wieder verkauft hat. Aber die hundert Jahre davor? Wer sind sie gewesen? Und wie haben sie hier gelebt? Nochmal zur Telefonzelle, Carina und ich. Schon die Dämmerung. Wir gehen aus dem Haus und die Amsel fängt an zu singen. Klar, sagt Sibylle gleich. Ist es schön? Ist Carina warm genug angezogen? Dann bring sie morgen gleich in den Kinderladen und ich hol sie am Nachmittag ab. Dann muß Carina ihr noch das Haus und den Tag und das Dorf erzählen und gestern. Von gestern den gestrigen Tag. Gestern und vorgestern. Ein neues Lämmchen, zwei Kinderfahrräder und was jeder von uns seit Freitag alles gesagt und gesehen und gegessen hat. Und wie man hier abends mit einer Milchkanne bei den Kühen Milch holen geht und die Kühe kennen uns schon. Gute Nacht. Paßt mir gut, hat Sibylle gesagt. Bin auch müd! Aber wo war sie vorher? Und wie kann sie ohne mich sein heute Abend? Dann aus der Telefonzelle auf die Straße. Grün der Abend, die Amsel singt und Domi so schnell er kann uns entgegen. Man sieht ihm die Freude von weitem schon an. Nur nicht hinfallen! Schnell an den Zäunen entlang auf uns zu. Muß so schnell rennen, damit die Zeit stehenbleibt und weil er es so gut kann. Auf uns zu. Rennt und winkt noch dabei.

Montagmorgen zurück. Schon kurz nach neun vor dem Kinderladen. Carina, Domi und ich steigen aus. Birgit und Peter gleich weiter zu Birgits Schule. Und, fragen uns im Kinderladen alle Kinder, die so früh schon da sind, wart ihr da, wo ihr hinwolltet? Wie ist es da? Wollt ihr jetzt immer wieder hin? Was habt ihr dort gemacht? Warum hast du so eine leere Tasche? fragen sie mich. Warum hüpfst du immer so auf der Treppe? Weißt du, wann mein Geburtstag ist? Und meiner? Und meiner? Meiner ist im Mai, sagt die Meike. Und dann feiern wir auf der Wiese in Schwanheim. Würstchen, Eis, Erdbeertorte. Und dann werd ich fünf! Und der Marcel ist sogar jetzt schon fünf. Und ich hab auch bald, sagt der Domi. Ich ja sogar noch vor der Meike. Ich im April! Und die Katerina und der David im Juli. Und wir feiern bei uns im Garten, sagt der David. Und man muß sich wundern, daß er schon da ist. Weil er mit seinen Eltern in Liederbach wohnt und sie schlafen gern lang. Musik, sagt er, ein Gartenfeuer, Lampions. Bis dahin kann ich dann schon Klarinette spielen! Die Myriam ist schon fünf. Und wann hat die Carina Geburtstag? Wißt ihr noch, wie wir einmal im Sommer auf dem Ponyhof waren? Und wie es geschneit hat, sagen die Kinder zu mir, und du warst mit uns im Tatzelwurm und wir haben schon selbst den Weg gewußt. Du kannst auf unsre Geburtstage, sagen jetzt alle Kinder zu mir. Auf meinen! Auf meinen auch! Dann gibt es auch wieder Erdbeeren und in Schwanheim bei dem Riesen die Wasserrutsche! Wir feiern im Schwimmbad! Meine Omi kommt! Und ich werd dann, das weiß ich, also dann werd ich fünf! Erst wird man fünf und dann wird man sechs und dann wird man bald schon ein Schulkind. Du darfst bei mir auf alle Geburtstage kommen, bis ich groß bin. Alle Kinder haben jedes Jahr einmal Geburtstag und in diesem Jahr werden alle fünf! sagt der Herbert. Betreuer. Erwachsen. Ein Machtwort. Und die Kinder zählen weiter die Geburtstagstorten und Tage und Plätze und Eissorten auf. Wo gefeiert wird, wer alles kommt und was sie sich wünschen. Und jetzt kommt die Liesel zu spät. Betreuerin. Atemlos. Kommt und sagt: Daß es aber auch so schnell gehen muß! Der Bus ist ausgefallen und heute haben alle Züge Verspätung! Und zieht die Schuhe aus. Ist Kaffee da? So enge Schuhe! Ist das die Rundschau von heute? Ich war bei meinen Eltern in Seligenstadt und hab die ganze Nacht nicht geschlafen. Aber warum seid ihr so schnell großgeworden? Weil mier das so gewollt haben! sagen die Kinder. Der Herbert hat einen Türgriff repariert und fängt jetzt an aufzuräumen. Und pfeift dabei. Und jetzt ziehen alle Kinder ihre Jacken aus und jedem Kind fällt etwas Wichtiges ein. Überall Überreste vom Winter noch. Jacken und Mützen und Schals. Ein Federbett, Wolldecken, Schlitten, Schneereste. Aber auch schon Rollschuhe, Roller, ein Kinderfahrrad. Montagmorgen und schon April. Schon der zweite April. Bilderbücher, Bälle, Spielzeug, die gelbe Farbe an den Wänden. Ist die Heizung warm? Hell das Morgenlicht in den Kinderladen herein. Große Fenster und wie über den breiten alten Heizkörpern die heiße Luft zittert. Merk dir jedes Kind, jedes Ding, jeden Augenblick und wie warm die Heizung sich anfühlt an so einem Aprilmorgen und draußen ist es noch kühl. Morgenkühl. Merk dir das Licht und die Stimmen der Kinder. Noch früh. Es ist kaum erst halb zehn. Und dann gehst du. Alles im Kopf mit und nur ja nichts verlieren. Geh durch die stillen morgenkühlen Westendstraßen. Mit zwei Fingern die leichte Tasche. Die gleichen Straßen wie jeden Tag. Vorgärten, hohe Bäume. Unter den Knospen gehst du. Noch früh und von allen Seiten die Morgenvögel. Das gibt es also, das geht. Ein Wochenende auf dem Land. Als Gast und dein Kind mit. Frühstücke, Mahlzeiten, Feldwege, ein Gespräch. Und jeden Tag essen. Als Gast und mit anderen Menschen unter einem Dach. Und jetzt auf dem Heimweg im Gehen im Kopf schon zu schreiben anfangen. Als ob mir das zusteht. Arbeitslos. Schriftsteller. Daß es eine Zeit gibt. Daß die Zeit mir gehört. Und auf jedem Weg dir weiter dein Leben ausdenken. Du kommst in die Eppsteiner Straße. Das Haus steht und lächelt. So feierlich die Eibe mit ihren vielen hellgrünen Trieben. Heimkommen und mit mir selbst auf der Treppe. Als Gast und legal. Schlüssel, Tageszeit, Gegenwart. Wie am ersten Tag. Der helle Mittag am Tag meines Einzugs. Still das Haus. Steht und lauscht. Vielleicht wirklich jetzt kein Mensch daheim. Aber oft bist du höflichen reichen Leuten auf der Treppe begegnet. Gebildet. Menschen mit Titel, Wohnsitz, Einkommen und Vermögen. Sie haben Geburtsurkunden. Sie haben Familien. Sie grüßen. Du grüßt. Du siehst, daß sie nicht wie du selbst es die meiste Zeit tun mußt, böswillig an dir zweifeln. Nur nicht zu lang als Gast!

Du kommst heim. Der Schlüssel paßt, alles noch da. Als Gast und zu Recht auf der Welt. Als ob dich die Dinge erkennen. Das Manuskript auf dem Tisch. Lesen, korrigieren und immer wieder abschreiben jede Seite. Ein paar einzelne Wörter schreibst du dir auf. Unter dem Oberlichtfenster. Die Tasche dann später auspacken. Während du im Zimmer herumgehst, beim Nachdenken, zwischendurch. So ein geräumiger heller Vormittag. Erst zehn nach zehn (doch ich wußte, das bleibt nicht, weiter die Zeit!). Du schreibst und beim Schreiben findet alles sich um dich her ein. Schreiben. Das Manuskript sortieren. Eine Reihenfolge für die fertigen Kapitel. Im Herbst, der vorbei ist. Wie kann er vorbei sein? Ich hatte gerade erst angefangen mit dem Buch. Drei Sätze wollte ich schreiben über einen und alle Dorfsonntage. Die Sonntage nach dem Krieg. Noch vor der Trennung. Gleich mischen in meinem Kopf aus dem Dorf die Frauen sich ein. Aus der Nachbarschaft. Ehefrauen, Mütter und Witwen. Wissen alles besser. Ein Sonntagsspaziergang, sagen sie, bei dem alles seine Richtigkeit haben muß. Ein richtiger Sonntagsspaziergang. Was sein muß, muß sein. Und wissen genau, wie so ein Sonntagsspaziergang geht. Noch vor der Trennung (als noch die Trennung undenkbar!). Ich schrieb und schrieb und mußte Sibylle jeden Tag weiter davon erzählen. Das Dorf und die Frauen. Die ersten Jahre nach dem Krieg. Und wie es sich mit den Küchenschürzen verhält. Die Werktagsküchenschürzen und dann gibt es ja auch noch die Stallkittelschürzen und natürlich die guten, die Sonntagsschürzen. Spaziergänge, die nie stattfanden. Umso mehr müssen die Frauen auf mich einreden. Das ganze Dorf muß unentwegt auf mich einreden. Schreiben und jeden Tag mit Sibylle und Carina. Ein langer Herbst. Dann die Trennung und immer weiter hinein mich geschrieben. Und im Dezember dann auch noch ein Kapitel über die Kinder im Dorf und wie sie im Jahr 1950 auf einen Zirkus warten. Beide Kapitel beinah schon Bücher für sich. Vor einzwei Wochen noch dachte ich, daß sie nie fertigwerden. Schreib weiter! Du kommst da nicht mehr lebendig raus! Und jetzt auf einmal siehst du, beide sind fertig und jedes Wort stimmt. Wirklich fertig! Und auch noch ein Kapitel über eine Treibjagd, von dem ich die ganze Zeit dachte, man kann es nicht schreiben. Nur versuchen und versuchen und immer wieder umschreiben und es wird nie, wie es sein muß. Aber jetzt hast du es fertig. Steht auf dem Papier, ist gelungen und liegt da. Eine Geschichte. Beinah wie von selbst. Und dazu noch kurz. Du hast das Kapitel ein paarmal abgeschrieben und dabei ist es, wie durch ein Wunder, immer kürzer geworden. Jetzt das Manuskript sortieren. Unter dem Oberlichtfenster. Mit Selbstgesprächen. Vielleicht mehrere aufeinanderfolgende Vormittage und doch kommt die Zeit dir wie ein einziger langer lichter Augenblick vor. Im März. Immer noch März oder schon April? Die fertigen Kapitel und wie sie ihren Platz einnehmen auf dem Tisch und im Buch und in meinem Kopf. Also doch nicht verloren! Wie das Zimmer lächelt und lächelnd nach Bienenwachs riecht. Inzwischen barfuß im Zimmer herum. Zähl die Tulpen!

Abends in die Jordanstraße zu Carina. Unterwegs bist du bei dir selbst. Nicht mehr kalt und schon jeden Tag länger hell. Nicht mehr den engen Emigrantenmantel. Nur höchstens die alte Wildlederjacke, die mir jeden Tag wieder den täglichen Aufbruch erleichtert und jeden Abschied. Manchmal mit Carina am Abend noch in die Zweigstelle der Stadtbibliothek. Neue Bilderbücher. Erst in die Zweigstelle der Stadtbibliothek, dann auf die Leipziger Straße, Obst kaufen. Und dann über den Kurfürstenplatz, um den Abendhimmel zu sehen und damit wir uns dann erinnern, wenn die Mauersegler zurück sind und wir wieder hier gehen. Oft auch allein einen Umweg durch Bockenheim. Immer noch eine Ecke weiter. Die alten Wege. Es zieht mich, es zieht mich. Mein früheres Leben und ruft nach mir. Immer mit dem Abend auf den Sonnenuntergang zu und noch einmal dem Licht nach, komm! Nichtmal die Jacke, nur einen alten Pullover an. Und um mich der Abend. Noch hell und nicht kalt. Der Winter vorbei. Ist also doch vergangen. Mietshäuser. Sozialer Wohnungsbau. Auf der Schloßstraße knirschen die Straßenbahnen. Die S-Bahn hört man und Eisenbahnzüge. Schüler mit Prospekten. Sogar einen Karren dafür. Schüler und Arbeitslose. Sechs Mark die Stunde, acht Mark die Stunde. Mietshäuser, Haustüren, Briefkästen. März, ein Märzabend – und in allen Vorgärten und Hinterhöfen, bei den Mülleimern und Garagen und vor jedem stieren blicklosen Kellerfenster, auf jedem Fleck Erde und städtischem Rasen, überall wo auch nur ein paar einzelne spärliche Grashalme wachsen, siehst du die Amseln hüpfen. Ein Märzabend, Stille, die Dämmerung. Zittern die Häuser? Nur noch hier in Bockenheim abends zittern die Häuser. Mit Carina aus der Bibliothek heim und noch eine Weile bei ihr in der Jordanstraße und gleich umsichtig meinen Aufbruch vorbereiten. Du auch Milchkaffee? fragt mich Sibylle und schon riecht die ganze Wohnung nach Milchkaffee und Vergangenheit. Sollst noch bleiben! sagt Carina zu mir. Sollst die neuen Bibeltheksbilderbücher mit mir ansehen, Peta! Sollst mich ins Bett bringen, aba noch-nicht-gleich! Sibylle mit Pferdeschwanz. Pullover und Strumpfhosen. Im Sessel neben der Stehlampe.

Sitzt und streicht sich die Beine entlang. Müde, ein Abendbild. Hat wochenlang Nacht für Nacht die Gedanken und Bücher eingepackt. Dann angefangen, die Wohnung umzuräumen, dann müde, erschöpft, eine Pause. Und weiß jetzt nicht recht weiter. Trinkt jeden Tag mehr Kaffee. Vielleicht wenn ich nicht da bin, spricht sie mit mir. Sollst mir groß CARINA aufschreiben, sagt Carina zu mir. Mit Buntstiften! Damit ich es nachschreiben kann, wennst du dann nicht da bist. Schreib Carina und schreib auch drauf, wie alt ich bin! Schreib Carina viereinhalb. Hat all ihre Reichtümer aufgebaut. Bilderbücher, Buntstifte, Orangenpapierchen, Bilder, Vogelfedern und Glaskugeln. Und alles leuchtet im Lampenlicht. Und wie sie sich mit ihrer Freude auf meine Freude schon freut und die Welt mit mir teilt und will, daß ich nicht so bald gehen soll. Bleibst du da wohnen? fragt Sibylle. Jürgen hat nach dir gefragt. Er fragt jeden Tag nach dir. Willst du mit Carina Nudeln essen? Kleine griechische Nudeln mit Lauch und Möhren und Öl. Und, sagt sie und geht in die Küche, ich will im Verlag aufhören! Bald!

Auf den Abend zu. In den Abend hinein. Schon nicht mehr so kalt und auch jeden Tag länger hell. Und jetzt kommen aus ihren Höhlen und Winkeln und Nachtasylen wieder die Penner und Säufer und Bettler hervor. Zahlreiche Auferstehungen. Spinner, Narren, Sonderlinge. Haben den Winter überlebt und sind wieder da, sind immer noch da und suchen sich einen Platz zum Sitzen. Einen Platz, wo sie nicht gleich wieder weggejagt werden. Sitzen und kratzen sich. Sitzen und müssen lang sich besinnen und in die Sonne blinzeln. Von der Warte die Penner sitzen bei der Straßenbahnhaltestelle. Eher daneben. Mehr da zum Rand hin. Haben sich zusammengetan. Jeder mit seinem eigenen Tabakbeutel. Wollen heute, wollen unbedingt, wollen die nächsten zwo Stunden das Geld für wenigstens zwo Zwoliterflaschen Kalterer See zusammenkriegen. Beim Penny für einsneunundsiebzich. Immer abwechselnd einer von ihnen, wer grad an der Reihe ist, steht auf und quatscht die Leute an, die vorbeikommen. Sowieso nur die, die es nicht so eilig haben und auch ein bißchen spendabel aussehen. Die gleichen Sprüche wie eh und je. Noch besser natürlich, die Leute schmeißen ihr Kleingeld schon ganz von allein in den Pappbecher. Ein großer Pappbecher vom McDonald's, extra ausgespült. Zu viert sitzen die Penner mit ihrer Lebenserfahrung an der Warte und müssen rechnen und rechnen, bis sie das Geld für den Wein endlich zusammenhaben. Rotwein. Zwo Flaschen mindestens. Jeder Penner, der ein paar Mark hat, steht jetzt im Frühling an einem Büdchen. Scharenweise. In Gruppen. Flaschenbier, einen Flachmann, Bier und Korn. Woher das Geld ist, geht keinen was an. Laut und großspurig über Gott und die Welt. Alle gleichzeitig und jeder hat recht. In der Kiesstraße, in der Jungstraße, am Kurfürstenplatz, am Weingarten, in der Falkstraße und in der Basaltstraße sind diese Büdchen. Gibt noch mehr, aber das jedenfalls sind die besten. Da bist du ungestört. Manche Büdchen mit Vordach. Meistens steht man und kann sich gut anlehnen, steht bequem. Oft auch in der Nähe ein Platz zum Sitzen. Ein Treppchen, ein Mäuerchen, der Gehsteigrand, eine alte Bank, auf die sich sonst keiner mehr draufsetzt (die besseren Leute denken, da macht man sich dreckig!). Ganze Tage, ihr halbes Leben bringen die Penner bei diesen Büdchen zu. Sogar bis aus Bornheim und Niederrad kommen sie zu den Bockenheimer Büdchen in Bockenheim. Und jeder Frankfurter Penner nimmt sich jedes Jahr wieder vor, daß er wenigstens einmal im Frühling nach Rödelheim auf das Rödelheimer Inselchen geht und zu dem Büdchen, das dort auf dem Inselchen steht. Nicht nur die Frankfurter Penner, sogar die aus Offenbach machen sich auf den Weg oder haben es wenigstens vor. Demnächst! Morgen! Eisern! Manche kommen bis zur Konstablerwache, manche schaffen es bis zur Hauptwache. An der Hauptwache kann man als Penner gut hängenbleiben. Unterirdisch. Die Zeit ruckt, die Zeit rast vorbei. Automaten, Rolltreppen, eine Uhr. Das normale

Volk hat es eilig. Unbegreiflich in seiner Eile das normale eilige Volk. Jeden Tag. Und die Penner wollen unter sich bleiben. Stehen in der B-Ebene am Fuß der Rolltreppe, wo man noch eben einen Fleck städtischen Himmel sieht oder wenigstens ahnen kann (sich einbilden, daß man ihn sieht oder ahnt). Bei den dreckigen verbeulten aufgebrochenen zerschlagenen Schließfächern, wo es zum Pissen geht. Waschraum und Klo. Nur nicht den normalen Leuten im Weg stehen. Neben der Rolltreppe liegt ein Kinderhandschuh. Ist also der Winter nochmal zurück oder ist das schon der nächste Winter? Blicklos die Menge vorbei. An manchen Tagen wie blind und taub, die Tage selbst blind und taub und die meiste Zeit Winter. Öfter ein Tag, der ins Torkeln gerät, oft für Wochen geraten die Tage ins Torkeln. Halt dich fest! Manchmal ein Penner schafft es aus der B-Ebene wieder ans Tageslicht. Auf die Zeil zurück oder die Schillerstraße hinauf – beides die falsche Richtung, wenn man am Anfang des Frühlings mit aller Kraft auf das Rödelheimer Inselchen will. Zeil, Schillerstraße oder hustend und stolpernd die Kaiserstraße hinunter – auch nicht direkt richtig. Oder über die Freßgass bis zur Alten Oper. Das ist dann ungefähr schon die Richtung, aber nur ein kurzes Stück auf dem Weg und inzwischen wird wieder die falsche Jahreszeit sein. Nacheinander mehrere falsche Jahreszeiten. Aus Sachsenhausen und zielstrebig über den Main. Vielleicht schon am Morgen, aber finden sich dann nach Jahren im Bahnhofsviertel wieder und wissen nicht zu sagen, wo sie in der Zwischenzeit gewesen sind und so grau geworden. Aus Griesheim und Niederrad kommen sie und landen im Gallusviertel, wo man als Penner nicht so leicht wieder wegkommt. Die Erfahrensten aus dem Gallusviertel am Güterbahnhof vorbei und über die Emser Brücke zum Westbahnhof. Jetzt sind sie in Bockenheim. Wollen weiter die Schienen entlang, doch genau wie die Schienen vor ihren Füßen, so verzweigen sich auch ihre Tage und Wege. Müssen vor dem Westbahnhof betteln und randalieren. Weil da am Westbahnhof so ein Schild hängt:

Betteln und randalieren verboten! Waschen in dem Brunnen am Kurfürstenplatz ganz unnötig ihr einziges Hemd. Torkeln über die Leipziger Straße und sitzen abends am Hessenplatz und müssen sich einen alten Lappen als Verband um den Fuß wickeln und dann noch einen um den anderen Fuß. Schon lang unterwegs und immer noch nicht in Rödelheim auf dem Rödelheimer Inselchen gewesen. Man kommt dort nicht so leicht hin. Auch wenn man schon ewig den Weg weiß. Man kommt einfach nicht an. So sitzt er mit seinen Abendfüßen und Selbstgesprächen. Ein Zug pfeift und er weiß als Penner ganz genau, das Inselchen liegt da hinten im Sonnenuntergang. Schon jahrelang weiß er das. Schon sein halbes Leben. Am äußersten Rand das Inselchen. Gerade daß er es noch zu erreichen vermag mit seinen Gedanken. Müd, abendmüd. Er wollte sich dort mit dem Frühling treffen. Und vielleicht fallen hier auf dem Hessenplatz um ihn her schon wieder die reifen Kastanien aus den Bäumen und unter dem abgefallenen trockenen Laub rascheln fürsorglich die eifrigen städtischen Mäuse (die auch immer nur an sich denken!). Wieder andere Penner, die auch schon seit Jahren nach Rödelheim wollen, landen in Praunheim. Das geht noch, da ist die Endstation von der Achtzehn und daneben ein Endstationsbüdchen. Und hinter dem Endstationsbüdchen die Nidda und da kann man im Gras sitzen. Flaschenbier, einen Flachmann, eine kleine Flasche Korn. Auf der Böschung sitzen und die Flasche austrinken, den letzten Schluck und dann vielleicht eingeschlafen und es nicht einmal gleich gemerkt. Und wenn du dann aufstehst, mußt du dich beim Pissen an einem Baumstamm festhalten. So zieht hier am Abend die Nidda an dir. Oder in Hausen oder in Ginnheim, wo es überhaupt keine Büdchen gibt. Nicht einmal Kneipen, die einen Penner locken könnten, gibt es in Ginnheim und Hausen. Aber jedes Fenster starrt dir mißtrauisch nach. Jeden Abend, wenn sie nicht zu besoffen sind, sitzen die Penner überall in der Stadt auf ihren Treppchen und Mäuerchen. Flaschenbier, ein paar Kippen, einen Flachmann. Sitzen und träumen und lallen von dem berühmten Büdchen auf dem Rödelheimer Inselchen und daß sie einmal an einem Frühlingstag! Am besten schon morgens und dann den ganzen Tag dortbleiben, bis in den Bäumen hinter dem Büdchen die Sonne untergeht. Am besten schon morgens mach dich auf den Weg, lieber gestern schon – und kommst nie an! Und trotzdem: es muß Penner gegeben haben, die den Weg dorthin geschafft haben. Sonst wüßten wir ja nichts von dem Rödelheimer Inselchen und vom Frühling und von dem Büdchen auf diesem Inselchen. Und wie sollten wir dann seit vielen Jahren schon davon träumen und dorthin unterwegs sein? Oder sind wir das vielleicht sogar selbst gewesen, die in der Vergangenheit einmal dort waren? Daß wir es wirklich geschafft hätten? Vielleicht sogar mehrfach geschafft? Womöglich jedes Jahr wieder? Hohe Bäume, eine Brücke, ein Mühlendamm, der Fluß rauscht, die Nidda, und das Inselchen schwimmt immer weiter davon. Am liebsten schon morgens stünden wir dort und von da an dann alle Tage. Erst Frühling, dann Sommer. Die anderen, die Penner, die sich jeden Abend um den Campus herum ihre Schlafplätze suchen, wo die wohl bei Tag ihre Decken und Schlafsäcke und das ganze Zeug aufheben? Müssen ein gutes Versteck, aber wo? Wer nicht mehr aus seiner Winterhöhle herausgekommen ist, der ist jetzt schon vergessen oder du suchst ihn in deinem Kopf.

Der mit den Erdstrahlen. Groß und dünn. Ein alter Mann. Olivgrüne Arbeitsklamotten und hohe Schnürstiefel. Und mit Meßkasten. Selbstgebastelt. Immer im Dienst. Eilig. Er schafft es ja kaum. Hat es auch früher schon kaum geschafft, aber sowieso mit den Erdstrahlen – Tendenz zunehmend! Wird immer schlimmer! Auch neue Sorten dazu. Muß er alles allein. Kennt sich außer ihm keiner aus. Hier der Kasten, sagt er dir, ein Awrat – eine A-ppa-ra-tur zum Aufspüren, Messen, Klassifizieren und Registrieren von Erdstrahlen. Und um sie im Zaum zu halten. Die nehmen sich sonst immer mehr raus. Aber nicht bei ihm.

Wenn es sein muß, strahlt er doppelt und dreifach zurück. Nicht berühren den Kasten! Überhaupt Obacht, verstanden! Der Kasten merkt sich alles. Könnte ihn noch erheblich verbessern, ausbauen, weiterentwickeln, aber dann kann er ihn nicht mehr allein tragen. Braucht er einen Hadjudant als Gehilfen, der ihm messen und tragen hilft. Hadjudant, Dienstfahrzeug, Vollmachten. Daß er an den Haustüren klingeln kann: Strahlenschutzbeauftragter. Zeigen Sie Ihre Wohnung vor! Muß vielleicht geräumt werden! Wohnung, Keller, Garage und Nebenräume. Sofort eine Steckdose für dieses dienstliche Dienstkabel! Noch besser der Hadjudant klingelt. Mal sagen, ein blutjunger Leutnant als Hadjudant und ein kerniger Feldwebel für den Einsatz. Oder wenigstens einen zuverlässigen tüchtigen Handkarren. Erdstrahlen müssen auch sein, aber dürfen nicht überhandnehmen. Gibt außer ihm auf der Welt nur noch sieben, die sich mit Erdstrahlen auskennen. Zwo in Rußland. Hochgeheim. Wissenschaftler mit Generalsschulterklappen. Der eine sitzt in Sibirien. Nummer zwo wird im Verborgenen verborgen gehalten. Eine unterirdische Stadt. Dann zwo in Amerika und einer in Kanada. Die rufen ihn öfter an, wenn sie Fragen haben. Aber auch, damit sie wissen, daß er nicht entführt worden, klar! Die Chinesen hätten gern einen, aber sind noch nicht so weit. Wenn er wollte, könnte sofort bei ihnen anfangen. Sonderrechte. Dienstflugzeug. Extra Lebensmittelkarten. Gleich als geheimer Parteichinese. In der Schweiz hat die Schweiz einen nur für die Schweiz. Aber spricht außer Schweizerdeutsch auch noch fließend Hochdeutsch. Und dann gibt es noch einen für die gesamte südliche Halbkugel. Das Kreuz des Südens. Den hat der Papst ausgesandt. Noch Fragen? Er muß nämlich weiter und das meiste ist auch geheim! Schnürstiefel, große Schritte. Schwarz der Meßkasten. Blech, Pappe, Plexiglas, Plastik und Styropor und dick mit schwarzen und gelben Klebstreifen. Meßkasten, Rucksack und grüne Arbeitsmütze. Unter der Mütze noch Ohrenschützer. Keine Handschuhe. Geht, hat es eilig und zuckt beim Gehen. Der Kopf ruckt, Kopf und Herz, und er zuckt mit Armen und Schultern. Ederstraße, Nähe Schloßstraße. Wenn es zu schlimm wird, muß er stehenbleiben und mit seinen Schnürstiefeln die Erdstrahlen platt treten. In den Boden zurück. Schnürstiefel mit Stahlkappen. Schreit und muß immer zorniger stampfen, ein Tanz. Bist früher oft ihm begegnet, dann den ganzen Winter lang hast du ihn nicht gesehen. Und jetzt gleich zweimal an einem Tag. Nachmittags in der Ederstraße. Und zwei Stunden später am Kirchplatz. Vom Kirchplatz aus mit dem Kasten eilig die Ginnheimer Landstraße entlang. Viel Arbeit! Nach dem langen Winter noch dünner als vorher. Zuckt auch mehr. Muß immer wieder die Erdstrahlen niedertrampeln. Geht, hat zu Rucksack und Meßkasten einen großen Laib Brot mit und bricht sich im Gehen große Stücke davon ab. Nicht nur amigrün, sondern dazu auch noch mit Tarnflecken sein Arbeitsanzug. Wie ein Kriegsgefangener geht er, zuckt, redet, geht und kaut. Große Schritte und beinah wie ferngelenkt. Geht und kaut und unsichtbar zucken um ihn die Erdstrahlen.

Und ich? In aller Frühe ein Automotor, der nicht anspringt. Jedesmal wieder nicht anspringt. Schlaflos. Herz müde. Lang vor Tag aufgewacht, als ob du nie mehr Schlaf finden sollst. Vier Uhr früh. Ob jetzt mein Vater wach? Lang wie aufgebahrt liegen im ersten Vortageslicht und seine und meine Sorgen bedenken. Todmüd und hellwach zugleich. Kein Schlaf mehr. Die ersten Vögel. Der Tag kommt. Mein Manuskript auf dem Tisch. In den Notizen zu einem der nächsten Kapitel geht einer, den ich noch nicht kenne, von Staufenberg nach Lollar. Am Morgen. Sehr früh. Allein. Wer ist er? Warum geht er da? Wo will er hin? So stehst du auf und schreibst weiter. Um zu sehen, was mit ihm wird. Espresso, Milchkaffee, Zigaretten, Espresso. Musik? Nur im Kopf die Musik. Schreiben bis in den Mittag hinein. Nicht auch gestern und vorgestern schon? Sooft du aufblickst, der gleiche Moment und auch in der Geschichte (beinah als ob du mit ihm da gehst) rennt die Zeit auf den Mittag zu. Du hättest eine Banane essen sollen, aber vielleicht war keine Banane da und du bist auch nicht drauf gekommen. Schreiben, dann keine Pause, nicht schlafen, lang schreiben und dann gleich aus dem Haus. In den Kinderladen zu Carina. Sie sehen, besuchen, abholen und mit ihr sehen, wie die Schulkinder heimgehen. Erst mit Carina in die Jordanstraße, dann lang noch allein durch Bockenheim jeden Nachmittag. Mit meiner Müdigkeit. Auf den Abend zu. Zittern die Häuser? Auf den Abend zu zittern sie. Carina heimgebracht, dann nochmal mit ihr in die Bibliothek. Ein Abschied und noch ein Abschied. Sie gleich von der nächsten Telefonzelle aus nochmal angerufen. Und jetzt hier mit meiner Müdigkeit. Adalbertstraße, Seestraße, Leipziger Straße. Weingarten, Falkstraße, Hessenplatz. Müd, immer müder. An den Büdchen die Säufer. Säufer, Penner, Obdachlose. Bier, Korn, Weinbrand, Rumverschnitt, jeder erstbeste Fusel. Immer eine Flasche in der Hand. Stehen da mit ihrem Leben, stehen ihre Tage ab, stehen und trinken. Müssen trinken! Du siehst sie, du hörst ihre Stimmen. Als ob du immer noch bei ihnen stehst und kannst sie denken hören. Sie stehen an den Büdchen und leben noch. Jetzt hier im späten Nachwinternachmittagslicht, wenn die Tage schon wieder länger werden und dann auf einmal, dann ist es still. Ein Zug abgefahren? Auch in dir drin still – als ob du etwas vergessen hättest. Und in deiner Müdigkeit und in diesem stillen zaghaften Tagesverlängerungslicht will dir gleich vorkommen, es könnte sein, du warst selbst lang krank und nicht bei dir. Und weißt noch nicht, ob das nun der Anfang der Genesung ist oder nur ein einziger trügerischer Augenblick, damit du merkst, daß du etwas vergessen hast. Und damit du dir das Licht merkst, das Licht und wie es vergeht. Jetzt in Gedanken trinkst du noch einmal alle Flaschen und Gläser deines Lebens. Wie Samojeden, wie die letzten Indianer, wie Angehörige eines zum Untergang verurteilten Volksstammes die Penner an den Büdchen. Sich totsaufen, ja das dauert! Der Reihe nach bist du jeder einzelne von ihnen. Und du, sagen in meinem Kopf die Kinderladenkinder alle gleichzeitig zu mir. Hast du auch Geburtstag? Wann ist das? Wieviel bist du jetzt? Und wieviel wirst du dann? Zeig es uns mit den Fingern und schreib es hier an die Tür. Ist es dann wieder warm? Wenn dann dein Geburtstag ist, sagen sie, sollst dann mittags mit uns an den Main gehen! Wollen mal wieder auf ein Schiff drauf, wollen mit einem Schiff mit! Nehmen von hier unser Essen mit und bleiben, bis es ganz spät ist, sagen sie. Seitenstraßen. Die Marburger Straße. Die Mühlgasse. Leere Fenster, Gardinen, Topfpflanzen. Eine alte Frau. Still. Wie ein Schatten hinter dem Fenster. Reglos. Als ob sie schon hundert Jahre so sitzt und muß immer wieder auf den Abend warten. Oder tot? Ausgestopft, damit man die preiswerte Sozialwohnung behalten kann, Rente und Sozialwohnung. Aber auch als Andenken. Neben dem Fernseher und so klein und so still und stört ja auch nicht auf ihrem alten Polsterstuhl.

Noch einmal die Seestraße entlang. Müd, immer müder. Die Zeit ruckt. Und jetzt kommt die Dämmerung. Grün die Luft, Abend. Und in allen Höfen, in jedem Baum, unter jedem Küchenfenster singt eine Amsel. Vorfrühling, ein langer schmerzhafter Vorfrühling. Warum kann ich nicht heimgehen? In der Homburger Straße kommt dir der Hausmeister entgegen. Unser alter Hausmeister aus der Jordanstraße. Auf dem Heimweg vom Westbahnhof. Mantel offen. Schal lose. Hut im Nacken. Raucht, schlenkert im Gehen mit der leeren Frühstücksbrotaktentasche, kommt aus dem Tabakladen. Zigaretten, Lotto, Bildzeitung, Spirituosen. Will auf dem Heimweg noch in den Tannenbaum, der eben erst aufgemacht hat. Zieht den Hut, grüßt und winkt schon von weitem. Geht mit sorglosem Schlenkerschritt. Daß er nur ja den Schal nicht verliert! Und ein paar Häuser weiter kommt er schon wieder, kommt noch einmal. Kein Mantel, ein Überrock. Mütze statt Hut. Langsam. Bleibt alle paar Schritte stehen. Kommt gleich nochmal, das ist er auch und stützt sich auf einen Spazierstock. Die leere Aktentasche unterm Arm. Zum Spazierstock einen grünen Hut. Erst noch ein Spazierstock, dann eine Krankenkassenkrücke. Reval, Roth-Händle, Raucherbein. Raucht-hustet-raucht. Raucht im Gehen mit schmerzverzerrtem Gesicht. Immer wieder ihm und der Dämmerung hier begegnen. Jetzt mit zwei Krücken und schief, schon ganz schief. Dann zwei Krücken und nur noch einen Fuß. Hat noch keine Übung mit zwei Krücken und nur einem Fuß. Dann gleich nochmal ins Krankenhaus und das Bein lieber ganz ab. Besser ist besser! Und dann als Toter kommt er daher. Grau. Steingrau. Auch im Gesicht steingrau. Als Toter jetzt wieder beide Beine. Ohne Krücken als Toter. Hat er gegrüßt? Mehr für sich selbst ein Gemurmel, aber immerhin deutlich genickt. Seit er tot ist, auch weder Zigaretten noch Bildzeitung. Auch keine Lottozahlen als Toter und muß, wie es scheint, immer wieder den gleichen Weg. Wenn man die Schloßstraße überquert hat, dann wird die Adalbertstraße zum Westbahnhof hin eng und grau. Noch grauer, als sie schon sowieso ist. Noch grauer, als all diese grauen Seitenstraßen ringsum. Als ob dem, der sich das alles ausgedacht hat, hier nichts mehr eingefallen ist. Ein Kind mit Buntstiften. Lang allein am Tisch und gezeichnet, gemalt, einen ganzen Block vollgekritzelt und müd jetzt. Will nicht mehr. Alle Einfälle aufgebraucht. Die meisten Buntstifte stumpf oder abgebrochen und die Hand tut ihm weh, aber weiß nichts andres, kann noch nicht aufhören! Nein, eher noch wie eine Blaupausenzeichnung. Wie auf einem behördlichen Zeichenbrett so öde ist die Adalbertstraße, bevor sie zum Westbahnhof kommt. Keine Farben. Nicht genug Platz. In der Mitte die Straßenbahnschienen und du weißt nicht, ob du rechts oder links gehen sollst. Es gibt nichts zu sehen. Wenn nicht in der Mitte die Straßenbahn fahren würde, könnte man denken, es ist eine Straße für Blinde. Morgens in Scharen die Leute zur S-Bahn (wie blind) und abends dann von der S-Bahn heim (müd und wie blind und merken es nicht einmal). Und die übrige Zeit ist die

Straße leer und bleibt leer. Eine Biegung. Keine Straßenbahn kommt. Der Himmel ist wie ein Teich jetzt am Abend, ein trüber Teich. Sind alle heimgegangen? Dort dicht an der Mauer ein Karren. Ein Kinderwagen. Und daneben gebückt eine alte Frau. Auf dem Kinderwagen Einkaufstaschen, Plastiktüten, Kissen, zwei Pudel. Zwei lebendige Pudel. Sie hat ein paar Tüten abgeladen, füttert die Pudel und kaut auch selbst. Erschrickt, weil sie merkt, jemand kommt. Erschrickt und will weg! Schafft es nicht, kann nicht schnell genug weg, dreht sich im Kreis und fängt an zu schimpfen. Die Pudel mit Halstuch und Umhang. Gelassen. Stolz. Sitzen aufrecht wie Löwenstandbilder auf ihren Kissen. Die Frau dreht sich, schimpft, zerrt an sich und den Tüten. Gern wüßtest du, was sie schimpft. Man versteht es nicht und kann auch nicht nachfragen. Sie verträgt Blicke nicht. Will nicht gesehen werden! Soll man ihr ausweichen? Sich abwenden? Umwege gehen? Einen Bogen? Man darf sie nicht ansehen, aber kann auch nicht weggucken! Jetzt fängt sie eilig zu packen an. Zerrt an den Taschen und Tüten, zerrt an sich selbst. Schultertuch, Kopftuch und die Ärmel zu lang. Zwei Kopftücher übereinander. Warum zwei? Ein dickes, ein dünnes. Das eine abgetragen, schon löchrig, aber immer noch warm und besser als nix und das bessere obendrauf. Das bessere oben, aber das alte ist wärmer oder wenigstens in der Vergangenheit deutlich wärmer gewesen. Zwei sind besser als eins. Am liebsten hätte sie einen Helm. Helm und Rüstung oder eine Tarnkappe aus einem Märchenbuch. Sie hustet! Schon der Hausmeister hat immer wieder gehustet. Und genauso der mit den Erdstrahlen. April. In jeder Straßenbahn, S-Bahn, U-Bahn husten die Leute. Auch an den Haltestellen. Gehen hustend auf den zugigen Bahnsteigen auf und ab. Husten in ihren Wohnungen. Müssen dem Fernsehen hustend den Ton abstellen, um besser husten zu können. Ungestört. Fernbedienung. Sitzen als Rentner – wenigstens das haben sie geschafft, kann ihnen keiner wegnehmen – sitzen halbe und ganze Tage hinter ihren Fenstern und denken an früher.

Was für eine großartige Sache das doch war: Neunundzwanzig Jahre bei den Adler-Werken. Zuletzt als Lagerhauptverwalterstellvertreter beinah wie ein König – kann sich heutzutage ja kaum noch einer einen Begriff davon. Denken an früher und husten und husten. In den Schulen husten die Kinder. Anfang April, die ganze Stadt hustet. Und ich auch gleich mit einem Hustenanfall. Jetzt hat die Frau aufgeladen. Stolz die Pudel auf ihren Kissen. Gelassen. Der eine mit Löwenfrisur. Sie hustet. Unter den Kopftüchern von ihrem Haar nichts zu sehen. Silbergrau? Pudellöckchen? Fast kahl? Zerrt an dem Schultertuch, ein Schultertuch wie ein altes Tischtuch und wieviel Umsicht und Mut sie doch braucht jeden Tag für diese Ausfahrten und für ihr Leben. Menschenscheu! Nachtangst! Man merkt ihr die Nachtangst an! Kopftücher, Nachtangst und Gummistiefel. Fährt an. Schiebt. Ein überladener alter Kinderwagen. Sie schimpft, hustet, schiebt und biegt in die Werrastraße ein, die leer ist und vor deinen Augen im Abend ertrinkt.

Und ich? Hustend zum Westbahnhof. Erst noch die Lagerhallen und Güterschuppen. Dann auf dem Bahnhofsvorplatz bei den Riesenpfützen vorm Eingang. Müd. Warum hier? Und sehen, wie die Nacht kommt. Du hast geträumt, du willst dir eine Fahrkarte kaufen. Muß erst kürzlich, der Traum. Gestern? Vorgestern? Und nur weil du jetzt hier stehst, stiehlt er sich zu dir zurück. Eine Fahrkarte nach Staufenberg. Aber in Staufenberg gibt es keinen Bahnhof. Trotzdem, sagst du dir im Traum, trotzdem die Karte verlangen! Muß man sich bücken und laut in den amtlichen Kasten hinein. Laut und deutlich. Durch die Glasscheibe. In diesem Traum ist der amtliche Kasten besonders niedrig. Der Fahrkartenschalter. Vor dem Fahrkartenschalter ein kleines Holzbrettchen. Sehr wichtig. Eine Art Pult für die wartende Stehkundschaft. Wer grad dran ist. Man kann Handschuhe, Taschen und die eigenen Gedanken und Hände darauf ablegen. Sein Geld sortieren und zur Sicherheit ein paarmal vor-

und nachzählen sein Geld. Willst du dir was aufschreiben? Will einer seine Mütze da deponieren? Die Ellbogen? Schnupftabak, Taschentuch, Tabakbeutel und was man noch alles mithat. Noch aus der Zeit, als die Eisenbahn in jeden Winkel des Landes die neuzeitliche Zivilisation transportierte, aus dieser Zeit stammt das Holzbrettchen. Und ist seither immer wieder dick mit gelbbrauner Eisenbahninnenraumölfarbe angestrichen worden. Die amtliche Glasscheibe angelaufen. Wahrscheinlich schon länger. Die Zeit ruckt. Noch im Traum spürst du, wie die Zeit ruckt. Der Beamte bewegt sich hinter der Scheibe, als ob er gerade geschlafen hätte. Schläft vielleicht immer noch. Versieht seinen Dienst im Schlaf. Dagegen ist nix zu sagen. Im Traum weißt du nicht, wo du bist. Klein und verloren ein Dorfbahnhof. Wie die Bahnhöfe deiner Kindheit. Ich wollte gern sehen, wie er die Fahrkarte ausstellt. Sieht er in einem Buch nach und hat ein Blöckchen mit Vordrucken und schreibt die Fahrkarte auf so einem Vordruck dann mit der Hand aus? Jeder Vordruck mit Durchschrift und dazu gehört ein kleines blaues Blatt Kohlepapier. Das darf nicht verlorengehen. Oder muß er den Zielbahnhof auf einem überkommenen altmodischen Eisenbahnfahrkartenstempeldrucker (warum keiner weiß, wie so ein Ding amtlich heißt?) erst sorgfältig einstellen. Nochmal nachkontrollieren. Zielbahnhof, Wagenklasse, Entfernung, Datum und Preis (stimmt alles?). Und dann ein kleines hellbraunes Pappkartonkärtchen einlegen. Es gab eine Zeit, da waren diese Eisenbahnfahrkartenstempeldrucker der letzte Schrei. Und müssen doch einen Namen gehabt haben. Nochmal nachsehen und jetzt kräftig mit dem Hebel, damit das Kärtchen bedruckt wird. Und damit es, wenn es dann bedruckt ist und kontrollhalber nochmal nachkontrolliert, damit es dann mit einer Lochzange gelocht werden kann. Ordnungsgemäß. Damit man als Fahrkarteninhaber (Nicht übertragbar!) berechtigt den Bahnsteig betreten darf (jetzt ist die Karte schon gelocht) und kann als Fahrgast (ist die Karte noch da?) getrost auf die Einfahrt des Zuges warten. Meistens haben die Züge Verspätung. Bitte zurücktreten von der Bahnsteigkante! Aber vorher müßte er doch zu mir sagen: In Staufenberg gibt es keinen Bahnhof. Sie können, müßte er sagen, mit dem Zug nach Lollar, Daubringen, Mainzlar oder Friedelhausen fahren oder Sie nehmen von Gießen aus den Bus. Gibt auch Taxis. Holt Sie denn keiner ab? Warum holt Sie keiner ab? Was stimmt denn in Ihrem Leben nicht, daß Sie keiner abholt? Jetzt weißt du nicht, ob er das gesagt oder nur gedacht hat. Ein alter Dorfbahnhof, denkst du. Klein und alt. Aber dann fällt dir auf, daß der Bahnhof wie ein eiliges Bühnenbild nur aus ein paar angedeuteten Einzelheiten besteht und die sind in einer großen Halle. Nur Dekoration? Sparmaßnahmen? Eine Täuschung? Damit man denken soll, es ist so ein kleiner Bahnhof und deshalb umso geduldiger wartet? Damit ein einziger enger Fahrkartenschalter für diese Riesenhalle reicht? Vielleicht träumst du das öfter. Du hast die Fahrkarte verlangt und jetzt sitzt der Beamte mit dem Rücken zum Schalter an einem Tisch. Stellt er die Fahrkarte aus? Hat er dich vergessen? Ist vielleicht wieder eingeschlafen? Ist vielleicht weg und da sitzt nur eine Attrappe (sie haben extra Beamtenattrappen, verschiedene Ausführungen!) oder nicht einmal das – nur ein Schatten, der dir wie eine Attrappe vorkommt, die wie ein Beamter aussehen soll, der mit dem Rücken zum Fahrkartenschalter am Tisch sitzt, als ob er im Kursbuch nachschlägt oder schon die Fahrkarte ausstellt. Ein Schatten, ein Lichteffekt. So staubig und trüb und verkratzt und beschlagen die Plexiglasscheibe, die in diesem mangelhaft ausgestatteten Traum den amtlichen Fahrkartenschalter darstellen soll. Bei näherem Hinsehen bist du nicht einmal sicher, ob dahinter überhaupt ein Schatten zu erkennen ist. Die Ahnung von einem Schatten. Gesplittert die Scheibe. Hat einen Sprung, hat zahlreiche Sprünge. Die Ränder angesengt. Ein Netz von Sprüngen. Und jetzt fängt die Scheibe vor deinen Augen zu brennen an. Vernichtet sich selbst. Die Scheibe, der Fahrkartenschalter, die gesamte Dekoration – fängt alles zu brennen an! Es gibt ja auch keinen Bahnhof in Staufenberg. Gepäck? Kein Gepäck? Wenn es dir wichtig ist, geh zu Fuß! (Die ersten warmen Tage. Dann aber doch wieder den Regenschirm mit. Besser ist besser. Auf jedem Weg und nicht loslassen! Mit beiden Händen und keinesfalls loslassen! Immer im März in Deutschland die ersten warmen Tage. Aber bleiben nicht.)

15

Das Telefon. Es stimmt, sagt eine Frauenstimme direkt in mein müdes verschlafenes Ohr. Es stimmt. Jeden Abend die Amsel. Ich stand mit dem Hörer im Nebenzimmer. Es ist Anne! Wie früher die Amsel, sagt sie. Wie vor fünfundzwanzig Jahren in Frankenberg bei meiner Großmutter. Mir jetzt wieder alle Tage ein Bett in der Küche, weil ich immer erst morgens einschlafe und dann ist es vornraus zu laut. Muß jetzt immer die ganze Nacht lesen, sagt sie. Jede Nacht. Wann sehen wir uns? Nach meinem Nachmittagsschlaf gerade erst wieder zu mir gekommen, sagte ich oder dachte nur, daß ich es sage. Noch fremd auf der Welt. Zwischen fünf und sechs jeden Morgen, sagt sie, eher schlaf ich nicht ein. Trifft sich gut, sagte ich. Seit ein paar Tagen nämlich bin ich immer schon um drei wach. Lang vor Tag. Vor dem Haus ein Automotor, der nicht mehr will und in mir mein müdes Herz. Und dazu im Morgengrauen, als sei ich dafür zuständig, die Sorgen von meinem Vater. Vollzählig. Komplett. All seine Sorgen seit 1948. Trifft sich gut, sagte ich, weil wir dann ja abwechselnd aufpassen konnen auf uns und den Schlaf und die Welt. Aber eine Sicherheit natürlich hat man dadurch auch nicht, sagte ich. Gibt keine! Eben aufgewacht in der Stille. Genau der Augenblick, bevor das Telefon anfing zu läuten. Auf den Abend zu. Und schon die ersten Schatten im Zimmer. Vor dem Fenster ein mattes zögerndes Vorabendlicht. Wann sehen wir uns? fragt sie und gleich seh ich uns in diesem täglichen matten Vorabendlicht lang durch die unvermessene Stille fremder Seitenstraßen gehen. Müssen einmal zur Autorenbuchhandlung, sagte ich. Nicht rein, nur davorstehen. Davor und im Fenster als Spiegelbild. Am besten am frühen Abend. In der Stille. Als ob man träumt. Und dann im Grüneburgweg eine Stehpizzeria. Bei mir um die Ecke, sagt sie, ist ein Italiener zum Sitzen. Sogar gut. Und ich lade Sie ein! Nein, sagte ich, nicht essen! Nur von außen das Haus! Das gleiche Haus in einem anderen Land schon einmal, aber wo? Also wann sehen wir uns? fragt sie und ich sagte: Warum? Und dann sagte ich: Bald! Nur erst noch das Manuskript sortieren und noch ein Stück weiter mit dem Manuskript. Wo denn in Zukunft noch wohnen? Bald, sagte ich, wie einer, der immer alles verspricht, wirklich jetzt bald! Und konnte die Stadt spüren um mich her, die Stadt und von allen Seiten die Dämmerung und wie die Zeit an mir zieht. Dann auflegen, vor dem Fenster der Abend und die Amsel fängt an zu singen. Zigaretten, Espresso und noch meinem Traum nachgrübeln – oder war das der Traum von gestern? Das Oberlichtfenster weit auf und jetzt laß dir Badewasser einlaufen wie ein reicher Mann. Laß dir Zeit. Erst baden in aller Ruhe und dann durchs Westend nach Bockenheim zu Carina.

Geheilt, sagt die Zahnärztin. Endlich gut! Beinah als ob sie sich bei mir bedankt. Aber *wenn* noch was sein sollte, kommen Sie nur jederzeit zwischendurch. Der Stuhl surrt und dann darf ich zurück in die Freiheit. In den kühlen grauen Morgen hinaus. April. Schon April? Im Gehen in Gedanken mit Anne. Von Carina, vom Schreiben, von meinen Gastgebern und dem Wochenende in Görzhain. Aber da bleibt die Zeit auch nicht stehen. Und Bücher, Bücher, Bücher! Und die Schlaflosigkeit, ihre und meine. Das Haus im Grüneburgweg und ihre Magisterarbeit. Ein heller Vormittag. Ob Anne jetzt schläft? Dann zu Edelgard (in Wirklichkeit, am Telefon oder in Gedanken): Könnten doch manchmal ein Stück zusammen. In den Park nicht so gern. Lieber hinter den Gärten am Bahndamm entlang. Ja, sagt sie, ruf an und hol mich an der Haustür ab oder ich komm dir entgegen. Ruf du auch an, sagte ich. Schon April. Dann in den Kinderladen, Carina sehen und die anderen Kinder, die jetzt schon jeden Tag von Ostern, vom Mai und vom Sommer und immer wieder von ihren Geburtstagen reden müssen. Die Zeit, ja die Zeit. Öfter schon beim Rundfunk angerufen. Gestern und vorgestern und die Woche davor. Immer aus Telefonzellen. Und dann endlich erreichst du die Redakteurin. Kurz vor zwölf auf dem Grüneburgweg. Du hörst ihre Stimme und siehst sie gleich vor dir. Daß ich es bin, der am Apparat ist! Ich bin es selbst! Also ich! Den Vertrag, Ihrem Wunsch entsprechend (oder war das eine Verfügung, eine Anordnung, ein Befehl?), mit eigenhändiger Unterschrift unterschrieben. Ort, Datum, Vor- und Zuname. Alles richtig! Und den unterschriebenen Vertrag vorgestern mit der Post zurück. Die Telefonzelle. Mittagswolken. Weil du vom Dorf bist, sagst du alles doppelt (doppelt – das geht ja noch!). Gut, sagt sie, dann wird unsere Honorarabteilung das Geld überweisen. Ja, sagst du, aber der Schluß? Du hast ihr achtzehn eng beschriebene Seiten geschickt und eine halbe Stunde Sendezeit sind höchstens sieben. Der Sonntagsspaziergang. Ein Auszug. Kein Anfang, kein Schluß! Ja, sagt sie, das finden wir dann bei der Aufnahme. Du weißt nicht, wie so eine Aufnahme geht, aber sie sagt es so, daß du ihr gleich glaubst und mußt dir nicht mehr als Betrüger, der vor der Enttarnung, ein Abgrund! Stattdessen gerettet! Sie lacht noch (sie lacht gern!) und sagt, bis dann! Befreit aus der Telefonzelle und in den hellen Mittag hinein. Geht neuerdings die Tür nicht auch leichter auf? Ein paar Schritte auf dem Grüneburgweg, dann kehrst du um und rufst im Verlag an. KD Wolff. Jetzt, sagte ich, das Manuskript, das neue Buch. Weißt du ja. Mit meinen Gastgebern auf dem Land gewesen. Hinter Alsfeld. Ein Wochenende. Carina und ich. Und jetzt sind aus dem letzten Herbst die beiden langen Kapitel, erinnerst du dich? Der Sonntagsspaziergang. Lang vor der Trennung das eine schon angefangen und dann noch eins – die Kinder! Dir damals davon schon erzählt. Und beide Kapitel auf einmal jetzt fertig. Und eine Treibjagd und alles was vorher schon. Die Hundegeschichte kennst du aus dem Almanach. Die Treibjagd ist wie ein Bild, wie ein Wandteppich. Muß in den Verlag kommen und alles kopieren. Ja, sagt er, sollten uns bald einmal sehen! Bring das Manuskript mit! Ich wollte schon einhängen und sagte dann noch: Aber denk nicht, daß es nächstens schon fertig! Das Buch wird noch lang nicht fertig! Dann hinaus auf den Grüneburgweg. Leicht. Für den Augenblick unbesorgt. Mittag. April. Bald schon die ersten Schulkinder heim. Mittag und Wolken ziehen. Ob Sibylle im Verlag ist?

Einmal mit Edelgard mittags in der Friesengasse auf dem Gehsteig. Oft am Mittag, am Nachmittag bin ich nicht sicher, ob ich nicht träume. Durch die Friesengasse auf die Leipziger Straße. Laß uns hier ein paar Schritte die Basaltstraße, sagte ich und merkte, wie müde ich bin. Eine Uhr schlägt. Die Jakobskirche. Weil Mittag ist, sagte ich, Nachmittag und so hell heut das Licht. Alte Frankfurter Mietshäuser voll mit Geschichten. Eine Balkanwäscherei und die Wände meerblau bemalt, ein armenischer Pelzhändler und sein Name mit so vielen Buchstaben, daß er kaum auf das Schild paßt, vier unverzagte türkische Änderungsschneider nebeneinander und ein indischer und ein arabischer Obstladen. Italienische, griechische, jugoslawische Frankfurter Eckkneipen an jeder Ecke und hier vor uns die hohen Bäume vom Hessenplatz. Kastanien und werden jetzt wieder grün. Ein Spielplatz und Kinderstimmen. Hier, sagte ich, weißt du noch? Sibylle und ich. Unsre ersten Wochen in Frankfurt. Ein langer September. Fast sieben Jahre seither. Wir stehen vor dem Durchgang zum Hof. Ein altes gelbes Backsteinhaus. Und jetzt weiß ich, daß ich nicht träume. Die letzte Fassung von meinem ersten Buch, sagte ich. Die Reinschrift. Eigens dafür nach Frankfurt gekommen, Sibylle und ich. Und du hast mit Besino in Sachsenhausen gewohnt. Nachmittag. Still und schläfrig die Stadt. Lichtflecken an den Häusern. Ich ging auf die Fahrbahn, um besser an den Häusern hinaufsehen zu können. Ein Auto hupt. Immer gehst du vor die Autos, sagt Edelgard. Man muß sie an Menschen gewöhnen, sagte ich. Sie weichen schon aus, wenn auch ungern. Aber wissen, sie hätten viel Ärger, wenn sie einen umfahren. Man darf sich von ihnen nicht ablenken lassen, sagte ich. Siehst du, wie schön an den Häusern die Lichtflecken sind? Von gegenüber den Fenstern. Als ob sie uns ansehen. Manchmal zittert ein Lichtfleck. Als ob er atmet und ruht sich aus. Siehst du dort das weiße Haus? Fensterläden, die Fenster fast bis auf den Fußboden und im zweiten Stock rote Vorhänge. Wie in Paris. Wie aus meinem ersten Pariser Sommer die Fenster. Als wir hier wohnten, mußte ich diese Fenster immerfort ansehen und an Paris denken. Von der Straße aus und von unsrem Fenster aus. Alle Tage. Bei Tag und am Abend. Und dann eine Nacht, sagte ich, Sonntagnacht, der Sommer vorbei, und da fing gegenüber die Wohnung, die fremde Wohnung, die mit den Pariser Fenstern, mit den roten Vorhängen an den Fenstern, fing auf einmal zu brennen an. Vielleicht von meinen Blicken. Mußten dann dieser Fenster wegen mit dem letzten Geld nach Paris, Sibylle und ich. Und du bist nicht mit. Gleich jetzt das alte Kino, sagte ich, oder steht es nicht mehr? Stand damals schon leer und auf Abbruch, aber noch von der letzten Vorstellung die Kinoplakate in den verstaubten Schaukästen. Kino und Versammlungssaal. Kommen einmal an einem sonnigen leeren Sonntagmorgen im September zum erstenmal hin, Sibylle und ich. Unser erster Sonntag hier. Und da steht ein alter Mann, als ob er auf uns gewartet hat. Eine neue Schirmmütze hat er auf. Höchstwahrscheinlich die letzte neue Schirmmütze in seinem Leben. Und muß uns erzählen, wie in diesem Kinosaal einmal die Rosa Luxemburg gesprochen hat und er war im Saal und noch jung. Ein Samstagabend. Er weiß es wie heute, er weiß noch das Datum. Und noch eine Ecke weiter die Kneipe. Basalteck. Eine italienische Wirtin. Die Lina. Unser erstes Frankfurter Jahr, unsre ersten Wochen in Frankfurt. Aus allen Bockenheimer Wohngemeinschaften sind sie damals jeden Abend ins Basalteck zur Lina gekommen. Bier, Rotwein, Pizza, Spaghetti, viel Knoblauch und mit Bafög und ABM-Stellen auf die Revolution warten. Und am 10. März 1979 habe ich im Basalteck meinen letzten Alkohol getrunken. Kaffee mit Rum und Cola mit Rum und dann aufgehört. Allein. Samstagnachmittag. Was für eine schwere

Arbeit das Trinken war, sagte ich. Man merkt es danach erst. Eine Uhr schlägt. Die Markuskirche. Jetzt hast du aufgehört, sagt Edelgard und ich kann ihr Parfüm riechen. Enge Jeans, eine verblichene Jeansjacke und ein hellblaues Halstuch, das sie schon vor zehn Jahren hatte. Und so leicht neben mir her im April im Aprilwind. Und ich ganz schwer jetzt vor Müdigkeit. Als ob ich doch träume und nicht aufhören kann zu träumen. Kann keinen Ausgang finden. Hier, sagte ich, heißt sie nicht Mulanskystraße? Hier durch und zum Bahndamm hinüber. Ich würde am liebsten im Gras liegen. Nicht schlafen, nur eine Weile die Augen zu und daß ich bei mir selbst bin und du sitzt dabei, sagte ich, und dann ist es auch egal, ob man träumt oder nicht. Mir war, wir sind vor langer Zeit schon einmal, sind als Kinder schon so gegangen. Und gehen vielleicht bald wieder als Kinder hier. Am Stadtrand und auf den Bahndamm zu, sie und ich. Und gleich werden uns die ersten Schmetterlinge entgegenkommen. Ein Zitronenfalter. Ein Pfauenauge. Kohlweißlinge – eine ganze Schar. Hell im Licht und sind genau zur rechten Zeit und kennen den Weg in den Sommer hinein. Die ersten Schmetterlinge in diesem Jahr und Carina nicht bei uns.

Nur nicht zu lang als Gast. Am ersten März eingezogen und dann früh auf jeden Tag und gleich aus dem Haus oder schon beim Zähneputzen die ersten Notizen und sitzen und schreiben bis in den Mittag hinein. Schreiben und dann mit Carina oder immer unterwegs zu ihr. Hin und her und sooft du heimkommst, gleich weiter mit dem Manuskript. Und den ganzen lichten hellgrauen März lang auf allen Wegen nicht müde geworden. Und jetzt? In aller Frühe ein Automotor und dann wach und im Halbschlaf und wieder wach. Und gerade um halb sieben, um sieben, um zehn nach sieben – wenn du endlich aufstehen willst, kommt dir vor, jetzt endlich könntest du einschlafen. Tief und fest und mit Zuversicht, wie sonst nur höchstens ein- oder zweimal im Jahr. Den Mittagsschlaf spät am Nachmittag – in den Abend hinein oder du hast ihn verpaßt (er hat dich nicht erreicht!) und du gehst und gehst immer noch einen Umweg. Am Ende so müde, daß du nicht heimgehen kannst. Vielleicht nie mehr. Und mußt von der nächsten Telefonzelle aus Carina anrufen, um ihr für heute zum vierten Mal Gute Nacht zu sagen und singt jetzt die Amsel bei dir? Erst Carina anrufen, dann Jürgen, der nicht daheim ist, nicht zu erreichen und es vielleicht schon den ganzen Tag, schon seit Tagen aus jeder Kneipe bei mir probiert. Müd und nicht heimgehen können und im Kopf in Gedanken weiter mit Anne. Ihr meine Schlaflosigkeit erzählen wie ein Heldenlied. Fängt als Heldenlied an und wird eine Parodie. Lang mir gedacht, erst noch das Wochenende auf dem Land, solang also legal hier. Als Gast. Immer wieder begrüßt. Mit Achtung. Zumindest geduldet. Bis zu diesem Wochenende also zu Recht, aber jetzt sind wir dortgewesen. Jetzt könnten sie sagen: Hast du schon etwas? Wohin? Wie lang noch? Wann ziehst du aus? Aber am nächsten Tag bin ich bei ihnen zum Essen und sie sagen, müssen bald wieder! Den Kindern hat es auch gefallen. Und wie gut sie sich doch vertragen, Carina und Domi. Wie schön, daß du noch eine Weile bleibst. Hühnersuppe und Feldsalat. Mittags. Die Kinder im Kinderladen. Beinah wie bei deinem Einzug so ein heller Mittag in ihrer Küche. Das beste Olivenöl. Die Salatschüssel aus Italien. Feldsalat ohne Sand. Und nach dem Essen Kaffee.

Einnahmen. Das Manuskript sortieren. Jegliches Geld und jede Aussicht auf Geld gleich in Zeit umrechnen. Soundsoviel Leben und Arbeit im voraus. In Tage und Wochen und Mahlzeiten. Und die Mahlzeiten, die man ausfallen läßt. Mahlzeiten, die du vergißt und beim Schicksal noch gut hast. Eine Zukunft. Und die Zeit. Am besten, du rechnest im Gehen, das spart Zeit. Besonders auf langen Heimwegen läßt sich gut rechnen. Du rechnest und rechnest und läßt dich nicht ablenken und auch nicht überfahren. Die Zeit – horten die Zeit und umrechnen in Manuskriptseiten. In Wörter, Zeilen, Atem, Geschichten, Kapitel und Gehen und Grübeln und Zeit mit Carina. Keine Mahlzeiten. Immer nur Brot. Nur nicht krankwerden! Schreib das Buch zuende, schreib alles! Aber auch mit fast vierhundert Mark auf der Bank und der nächsten Arbeitsamtüberweisung, die schon unterwegs ist, kriegst du in Frankfurt noch lang keine Wohnung, also nie wieder? Muß immer weiter mir Sätze für meine Gastgeber ausdenken, Sätze, die sie zu mir sagen könnten. Und ich weiß keine Antwort. Immer mehr Sätze fallen mir ein, für die ich keine Antworten weiß. Müd im Gehen mit den Schultern zucken oder verzagt ins Bett und (statt daß du schläfst) unentwegt explodieren. Zähl die Tulpen! Einundzwanzig Stück! Und so frohe Farben! In Wirklichkeit vielleicht nicht, aber in meiner Erinnerung sind sie vom ersten März bis weit in den April hinein frisch geblieben. Vielleicht hast du sie jeden Tag wieder gezählt. Erst Tulpen, dann Osterglocken. Ein großer Strauß. Bald Ostern. Hell und wirklich die Welt. Und wie diese Osterglocken jetzt in der Dämmerung leuchten. Jede einzelne Blüte. Noch im letzten Licht, sagte ich zu Carina, die an diesem Abend bei mir auf dem Bett sitzt. Siehst du es auch? Eben aufgewacht, sie und ich, in der Stille. Sind entweder gleich nach dem Kinderladen hierher und dann müde geworden oder muß ich die ganze Zeit mit ihr sprechen, weil sie nicht da ist, nicht bei mir? Wir sitzen auf dem Bettrand zu Füßen der Dämmerung. Und auf dem Tisch die Osterglocken haben ihre Gesichter zu uns gedreht und leuchten von innen, leuchten wie Sterne. Und, sagte ich zu Carina, wie jetzt! Hörst du ja! Morgens und abends läuten sie! Aber nur leise! Muß man selbst auch leise, sonst hört man sie nicht! Und merk dir weiter die Tulpen. Auch wenn sie jetzt nicht mehr da sind. April. Immer dichter die Dämmerung. Die Amsel singt. Noch nicht ganz fertig die Amsel mit ihrem Programm. Und jetzt sagt meine Mutter wieder: Wie früher in Franzensbad bei uns in der Kaiserzeit. Wenn dann der Frühling gekommen ist, sagt sie. In meinem Gedächtnis sagt sie es jeden Abend. Beinah wie außerhalb der Zeit, so hoch in der Luft wohnt man hier unter dem Oberlichtfenster.

Das Telefon. Hessischer Rundfunk. Hörspielabteilung. Wir verbinden. Und dann schnell eine lebhafte Stimme. Nicht atemlos – nur so, daß einem das Wort atemlos in den Sinn, unwillkürlich. Und fing wohl schon zu sprechen an, bevor wir verbunden. Gleich sprichst du auch so schnell. Vielleicht sogar schneller. Gerade bei Ihnen zu Hause angerufen, sagt er und von Ihrer Frau die Nummer bekommen. Eine Arbeitswohnung? Und kann nur hoffen, Herr Kurzeck, ich störe Sie nicht beim Schreiben! Ich wollte nur eben nochmal, sagt er (nicht nur, daß er schnell spricht, sondern muß auch immer mitten im Satz seine Sätze ändern, erweitern, verbessern – als ob du ihn denken hörst – und hörst zu und weißt nicht gleich, woher du das kennst und an wen er dich damit erinnert?), weil wir doch, sagt er, das muß im Dezember, und dann im Januar nochmal telefoniert haben. Sie hatten mir, Sie erinnern sich, diesen Auszug geschickt. Sehr gut, nur leider kein Hörspiel. Inzwischen nochmal das Buch, sagt er, gelesen und wollte Ihnen nur sagen, daß wir sehr gern ein Hörspiel von Ihnen, aber es muß ein Hörspiel. Wenn Sie eine Idee, wenn das bei Ihnen so ist, daß Sie ein Projekt und das gern mit uns besprechen wollen. Sie haben ja meine Nummer oder wir treffen uns. Sie wissen ja, Klocke vom Funk. Sie erinnern sich doch? Und du nickst. Im Nebenzimmer am Telefon. Ein heller Vormittag. Noch nicht einmal elf. Direkt aus dem Schreiben heraus zum Telefon. Daß du nickst, hat er nicht gesehen. Muß erst noch ein Stück weiter mit dem Manuskript, sagst du (in Gedanken noch drüben am Tisch). Kann sowieso, sagst du wie zu dir selbst, immer nur das schreiben, was ich sowieso schreiben muß. Und dazu wieder nicken. Die reine Wahrheit. Dann an den Tisch zurück und gleich nochmal das Telefon. Diesmal Sibylle. Sind heut spät dran, sagt sie. Carina ist letzte Nacht immer wieder aufgewacht. Vom Rundfunk, sagt sie, hat er dich erreicht? Wer ist es? Von der Hörspielabteilung, sagte ich. Er heißt Klocke. Ich glaube mit K. Er spricht immer so schnell. Das ist schön, wie er spricht, sagt Sibylle. Und wie höflich er ist. Hast du ihn vor kurzem erst kennenlernt? Kennst du ihn gut? Und hat auch schon wieder aufgelegt. Ich stand barfuß beim Telefon. Mitten im Zimmer. Das große leere Nebenzimmer. Nach jedem Gespräch einen Bogen durch dieses Zimmer und in der Stille von Fenster zu Fenster. Dann kommst du darauf, an wen er dich erinnert – an dich! Wie du selbst sprichst oder vor langer Zeit einmal gesprochen hast! Als Kind in Staufenberg – du konntest schneller sprechen als alle andern. Nicht nur schneller als alle Staufenberger Schulkinder, sondern überhaupt am schnellsten von allen Leuten im Dorf! An dich von früher also! Du siehst dich durchs Dorf gehen. Barfuß. Acht Jahre alt. Muß früh im Sommer ein Abend. Noch lang hell. Vor ihren Haustüren stehen sie. Einwohner. Männer und Frauen. Und an allen Hoftoren. Wer eine Vortreppe hat, sitzt auf der Vortreppe. Und wenn du bei ihnen stehenbleibst und mit ihnen sprichst und sagst ihnen, was du liest, wo du hingehst und was du dir dabei denkst, dann fangen sie an zu lächeln, obwohl sie sonst beinah nie lächeln. Nur jetzt hier mit mir. Sie stehen und lächeln und man weiß nicht, ob sie es selbst merken. Beim Sprechen sowieso mußt du meistens lächeln, das weißt du schon länger. Und sobald du allein bist (auf der Treppe, im Flur, noch besser im Holzschuppen), lächelst du, um zu spüren, ob man sein eigenes Lächeln von innen spürt. Einer vom Radio, sagen die Bauern in meinem Kopf. Wie kommt so einer zu so einer sauberen Arbeit? Und wenn man von so einem etwas will, geht man zu ihm hin oder muß es eingeschickt werden? Es sind die Radio hörenden Bauern von 1952 und 1953, bevor es dann bald nur noch Fernsehen gab, als ob es eh und je nix als Fernsehen gegeben hätte. Muß man alles immer erscht schriftlich, sagen sie. Schworz uff weiß. Erscht schreibt einer das auf ein Papier und dann wird es abgelesen von dem Papier und kommt aus dem

Radio heraus. Geht über den Draht, sagen sie, als ob sie Bescheid wüßten. Und der wo das abliest, ist meistens schon wieder ein andrer, sagen sie. Schie laut ejan doitlich, sagt der Herr Schullehrer mit beinah schon einer richtigen Radiostimme morgens im Schulsaal zur stummen aufmerksam lauschenden Schulklasse. Und jetzt kommen die Frauen dazu und müssen sich owa erscht noch die Hände an ihren Küchenschürzen abtrocknen, damit man ihnen besser zuhören kann. Wej im Landfunk, woas immer moins is. Und dann für die kluge Hausfrau. Wie man Flecken wegmacht, die sonst net weggehen und daß der Kuche net oklejabt om Blejach. Jetzt sprechen die Frauen schon beinah so städtisch wie 1960. Dann kimmt der Werbefunk, den hört mer beim Putze, der dauert bis neun. Hörspiele auch, sagen sie. Im Winter beim Nähen. Die meiste Zeit Abend. Man sitzt beim Ofen und hat es warm. Nähen und flicken und stopfen, früher sind ja auch unsere Augen noch besser gewesen. Hörspiele, die Familie Hesselbach und im Sommer in der Frühe alle Tage der Frankfurter Wecker, bevor aus der Stadt das Molkereiauto kimmt. Und gleich fragen, sagen die Frauen, wieviel Geld es dafür gibt und wann man das Geld bekommt. Wie mit dem Milchgeld. Da macht man das doch genauso. Dann darfst du an den Tisch zurück, der dir nicht gehört, und vorerst das weiterschreiben, was du sowieso schreibst. Ein einziger langer Tag.

Am Nachmittag Carina am Telefon. Ich bins, sagt sie. Sibylle hat mir deine Zahlen aufgeschriebt und dann hab ich selbst gedreht und sie hat nur zugeguckt, ob alles richtig und jetzt hörn mier uns und könn-n uns minanda was sagen. Sollst zu mir kommen, sagt sie. Die Sibylle ist müd. Sollst kommen, wie es noch hell ist und sollst mit mir in die Bibelthek gehen. Vier Bilderbücher hab ich zum Zurückgeben und will für jedes ein neues! Nur erst noch baden, sagte ich. Baden und einen Espresso. In einer Stunde und zehn Minuten bin ich bei dir. Dann ist es fünf.

Laß dir von Sibylle zeigen, wie lang das noch ist auf der Uhr. Allein durchs Westend und dann mit Carina in die Bibliothek in der Seestraße. Sie ihre, ich meine Bücher. Manchmal kommt sie und zeigt mir Buchstaben und ein Bild. Lang wußte ich nicht, wieso sie uns immer gleich findet zwischen den hohen Regalen. Bis ich darauf kam, daß sie uns jedesmal unter den Regalen durch an unsren Schuhen erkennt. Und jetzt wird sie dafür bald schon zu groß und wir gehen nie mehr alle drei zusammen hierher. Nie mehr gleichzeitig. Zurück durch die Seestraße. Jetzt ist Abend. So hell das Licht in der Apotheke und so überdeutlich die Kunden, die mit ihren Sorgen, Rezepten und Einkaufstaschen vor der Theke stehen und warten in diesem Licht. Und stehen wie verzaubert und wissen es nicht. Jeder von ihnen. Und stehen und warten und sind jetzt gleich dran. Und du mußt dir für jeden von ihnen ein Leben ausdenken. Als ob du sie ewig schon kennst. Als ob du mit ihnen lebst, so siehst du sie jetzt durch das Schaufenster. Als ob du es selbst bist und stehst da mit deinem Leben. Und weißt nicht, wer dich verzaubert hat. Ein Auto hupt. Eilige Ladenbesitzer, Firmenboten und Lagerverwalter mit ihrer heutigen Post auf die Post. Die Post macht gleich zu. Ein Mädchen mit Pferdeschwanz. Mit einem großen Hund. Fünfzehn und ernst und schön. Dünn ist sie und geht schnell, geht mit großen Schritten. Mußten beide sie ansehen, Carina und ich, und ich wußte gleich, Carina will sich den Hund und das Mädchen für immer merken. Damit sie schnell großwerden kann und auch einen Hund haben und dann mit dem Hund am Abend so schnell durch den Abend gehen. Eine lange weiße Jacke, bei der man an Schnee denken muß, eine Schneejacke also. Allein. Große Schritte und der Hund ihr verzauberter Bruder.

Dann die alten Secondhandläden mit Kleidern und Hausrat und Möbeln und allerlei Kram und die Bücherantiquariate. Und ein kleiner Hof, vor dem wir jedesmal stehenbleiben müssen. So weiß wie ein Mittag im Süden. Ölfarbe, Stein und Wandverputz und auf den Wandverputz auch noch dick Ölfarbe. Weiß auf weiß. Auch die Fensterläden und Türen weiß. Sogar die Pflastersteine und der Zementboden weißgestrichen. Und jetzt am Abend wird alles blau in dem kleinen Hof. Blau und still. Die Luft auch blau. Sogar die Stille blau. Eine blaue Stille. Und seit Anfang März in einer Ecke ein schüchternes kleines Mimosenbäumchen in einem Topf. Steht und friert in der Dämmerung. Und weiß noch nicht, ob es bleiben soll. Sollen wir noch etwas einkaufen? fragte ich und Carina sagt: Das könn-n mier jetz aba nicht wissen! Gleich dann ein Durcheinanderladen mit Lampen und Spiegeln und Porzellan. Alte Stehlampen und Petroleumlampen und elektrische Lampen, die wie Petroleumlampen aussehen und sind auch schon alt. Chinesische Teekannen, Spiegelbilder und kleine polierte Tischchen und Schränkchen voll Tassen und Gläsern und Schachteln und Blumenvasen und Brillenetuis. Tabletts und Karaffen, ein Hut, ein Zeitschriftenregal für ein Café aus den Zwanziger Jahren. Samtkissen, Kerzenständer aus Messing, Siegellack, Stempel, Bücher mit Goldschnitt und dicke alte Fotoalben. Und zwei große Porzellankatzen, eine weiß, eine dunkelgrün. Oft stehen wir lang vor dem Ladenfenster. Immer schon vom Nachmittag an sind ein paar von den Lampen an und das Fenster ist wie die verworrene Erinnerung an viele Nachmittage und längst vergangene Abende in einem früheren Leben. Kaum je ein Kunde. Sie machen auch gar nicht jeden Tag auf. Wieder auf den Laden zu, Carina und ich. Matt das Licht auf dem Gehsteig. Ob die Katzen noch da sind? Aber wer soll zwei solche Porzellankatzen kaufen? So ähnlichst wie mier, sagt Carina. Valleicht ein Vater mit sein-n Kind! Groß wie Kaffeekannen die beiden Katzen. Wenn sie nur ein bißchen schöner wenigstens wären! Katzen gehen schwer, sagt Carina, weil an den richtigen echten Katzen alles so echt und richtig ist! Zwischen den Karaffen und Teekannen eine Standuhr, die steht, ein alter Globus und kopflastig zwei Elefanten als Buchstützen (schlafen im Stehen). Und über einer Stuhllehne rot und golden ein Seidenkimono und leuchtet und glitzert, als ob er flüssig, als ob er beständig im Bogen von der hohen Lehne herunterfließt. Und Flaschen mit Flaschenschiffen haben sie auch. Oder soll man die Katzen doch kaufen? Damit man sie vorzeigen kann und sagen: So wie die, bloß viel schöner natürlich, müßten sie sein! Sieht immer gleich aus, der Laden. Sieht aus, als ob es ihn nicht mehr lang gibt. Alle alten Läden hierherum sehen so aus. Umso länger müssen wir jedesmal wieder davorstehen, Carina und ich. Dann mit ihr in die Jordanstraße. Noch die neuen Bibliotheksbilderbücher ansehen. Milch ist da, sagt Sibylle. Bestimmt hab ich etwas vergessen, aber weiß noch nicht was. Wirst du nie müde? Dann mein langer Heimweg allein. In die Nacht hinein. Mit mir selbst. Bin ich mit Edelgard durch die Basaltstraße? Gestern? Vorgestern? Hell das Mittagslicht und die Sonne schon warm? Oder doch mir nur ausgedacht, daß wir da gehen? Hast du es bloß geträumt? *Als Gast. Nur nicht zu lang als Gast. Nicht zu gehen vergessen!*

Der Zahn. Zwei Zähne. Die beiden Weisheitszähne – wo jetzt nichts! Erst je ein Loch, eine Wunde, dann nichts mehr! Und daß es links unten lang nicht heilen wollte, kam mir wie eine Beleidigung, wie ein Verrat vor. Und jetzt im Gehen immer mit der Zunge. Im Gehen, beim Zähneputzen, beim Essen, beim Schreiben und jedesmal, wenn du aufwachst. Im Bad und beim Lesen. Sogar im Einschlafen noch. Noch Schmerzen oder kannst du nur nicht aufhören, daran zu denken? Das erste Mal in meinem Leben, daß etwas nicht heilen will. Gut festhalten den Schmerz! Zu lang in der Bibliothek gewesen. Die Zentrale der Stadtbibliothek auf der Zeil, wo du jedesmal nur kurz reinschaust und dann immer viel zu lang – die Zeit ruckt, vergangen die Zeit und gleich ist der Tag vorbei. Müd heim, spät am Nachmittag. Sonst immer liest du um diese Zeit und schläfst dann ein. Und deshalb jetzt wie betäubt im Gedränge. Müd auf den Abend zu. Autos hupen. Die Ampeln glühen. Lichtreklamen und von allen Seiten der Lärm und die vielen Gesichter und Stimmen. Und am Goetheplatz auf den Freitagnachmittag treffen, als ich Carina zum Bahnhof brachte und dann lang nicht heimgehen konnte. Und wollte meine Schwester anrufen und es war niemand da. Wieder die gleiche Telefonzelle. Lang das Freizeichen. Du siehst das Haus vor dir und hörst, wie das Telefon durch das Haus ruft. Dann die Schwiegermutter meiner Schwester. Und hat sich auf der Treppe beeilt. Nein, sagt sie. Ach du bists! Nein, ist nicht da. Sie war da. Sie ist noch nicht lang weg. Sie hat mir noch gesagt, wo sie hinwill, aber jetzt weiß ich es nicht mehr. Ich glaube, sie ist mit dem Auto weg, sagt sie und ich kann vor mir sehen, wie sie vom Telefon aus durch die Glasscheibe der Balkontür zu sehen versucht, ob das Auto in der Garage steht, obwohl man das von da aus nicht sehen kann – aber fast! Man *könnte* es sehen, wenn das Haus sich ein bißchen vorbeugt! Das Dorf und Buderus und den Buderusturm sieht man. Und vom Balkon aus Staufenberg und den Wald. Vielleicht, sagt die Schwiegermutter meiner Schwester, die nächstes Jahr achtzig wird, genau wie mein Vater, vielleicht holt sie den Klaus-Dieter am Werktor ab, aber will vorher noch woanders hin. Nicht einkaufen und auch nicht zum Friseur. Sie hat es gesagt, aber ich weiß nicht mehr, was es war. Du weißt ja, wie deine Schwester ist. Immer eilig. Zehnmal rein und raus. Sie stampft auf der Treppe. Sie knallt mit den Türen und ruft was und schon ist sie weg. Ich glaube, sie hat das Auto genommen. Rufst du nochmal an? Soll ich ihr was ausrichten? Nur Grüße, sagte ich. Dein Vater war auch da, sagt sie. Letzten Sonntag. Mit seiner Frau. Oder doch schon den Sonntag davor? Und das Wetter? muß ich jetzt fragen. Tut öfter regnen, sagt sie, aber könnte ruhig noch mehr regnen. Und der Garten? fragte ich. Jetzt im April? Das macht alles mein Mann, sagt sie. Seit er Rentner ist. Erst recht, seit er nichts mehr hört. Ich bin noch nicht dazu gekommen, meine Samentütchen durchzugucken. Volle und leere. Die leeren hebe ich auch immer auf. Erstens, damit man weiß, was man gesät hat und dann auch für später zum Nachkaufen. Bevor ich die Samentütchen auch nur hervorgekramt habe, hat er schon alles gemacht und gerichtet. Kommt ins Haus nur zum Frühstück und Mittagessen und danach immer gleich wieder in den Garten mit seinem alten Hut. Und wenn für den Garten das Wetter zu schlecht ist, dann ist er im Keller in seiner Werkstatt. Oder im Schuppen oder auf dem Dachboden. Ich weiß gar nicht, was er auf dem Dachboden alles hat. Du weißt ja, sagt sie, die Lollarer Männer werden im Alter alle eigensinnig und taub. Das kommt vom Akkord, von der Schichtarbeit und dem Lärm bei Buderus. Beim Klaus-Dieter, sagt sie und ist seine Mutter, bei dem fängt es auch schon an. Und der ist doch erst fünfzig. Der Garten, sagt sie, ist uns jetzt zu groß. Früher die Kinder und immer das Haus voller Leute. Das Gemüse, die Beeren, das Obst. Sogar Weintrauben. Allein was wir da alles eingekocht haben jedes Jahr. Die Marmelade, das Kompott, den Most. Jeden Herbst den Keller voll Äpfel. Das ganze Haus hat im Herbst ja nach Äpfeln gerochen. Soll ich deiner Schwester von dir noch was ausrichten? fragt sie und man hört aus ihrem aufgeräumten abgeschlossenen Sonntagswohnzimmer im Erdgeschoß die Standuhr schlagen durchs leere Haus. Nein, sagte ich, ich wollte nur hören, wie es ihr geht. Ja, sagt sie nochmal, daß ich das auch vergessen muß, wo sie hinwill. Man wird doch alt. Dann Auf Wiederhören. Von Sibylle und der Trennung kein Wort. Wahrscheinlich fällt es ihr erst beim Auflegen ein. Wäre meine Schwester dagewesen, hätte sie zu mir gesagt: Warum hast du keine Arbeit, wo du jeden Tag hinmußt? Schreiben ist doch bloß ein Hobby! Wäre ich meine Schwester, hätte ich unbedingt noch gefragt: Was gab es bei euch heut Mittag zu essen? Und was gibt es abends? Von Kind auf, seit der Hungerzeit nach dem Krieg fragt sie jeden Tag alle Leute danach, was sie essen. Ist vielleicht auf die Post, in die Apotheke und zur Sparkasse, falls die Sparkasse so lang aufhat? Frankfurt. Die Innenstadt.

Mittwochnachmittag. Als sei ich gerade in Lollar gewesen. Für zwei Mark vierzig telefoniert. Zähl dein restliches Geld! Dann weitergehen und im Gehen dir weiter dein Leben ausrechnen. Schon jahrelang auf dem Heimweg und jetzt siehst du dich – das muß Amsterdam sein! Ein schwarzer Mantel, die Zukunft. Siehst dich neben einem breiten Wasser eine Straße überqueren. Möwen, Schiffsmasten, Sonne. Eis auf dem Wasser. Eisschollen. Hell der Tag, ein Kran, eine Schiffswinde, ein Hämmern über das Wasser und hell und weithin jeder Ton – und merk dir, das kommt noch! Goetheplatz, Hauptwache, Zeil. Müd auf den Abend zu. Du gehst in der Menge. Die Zeitungen schreien und der Himmel fängt an zu leuchten.

16

Sibylle am Telefon. Warum erschrickst du gleich so? sagte ich zu meinem Herz. Post, sagt Sibylle, ein Brief für dich! Vom Arbeitsamt? fragte ich. Arbeitsamt, Bank, Krankenkasse, Jugendamt, Sozialamt, Fürsorge, Gericht und Amtsvormundschaft! Und gleich kommt mir vor, daß ich jetzt nicht mehr an meinen Platz bei dem Manuskript zurück, nicht an den Tisch, nie mehr zu mir selbst kann! Nicht weiterschreiben! Jetzt nicht und nie mehr! Daß es damit vorbei ist! Ein geliehener Tisch, kaum Geld und die Zeit bis auf weiteres nur. Nur immer vorläufig und beinah wie gestohlen die Zeit. Aber du hast jeden Tag an diesem Tisch geschrieben, als sei es dein Recht, daß du an einem Tisch sitzt und schreibst. Schriftsteller. Jeden Tag vom Morgen an und immer am Abend fängst du noch einmal an. Geduldet. Am Abend dann in die Nacht hinein mit wieder anderen Einfällen und Gedanken. Zigaretten, Espresso, Sorgen und eine Badewanne. Musik auch? Nur im Kopf jeden Tag die Musik. Milch, Brot, einen Camembert für zehn Tage, preiswert zwei Avocados. Ein altes kleines Espressokännchen, mit dem man jederzeit sprechen kann. Ein neues Buch angefangen und du sitzt unter dem Oberlichtfenster am Tisch. Du gehst im Zimmer herum. Du sprichst mit dir selbst. Es regnet, die Sonne scheint. Erst März, dann April. Schon April? Und du sitzt da und schreibst was du willst. Wie konntest du glauben, das könnte gutgehen? Du hast es ja auch nicht wirklich geglaubt! Vom Deutschen Literaturfonds in Darmstadt, sagt Sibylle. Nur die Absage, sagte ich mit Erleichterung. Daß sie meinen Antrag auf ein Stipendium ablehnen. Wieso weißt du es schon? Ich weiß es nicht, sagte ich. Aber sie geben mir nie eins. Dabei war es so ein schöner Antrag. Und auch so ein guter Text dabei. Niemand, sagte ich, könnte jemals einen besseren Antrag schreiben. Vielleicht steht in dem Brief, du bekommst es! Sie lehnen sie immer ab, sagte ich. Sie lesen sie nicht. Sie kriegen Berge von Anträgen zweimal im Jahr und haben kaum Zeit und auch keine Lust, sie zu lesen. Sie suchen immer nur die raus, denen sie auf jeden Fall ein Stipendium geben wollen. Die Namen wissen sie schon. Und dann vielleicht noch ein paar, bei denen sie sich nicht ganz sicher sind und müssen sich erst mit sich selbst einigen und sehen, ob noch Geld übrig ist. Für den Rest immer der gleiche Ablehnungsbrief, sagte ich. Die Ablehnungsbriefe kommen immer um diese Zeit. Die Zusagen schicken sie vorher schon ab oder rufen gleich selbst an. Den abgelehnten Antrag und die eigenen Bücher kriegt man dann als Päckchen zurück. Vielleicht kriegst du es diesmal doch! sagt Sibylle und ich kann sie vor mir sehen, wie sie in unserem großen Zimmer neben dem Telefonschränkchen steht oder sitzt mit dem Telefon auf dem Teppich und muß sich beim Sprechen anfassen. Beinah hätte ich sie gefragt: Was hast du an? Mach ihn doch auf, sagte ich und kann sie atmen hören. Soll ich? fragt sie und für einen Augenblick ist es, als ob die Zeit stehenbleibt. Am Anfang ein- oder zweimal hatten wir wirklich damit gerechnet, es zu bekommen. Sogar schon Pläne dafür. Ein Jahr lang zweitausend Mark im Monat. Wir hätten aufs Land ziehen können oder in Frankfurt bleiben, aber mitten aus dem Alltag heraus mit Carina ein paar Monate in den Süden. Alles legal und am Ende des Jahres noch Geld übrig. Bei uns im Haus eine größere Wohnung mieten. Zeit zum Schreiben und Platz genug für uns alle drei. Nicht nur ein Zimmer mehr. Die Dreizimmerwohnungen hier im Haus haben auch eine richtige Küche und einen großen Flur. Platz für Schlaf, Spielzeug, Gedanken und Bücher. Hohe Räume. Nach vorn einen Erker und zum Hof und den Sternen hin einen Küchenbalkon. Große Fenster. Viel Luft. Und nur achtzig Mark mehr im Monat. Aber jedesmal wenn eine frei wurde, sagten wir uns: Lieber noch abwarten! Die Zukunft. Wer weiß. Das Konto überzogen. Geld für den Kinderladen. Bald schon die nächste Gasrechnung. Und braucht Carina nicht auch wieder neue Schuhe? Jetzt hat Sibylle den Brief auf und sagt: Leider! Abgelehnt! Für eine Ablehnung wird keine Begründung.

Wirklich immer der gleiche Text. Das tut mir leid für dich, sagt sie. Eine Redensart. Aber bevor sie den Brief aufgemacht hat, war sie mir auf einmal ganz nah. Als ob sie vor mir auf dem Tisch sitzt. In Strumpfhose und Pullover und beim Telefonieren sieht sie mich an und streichelt und windet sich. Der Tag sieht ihr zu. Und wenn sie den Kopf schüttelt, Wellen von Haar um sie her. Wie Honig ihr Haar. Muß jetzt los, sagt sie. Den Brief heb ich dir auf. Also kein Stipendium, sagst du dir. Wieder nicht! Vielleicht deshalb nicht, weil du nicht daran glauben kannst. Weil du nicht gewußt hättest, was du sagen und was du als nächstes dann tun sollst, wenn du hörst, daß du es bekommst. Aber war es nicht trotzdem den einen Moment lang, als ob die Zeit stockt und gleich könnte alles zu leuchten anfangen? Gleich halb zwölf. Wieso ist sie um diese Zeit überhaupt daheim? Und jetzt darfst du bis auf weiteres an den Tisch zurück und weiter bei deinen Zetteln sitzen. *Nur nicht krankwerden! Nur nicht zu lang als Gast!*

Gerettet? Jeden Tag wieder für immer noch einen Tag gerettet! Zähl die Tage! Schreib weiter! Beeil dich! Seit sechsunddreißig Tagen als Gast zu Gast. Erst noch die Tage gezählt und jetzt zählst du schon die Stunden. Einen Nachmittag, einen Abend. Die Gegenwart, dieses eine Jetzt noch! Den Weg mit Carina. Den Weg zu ihr hin und noch einen Heimweg (seit Jahren schon auf dem Heimweg). Die Zeit nach Mitternacht und in der Stille einen und immer noch einen Absatz, den nächsten Satz noch zuende. Schreib schneller! Schreib alles! Noch einen Espresso! Noch jetzt hier den Weg! Mit offenen Augen! Mit dem Wind im Gesicht! Brennesseln am Bahndamm, Wolken, Krähen, laut ein Güterzug an mir vorbei, Gras und Gestrüpp im Wind. Noch diesen einen einzigen Augenblick – schon vorbei! Wie ein hastiges Schneegestöber vorbei! Wie zu den Zeiten, als du mit deinem Leben auf der Flucht, solche Tage sind das jetzt wieder – alles wie zum letztenmal und immer nochmal zum letztenmal!

Die Gegenwart lernen! Sollst du jede Stunde fragen, ob du noch eine Stunde als Gast auf der Welt? Noch bleiben? Frag die Welt, frag die Stunden! *Als Gast und beizeiten gehen!* Und als ich nicht mehr aufhören konnte, zu zählen und zu den Zahlen immerfort zittern mußte und zucken (innerlich, unsichtbar zittern und zucken, wenigstens vorerst noch unsichtbar, aber wie lang und was kommt danach?), da sagte Edelgard zu mir: Du kannst unsre Wohnung haben! Im Eiscafé in der Friesengasse. Mittags. Wir sitzen beim Fenster. Sie hat schon gewartet. Ich bin eben reingekommen. Zwei Espresso. Nicht wie beim letztenmal die Sonne durchs Fenster herein. Es hat geregnet. Nacheinander zwei-drei-vier kleine Aprilregen den Vormittag über und eilig die Wolken jetzt. Ziehen tief. Wir fahren nach Portugal, sagt Edelgard und mein Augenlid fängt zu zucken an, diesmal das linke. Wenn alles klappt, nächste Woche schon. Wir bleiben mindestens bis August. Aber das Geld? sagte ich und meinte die Miete. Auch schon klar, sagt sie. Der Micky nimmt das große Zimmer. Er hat Geld, er soll zweihundert Mark zahlen! Macht er auch! Er zahlt sogar zweihundertvierzig! Wer ist das? fragte ich. Warum heißt er Micky? Michael, sagt sie. Er kennt dich. Du kennst ihn auch. Er ist Anfang zwanzig. Sie heißen jetzt alle Micky und Rick und Andy. Er wird nur ganz selten da sein. Warum macht er das? fragte ich. Mein Augenlid zuckt und mein Herz fängt zu klopfen an. Wie eine langsame Trommel mein Herz. Nicht für dich, sagt sie. Er muß nächstens Zivildienst machen. Wenn er frei hat, ist er bei seiner Freundin in der Sophienstraße. Will aber trotzdem ein Zimmer für sich und eine Adresse. Vielleicht kommt er manchmal duschen. Vielleicht zahlt der Zivildienst die Miete. Du nimmst Besinos Zimmer. Bad, Küche, Telefon teilt ihr euch. Ein Telefon mit Gebührenzähler. Ich laß dir da, was du brauchst. Du zahlst hundertdreißig. Der Micky wird kaum je da sein. Hundertdreißig, das geht doch? Du sorgst dafür, daß die Miete pünktlich bezahlt wird. Der Hausbesitzer hat nichts dagegen, daß jemand da wohnt, solang wir verreist sind und er kriegt seine Miete weiter. Du kannst dich dort regulär anmelden. Nächste Woche, sagt sie, sobald der Bus in Ordnung ist. Wir fahren sobald wie möglich! Sie hat einen alten VW-Bus. Man vergißt ihn immer, weil sie in Frankfurt nie damit fährt. Die meiste Zeit fährt er auch gar nicht. Wo steht er? In der Seestraße, sagt sie. Hinter dem Abenteuerplatz auf dem leeren Platz, wo früher die Tankstelle war und das Reifenlager. Steht schon länger da. Falls er noch da ist. Gehen wir nachsehen, sagte ich. Die sizilianische Wirtsfamilie eben dabei, sich am Wirtstisch zum Essen zu setzen. Die Frau und die Schwägerin winken uns. Sie freuen sich immer, wenn sie uns zusammen sehen. Seit Jahren schon. Sie finden, wir wären ein schönes Paar.

Die Straßen naß. Überall Pfützen. In der Friesengasse und ringsum in den kleinen Quergassen gibt es die meisten Pfützen. Dunkle Wolken, die Luft noch vom Regen feucht und Wind, ein Wind wie vom Meer. Nach Istanbul, dachte ich, nach Marseille. Und wenn man in Marseille ist, weiter nach Lissabon. Wie heute, genau so ein Nachmittag und dann fährt man ab. So ein Wind, sagt Edelgard. Wie bei uns am Kanal. Lang mit ihr im Wind an dem langen windschiefen Zaun entlang und dann vor ihrem alten VW Bus. Blauweiß lackiert, dick der Lack. Wie emailliert. Und steht da und glänzt nach dem Regen. Was ist das für ein Lack? War vorher schon, sagt sie. Von dem, der ihn mir verkauft hat. Irgend Spezialzeug. Vielleicht Schiffsfarbe. Ich weiß nicht, was für ein Mensch das war. Riesenpfützen. Ein Behelfsparkplatz auf dem Abrißgelände. Am Zaun alte Häuser, die plötzlich allein stehen. Sanierung Bockenheim. Die Autos stehen wie schon vergessen. Willst du sehen, ob er anspringt? fragte ich. Lieber nicht, sagt sie. Die Batterie ist nicht gut. Auch kaum noch Benzin. Brauchen für die Reise eine bessere Batterie oder wenigstens noch eine zweite genauso schlechte als Ersatzbatterie. Muß alles noch nachgesehen, repariert und erneuert, sagt sie. Günter kennt einen, der sich auskennt. Können nur hoffen, sagt sie, daß der alte Bus es mit uns nochmal schafft. Dann mit ihr auf die Leipziger Straße und der Wind rennt die Straße entlang. Edelgard geht auf die Bank. Wieder da? sagt auf der Leipziger Straße einer zu mir, den ich nur höchstens vom Sehen kenne. Aber hat vielleicht ja nicht mich, hat den Frühling gemeint. Edelgard kommt zurück, hat Kontoauszüge und sagt: Natürlich nicht genug Geld für die Reise! Eigentlich gar kein Geld! Aber mein Bafög kommt jeden Monat und wir nehmen Euroschecks mit. Viel ist es trotzdem nicht. Wenn wir hierbleiben, reicht es auch nicht. Schon gar nicht für drei Personen. Aber sobald wir erst in Portugal sind, brauchen wir nicht mehr viel. Wir bleiben, solang es geht. Wir kennen dort Leute. Wir würden gern für immer dort bleiben, sagt sie. Du mußt, wenn wir weg sind, ein paar Sachen für mich erledigen. An der Uni. Mit Formularen. Das zeig ich dir alles noch. Und geht neben mir her auf der Leipziger Straße, die vor unsren Augen schon wieder trocknet in großen Flecken. Der Wind leckt die Pfützen auf. Nimmst du den Pullover mit, fragte ich, der wie das Meer ist? Klar, sagt sie. Mein einziger warmer Pullover. Kaum noch was anzuziehen. Mit den Jahren immer ärmer geworden. Früher nie gedacht, daß ich einmal so wenig! sagt sie und ist doch immer die Schönste von allen gewesen. Ein schöner Pullover, sagte ich. Wie das Meer, wenn man aus der Ferne drandenkt. Am Kaufhof vorbei und kommen jetzt zu dem Eiscafé in der Leipziger Straße. Eiscafé Cortina. Komm, sagte ich, wir trinken noch einen Espresso. Den vorigen hab ich getrunken, ohne darauf zu achten. Als hätte an meiner Stelle ein anderer ihn getrunken. Im Eiscafé Cortina sitzen um diese Zeit immer die Lehrer. Es gehört zu ihrem täglichen Heimweg. Sie sitzen an den ersten drei Tischen und sie sitzen auch hinten in der Ecke. Die meisten mit Bart. Noch aus der Zeit, als ein Bart in Deutschland etwas bedeutet hat. Sie lesen die Rundschau, die taz, den Stern und den Spiegel und neuerdings auch unverhohlen die Bildzeitung. Oder haben die Zeitungen nur vor sich liegen und reden über die Tische hin miteinander.

Wie in einem Lehrerzimmer, nur lauter. Wie man Steuern spart. Fußball, Tennis, Warentests, Verbraucherberatung, Motorsport und wie der ideale Stundenplan aussehen muß. Und wo sie gewesen sind und wo sie in den Osterferien hinfahren. Nach Irland die einen, die immer nach Irland fahren oder jedenfalls in den Osterferien immer nach Irland fahren. Irlandkenner. Das Wetter, die Musik, der Humor und der Whisky. Alles echt irisch. Entweder sie bringen sich den Whisky jedesmal von dort mit und zwar immer soviel, daß er bis zu den nächsten Ferien reicht oder sie haben Adressen von Spezialversandhäusern (Nur für Kenner!). Und die andern, die nicht nach Irland fahren, fahren in den Süden. Fahrrad mit, Surfbrett, Taucherbrille, Schnorchel und Kanu mit. Ihr Hafen, ihr Strand, ihre Berge. Schon Jahre, Jahrzehnte. Jeder hat seinen eigenen Süden und möchte diesen seinen eigenen Süden gegen nur ja keinen anderen Süden eintauschen. Um nichts in der Welt. Die Pizza und Pasta, der Wirt, die Piazza, der Wein, eine eigene Bucht und keine Touristen. Geheimtip. Oder neuerdings auch mit Fernflugreisen. Thailand, Jamaica, Mauritius, die Malediven. Das Wetter, die Preise, Hotelsterne. Das Preisleistungsverhältnis. Farbfotos, Farbdias, eine Filmkamera. Mit einem Landrover durch den Urwald (über die Insel), was der Whisky am Strand serviert kostet und ob die Eingeborenen lernfähig sind und einigermaßen Englisch können. Wenigstens mündlich, wenigstens Hauptschulabschlußenglisch. Vom Essen Farbdias. Zwölf Meter Frühstücksbuffet, mittags Krustentiere, Fisch, Fleisch und Salat und abends fünf Gänge und Schwarze mit weißen Handschuhen zum Servieren. Eher milchkaffeebraun. Sehr hygienisch. Wie kriegt man fünf Gänge auf einmal aufs Bild? Ihre Wohnungen haben diese Lehrer noch von früher her. Noch aus der Bockenheimer Wohngemeinschaftszeit. Drei-, Vier- und Fünfzimmerwohnungen in der Leipziger, in der Kurfürsten-, Markgrafen- und in der Sophienstraße. Bezahlbar? Bezahlbar! Als letzter Genosse übriggeblieben. Und die Wohnung dann übernommen. Da kriegt sie jetzt keiner mehr raus. Außer sie kaufen günstig ein Reihenhaus, eine Doppelhaushälfte, eine Reihenhauseckhauswohneinheit mit Partykeller in Heddernheim oder in Niedereschbach oder ein Fachwerkhaus hinter Hanau, eine Hofreite bei Groß-Gerau. Die Reisen als Bildungsreisen von der Steuer absetzen und für die Farbdias auch eine Quittung mit Mehrwertsteuer. Neuerdings heißt es Beleg. Zum idealen Stundenplan gehört, daß die eigene Frau auch Lehrerin ist und als leidenschaftliche Köchin die letzten zwei Stunden freihat, damit das Mittagessen fertig ist, wenn sie aus dem Café kommen und wieder einen schweren Arbeitstag hatten, von dem sich die eigene Ehefrau trotz Berufserfahrung natürlich keinen Begriff machen kann, weil es an ihrer Schule viel gemütlicher zugeht. Kein Vergleich. Sie weiß gar nicht, wie gut sie es hat.

Nächste Woche, sagt Edelgard. Wollen sobald wie möglich! Günter trifft heute den, mit dem er den Bus in Ordnung bringt. Ich hoffe, sie schaffen es. Wenn ich vorhin den Motor, falls er überhaupt anspringt, dann hätte ich ziemlich lang rumfahren müssen, damit er beim nächstenmal auch wieder anspringt. Ich einen Espresso, sie einen italienischen Milchkaffee. An den Wänden zwei wandgroße Farbfotos. Cortina und ein hochgelegener Alpensee. Es muß der Predilsee sein, sagst du dir jedesmal. Mit fünfzehn einmal drin gebadet. Fast 1000 m hoch. Eiskaltes grünes Wasser. Müssen uns für den Anfang ein bißchen Geld leihen, sagt Edelgard, falls wir es kriegen. Bis August oder länger. Es geht nur, wenn der Bus nicht kaputtgeht und mein Bafög immer rechtzeitig kommt. Am liebsten dortbleiben, sagt sie. Es gibt Gegenden, wo das Land fast umsonst ist und man kann billig bauen. Vielleicht baut Günter uns etwas, sagt sie, aber wir wissen beide, daß er nichts baut. Und Besino, fragte ich, die Schule? Besino ist fünfzehn, ihr Sohn. Sie haben die Frankfurter Freie Schule mitgegründet und sich jahrelang damit abgemüht. Er war sowieso seit dem letzten Sommer schon nicht mehr dort, sagt sie. Jetzt freut er sich wenigstens wieder auf etwas. Und Jürgen? Weiß er es schon? Ja, sagt sie. Er war gestern bei uns. Aber ziemlich blau, schon als er kam. Siehst du ihn denn nicht? Nicht jeden Tag, sagte ich. Abends fang ich immer nochmal zu schreiben an. Dann mit ihr auf der Straße wieder. Der Regen ist weitergezogen. Lebendig der Wind und jetzt gehen wir in diesem Wind. Trink einen Sherry, sagte ich. Weil du wegfährst. Und ich will dir zusehen, wie du ihn trinkst. Aber wo? fragt sie. Will auch jetzt eigentlich keinen! Wir gehen von Kneipe zu Kneipe, sagt sie. Wie früher, als du noch getrunken hast. Nur heute, sagte ich und muß in meinem Kopf gleich die Zeit und die ungenehmigten Ausgaben gegen die gute Nachricht aufrechnen. Ausnahmsweise. Wir gehen ins Dr. Flotte, sagte ich. Da kann man an der Bar sitzen. Nicht so gern! sagt sie. Oder im Stehen, sagte ich. Ich kenne es noch aus der Zeit, als wir nach Frankfurt kamen. Sogar vorher manchmal schon dringewesen. Nicht so gern, sagt sie nochmal. Aber manchmal muß sie machen, was ich sage. Eine alte Eckkneipe an der Warte. Meistens Studenten als Gäste. Preiswerter Mittagstisch. Jetzt am frühen Nachmittag leer. Musik spielt, ein Tonband. Hinter der Theke eine müde blonde Frau und erst beim Bestellen fällt es mir auf. Nicht Sherry, sagte ich. Portwein! Einen Portwein mußt du jetzt trinken! Stell dir vor, wir hätten es nicht gemerkt! Dann hätten wir es ja nicht gemerkt, sagt Edelgard (manchmal einfach *zu* praktisch!). Sie den Portwein und ich ein Cola. Einmal kamen wir aus Paris zurück, Sibylle und ich. Schon Abend, Oktober, und müssen nochmal aus dem Haus und die Leipziger Straße entlang und müssen hier etwas trinken. Und dann Janis Joplin mit Bobby McGee. Vielleicht das gleiche Tonband wie jetzt. Vielleicht jetzt auch wieder, denkst du, nochmal das Lied. Und wartest darauf, daß es kommt. Stattdessen Paul Simon, The Boxer und Edelgard summt mit und bewegt sich dazu und ich weiß nicht, ob sie merkt, daß sie mitsummt und sich bewegt zur Musik. Dreht meistens die Zigaretten selbst, aber heute raucht sie wie ich

Gauloises. Sie trinkt und ich sehe ihr zu. Einmal war sie zwanzig und ich sah sie zur Tür hereinkommen und sah sie zum erstenmal. Einmal war sie vierundzwanzig und ich mußte sie immerfort ansehen und sie hat mir einen langen Herbst lang jeden Tag ihre Träume erzählt. Portwein. Sie trinkt. Wie der Portwein nach Zeit und Vergangenheit riecht. Matt das Licht. Kneipenfenster aus gelbem Glas. Wenn die Sonne scheint, sagte ich, sieht man hier ein ganzes Universum von Staubkörnchen leuchten. Stumm. Müssen tanzen. Mehrere Milchstraßen. Hinter der Theke die blonde Frau sieht uns an, als ob ihr alles egal ist und dann trinkt sie. Ich hätte gern gewußt, was sie trinkt. Der Mittagsandrang vorbei. Aus der Küche hört man die Spülmaschine. Im Schichtdienst die Frau. Die nächsten zwei Stunden allein an der Theke und wahrscheinlich kaum Gäste. Träumt sich selbst. Hast du früher oft Portwein getrunken? fragt Edelgard. Beim Schreiben, sagte ich. Vor zwanzig Jahren in Staufenberg schon. Portwein und Kaffee und die ganze Nacht wach. Der letzte Schluck. Sie trinkt aus. Schon vorher bezahlt. Tschüß, sagt die blonde Frau, als ob sie jeden Tag Tschüß zu uns sagt. Gleich hier im Dachgeschoß mit den vielen Fenstern, sagte ich vor dem Haus, würde ich auch gern wohnen. Und natürlich im Turm von der Warte. Warum krieg ich den nicht? Mit Edelgard über den Platz. Nachmittag. Eilig die Zeit. Eine Straßenbahn klingelt. Von allen Seiten die Autos. Die Wolken jetzt nicht mehr so niedrig. Für zwei Penner je zwei Zigaretten. Ich ruf an, sagt Edelgard. Und grüß Carina! Ja, ruf an! sagte ich. Sie zur Uni und ich auf den Kinderladen zu. Und schon anfangen, mir zu erzählen, wie ich dann gleich Carina erzähle, daß Edelgard, Günter und Besino nach Portugal fahren und ich kann in ihrer Wohnung wohnen. Richtig mit Schlüssel! Und du bist mein Kind und kommst jeden Tag zu mir. Lang noch im Sommer, weit in den Sommer hinein. Aber können Edelgard dann auch lang nicht sehen, du und ich. Die ganze Zeit. Jeden Tag nicht!

Wer mich schon alles gerettet hat! Und wie oft sie mich schon gerettet haben! Am nächsten Tag abends mit Jürgen. Erst im Elba, dann bei ihm in der Wohnung, die ihm nicht gehört (muß bald ausziehen, sagt er in seiner Wohnung, die ihm nicht gehört). Abend, schon dunkel. Dazu meine Müdigkeit und Carina am Telefon immer noch einmal Gute Nacht sagen. Wo bist du? fragt sie jedesmal, wenn ich anrufe und sieht alles vor sich, muß es gleich ganz genau vor sich sehen. Und bei jedem Auflegen ist mir, als müßte ich gleich zu ihr hin. Man spürt es am Herz, sagte ich zu ihm, es zieht mich, es zieht mich! Wie soll man das aushalten? Ich weiß, sagt er, eine schwere Zeit. Alles wird immer schlimmer. Aber seit du es mir gesagt hast, höre ich auch jeden Abend die Amsel. Vorher nicht drauf geachtet. Dauernd in Eile. Und jetzt muß ich oft extra noch auf sie warten, bevor ich am Abend aus dem Haus gehen kann. In der Dämmerung. Als ob man auf sich selbst wartet, so steht man am Fenster. Und? fragt er. Edelgard? Wie war sie? Zu dir ist sie anders! Wochenlang, sagt er, jeden Tag meinen langen Brief für sie weiter und jetzt fährt sie weg und ich muß alles umschreiben, aber wie? Wann fahren sie? Der Brief, mein Brief für sie, der neue endgültige Brief wird jetzt sicher nicht rechtzeitig fertig. Und wenn sie weg ist, dann find ich erst recht kein Ende damit und muß ihn ihr nachschicken. Muß ihr vielleicht lauter einzelne Abschnitte nachschicken, Fortsetzungen, Kapitel, ein Brief, der kein Ende nimmt – Poste restante, aber wohin? Und weiß nicht, ob er ankommt und ob sie ihn abholt und ob sie ihn liest und kapiert und was sie dann denkt? Sogar wenn ich sehe, wie sie ihn liest, weiß ich nicht, was sie denkt. Nichtmal was drinsteht, weiß ich dann noch. Sie liest ihn und sagt nichts, sagt er. Immer sind ihm die Frauen nachgelaufen. Auch als er mit ihr zusammen war. Nie war eine Frau ihm genug und jetzt kommt er nicht von ihr los. Und Pascale, sagt er, wo ist sie jetzt? Wie hält sie das aus? Von Pascale kommt er auch nicht los. Schon als Kind, sagte ich, mir immer wieder gesagt, daß ich, egal was sonst ist, egal was ich weiß und lerne und kann, nie wissen werde, wie es ist, eine Frau zu sein. Niemals! Sogar als Schriftsteller nicht! Mein ganzes Leben lang nicht! Man kann es sich ausdenken, aber nicht wissen! Nicht wirklich, nicht wie es von innen ist! Nie, das ist furchtbar, verstehst du! Als ob man den Tod akzeptiert, so ist jedes Nie! Carina fragt jeden Tag nach Pascale! Hat sie schon lang nicht, hat zuletzt sie im vorigen Sommer gesehen. Im Juni beim Abschied am Straßenrand in Pont-Saint-Esprit. Für sie sind Pascale und Edelgard jetzt fast schon eine Person. Vorgestern Abend mit Edelgard, sagt er. Meistens schon vorher, schon auf dem Weg zu ihr jedesmal trink ich zuviel – oder bringt erst der Suff mich darauf, daß ich zu ihr will? Und dann komm ich hin und muß gleich noch mehr trinken. Und dann trink ich mit ihr und mit ihrem Günter und er erklärt mir die Welt und ich muß trinken und trinken. Muß ihm seine Irrtümer ausreden und ihn trotzdem ausreden lassen. Und sie sitzt dabei und trinkt auch und wird immer schöner! Manchmal trinkt sie auch nicht. Am nächsten Tag jedenfalls ist alles noch schlimmer und ich fange wieder an, ihr diesen einen unerläßlichen letzten Brief zu schreiben oder schreib ich längst an mich selbst? Wem erkläre ich auf acht Seiten, daß sie mich 1969 in Berlin einmal falsch verstanden haben muß oder warum hat sie mich damals so angesehen? Hat sie mich angesehen? Hat sie da wirklich mich gemeint? Nachts im Sommer in einer Hofwohnung in Schöneberg, Erdgeschoß. Besino ein halbes Jahr alt. Unser Kind. Sogar Grillen gab es im Sommer in diesem Hof in Berlin. Warum warst du da nicht bei uns. Ein langer Sommer. Wie heiß es war. Im Hof ein Kastanienbaum. In ganz Schöneberg alte Berliner Mietshauskastanien und feiern den Sommer. Und einmal nachts ein Gewitter. Und, sagt er, ich muß mir seither ihren Blick, wie deutet man einen Blick? Muß mir ihren Blick und den Augenblick und die Wochen davor und Berlin und den Sommer und wie es dann weiterging – muß mir das alles seither immer neu! Zum Verrücktwerden! Fünfzehn Jahre! An diesem Abend hatte ich mit dem letzten

Geld im Roulette gewonnen und du hättest gut zur Tür hereinkommen können. Und warum ich im nächsten Jahr in Thessaloniki, sagt er, da warst du ja dabei – das war doch in Thessaloniki? Nicht das nächste, das Jahr darauf. Warum ich da einmal zwei Tage weg sein konnte, verschwunden, und kann jetzt trotzdem nicht aufhören, an sie zu denken! Du weißt ja, wie sie ist, sagen wir dann zueinander. Damals, sagte ich, die Jahre, als ich nicht sein konnte ohne sie, aber auch nicht mit ihr war, da dachte ich, wenigstens soll sie bei mir sein, wenn ich sterbe! Und dann vielleicht in der letzten halben Stunde wird sie noch einmal zu mir sagen, was sie fast nie sagt: daß sie mich liebt und daß sie mich immer geliebt hat und das soll mein Frieden dann. Nachträglich alles gut! Ein Sterbebett, ein letztes Glas, die Sonne am Fenster und noch zehn Minuten zu leben übrig. Ab jetzt alles richtig. Und im nächsten Leben dann auch wieder. Aber im gleichen Moment schon packt mich der Zweifel! Sagt sie das jetzt, weil sie angesichts meines Todes die Wahrheit, endlich die Wahrheit sagt – oder sagt sie es bloß, weil sie weiß, daß ich sowieso sterbe? Mit so einem Zweifel natürlich, sagte ich, kann man nicht sterben. Leben auch nicht leicht, aber sterben auf gar keinen Fall!

Wenigstens, sagt er, mußt du dir jetzt keine Sorgen mehr um eine Wohnung! Gut, sagte ich, aber was wird danach? Und was, wenn es nicht so gekommen wäre? Du siehst doch, sagt er, es geht immer weiter! Das weiß man immer erst nachträglich, sagte ich. Du weißt doch, wie wir gelebt haben. Wenn es mit rechten Dingen zuginge, wären wir beide längst tot. Sogar mehrfach jeder. Geh noch ein paar Schritte mit, sagte ich und er zieht seine Jacke an und fängt an, sein Zeug einzustecken. Der Reihe nach. Geld, Kugelschreiber, Notizbuch, Gedächtnis, Schlüssel, Brieftasche, Zigaretten und Feuerzeug. Jeder Gegenstand sagt seinen Namen. Muß mich kümmern, sagt er. Kein Geld! Ich muß umziehen! Sogar die Jacke ist bloß geliehen. Steht ihm gut. Eine graue Tweedjacke. Als sei er ein wichtiger Kritiker oder Dozent.

Er hat alles eingesteckt und wir gehen in den Pelikan. Vorher noch einen Umweg, damit ich von der Kreuzung aus das Haus sehen kann. Jordanstraße 36. Und im Giebelfenster ist Licht. Schläft Carina? Ich sah, wie sie atmet im Schlaf. Mußt nicht aufwachen, sagte ich in Gedanken zu ihr. Still der Abend. Tagsüber mehrmals Regen. Noch in der Dämmerung hat es geregnet, aber jetzt ist der Himmel klar. Sogar Sterne und schmal ein Silbermond. Still ist es. Kalt. Und noch früh am Abend. Oft hier gegangen, muß ich jetzt sagen. Auch nachts. Viele Jahre. Als ob mein Leben mich unentwegt ansieht, so ist zu jeder Tageszeit diese Straße für mich. Auf uns zu jetzt zwei Penner mit Taschen und Tüten. Nachts immer noch kalt, sagt der eine. Bei Tag Aprilwetter und nachts friert man sich die Hacken ab, sagt der zweite und klingt nach Berlin oder Brandenburg. Jedem eine Mark (von Jürgen) und zwei Zigaretten (von mir). Und die zwei, sagte ich, als sie wegwaren, die zwei sind wir auch. Wo werden sie hingehen? Hinter dem Westbahnhof und an der Rödelheimer Landstraße, da haben sie ihre Plätze. Sogar Feuerchen in der Nacht. Auch am Bahndamm entlang. Werden immer mehr. Und wir? Du und ich? Schon mit siebzehn nachts auf den Straßen. Damals war ich sicher, daß mir gar nichts passieren kann. Nachtstädte, Kneipen, Bahnhöfe, Landstraßen, Gefängnisse und wieder Landstraßen und riesige leere Landstraßennächte. Hat sich nicht viel geändert. Wir laufen immer noch so herum. Nur die Sommer, sagte ich, sind kürzer geworden oder kommt mir das nur so vor? Einmal ein Sommerbuch schreiben! Immer wartet man auf einen Sommer, der nicht vergeht. Dann im Pelikan. Er ein Bier, ich noch einen Espresso. Still der Abend. Kaum Gäste. Hier war es, sagte ich, weißt du ja. Bevor du in Gießen verhaftet wurdest, hab ich hier lang auf den Abend gewartet. Und es hätte auf Erden mein letzter Tag gewesen sein können. Hier im Pelikan, der kürzlich noch Schrottkopp hieß und davor Narrenschiff. Im Herbst 74. An diesem Tag bin ich zum erstenmal durch die Jordanstraße gegangen. Im Pelikan ist der Espresso ein deutscher Espresso. Ich hätte es wissen müssen. Noch früh. Kaum erst neun. Ein Aprilabend. Bin müd, sagte ich. Jeden Tag weite Wege. Das Stipendium auch wieder nicht bekommen. Muß das Buch weiter, aber wie soll es je fertig? Geh von hier aus noch mit ins Bastos, sagte ich. Du ein Bier und ich noch einen Espresso. Kurz nur. Im Stehen. Und dann gehe ich in die Eppsteiner Straße und will unterwegs schon an morgen früh denken und daß die Vögel jetzt schlafen. Wenn sie schlafen, sieht man sie nicht. Wo bist du? Wo warst du? Wo gehst du hin? fragt Carina, sooft ich sie anrufe. Als ob sie die ganze Zeit neben mir hergehen soll und darf dabei keinen falschen Schritt, damit sie auch im Schlaf noch zurückfindet.

17

Mein letzter Tag in der Eppsteiner Straße. Zuvor in der Nacht kaum Schlaf und dann wird es ein langer Tag. Die alte Reisetasche. Schon zu packen anfangen und immer noch einen Espresso. Kettenraucher. Stark und bitter die ersten zehn, fünfzehn Morgenzigaretten. Notizen. Die beiden offenen Holz kästen unter dem Tisch hervor und nur keine Angst zu mir und den Holzkästen sagen. Helles geduldiges Fichtenholz. Mein Manuskript. Ein Ordner, Mappen, Notizblöcke, die fertigen Kapitel und alles schon in die Holzkästen. Gleich halb neun und mir immer wieder Notizen. Die nächsten paar Zeilen und dazwischen Bibliotheksbücher und Socken einpacken. Alte Socken. Bis zur Trennung immer alle Socken mit Sibylle gemeinsam und dann sie aufgeteilt. Wenig genug. Von allem wenig genug. Und immer von der Hand in den Mund, sie und ich. Neun Jahre. Sie las jede Zeile, die ich schrieb. Neun Jahre neben mir her. Sogar ja für meinen Schlaf war sie jederzeit zuständig. Und wollte immer auch alle Bücher lesen, die ich lese. Nach Möglichkeit vor mir her lesen jedes Buch. Pantoffeln und die Zahnbürste einpacken. Handtücher. Unterwäsche. Die Armut. Die letzten Hemden. Noch aus der Zeit, als ich Personalchef war. Die, die noch übrig sind. Feine Hemden. Und werden jetzt alt und müde. Packen. Auf Edelgard warten. Beim Packen mir verzweifelt mein Leben erklären. Mit aller Kraft. Wie und warum. Und daß es damit seine Richtigkeit. Man muß daran glauben! Schreib weiter! Dann ist es zehn nach neun und jetzt gehst du telefonieren. Die Telefonzelle auf dem Grüneburgweg. Wie am ersten Tag – grau, aber hell der Tag und beinah wie ein Ferienmorgen. Noch nicht, noch zwei Stunden mindestens, sagt Edelgard. Sie arbeiten noch an dem Bus. Ich ruf dich dann an. Spätestens wenn ich losfahre, ruf ich dich an! So leicht jetzt die Telefonzellentür auf und zu. Entweder weil der Winter vorbei und alles wird leicht oder frisches Öl und der Schließmechanismus neu eingestellt. Also Frühling. April. Eine Glastür mit Eisenrahmen, sagte ich in Gedanken zu Edelgard. Auf dem Grüneburgweg längst der Morgen in Gang. Lieferwagen. Ein Lastauto. Obstladen, Fischgeschäft, Bäcker und Reinigung. Alle Läden auf und die Türglöckchen bimmeln. Passanten. Eine Mutter mit Kind. Menschen mit Sorgengesichtern auf die Apotheke zu. Haben immerhin ein Rezept und auf dem Rezept steht ihr Name drauf. Und sie wissen, das sind sie selbst. Bauarbeiter. Eine Baustelle. Mann mit Zeitung. Frau mit Kinderwagen. Leute, die du nicht kennst. Ein fremder Briefträger. Eilig aus der Reinigung eine Frau mit einer frischgereinigten Jacke. Beige, creme, hellgrau die Jacke. Auf einem Drahtbügel. Gereinigt, imprägniert und gebügelt die Jacke und Plastikfolie drüber. Durchsichtige Plastikfolie und sie trägt die Jacke vorsichtig vor sich her. Mit Sorgfalt, mit Hochachtung. Am besten gleich heim. Auf dem kürzesten Weg. Daheim über die Plastikfolie sofort noch eine Plastikfolie. Besser ist besser. Und die Jacke gleich in den Schrank. Reichlich Mottenstreifen dazu. Mottenstreifen und Mottenkugeln. Sie hat von der Oma und von der Schwiegermutter noch Unmengen Mottenkugeln. Für Jahrzehnte. Neuwertig. Wie neu. Noch aus der Zeit, als es Mottenstreifen noch gar nicht gab. In den Schrank, den Schrank zu und dann nie mehr anrühren die Jacke, so sauber und faltenlos, wie sie jetzt ist. Daß nur keiner sie anrempelt unterwegs. Kein Unwetter, nicht verunglücken, in weitem Bogen um jede Pfütze herum und dabei die Befriedigung, daß ihr vom Tragen der Arm ein bißchen steif wird. Arm und Schulter. Ohne Fleiß kein Preis! Am Kiosk die heutigen Frauenbilder und Katastrophen. Vor dem Zigarettenladen auch Zeitungen, Zeitungsstapel, Plakate und Drehständer. Die Lottozahlen. Kauf dir Zigaretten! Auf der Straße ein müder eiliger Zeitungsverkäufer mit dunklem Gesicht. Turnschuhe, Plastikmütze, zwei schwere Taschen. Bild, Rundschau, Abendpost, Pflasterstrand. Du weißt nicht, aus welchem Land (sein Land schleppt er mit!) und wo geht er mit seinem Tag und den Zeitungen hin? Die Stehpizzeria hat eben aufgemacht. Schon das Feuer an? Beim Blumenladen der Gehsteig naß und sie sind am Ausladen. Krokusse, Stiefmütterchen, Tulpen, Osterglocken und Anemonen. Kein Parkplatz frei. Immer mehr Lieferwagen. Halten am Straßenrand. Hupen und drängeln. Halb zehn und wie gut du hier alles kennst. Noch eine Baustelle. Ich hätte längst umkehren sollen! Dann auf dem Rückweg der rumänische Wiener Caféhausbesitzer. Im schwarzen Anzug vor seiner Eingangstür. Als ob er auf mich gewartet hat. Mit seinem steifen Hut. Steht um einen Platz in meinem Gedächtnis an. Steht und wartet darauf, daß er mich grüßen kann. Sieht mir den Balkan an. Wird gleich jetzt den Hut ziehen. Auf der anderen Straßenseite eine alte Frau. Dünn. Eilig. Mit Kopftuch und Strickjacke und so schnell sie nur kann. Mit Stofftasche und Bäckertütchen. Selbstvergessen. Mit ungeschickt hüpfendem Gang. Wie ein Huhn. Wie ein Känguruh. Wie früher im Dorf die fußkranken alten Frauen, wenn sie in der Frühe mit einem Bündel Anmachholz aus dem Schuppen kommen und schnell über den Hof. Zum Nachlegen. Für das lebendige Morgenfeuer im Küchenherd. Vielleicht ist die Schwiegertochter mit dem Enkelkind unverhofft zu ihr gekommen und sie hat schnell Ovomaltine und Milch und Brötchen geholt und ein kleines Vorosterhäschen aus Schokolade. Lärm. Eine Baustelle. Autos hupen. Halb zehn. Der Grüneburgweg. Alles einsammeln und schnell zurück!

Zurück und schon fast alles eingepackt. Notizen. Noch einen letzten Espresso und dann Kännchen und Tasse ausspülen und in eine Plastiktüte. Nochmal Badewasser. Wie das Zimmer, wie das ganze Dachgeschoß nach Espresso und Morgen und Milchkaffee riecht, nach Gegenwart. Wie die Möbel nach Bienenwachs riechen, nach Honig. Erst vor ein paar Tagen mit Carina hier im Zimmer eine große Mango gegessen. Mit dem Messer, das sie vor vier Wochen am Stadtrand im Niemandsland auf der

Wiese gefunden hat, ein kleines Küchenmesser mit grünem Plastikgriff. Und wohin jetzt mit diesem Messer? Hell die Osterglocken, du gibst ihnen frisches Wasser. Dir ist, als ob du die Mango noch riechen kannst und du siehst dich und dein Kind in der vorgestrigen Dämmerung auf dem Bettrand sitzen und die Mango schälen und teilen und essen. Erst sie von allen Seiten betrachten und dann beim Essen muß man sie loben, so saftig, so süß und ergiebig. Aus Indien. Jede Mango schmeckt anders. Merk dir jeden einzelnen Bissen! Schon den Tisch abgeräumt. Nur der eilige alte Elektrowecker mit Schnur bleibt bis zuletzt auf seinem Platz. Dienstbereitschaft. Du hättest gut bleiben können. Als Gast. Hier unter dem Oberlichtfenster. Sitzen und schreiben und immer spät in der Nacht und am hellen Mittag mir aus dem Sofa ein Bett – bis das Buch fertig, falls es je fertig wird. Und dabei wäre immer jetzt. Mein Badewasser. Gleich ist die Wanne voll. Baden und dabei den ersten Tag und jeden einzelnen Augenblick im Gedächtnis. Du trocknest dich ab, dann Edelgards Anruf. Jetzt, sagt sie, fahr ich ab! Die letzten Gegenstände einsammeln. Geh noch einmal durch die Stille im Nebenzimmer und mit deinem Abschied von Fenster zu Fenster. Im Schatten beim Schrank eins von Domis Playmobilpferden. Braun. Aus Plastik. Es gibt Indianer- und Ritterpferde und das ist ein Indianerpferd. Du stellst es auf die Fensterbank. Mit dem Blick in die Ferne. Wie an den Rand der Welt oder wenigstens der bewohnten Welt. Du sammelst deine Gedanken ein. Die Klingel! Edelgard! Du gehst ihr auf der Treppe entgegen. Hier also, sagt sie dann vor dem leeren Schreibtisch. Ja, hier kann man gut sein. Nicht die Holzkästen, sagte ich. Sind eckig und schwer. Voll Papier und in einem das Messer drin. Nimm nur meinen alten Mantel, den Rest trag ich schon! Aber sie nimmt den Mantel und die Reisetasche. Die kenn ich von früher noch, sagt sie. Und den Mantel, sagte ich, weißt du noch? Einmal im Dezember in Hamburg und du auch mit. Maßanzüge. Der Mantel noch jung und verwöhnt. Ich mußte jeden Tag auf die Bank. Die Dresdner, die Deutsche, die Commerzbank. Alle großen Banken. Sie sollten mich ja für reich halten. Vor mehr als zwölf Jahren. Ein langer dunkler Dezember. Bis wir dann verhaftet wurden. Mantel, Reisetasche, Holzkästen und zwei Plastiktüten. Seit es auf der Welt Plastiktüten gibt, kommt man ohne Plastiktüten schon fast nicht mehr aus. Dann auf der Treppe siehst du, was für ein schönes Licht jeden Mittag im Treppenhaus ist und mußt wieder an deine Ankunft denken. Der erste Tag. Ihr habt ausgeladen, Zeit im Überfluß, und dann bist du zu deinen Gastgebern zu einem ersten gemeinsamen Mittagessen. Müssen ein paarmal gehen, Edelgard und ich. Am schwersten die große Schreibmaschine. Gehen dreimal im ganzen. Kommen aus dem Haus und jedesmal jäh ein Schwall Vögel fliegt vor uns auf. Vor der Haustür die weiße Mauer. Hell das Mittagslicht. Vier Fliederbäume in einer Reihe. Und wollen bald blühen. Das Hoftor offen und vor dem Hoftor Edelgards blauweißer Bus. Schon mein Zeug drin. Die Schlüssel jetzt in den Briefkasten. Nie, nie wieder wirst du von hier aus wie selbstverständlich den Tag betreten! Nie mehr von hier in den Kinderladen! Nie mehr hier aus der Haustür und leicht und froh durch die kühlen hellgrauen Märzmorgen nach Bockenheim zu meinem Kind, das am Ende des Wegs auf der Fensterbank sitzt und wartet auf mich. Und kommt mir dann schnell auf der Treppe entgegen. Du bist gegangen und hast dabei keinen, fast keinen, solang du nur gehst und die Welt dir entgegen, beinah keinerlei Schmerz verspürt. Manchmal ein Stück Weg kaum den Boden berührt. Jetzt mit Edelgard vor dem Haus. Mittag, die Tauben rufen. Hell das Licht. Nimm ein paar Keilriemen mit, sagte ich. Immer im Süden, besonders bei alten VW-Bussen, reißen die Keilriemen. Weit und breit kein Ersatz aufzutreiben. Deutschland ist weit. Ein enges Land, aber weit weg, deshalb fährt man ja in den Süden. Ein heißer Tag. Die Ferne. Das eigene Leben. Ein langer Tag im Süden. Wie totgefahrene Schlangen liegen die zerrissenen Keilriemen zwischen den totgefahrenen Schlangen auf den heißen *flimmernden* fremden Straßen.

Und dann sind wir eingestiegen. Laut der Motor. Als ob er gleich explodiert. Kann nur hoffen, er hält, sagt Edelgard. War schon immer so laut. Und fährt langsam an. Die Straße fängt an zu fahren. Die Kupplung, sagt sie, neu eingestellt. Vor anderthalb Jahren billig gekauft ein alter VW-Bus. Sowieso kaum Geld. *Müssen* fahren! Ich weiß nicht, was werden soll, sagt sie. Biegt ab, wendet. Ein Auto hupt. Schnell ein Taxi vorbei – hat uns fast gestreift! Das Haus, sagte ich. Im Grüneburgweg. Jetzt hab ichs dir doch nicht gezeigt. Soll ich umkehren? fragt sie. Und ich sagte schnell: Nein, ein andermal. Wenn ihr zurück seid. Weil ich dachte, wenn wir jetzt umkehren, bleibt das Auto stehen und der Motor ist kaputt für immer. Wenn es dann noch da ist, sagt sie. Falls wir zurückkommen. Kann man alles nicht wissen. Im Grüneburgweg, sagte ich, zwischen Reuterweg und Eschersheimer Landstraße, steht einzeln ein altes Haus. Wie im Süden. Ich muß das gleiche Haus schonmal in einem anderen Land, aber wo? In Triest, in Split, in Dubrovnik? In Bari, Neapel, Genua, Syrakus? Vielleicht warst du mit? In Marseille? In Thessaloniki? Man müßte es suchen, sagte ich. Rund ums Mittelmeer. Überall suchen das Haus, sagte ich, aber kann nicht weg von Carina und Sibylle läßt sie nicht mit. Durchs Westend. Laut der Motor. In den Vorgärten blühen die Forsythien. Hohe Bäume und überall Knospen. Schon die ersten Schulkinder auf dem Heimweg. Durchs Westend – ich sah ihr beim Fahren zu. Meistenteils Einbahnstraßen. Die Kupplung neu eingestellt. Sie hat enge hellblaue Jeans an und wie lang ich ihre Hände schon kenne. Durchs Westend nach Bockenheim und in der Jordanstraße meinen alten Arbeitstisch und den Drehstuhl abholen. Und einen Koffer, schon gestern gepackt und zurechtgestellt.

Niemand da. Du hast einen Schlüssel. Trotzdem vorher klingeln. Staub in der Wohnung. Die abgestandene Heizungsluft. Und so still. Alle Bücher weg. Die Regale abgebaut. Leere Wände. Seit ich ausgezogen bin, macht Sibylle kein Fenster mehr auf.

Sie hat angefangen, umzuräumen und dann nicht mehr weitergemacht. Drei Arbeitstische gehabt, sagte ich zu Edelgard. Und ein Familienleben. Jetzt nehmen wir nur den Schreibmaschinentisch mit. Die Tischplatte und zwei Ausziehteile kann man einzeln tragen. Immer noch schwer genug. Dann das Gestell. Noch schwerer. Vier Stockwerke. Den Tisch und den Drehstuhl, sagte ich, aus dem Gebrauchtmöbelbunker in der Mainzer Landstraße. Zusammen vierzig Mark. Hätten beides durch die ganze Stadt beinah zu Fuß heimgetragen, Sibylle und ich. Quer durch Frankfurt. Gerade rechtzeitig noch gemerkt, daß das nicht zu schaffen ist. Das restliche Geld zählen und ein billiges Lasttaxi. Ein Türke mit einem großen verbeulten Fordbus, der uns Tisch und Stuhl heimfährt. Für zwanzig Mark. Und uns nimmt er gratis mit. Ein Frankfurter Türke aus Istanbul. Er hat es nicht eilig, er bleibt und trinkt Tee mit uns. Hat uns dann noch öfter besucht. Bringt jedesmal etwas mit. Türkischen Kaffee, Oliven, Teegläser, Salzgurken aus Izmir, ein Pfund türkischen Tee. Einmal ein Messingtablett. Nur den Arbeitstisch und den Drehstuhl und eine Matratze, mehr Möbel hatten wir nicht. Der Gasherd vom Vormieter. Der Türke kommt und wir sitzen auf der Matratze, trinken Mokka und türkischen Tee und sprechen von Istanbul und wie man in Frankfurt reich werden kann. Wo wird er jetzt sein? Nicht nur zum Ausziehen der Tisch, man kann auch die Höhe verstellen. Und einmal abends, als ich beim Schreiben noch trank und die Sonne ging unter, mitten in der Arbeit am schwarzen Buch, hab ich das Wort Abendsäufer am Rand eingeritzt. Nur so, in Gedanken. Es wundert mich selbst. Hier, siehst du, steht immer noch da. Ist das meine Handschrift? Tisch, Lampe, Drehstuhl, Koffer und noch ein paar Kleinigkeiten. Vier Stockwerke. Zerlegt und auf dreimal den Tisch. Und stehen dann vor der Haustür beim Auto. Noch außer Atem vom Tragen und von der Vergangenheit und den vielen Stufen. Also gleich eine Zigarette jeder. Gauloises ohne Filter. April. Im hellen Mittagslicht überall kleine schwarze Steinchen. Rollsplit.

Streugut. Noch vom Winter her. Gegen Schnee und Glatteis. Erst ein Regen- und dann ein Schneewinter. Und ist jetzt vorbei. Daß Carina nicht bei mir ist, sagte ich, wie lang noch? Wie soll ich das aushalten? Kann sie nicht bei dir wohnen, sagt Edelgard. Sibylle will sie doch gar nicht wirklich. Gerade deshalb, sagte ich, läßt sie sie nicht. Nach der Kreuzung wird die Jordanstraße zur Sackgasse. Still wie ein Hof. Nachmittags Kinderstimmen. Im Rinnstein bunt ein vergessener Gummiball. Mitten auf der Straße mit kleinen Schritten die Tauben. Altes Pflaster und zwischen den Steinen wächst Gras. Nur ein einziger Baum in der Straße. Gleich hier in der Nachbarschaft. Neigt sich weit in die Straße hinein und wird jetzt bald wieder grün. Und wir stehen vor dem Haus, als sei es für immer, daß wir so vor dem Haus stehen. Was ist? fragt Edelgard. Ist dir nicht gut? Zum Ersticken! sagte ich. Nicht genug Luft! Aber jetzt geht es schon wieder. Einmal für weite Reisen im Auto einen guten Wasserkanister gehabt, sagte ich, aber jetzt weiß ich nicht, wo er ist. Dann einsteigen und mit dem ganzen Zeug in die Friesengasse, wo Günter und Besino uns schnell ausladen helfen und Edelgard muß das Auto wegfahren. Halteverbot. Ausladen und die steile Treppe hinauf in den ersten Stock. Tisch und Drehstuhl gleich in Besinos Zimmer. Zwischen Bett und Kleiderschrank – der einzige Platz, wo noch Platz ist. Ein schmaler langer Raum und zum Hof hin ein großes Fenster. Singt abends im Hof eine Amsel? fragte ich. Klar, sagt Edelgard. Schon wochenlang jeden Abend. Direkt vor dem Fenster. Immer im März und April. Genau wie vor dreißig Jahren bei uns in Eielstädt am Dorfrand. In der Küche hört man sie auch. Wir gehen in die Küche, trinken abgestandenes Cola und rauchen. Überall ihr Gepäck und sie zeigt mir die Wohnung und zählt auf, worauf ich achten muß und was ich für sie erledigen soll. Hier die Mietkontonummer und wie ich Micky und Mickys Freundin erreichen kann. Zwei Umschläge mit Formularen für die Uni und wann und wo man sie abgeben muß und ein anderes Formular und einen Stempel dafür bekommt. Damit die mir das Bafög weiter, sagt sie, und wir unterwegs die Schecks einlösen können. Am besten, sagt sie, am besten, du gehst mit einer Frau hin, die sich damit auskennt. Kennst du keine Studentin? Vielleicht Anne, sagte ich. Zweiter Bildungsweg. So, als ob es ihre Papiere sind, sagt Edelgard. Sie werden schon nicht nach dem Ausweis fragen. Und mach, daß alles gut geht, sagt sie, und wir auch die Wohnung behalten! Klar, sagte ich. Also bis gleich. Dann allein in den Kinderladen, Carina abholen.

Mit Carina die Bockenheimer Landstraße und dann durch die Leipziger Straße. Lang. Und müssen einander wie immer den Tag, unsren heutigen Tag erzählen. Jeder seinen, er wäre sonst nicht gewesen, der Tag. Und wir auch nicht. Aufgewacht und mich ganz allein angezieht, sagt sie. Nur gekämmt und die Schuhbändelschleifen von der Sibylle. Kakao zum Frühstück. Die blaue Tasse, die Tasse mit die zwei Vögel drauf. Es ist schon überspät, mier nehm das Fahrrad, hat die Sibylle gesagt, deshalb Mütze *und* Kapuze und ich vorn auf den Kindersitz. Mit der Sibylle auf dem Fahrrad und schnell wie der Wind. Im Kinderladen war die Milena heut nicht da. Und mier haben auf der Treppe gespielt – also nur die, die da waren. Bis dann auch der David gekommen ist, der David kommt meistens immer als letzter. Und dann alle Kinder mit der Liesel in den Grüneburgpark, weil der Herbert war heut nicht im Kinderladen. Der wollte wohin, aber das hab ich vergessen wohin. Mit sein-n Auto. Valleich wo er her ist dahin, sagt sie und muß jetzt den Reißverschluß von ihrem Anorak weiter aufmachen. Auf der Leipziger Straße. Uns Zeit lassen. Nachmittag. Müssen sehen, ob alles noch da ist. Im Park, sagt sie, und dann wieder in den Kinderladen. Erst hat noch der Marcel sein Pullova nicht gleich gefindet und der David hat eine Mundharmonika mit und dann im Kinderladen sagt die Liesel: Kein Essen da! Wer hat Elterndienst? Und dann kommt der Meike ihre Mama und sagt: Ich bin viel zu spät und hab keinen Parkplatz und muß ins Büro! Und bringt ein-n ganzen Stoß Pizza und zum Drauflegen alles eingepackt und sie gleich wieder weg und mier dürfen uns alles selbst drauflegen, was sie uns mitgebracht hat. Wurst und Tomaten und Schinken und Käse und noch viel mehr und jedes Kind, was es selbst will. Immer zwei Kinder eine kleine Pizza, ich mit der Myriam. Und die Liesel macht mit ein Hölzchen Zeichen, aber dann holt sie alle Pizza aus dem Backofen und weiß ihre Zeichen nicht mehr, aber mier haben uns jeder sein Stück Pizza schon sowieso selbst gemerkt, was jeder sich selbst ausgesucht hat und alleinst sein Zeug draufgelegt. Mit aber alles mögliche, sagt sie mit Begeisterung und zerrt an meinem Arm. Und ins Büro ist da, wo der Meike ihre Mama arbeitet, Also merk dir: Schinken, Salami und Käse, Tomaten und Pilzen und wie heißen jedesmal die runden schwarzen mit jedes ein Kern drin? Oliven, sagte ich. Ja, sagt sie, die waren nicht dabei! Und ich hab dir ein Stück aufgehebt, weil ich ja selbst alleinst alles draufgelegt hab und ausgesucht. Nachmittag. Wolken ziehen. Mit dem Nachmittag langsam die Leipziger Straße an uns vorbei. Mit vielen Gesichtern. Von der Leipziger Straße in die Friesengasse und Edelgard wartet schon. Das Gepäck bereits weg. Und Günter, Besino, der Bus? An der Schloßstraße, sagt sie. Unterhalb von der Schloßstraße, bei den Eisenbahnschienen. Unten an der Brücke. Vorhin vor der Haustür nur schnell alles rein. Hier darf man nicht halten! Und müssen dort in Ruhe das Zeug umpacken und verstauen. Sie macht Brote für unterwegs. Müssen sparen, sagt sie. Auch einen Gaskocher mit. Können nicht rumfahren und dauernd essen gehen. Auf dem Küchenschrank die amtlichen Formulare und sie hat mir Merkzettel dran. Schreib es dir in den Kalender oder hast du keinen Kalender? Doch, sagte ich, wie im Knast einen selbstgemachten. Auf einem prima Pappdeckel. Muß nur daran denken, ihn in die Zukunft hinein immer rechtzeitig zu verlängern. Sowieso noch nie was vergessen, sagte ich. Mach dir nur keine Sorgen! Jeder ein Stück Brot und Carina muß auch für Edelgard nochmal ihre Pizza herbeireden. Komplett und mit vollem Mund. Nachmittag. Einmal die Sonne am Fenster. Nur kurz, damit man schnell zu ihr hindenken kann, damit man sie nicht vergißt. Der Kühlschrank leer. Ein letzter Schluck Milch für Carina. Den Brotkanten laß ich dir da, sagt Edelgard und packt schon die Tüten zusammen. Der Brotkanten wird mir drei Tage reichen. Edelgards Jeansjacke, Carinas Anorak und mein Schreck, weil wieder die Zeit vergangen ist. Noch einmal durch die Wohnung alle drei und dann bei der Tür und Edelgard gibt mir den Schlüssel. Ab jetzt ist es deine Wohnung!

18

Aus dem Haus und auf den Abend zu. Fünf Minuten zu Fuß. Am Stadtrand, am Rand von Bockenheim. Wie gestrandet unten am Brückenpfeiler blau und weiß der alte VW-Bus. Alle Türen offen. Auf dem Dach Besino und ein Berg von Gepäck. Neben dem Auto Günter. Hat ihm jedes Stück einzeln hochgereicht. Und jetzt sind sie dabei, alles zurechtzurücken und binden es fest. Sind schon gleich fertig. Willst du auch aufs Dach? fragt Günter Carina. Carina begeistert und wortlos. Sie nickt und er hebt sie hinauf. Ein Dachgepäckträger mit Geländer. Beinah wie ein Boot der Bus und über uns himmelhoch die Betonbrücke. Und unter der Brücke durch ein Fahrweg aus löchrigem Teer. Pfützen, Gestrüpp, April, die Vögel, Leitungsmasten, Drähte, Eisenbahnschienen. Viel Gepäck. Innen auch alles voll. Töpfe, Schlafsäcke und ein Zelt. Und noch Matratzen im Auto. Hoch über uns auf der Brücke immerfort dröhnend der Feierabendverkehr. Und unter der Brücke durch immer noch eine eilige S-Bahn. Eisenbahnzüge. Einmal lang ein Güterzug und wir müssen stehen und ihm nachsehen. Singen die Drähte? Wolken ziehen. Bißchen Wind, Bahndammwind. Steppengras, Ginster, Brennesseln, Stadtrandgestrüpp. Und alles raschelt und flüstert und fuchtelt, macht Zeichen und geht mit dem Wind. Fertig? Schon fertig? Carina vom Dach auf die Erde zurück. Noch extra feierlich ihr Gesicht und wird nie auf einem vollbeladenen Heuwagen hoch oben. Eine Seligkeit! Baumwipfel, Scheunen, Felsen, die Borngärten, ein Abendteich, das Dorf, die ganze Welt in ihrem Frühsommerabendglanz schwankend vorbei. Mai, Juni. So süß riecht das Heu und die Ochsen gehen im Schritt. Niemals, sagst du dir, und ich auch nicht mehr! Keiner! Müssen alle nochmal ums Auto herum. Über Straßburg. Soweit wir heut kommen, sagt Edelgard, und schlafen im Auto. Der Wasserkanister, sagte ich. Ein guter Wasserkanister, den ich einmal hatte. Aber jetzt weiß ich nicht, wo er ist. Weißt du noch, sagte ich und sah alles vor mir, in Istanbul jeden Abend die hungrigen wilden Hunde? Im gleichen Jahr, in dem es in Üsküdar auf dem Markt im Mai schon die besten Kirschen gab. Was für ein langer Mai ist das doch gewesen! Wieviele? fragt Carina. Wieviel wilde Hunde? Haben sie euch gekannt? Warum habt ihr sie nicht mitgebracht? Zum Abschied der Abschied und dann steigen sie ein. Edelgard fährt. Immer muß man die seitliche Schiebetür bei VW-Bussen zwei-dreimal zuschmeißen, bevor sie zubleibt (und wird davon auch nicht besser!). Laut der Motor. Langsam unter der Brücke durch der vollbeladene alte VW-Bus. Unter der Brücke der Motor noch lauter. Dann sind sie weg. Vogelstimmen, Abend, die Zeit dröhnt. Und wir müssen immer noch stehen und winken. Und dann haben sie gedreht und kommen zurück und fahren nochmal an uns vorbei und zur Schloßstraße hinauf und über die Brücke. Zur Auffahrt West. In den Abend hinein. Auf den Himmel zu. Wir winken und winken und machen uns dann auf den Heimweg, mein Kind und ich. Müd und schwer. So langsam, als hätten wir vorher Flügel gehabt und müßten erst wieder lernen, mühsam und beschwerlich auf den Unebenheiten der Erde uns zu bewegen. Der Tag fast vorbei. Wolken ziehen. Und wenn man sich umdreht, sieht man den Taunus. Und immer komm sagen, komm! Sonst bleibt der Weg mit uns stehen.

Noch Milch kaufen im Gedränge. Neonlicht, fremde Blicke. Milch und Joghurt, eine Avocado und ein kleines Stück Kalbsleberwurst. Winzig. Ein Endstück. Und wird mir, genau wie der Brotkanten, auch drei Tage mindestens reichen. Dann in die Wohnung (der Schlüssel paßt!) und schon anfangen auszupacken. Möglichst viel auspacken und einräumen, solang Carina noch bei mir. Damit ich ankommen kann. Warme Milch für Carina und ich erst Espresso, dann Milchkaffee und jeder muß sich eine Lieblingstasse aussuchen. Müssen bald Honig kaufen, denk auch dran! Socken, Zahnbürste, Bücher. Auspacken und gleich für jedes Ding einen Platz und Carina hilft mir. Neu! Ein Anfang! Alles zum erstenmal! Alle Türen offen. Noch hell und der Abend wartet. Hörst du uns reden? Im Schrank Edelgards Winterkleider, Handtücher, Bettwäsche und Platz für mein Zeug. Die Schreibtischlampe anschrauben. Eine alte Wohngemeinschaftsschreibtischlampe aus den späten Sechziger Jahren, die Sibylle schon hatte, als ich sie zum erstenmal sah. Schon mehr als neun Jahre leuchtet mir diese Lampe. Mit Carina einen Joghurt teilen und beim Essen in der Wohnung herum. Und dann fällt dir ein, daß Edelgard bald Geburtstag. Wollen hoffen, sie denkt dran! Das grüne Messer auspacken und weißtdunoch sagen. Wollen viel Obst essen jeden Tag, sagte ich zu Carina. Vielleicht sind wir im Sommer noch hier. Vielleicht wird es ein Sommer, der nicht vergeht. Noch einmal durch die Wohnung und dann wird es Zeit für uns. Carina den Anorak anziehen, Reißverschluß zu und mir wünschen, sie könnte bleiben. Abend. Dämmerung. Der ganze vergangene März jetzt wie eine einzige lange Märzabenddämmerung, grün und still. Wir gehen und die Amsel fängt an zu singen. Wieder die Frau mit dem Jungen, sagt Carina vor der Haustür. Da, eben noch! Und dann nicht mehr! Lang durch die Seestraße und dabei immer müder, mein Kind und ich. Noch Licht in der Bibliothek? Sind eben am Zumachen. Vor uns her Kinder mit Büchern. Mit hellen Stimmen im Abend. Und gehen heim. Bald wird es warm, sagte ich zu Carina, dann kann man in der Friesengasse unter dem Küchenfenster im Hof sitzen. Stehen wieder vor dem Schaufenster mit den zwei Porzellankatzen, eine grün, eine weiß. Müssen stehenbleiben, sooft wir vorbeikommen. Bis sie verkauft sind oder der Laden gibt auf und macht zu. Geschlossen. Wegen Geschäftsaufgabe geschlossen. Zu für immer. Und dann, sagt Carina, von da an dann sagen wir weißtdunoch! Müd heim am Abend, mein Kind und ich. An Abbruchhäusern, an Ruinen und hohlem Gemäuer vorbei. Und an leeren Plätzen, wo kürzlich noch Häuser standen und jetzt sind da Erdlöcher, Pfützen, Behelfsparkplätze,

Baustellen, Baracken, Imbißbuden, Container und haushoch die Plakatwände. Und daneben die alten Häuser, die noch nicht abgerissen sind, aber haben schon angefangen zu zittern. Abgase, Dämmerung, Lichter. Und vor uns her Kinder, Kinder mit hellen Stimmen. Schulkinder, sagt Carina. Erzähl, Peta! Und stolpert und greift nach meiner Hand. Ist dir kalt? Bist du müd? Hast du Hunger? Weiß nicht, sagt sie, erzähl! Einmal ein Kind, sagte ich, ein Mädchen. Wie alt? Viereinhalb. Wie ich! sagt sie. Und ein Mann, sagte ich. Ein Bücherschreiber. Einer, der Geschichten erzählt. Ihr Vater. Wie du! sagt sie. Und gehen, sagte ich, sie gehen. Es ist Abend. Noch hell. Die meisten Läden schon zu. Sie gehen und sprechen im Gehen. Wie wir! sagt sie. Ja, sagte ich. Und eine Straße, wie die hier. Und wir müssen uns ausdenken, was sie denken. Und dann sagen wir, was sie sagen. Vielleicht sind sie müd. Manchmal denkt man, einer ist traurig. Vielleicht denkt er es selbst. Aber dann merkt er, er ist nur müd. Und wir sagen, das sagen sie! sagt Carina. Abend, sagte ich. Siehst du, da gehen sie. Sie gehen heim! Und das ist nicht weit, sagt Carina, und sie wissen den Weg. Oft so gegangen, sagte ich. Auch früher schon. Gehen auch nicht einfach heim, sondern der Mann bringt das Kind zur Mutter. Wollen uns Zeit lassen, sagte ich, und sehen, ob eine Geschichte draus wird. Eben die Adalbertstraße überquert. Dicht vor der Haustür jetzt und ich sagte: Du mußt dir das Haus und die Haustür ausdenken! Sonst können sie nämlich nicht rein! Sie können sonst gar nicht heim!

Und? fragt Sibylle. Sind abgefahren, sagte ich. Ab jetzt wohne ich da. Mier sind noch mit und haben zu ihnen zugewinkt, sagt Carina. Vorher hab ich bei ihrn Auto oben aufs Dach draufgestanden. Sollst morgen kommen, sagt sie zu mir, und mit mir in den Kinderladen. Und sollst mit mir ein Bild malen! Zwei Bilder! Eins mit mir auf dem Dach und eins, wie sie fahren und mier stehen und bleiben stehen und winken. Morgen, sagte ich. Denk du auch dran! Dann ihr die Telefonnummer aufschreiben, meine neue Nummer. Die Ziffern so, daß Carina sie auf der Wählscheibe wiedererkennt. Im Stehen die Nummern, denn sobald ich mich setze, kann ich gleich nicht mehr weg. Im Stehen und dann machst du dich auf den Weg. Carina noch mit auf die Treppe und im Dreiminutenlicht mit mir von Treppenabsatz zu Treppenabsatz. Dann vor der Haustür. Allein in der Dämmerung. Und alles zieht an mir, alles ruft! Immerfort Abschied, wie hältst du das aus? Ich halt es nicht aus! Kneipen, die Lichter glühen. Mit offenen Türen die Kneipen, mit ihren Schildern und Namen und Lichtern. Noch nicht ganz dunkel, noch lang hell. Mit deiner Müdigkeit stehst du am Straßenrand und die Kneipen neigen sich dir entgegen und lehnen sich bei dir an und fangen zu reden an. Immer nur heimgegangen und wo gehst du jetzt hin? In der Homburger Straße, wo in meinem Kopf noch der griechische Laden ist, Lebensmittel und Obst und im Hinterzimmer ganz Griechenland und die Ladenbesitzerfamilie, vier Generationen, da ist in Wirklichkeit länger schon eine türkische Kneipe. Nur Männer. Abends sitzen sie zu zweit und zu dritt und zu viert an den Tischen. Ein kleiner Teppich auf jedem Tisch. Brettspiele, Karten und Würfel. Kommst du als Fremder zur Tür herein, drehen sich alle Köpfe zu dir. Am besten, du machst ein Türkengesicht und blickst ihnen ungerührt in die Augen, dann spielen sie weiter. Du trinkst im Stehen an der Theke einen türkischen Tee. Kleine Tulpengläser mit Goldrand. Wenn Carina mit ist, klettert sie auf einen Barhocker, allein, unbedingt ganz allein (man darf ihr nicht helfen dabei!) und kriegt umsonst ein Orangengetränk. Aus Pulver angerührt, warm oder kalt. Das Pulver aus einer großen Büchse, die zwischen anderen Büchsen auf einem Wandbrett steht. Oft hast du an heißen schläfrigen Nachmittagen in Edirne, in Istanbul und in vielen kleinen Provinzstädten alte Männer dieses Orangengetränk trinken sehen. Aus Teegläsern. Und sitzen im Nachmittagsschatten. Entweder keine Zähne oder den ganzen Mund voll Gold. Immer haben die Türken für ihre Getränke das beste Wasser. Frisches Quellwasser. Auch in Deutschland. Und du fragst dich, wo sie es herkriegen hier in der Stadt. Fünfzig Pfennige ein Glas Tee. Wahrscheinlich das billigste Kneipengetränk in ganz Frankfurt. Echter türkischer Tee. Du trinkst ihn ohne Zucker. Du ißt den Zucker extra dazu, Würfelzucker. Auf einem türkischen Teelöffel den Zuckerwürfel kurz eintauchen, nur ganz kurz, nur den unteren Rand. Und dann zusehen, wie sich der Würfel mit Tee füllt. Winzig die Löffel. Manche mit einem winzigen Säbelgriff. Auch Gläser mit Ornamenten. Sogar mit kleinen Kamelen, die hintereinander um das Glas herum, eine Karawane und müssen im Kreis gehen. Unendlich. Die hat Carina am liebsten. Aber ist jetzt nicht mit, sagst du dir, ist nicht bei mir. Heiß und bitter der Tee. Du trinkst ihn in kleinsten Schlückchen und spürst bei jedem Schluck, wie er dir den Magen stärkt. Die Gerbsäure, der Tee und das gute Wasser und ein starker türkischer Zauber. Du trinkst und dein Magen wird unverwüstlich. Nicht nur der Magen, dein Leben, die Welt. Du trinkst zwei Gläser. Wie eine langsame Trommel dein Herz. Mit Zuversicht, ruhig und fest. Und du weißt, daß du alles aushältst und von nichts je genug kriegen wirst. So deutlich dein Türkengesicht, daß du es von innen spürst. An der Wand Fototapeten. Ein Schweizer Wasserfall und ein deutscher Herbstwald in Farbe. Aber die Teppiche, Stühle und Tische und der Wirt und die Gäste sind aus dem Morgenland. Du zahlst. Manchmal bei zwei Gläsern Tee ist ein Glas umsonst. Du gehst, die Spieler drehen die Köpfe zu dir. Ihnen zunicken und mit deinem Türkengesicht und dem unverwüstlichen Leben hinaus in die Dämmerung.

Abend, Kneipen, die Lichter. Eine Straßenbahn. Menschen als Schatten vorbei. Und du? Gerettet? Davongekommen? Noch da? Über die Adalbertstraße in die Seestraße. Am Gehsteigrand parkende Autos. Mitten auf der Straße mußt du gehen, damit du Platz hast. Platz genug und viel Himmel. Wind im Gesicht. Und weit in die Ferne dein Blick. Anders hältst du dein Leben nicht aus. Noch bei mir bleiben, noch lang. Du gehst, als ob du in Freundschaft neben dir hergehst. Die ganze Seestraße entlang gehst du mitten auf der Straße und machst damit die Autos scheu. Die Autos blöken und stolpern und blinzeln, reißen die Augen auf und müssen dir schließlich doch ausweichen. Aus dem Eiscafé winkt dir der Wirt. Die ganze Familie winkt. Also trinkst du noch einen Espresso. Ausnahmsweise. Weil heute dein erster Tag hier. Und die Kosten schon eingespart, weil du die nächsten drei Tage kein Brot kaufen mußt. Dann in der Wohnung. Allein. Wirst du aufhören können und Schlaf finden heute Nacht? Oder mußt du immer weiter dir zusehen bei deinem Leben und es dir unentwegt vorsagen und erzählen? Auf dem Küchentisch das Manuskript. Du hast gleich auf den ersten Blick gesehen, daß du am liebsten hier am Küchentisch arbeiten wirst. Das Manuskript aufwecken und gleich fängt das Dorf zu reden an. Du siehst alles vor dir. Und Carina? Noch wach? Sitzt auf dem Teppich und muß mit Buntstiften meine neue Telefonnummer ganz genau abmalen. Ziffer für Ziffer. Und Edelgard, Günter, Besino? Schon über die Grenze? An Straßburg vorbei? Immer im Abendlicht fahrt man an den Vogesen entlang. Und dann weiß man wieder, man ist oft schon in diesem Licht hier an den Vogesen entlang gefahren. Schon dunkel die Berge. Und einsame Autolichter langsam die Hänge hinauf und hinab. Wie müde Sterne. Sterne auf Wanderschaft. Und ich? Müdigkeit. Selbstgespräche. Die Schuhe schonen! Du willst deine Schuhe ausziehen, da stehen sie schon nebeneinander still und bescheiden im Flur. Und an deinen Füßen die weichen alten Lederpantoffeln, die dein Vater dir vor vielen Jahren geschenkt hat. Sind also nachgekommen. Du siehst deinen Vater im Lampenlicht mit einem Buch. Mehr liegend, als sitzend, es muß die Vergangenheit sein. Dann das Haus sagst du dir. Im Grüneburgweg – und wo noch? Wo hast du das gleiche Haus schon gesehen? Wann und in welchem Land? Wo sollst du es suchen? In Gedanken schon unterwegs. Seit Wochen schon unterwegs. Die Provence, Italien, der Balkan, Griechenland, die Türkei. Wie auf den eigenen Spuren suchen das Haus! Viele ähnliche Häuser, die du finden wirst. Am Rand des Meeres, am Kai oder hinter dem Kai in der nächsten Reihe. Eine Straße, ein kleiner Platz. Immer weiter suchen, sagst du dir. Jahre, Jahrzehnte. Wenn du es einmal gesehen hast, dann muß es zu finden sein! Nicht vergessen die Inseln! Korsika, Samos, Sizilien. Und wenn du es findest, vergangen die Zeit. Am Abend im letzten Licht. Du stehst vor dem Haus. Du hast immer gewußt, daß du es einmal wiederfinden wirst. Aber jetzt steht es in einem Land, in dem du noch nie zuvor. In Ägypten, auf Malta, in Syrien, Libyen, Marokko. Und fortan mußt du dich und die Jahre suchen, die Zeit.

Jetzt das Bett beziehen! Allein auf der Welt. Abendmüd und noch fremd hier. Als ob jedes Ding, jeder Gegenstand in der Wohnung beim Denken mir zuhört. Erst nur zuhört und dann auch zu sprechen anfängt. Und muß auf mich einreden, spricht immer weiter mit mir. Beim Bett eine Lampe. Du kennst sie von früher. Aus vielen Wohnungen der Vergangenheit. Erst noch mit einem Lampenschirm aus Pergament, den Edelgard immer wieder geflickt hat. Dann ein Stofflampenschirm, den hat sie selbst gemacht. Und jetzt aus Draht und Japanpapier eine weiße Kugel und nur Ständer und Lampenfuß von vorher noch übrig. Gedrechselt. Poliertes Holz. Nur lose befestigt die Kugel. Rund und hell wie ein kleiner privater Mond. Du machst das Fenster auf und die Kugel raschelt und regt sich sacht. Ob Carina jetzt schläft? Ob sie den Kirschkern noch hat? Und Sibylle? Räumt sie weiter um? Müde? Noch lang wach? Wo soll das Klavier hin? Wer sind wir in Zukunft? Warum ruft Pascale nicht an? So still ist der Abend und Sibylle allein in der Stille und muß vielleicht, wenn ich nicht da bin, immer noch mit mir sprechen. Und Edelgard, Günter, Besino? An Straßburg vorbei, an Colmar vorbei und werden sich bald einen ruhigen Schlafplatz suchen für die Nacht. Und Jürgen? In die Nacht hinein von Kneipe zu

Kneipe und schreibt seinen wochenlangen Brief an sich selbst und an Edelgard weiter oder fängt schon den nächsten an. Poste restante Lisboa. Und ich? Allein in der Stille und müd, immer müder. Noch einmal durch die fremde Wohnung. Das Vorderzimmer fast leer. Drei Fenster zur Straße. Von draußen die Straßenlampen und manchmal Schritte und Stimmen von der Straße herauf. Neben der Küche ein kleiner Waschraum mit Dusche. Vielleicht eine ehemalige Speisekammer. Und das Klo vor der Wohnungstür auf dem Treppenabsatz. Ein altes Haus. Noch einmal von Fenster zu Fenster. Und jetzt kommt zu meiner Müdigkeit eine große Ruhe. April. Nachtwolken. Wind im Hof. Die Vögel? Wo schlafen die Vögel? Einen Zug hörst du fahren. Wird vielleicht regnen heut Nacht. Allein in der späten Stille und an alle Flüsse jetzt denken, die dir in deinem Leben begegnet sind. Nacht, Wind, du weißt nicht, wie spät es ist und mußt Sibylle anrufen. Wie sonst sollst du wissen, ob das Telefon geht? Gleich elf, sagt sie. Schläfst du nie? Zwei Minuten vor elf. Der müde alte Elektrowecker mit Schnur. Sollst du ihn ab jetzt fünf Minuten vorgehen lassen? Und hättest fortan beim Schicksal jederzeit noch fünf Minuten gut? Nacht. Die Fenster offen. April. Schon April? Bald Ostern! Morgen Carina abholen und mit ihr in den Kinderladen, also ist morgen auch noch ein Tag!

Herta Müller

Atemschaukel

Roman

Band 18750

Rumänien, Januar 1945. »Es war 3 Uhr in der Nacht, als die Patrouille mich holte. Die Kälte zog an, es waren -15° C.« So beginnt der erschütternde Bericht eines jungen Mannes, der in ein russisches Straflager verschleppt wird – so wie 60000 andere Rumäniendeutsche, von deren Schicksal Herta Müller in diesem ungeheuren Buch erzählt. In Gesprächen mit dem verstorbenen Dichter Oskar Pastior und anderen Überlebenden der Lager hat sie den Stoff gesammelt – und zu überwältigender Literatur geformt.

»Ein atemberaubendes Meisterwerk.«
Michael Naumann, Die Zeit

Nobelpreis für Literatur 2009

Fischer Taschenbuch Verlag

fi 18750 / 1

Herta Müller

Der Fuchs war damals schon der Jäger

Roman

Band 18162

Die Lehrerin Adina hat ein Fuchsfell in ihrer Wohnung. Eines Tages ist der Schwanz abgetrennt, dann ein Hinterfuß, ein Vorderlauf. Am Fuchsfell zeigt sich, dass sie der rumänische Geheimdienst bedroht: Der Fuchs ist der Jäger.

Eine einzigartige literarische Auseinandersetzung mit den Schrecken des Totalitären: »Ein Roman, der viele Leser verdient.« *Süddeutsche Zeitung*

Fischer Taschenbuch Verlag

fi 18162 / 1

Herta Müller
Herztier
Roman
Band 17537

Rumänien in den achtziger Jahren: Eine Gruppe von Freunden leistet Widerstand gegen das Terrorregime Ceauşescus, sie schreiben oppositionelle Gedichte und dokumentieren die alltägliche Überwachung durch die Securitate. Allmählich aber werden sie selbst Opfer der Verfolgung. Als drei von ihnen in den Westen ausreisen, geht dort der Terror weiter.

»Seltsames, wunderbares Buch.«
Rolf Michaelis, Die Zeit

Ausgezeichnet mit dem Impac Dublin Literary Award, dem weltweit höchstdotierten Literaturpreis für ein einzelnes Werk

Nobelpreis für Literatur 2009

Fischer Taschenbuch Verlag

fi 17537 / 2

Herta Müller

Heute wär ich mir lieber nicht begegnet

Roman

Band 18822

Im Rumänien Ceauşescus begibt sich eine junge Frau auf den Weg zum Verhör durch den Geheimdienst. Sie hat diese Fahrt mit der Straßenbahn schon oft machen müssen, doch diesmal hat sie aus einer Vorahnung heraus Handtuch und Zahnbürste eingepackt – der Aufenthalt könnte länger dauern.

»Ihr Werk, dessen Kraft sich aus
dem Schrecken speist, ist zugleich reich an Schönheit
und für den Leser ein großes Glück.«
Volker Weidermann,
Frankfurter Allgemeine Sonntagszeitung

Nobelpreis für Literatur 2009

Fischer Taschenbuch Verlag

fi 18822 / 2

Herta Müller
Niederungen
Band 18981

In ihrem ersten Buch beschreibt Herta Müller in eindringlichen Bildern und Szenen das Leben der deutschsprachigen Banatschwaben im kommunistischen Rumänien – ein Dorfleben, das nichts Heimeliges hat, und eine Heimat, die kein Zuhause ist.

»Mehr denn je liest sich Herta Müllers Erstling nun als Schlüssel zu einem Werk, das wie kein anderes zugleich Aufklärung und große Literatur ist.«
Friedmar Apel, Frankfurter Allgemeine Zeitung

Nobelpreis für Literatur 2009

Fischer Taschenbuch Verlag

fi 18981 / 1

PETER KURZECK BEI STROEMFELD

Der Nußbaum gegenüber vom Laden in dem du dein Brot kaufst. Roman
354 Seiten, ISBN 978-3-87877-127-2

Das schwarze Buch. Roman
329 Seiten, ISBN 978-3-87877-770-0

Kein Frühling. Roman
590 Seiten, ISBN 978-3-87877-857-8

Mein Bahnhofsviertel
80 Seiten, ISBN 978-3-87877-385-6

DAS ALTE JAHRHUNDERT

Übers Eis. Roman
(Das alte Jahrhundert 1)
326 Seiten, ISBN 978-3-87877-580-5

Als Gast. Roman
(Das alte Jahrhundert 2)
432 Seiten, ISBN 978-3-87877-825-7

Ein Kirschkern im März. Roman
(Das alte Jahrhundert 3)
282 Seiten, ISBN 978-3-87877-935-3

Oktober und wer wir selbst sind. Roman. (Das alte Jahrhundert 4)
208 Seiten, ISBN 978-3-87877-053-4

Vorabend. Roman
(Das alte Jahrhundert 5)
1022 Seiten, ISBN 978-3-87877-079-0

Bis er kommt. Roman
(Das alte Jahrhundert 6)
ca. 200 Seiten, ISBN 978-3-86600-090-2
(in Planung für 2014)

HÖRBÜCHER

von Peter Kurzeck

Peter Kurzeck liest aus Kein Frühling
4 CD-Box (Ko-Produktion mit HR2)
ISBN 978-3-86600-012-4

Oktober und wer wir selbst sind
7 CD-Box (Ko-Produktion mit SR2)
ISBN 978-3-86600-034-6

Peter Kurzeck liest aus Vorabend
6 CD-Box (Ko-Produktion mit HR2/SR2) ISBN 978-3-86600-089-6

Stuhl, Tisch, Lampe
(Peter Kurzeck liest aus Übers Eis, Als Gast, Ein Kirschkern im März, Der vorige Sommer und der Sommer davor)
CD (Ko-Produktion mit supposé)
ISBN 978-3-87877-944-5

Unerwartet Marseille.
Peter Kurzeck erzählt
2 CDs ISBN 978-3-86600-007-0